Alexia Carleton, die Tochter eines englischen »Warden«, nimmt mit vierzehn Jahren als Junge verkleidet an einer Grenzland-Versammlung teil; bei einer Rauferei mit schottischen Jungen taucht Jamie Maxwell, der Sohn des schottischen Warden und Clanführers auf. Er rettet Alexia aus der brenzligen Situation und küßt sie.

Hier, an der englisch-schottischen Grenze, sind alle Clans miteinander verfeindet, Plünderungen und Viehraub alltäglich. In dieser elisabethanischen Epoche ist es für die Wardens, die Landeshauptmänner, mühevoll, in dem zerrissenen Land die Ordnung aufrechtzuerhalten.

Jahre später ist Jamie Maxwells Bruder Malcolm den Engländern als Geisel in die Hände gefallen. Bei einem trickreichen Überfall zur Befreiung seines Bruders nimmt Jamie die zufällig anwesende Alexia ihrerseits als Geisel mit. Alexia hat den ersten Kuß nie vergessen, und auch Jamie ist von der leidenschaftlichen, widerspenstigen Engländerin fasziniert.

Um die schrecklichen politischen Folgen von Jamies Untat zu verhindern, beschließen Königin Elizabeth und der schottische König James, daß die beiden heiraten müssen.

Angesichts der fortdauernden Clan-Rivalitäten ist diese Ehe nicht nur von dramatischen Mißverständnissen überschattet. In der feindlich gesinnten schottischen Umgebung ist auch Alexias Leben ständig in Gefahr.

Penelope Williamson hat Geschichte und Journalismus studiert und danach einige Jahre in einer PR-Agentur gearbeitet, bis sie 1987 ihr erstes Buch veröffentlichte. Sie lebt heute mit ihrer Familie in Kalifornien.

Im Fischer Taschenbuch Verlag erschienen außerdem von Penelope Williamson: ›Über den Wolken‹ (Bd. 13120), ›Manchmal in all den Jahren‹ (Bd. 13038), ›Aus ruhmreichen Tagen‹ (Bd. 13037), ›Unter dem Himmel von Notre-Dame‹ (Bd. 13118), ›Westwärts‹ (Bd. 13412) und ›Die Widerspenstige‹ (Bd. 13039). Im Krüger Verlag erschien soeben ihr neuer Roman ›Wagnis des Herzens‹.

Unsere Adresse im Internet: www.fischer-tb.de

Penelope Williamson

Im Herzen des Hochlandes

Roman

Aus dem Amerikanischen
von Helga Weigelt

Fischer Taschenbuch Verlag

3. Auflage: Dezember 1999

Deutsche Erstausgabe
Veröffentlicht im Fischer Taschenbuch Verlag GmbH,
Frankfurt am Main, Mai 1997

Die amerikanische Originalausgabe erschien unter
dem Titel ›Beloved Rogue‹ bei Avon Books,
a division of The Hearst Corporation, New York, U.S.A.

Gesamtherstellung: Clausen & Bosse, Leck
Printed in Germany
ISBN 3-596-13119-7

Im Herzen des Hochlandes

Kapitel 1

Alexia Carleton trat mit nackten Sohlen von einem Fuß auf den anderen. Sie spähte durch das Gitterfenster hinab in den Hof. Selbst durch den dichten Binsenbelag kroch ihr die Kälte aus dem harten Holzboden an den Beinen hoch.

In dieser Stunde vor dem Morgengrauen spendete der untergehende Mond noch genügend Licht, so daß sie die hohe, kräftige Gestalt ihres Vaters unter den anderen Männern des Clans leicht erkennen konnte. Er trug seine Stahlhaube und sein Wams – die ärmellose Jacke aus kräftigem Leder, die mit Metallplättchen besetzt war. Das hieß, er rechnete mit einem Kampf. Selbst hier oben, in dem im dritten Stockwerk des Bergfrieds von Thirlwall gelegenen Schlafzimmer, spürte Alexia die erwartungsvolle Spannung, die da unten herrschte. Pferdehufe schlugen unruhig auf den festgetretenen Boden, Speerspitzen und Lanzen blitzten silbrig im Mondlicht, und sie hörte die Nervosität selbst in dem unbändigen Gelächter ihres Vaters, der sich gerade sein Schwert umschnallte.

Als sie sich vom Fenster abwandte, fröstelte Alexia – aber nicht nur vor Kälte. Sie war aufgeregt und vielleicht auch ein bißchen ängstlich, denn was sie jetzt tun wollte, war gefährlich, möglicherweise sogar böse. Gewiß, Lady Edwina, ihre Mutter, würde es für skandalös halten. Bei dem Gedanken mußte sie unwillkürlich lächeln.

Auf Zehenspitzen schlich sie hinüber zu der Truhe am Ende ihres Bettes und hob ein Bündel Kleider auf, das mit einem Bindfaden zusammengebunden war. In der Dunkelheit fummelte sie herum und tat sich mit den ungewohnten Kleidern schwer: Unterhose, Reithose, Hemd und Wams, abgenutzte Lederstiefel mit heruntergetretenen Absätzen. Die Kleider gehörten dem Stalljungen Willie Bell, beziehungsweise hatten ihm bis gestern gehört, als sie ihm die

Kleider beim Würfeln in einem der rückwärtigen Ställe abgenommen hatte. Alexia hatte darauf bestanden, sich das Pfand an Ort und Stelle geben zu lassen, und sie dachte amüsiert daran zurück, wie der arme Willie sich ein Büschel Stroh vor den Leib gehalten hatte, um seine Nacktheit zu verhüllen. Er hatte sie gebeten, ihre Augen mit den Händen zu bedecken, und sie tat ihm den Gefallen. Aber das hielt sie nicht davon ab, doch zwischen den Fingern hindurchzuschielen.

Die Kleider paßten ihr beinahe wie angegossen. Schließlich war sie groß für ein Mädchen, zu groß, sagte ihre Mutter oft; kein Mann wolle eine Frau, die ihn überragt. Alexia hoffte, daß das stimmte, denn mit vierzehn wollte sie noch keinen Ehemann. Hoffentlich hatte Willie Bell keine Flöhe. Als sie daran dachte, mußte sie sich sofort überall kratzen.

Sie nahm noch einen letzten Gegenstand aus der Truhe. Die Kappe hatte sie entdeckt, als sie an Michaelsmeß auf dem Jahrmarkt in Gilsland an einer Bude vorbeiging, und sie hatte drei Schillinge dafür bezahlt. Es war aber auch eine großartige Kappe; weicher roter Samt mit einem breiten Rand und einer Feder, die über den Rand herunterhing.

Am Abend zuvor hatte sie sich ihr langes, dunkles Haar in zwei dicke Zöpfe geflochten, die sie jetzt elegant über die Stirn zog. Sie versuchte bei dem bißchen Mondlicht, das durch das Fenster fiel, sich in ihrem Stahlspiegel in männlicher Verkleidung zu bewundern. Die rechte Hand auf dem Herzen, machte sie eine weit ausladende Bewegung zu einer großartigen Verbeugung, so wie sie es bei einem Kavalier auf der Hochzeit ihres Vetters gesehen hatte, dann hielt sie sich die Hand vor den Mund, um nicht laut zu lachen.

Ein gedämpftes Fluchen und das Schlagen einer Tür erinnerten sie daran, daß sie sich beeilen mußte, um nicht zu spät zu kommen. Auf halbem Wege merkte sie, daß sie das Wichtigste vergessen hatte.

In ihrer Eile vergaß sie, leise zu sein, und Willies Stiefel, die für ihre Füße zu groß waren, knallten gegen den Bettsockel, als sie sie anzog. Sie hörte einen Seufzer und das Rascheln der Bettwäsche. Sofort blieb sie stehen und hielt den Atem an, dann zog sie langsam den Vorhang zurück. Im Dämmerlicht konnte sie gerade noch in

Umrissen den Körper ihrer Schwester Evie erkennen, deren dunkelbraunes Haar auf dem Bettuch ausgebreitet lag. Sehr vorsichtig langte Alexia unter das Kopfkissen, wobei sie ihre Schwester nicht aus den Augen ließ, und packte geschwind den Dolch.

Sir Thomas Carleton übertönte mit seiner lauten Stimme alle anderen Geräusche im Hof, der Dampf seines Atems legte sich wie eine Wolke um seinen Kopf.

»Verdammt noch mal! Rufus!«

Ein kräftiger, junger Mann mit dunkelbraunem Haar, der gerade seinen Sattel festzurren wollte, blickte auf und sah Alexia direkt ins Gesicht. Sie trat zurück und versteckte sich, eng an die rauhe Hofmauer gepreßt.

Der junge Mann sah über sie hinweg zu ihrem Vater hinüber. Sir Thomas pflanzte sich vor seinem Verwalter auf, hinter seinem breiten Rücken konnte der Mann Alexia nicht entdecken.

»Verdopple die Wache bei den Herden, Rufus«, befahl Sir Thomas. »Ich würde sonstwas wetten, daß Maxwell einen Überfall wagt, sobald wir weg sind.«

Rufus Hall stieß dem Wallach sein Knie in die Flanke, das Tier schnaubte. »Ich dachte, Lord Maxwell müßte auch zur Grenzland-Versammlung kommen.« Er ächzte, als er den Gurt fester zog. »Da er doch schottischer Landeshauptmann ist.«

»Ja, der Bastard muß schon dort sein. Nicht aber seine Söhne. Ich selbst hatte schon daran gedacht, seine Herden zu überfallen. Und wenn mir schon dieser Gedanke gekommen ist, kannst du fest damit rechnen, daß er auch daran gedacht hat. Verdopple die Wachen.«

Rufus blickte störrisch vor sich hin, aber er sagte nur: »Ja, Sir.«

Mit einem Fuß im Steigbügel zog er sich in den Sattel, und Alexia schlich davon. Hätte der Verwalter sie trotz ihrer Verkleidung erkannt, hätte er ihrem Vater das gesagt. Rufus Hall ließ nie eine Gelegenheit vorübergehen, sie in Schwierigkeiten zu bringen.

Sie rannte an der Holzwand des achteckigen Küchentrakts entlang bis zum Misthaufen am hinteren Ende. Selbst in der frischen, frühen Morgenluft stank der Haufen bestialisch, und sie versuchte, nicht durch die Nase zu atmen.

Hier war es dunkler, und es schien kälter zu sein. Sie schlang die Arme um ihren Körper und flüsterte laut: »Willie, wo bist du?«

»Hier, Fräulein.«

Alexia erschrak, als ein magerer Junge mit Wuschelkopf hinter dem Mehlschober hervorkam, der einen Fuchs am Halfter führte. Er trug wenig mehr als Lumpen und zitterte vor Kälte. Alexia hatte ein schlechtes Gewissen, als sie erkannte, daß sie ihm offensichtlich die einzigen anständigen Kleider weggenommen hatte, die der arme Willie besaß.

Sie lächelte ihn an, als sie nach den Zügeln des Pferdes griff. »Ich werde dir deine Sachen sofort zurückgeben, wenn wir heute abend heimkommen, Willie.«

»Ihr solltet das nicht machen, Fräulein.«

»Aber ich tue es trotzdem.« Sie zog auf ihrer Seite am Zügel. »Laß los.«

Er zog von der anderen Seite. Der Fuchs schnaubte und schlug aus. »Ihr werdet Ärger kriegen. Großen Ärger. Werdet Ihr Sir Thomas erzählen, daß ich irgend etwas damit zu tun hatte?«

Alexia hörte das Kratzen und Quietschen des Fallgitters, das am Tor hochgezogen wurde. »Ich werde keinem Menschen etwas sagen.« Sie hielt die Hand am Griff ihres Dolches. »Ich schwöre es auf mein Schwert.«

Willie warf einen skeptischen Blick auf den Dolch.

»Das reicht«, meinte Alexia. »Verdammt, Willie Bell, laß mich los.«

Er seufzte und ließ die Zügel los, dabei tat er einen Schritt zurück, und Alexia stieg schnell auf, ehe er es sich anders überlegen konnte. Sie trabte lässig hinter den Außengebäuden hervor, um sich der Nachhut das Clans anzuschließen, von der einer nach dem anderen durch das Tor ins Freie trabte.

Das Schwierigste stand ihr noch bevor: Unter den Männern des Clans zu reiten, ohne daß man sie bemerkte, bis sie von Thirlwall Castle weit genug entfernt wären. Weit genug entfernt, denn wenn ihr Vater sie dort erst entdecken würde, wäre er gezwungen, sie mitzunehmen. Dann mochte er schimpfen und sie anschreien, soviel er wollte, er würde es nicht wagen, sie allein zurückzuschicken, und er konnte es sich auch nicht leisten, auf einen seiner Männer zu verzichten, der sie hätte begleiten können. Außerdem, dachte sie, würde er gar nicht so böse sein. Er wußte, daß sie gut auf sich aufpassen konnte. Dafür hatte er gesorgt, denn er hatte sie wie einen Sohn erzogen und ihr gezeigt, wie man mit dem Schwert, mit der Lanze und mit dem Langbogen umgeht.

Sie umfaßte das geschnitzte Heft der Waffe an ihrer Taille. Ihr Vater hatte sie ihr am Neujahrsfest geschenkt, und ihre Mutter hatte ausnahmsweise einmal kein Wort darüber verloren, daß das Geschenk unpassend sei. In den Grenzländern, wo der Tod mitten in der Nacht aus dem Norden geritten kommen konnte, schliefen selbst Edelfrauen mit Dolchen unter ihren Kopfkissen.

Alexia hielt ihren Kopf gesenkt und die Kappe tief ins Gesicht gezogen, als sie durch das Tor und auf die Zugbrücke zuritt. Als der kleine Trupp sich verteilte und zu einem schnelleren Tempo überging, wandte sich der Reiter vor ihr um und sah ihr ins Gesicht. Es war ein Junge, kaum älter als Alexia selbst, und er sperrte den Mund auf, denn er hatte sie offensichtlich sofort erkannt. Alexia legte einen Finger auf ihre geschürzten Lippen. Er wurde rot und wandte sich ab.

Alexia drehte sich im Sattel um und blickte zurück auf Thirlwall Castle. Die riesige Silhouette der Burg mit den vielen Zinnen auf ihren Mauern hob sich schwarz gegen den grauen Himmel ab, der allmählich von der aufgehenden Sonne in weißes Licht getaucht wurde. Die Festung wirkte sicher und uneinnehmbar, was Alexia ein beruhigendes Gefühl einflößte. Solange Burg Thirlwall über dem Moor von Cumbria emporragte, würden die Carletons da sein, sie zu verteidigen.

Die Sonne war bald warm genug, um das dünne Eis über dem Sumpfgras wegzuschmelzen. Es war zwei Wochen nach Michaelsmeß und schon wurden die Oktobernächte kalt. Aber tagsüber war es noch immer ungewöhnlich heiß. Die Sonne hatte die trockene, aufgebrochene Erde Tag für Tag weiter ausgedörrt, bis die Heide selbst ein stumpfes Graubraun angenommen hatte, die Farbe von abgestorbenem Adlerfarn. Im Sommer hatte es wenig geregnet und jetzt im Herbst noch gar nicht. Die Ernte war schlecht gewesen, die Jagdbeute erbärmlich. Diesen Winter würde es zu einer Hungersnot kommen, und die Raubüberfälle würden nichts erbringen.

Andererseits hatte es Überfälle immer schon gegeben, auch während der Jahre relativen Wohlstandes in den Grenzländern. Das gehörte dort eben zum Leben dazu. Plünderungen oder Räubereien, zunächst nur im Kampf ums nackte Überleben durchgeführt, waren schließlich zur Gewohnheit geworden. Und im Laufe von drei Jahrhunderten ständiger Scharmützel waren auf beiden Seiten der Grenze englische und schottische Familien zu Wilden geworden. Nachts ritten die verfeindeten Clans über die zerklüfteten Hügel und verlassenen Sümpfe, um sich gegenseitig die Wohnhäuser zu plündern und zu verbrennen und einander die Pferde, die Schaf- und Rinderherden zu stehlen. Tagsüber trafen sie sich in den Tavernen von Carlisle oder auf den Rennplätzen in Langholm. Und dort betrogen sie einander beim Kartenspiel und Würfeln, oder sie schlossen irgendeinen zweifelhaften Pferdehandel ab. Und in den Jahren, in denen die beiden Länder offiziell im Kriegszustand miteinander lagen und Mord legalisiert war, schlachteten sie einander hemmungslos ab.

Ein- oder zweimal im Jahr wurde für einen Tag ein Landfrieden verkündet, damit an diesem Tag eine sogenannte Grenzland-Versammlung abgehalten werden konnte, an dem die Clans der Grenzländer zusammenkamen, um eine Beilegung ihrer Differenzen zur Abwechslung einmal auf friedlichem Wege zu versuchen. Sir Thomas Carleton war nicht nur das Oberhaupt des Carleton-Clans, sondern seit den letzten zehn Jahren auch Landeshauptmann für die englische Westmarsch. Zu seinen Pflichten gehörte es, die Grenze gegen Invasionen zu schützen und Gesetz und Ordnung in diesem gesetzlosesten Teil von England aufrechtzuerhalten. In dieser Eigenschaft hatte er die Grenzland-Versammlung mit seinem größten Feind, Lord Maxwell als schottischem Gegenspieler durchzuführen.

Die englische Königin Elizabeth hatte dazu einmal bemerkt, es käme ihr so vor, als ob man zwei rivalisierende Diebe beauftragen würde, die Kronjuwelen zu reinigen. Die Landeshauptmänner, selbst zwei der schlimmsten Räuber in dem Moorland, hielten sich niemals lange genug an eine vertragliche Vereinbarung, um sie auch wirksam werden zu lassen, und so mancher Landfriedenstag hatte in einer offenen Schlacht geendet.

Frauen waren bei den Grenzland-Versammlungen nicht zugelassen. Huren waren natürlich dabei, zusammen mit Hausierern, Jongleuren und Tierbändigern; aber keine einzige anständige Frau. Und ganz gewiß war nie eine adelige Dame dabei. Das war der Grund, warum Alexia, die schon vor langer Zeit herausgefunden hatte, daß Männer alles, was im Leben Spaß macht, für sich allein haben wollen, fest entschlossen war, an einem solchen Treffen teilzunehmen. Außerdem würde diese verfluchte Maxwellbrut dort sein, und sie hatte noch nie einen Maxwell richtig gesehen – außer abends und aus der Sicherheit des Bergfrieds, wenn sie über die Grenze gefegt kamen, um Carletons Vieh zu stehlen. Aber das zählte nicht.

Sie träumte gerade mit offenen Augen davon, was sie tun würde, wenn sie einen der Maxwells in ihre Gewalt bekäme, als sie merkte, daß der Lyne-Fluß bereits erreicht war. Aufgrund der anhaltenden Trockenheit war der Fluß nur noch ein Rinnsal, dennoch war die Furt schmal und konnte nur einzeln überquert werden. Sir Thomas zog sein Pferd zur Seite, sein Verwalter folgte ihm, und sie ließen die übrigen vorbei. Alexia versuchte, sich in die Mitte zu schlängeln, und als sie an ihrem Vater vorbeiritt, bedeckte sie ihr Gesicht und hüstelte.

»Alexia!« brüllte Sir Thomas.

Sie tat, als höre sie ihn nicht, was lächerlich war, denn alle hatten angehalten und sich in der plötzlichen Stille entsetzt nach ihm umgesehen.

»Alexia, verdammtes Mädchen. Komm her!«

Alexia schluckte und wendete ihr Pferd. Sie stand ihrem Vater gegenüber und hielt den Kopf demütig gesenkt, solange er seine Schelte auf sie herniederprasseln ließ. Er drohte ihr, sie würde eine Tracht Prügel mit dem flachen Schwert von ihm bekommen, danach würde er sie eine Woche lang bei Brot und Wasser in Thirlwalls Keller einsperren, und – die schlimmste Drohung für sie – er würde sie Lady Edwina zur Bestrafung überlassen.

Aber schließlich beendete er seine Tirade: »Wahrscheinlich kann man nichts tun. Du kannst jetzt nicht mehr zurück.« Er drohte ihr mit seinem knochigen Finger. »Aber stell nur nichts an, Göre.«

»Ja, Vater.«

»Und halte dich von allen Maxwells fern. Wenn sie dir auf die Schliche kommen, nehmen sie dich als Geisel und bringen mich an den Bettelstab, wenn ich dich zurückhaben will.«

»Ja, Vater.« Alexia hob den Blick. Der Verwalter lächelte süßlich, offensichtlich genoß er die Schelte, die auf sie niederging. »Rufus würde dir sicher raten, mich ganz abzuschreiben, Vater. So wie eine Schafherde, die räudig geworden ist. Nicht wahr, Rufus?«

Sir Thomas schnaubte. »Sei nicht unverschämt, Fräulein. Und nenne ihn nicht Rufus. Du bist noch immer ein Backfisch, und wirst dich gefälligst dazu bequemen, Älteren mit Respekt zu begegnen.«

Alexia spielte die Überraschte. »Aber wie kann man mich noch als Kind bezeichnen, wenn ich doch alt genug bin, um verheiratet zu werden? Das bin ich doch, nicht wahr, Rufus?«

Sir Thomas brummte und gab seinem Pferd die Sporen. Rufus, mit hochrotem Kopf vor Wut und Scham, folgte.

Alexia lächelte. Sie konnte der Versuchung nicht widerstehen, Rufus zu necken. Er tat immer so großartig. Und sie vermutete, daß er sie nicht besonders leiden mochte, obwohl er ihrem Vater gegenüber angedeutet hatte, daß man eine Heirat arrangieren könne. Rufus war ein Gentleman, aber der jüngere Sohn einer verarmten Familie. Sir Thomas hatte eigentlich Höheres im Sinn.

Alexia runzelte die Stirn bei dem Gedanken an Heirat. Sie war ihres Vaters Liebling, und dieser hatte keine Eile, sie einem anderen Mann zu überlassen, der sie von ihm wegholen würde. Aber Sir Thomas hatte keine direkten männlichen Nachkommen und hoffte verzweifelt auf Enkel. Und Evie, die arme Evie, würde niemals heiraten. Alexia war die einzige Hoffnung ihres Vaters.

Sie trafen sich mit den anderen englischen Clans auf ihrer Seite des Esk-Flusses. Alexia entdeckte ihren Vater, der bei Rufus stand und zusah, wie sich die Schotten auf der anderen Uferseite sammelten. Sie ritt zu ihnen hin und stieg ab; dabei ignorierte sie Rufus' Versuch eines versöhnlichen Lächelns.

»Die Maxwells sind hier«, sagte Rufus. »Ich sehe ihre Standarte.« Die Standarte der Maxwells war ein silberner Falke im Flug vor blutrotem Hintergrund. Die Fahne hing schlaff in der stillen, heißen Luft.

»Vater, welcher ist Lord Maxwell?«

In Sir Thomas' faltendurchzogenem, sonnengebräuntem Gesicht stand der Ärger geschrieben. »Ich dachte, ich hätte dir gesagt, du sollst still sein und außer Sichtweite bleiben.« Er drehte sich wieder zu Rufus um. »Diese Bastarde von Maxwells vermehren sich wie die Karnickel. Und seine Frau hat gerade wieder einen Jungen in die Welt gesetzt. Das macht jetzt fünf.« Sir Thomas fluchte und spuckte in den Dreck. »Fünf Söhne!«

»Es gibt keine Gerechtigkeit auf dieser Welt«, meinte Rufus und sah Alexia an.

Alexia blinzelte gegen die allzu helle Sonne. Sie versuchte zu raten, welcher von den Männern, die auf der anderen Uferseite herumwuselten, Lord Maxwell sein könnte. Als Kind hatte sie Alpträume wegen ihm gehabt. In ihren Träumen hatte er gespaltene Hufe und einen zweiteiligen Schwanz, wie der Teufel auf einem der Holzschnitte im Gebetbuch ihrer Mutter. Sie wollte schon immer wissen, wie er wirklich aussah.

Niemand hatte ihr je sagen können, womit die Feindschaft zwischen den Carletons und den Maxwells angefangen hatte. Sie war jahrhundertelang immer wieder aufgeflackert und hatte sich vor vierzig Jahren zu einem Höllenbrand entwickelt, als der Vater des jetzigen Lord Maxwell sein Schwert bei der schottischen Niederlage in der Schlacht von Solway Moss an Alexias Großvater verloren hatte. Das Schwert hing jetzt über dem Kamin in der großen Halle von Thirlwall Castle. Die Maxwells hatten wie ein Mann geschworen, es zurückzuholen, selbst wenn sie die Burg Stein für Stein niederreißen müßten.

Ein einzelner Schotte durchwatete den Fluß und kam auf ihre Gruppe zu. Sir Thomas zog seine Reithosen hoch und den Bauch ein. Er übergab Rufus die Zügel und schritt hinaus auf das rote Sandufer.

»Was werden sie tun?« fragte Alexia Rufus. Sie hatte vergessen, daß sie ihn ignorieren wollte. »Werden sie kämpfen?«

»Sie werden den Landfrieden vereinbaren, der bis zum Sonnenaufgang gilt. Dann kann die Versammlung beginnen.«

»Aber wie kann Vater darauf vertrauen, daß Lord Maxwell die Waffenruhe nicht bricht?«

Rufus sah sie verwundert an. »Und warum sollte Lord Maxwell deinem Vater vertrauen?«

Alexia warf den Kopf hoch. Eine so lächerliche Frage wollte sie gar nicht erst beantworten.

Sir Thomas war hochgewachsen, aber der schottische Lord war mindestens noch einen halben Kopf größer. Sie blieben stehen und starrten sich an. Dann nahm Lord Maxwell seinen stählernen Helm ab und warf ihn auf den Boden. Sir Thomas tat das gleiche.

Lord Maxwells Haar und Bart waren feuerrot, so daß sein Kopf in der Sonne zu glühen schien. Die beiden Männer sprachen miteinander. Alexia konnte das knarrende, cumbrische Gebrumme ihres Vaters und Maxwells schottischen Singsang unterscheiden, aber die Worte konnte sie nicht verstehen. Schließlich streckte Sir Thomas die Hand aus, und Lord Maxwell schüttelte sie, woraufhin die englischen Clans begannen, die Grenze nach Schottland zu überqueren.

Die Grenzland-Versammlung war eine riesige Enttäuschung für Alexia. Die zwei Landeshauptmänner saßen unter einem Baldachin und hörten sich eine endlose Beschwerdeliste an. Alle schrien sich an, aber es kam zu keinem Kampf.

Gelangweilt schlenderte sie zu einer Stelle, wo einige schottische Händler aus dem nahen Dorf Gretna ihre Zelte und Karren aufgestellt hatten, von denen aus sie alle möglichen Waren und Erfrischungen verkauften. Sie entdeckte einen Mann mit einem Tablett voll Wildpasteten und kaufte zwei, die sie herunterschlang, während sie an der Reihe der kleinen und hastig aufgestellten Stände entlangspazierte, auf denen viel Plunder, aber auch mancherlei Nützliches zu überhöhten Preisen aufgestapelt lag. Neben einem mit Holzböcken und roh gezimmerten Tischplatten vollbeladenen Wagen stellten zwei Männer eine Plattform für eine Hahnenkampfarena auf. Mehrere Kampfhähne hingen in ihren Säcken, wo sie warten mußten, bis sie sich gegenseitig umbringen durften.

Die Pasteten hatten sie durstig gemacht, und so trat sie in ein riesiges Zelt aus gestreifter Leinwand, das ein Tavernenwirt errichtet hatte. Das Zelt hing in der Mitte erheblich durch, weil der Stützpfosten nicht tief genug in die trockene, festgestampfte Erde getrieben werden konnte. Aber drinnen war es kühl, und man war vor der heißen Sonne geschützt. Alexia ließ sich einen Krug Bier geben und beobachtete ein paar Männer, die auf Bänken um die Bierfässer herumsaßen und um die nächste Runde würfelten.

Auf einem nahe gelegenen Feld spielte eine Gruppe schottischer Jungen, die nur mit Hemd und Hose bekleidet waren, Fußball. Alexia schlenderte hinüber, um zuzusehen.

Sein Haar war das erste, was ihr an ihm auffiel, hellblond mit von der Sonne gebleichten Strähnen. Sein Schopf wurde immer wieder zwischen den dunklen Köpfen der übrigen Jungen sichtbar, wenn er gelegentlich hochschnellte oder sich freilief. Leichtfüßig und schnell rannte er auf der Weide hin und her. Mit verbissener Wildheit und wagemutig kämpfte er gegen die anderen um den Ball.

Ein Junge mit feuerrotem Haar riß sich von der Meute los, das Leder im Arm, und rannte auf das Tor zu. Der blonde Junge war der einzige, der eine Chance hatte, ihn zu fangen, und im allerletzten Augenblick warf er sich vor die Beine des Rotkopfes, der klatschend in den Dreck fiel. Der Ball kam frei und sprang hoch in die Luft. Alexia lachte laut auf.

Die Jungen jagten dem weiterrollenden Ball nach. Nur der Rotschopf nicht. Er stand vorsichtig auf, klopfte sich den Staub aus den Kleidern und beugte sich vor, um die Risse in seinen Kniehosen zu inspizieren. Nur ein Maxwell konnte Haare von dieser Farbe haben, dachte Alexia und lachte wieder.

Der Rotkopf hörte sie. Er fuhr herum und starrte sie einen Augenblick an, dann kam er mit geballter Faust auf sie zu.

»Und über wen lachst du gerade?« wollte er wissen. Er sprach mit dem Knarrton der Schotten.

Er war stämmig gebaut und hatte große Hände. Sehr große Hände. Sie sahen einander direkt in die Augen. Die seinen waren schwarz wie Kohlen und funkelten bedrohlich.

»Über dich«, sagte sie, weil eine Carleton lieber auf das Schafott ginge, als sich vor einem Maxwell zu verkriechen. »Ich habe über dich gelacht.«

Der Junge legte seine Hände flach auf ihre Brust und stieß sie um. Sie landete auf ihrem Hintern im Dreck, die Beine breit gespreizt.

»Jetzt kannst du lachen, du widerlicher englischer Laffe.«

Alexia rappelte sich auf und wollte ihn nun ihrerseits umstoßen. Aber es war, als wolle man einen Felsen wegschieben.

»Ach, Kleiner.« Er grinste und holte mit der Faust aus. »Da hast du dich wohl etwas übernommen...«

Eine Hand schloß sich von hinten um das Handgelenk des Jungen, so daß er das Gleichgewicht verlor. »Benimm dich, Sandie-Junge, das ist unser Gast.«

Es war der Junge mit dem hellblonden Haar. Er sprach mit leicht mokanter Stimme, aber Alexia bemerkte, wie seine Knöchel weiß wurden, als er den Griff am Gelenk des anderen Jungen verstärkte.

Drei weitere Rotköpfe hatten das Fußballfeld verlassen und kamen auf sie zu. Alexia dachte an die Warnung ihres Vaters, sich von den Maxwells fernzuhalten.

Der Rotkopf fletschte die Zähne. »Mann, du wirst deine Knochen im Korb nach Hause tragen, wenn wir mit dir fertig sind. Zusammen mit ein paar Gedärmen, die du vom Boden abkratzen kannst.«

Der blonde Junge warf einen Blick über die Schulter und sah dann wieder Alexia an, und in seinen Augen saß der Schalk, so daß Alexia unwillkürlich lächeln mußte. Er lächelte zurück. »Erst wirst du mich fangen müssen, Sandie-Junge«, sagte er und stieß sein Knie grob in den Unterleib des anderen Jungen.

Der Rote sackte in die Knie. Dann fing er an zu schreien. Die anderen Rotschöpfe sahen, was passiert war, und fingen an, auf sie zuzulaufen. Der blonde Junge packte Alexia am Handgelenk und zog sie mit sich zu den Zelten und Wagen.

Sie hörten die Schritte hinter sich, und Alexia wagte es, über die Schulter zu sehen. Die Rotköpfe gewannen an Boden.

Als sie an einem Wagen vorbeirannten, der bis oben hin mit Küchengeräten beladen war, ließ der Junge ihre Hand fallen, packte sich einen großen, schwarzen Topf, der von einem Haken herabhing, und warf ihn dem führenden Rotschopf vor die Füße. Dabei traf er ihn am Schienbein, und der Junge stolperte kopfüber in einen Leiterwagen, auf dem Berge überreifer Äpfel aufgeschichtet waren. Alexia brüllte vor Lachen und klatschte in die Hände, und der Junge grinste sie übermütig an.

Alexia schnappte sich eine Pastete vom Tablett des Pastetenverkäufers, der stehengeblieben war, um zuzusehen, und warf sie dem Rotschopf an den Kopf. Sie landete mit einem Plumps im Matsch.

Der Junge lachte. »Du wirfst wie ein Mädchen.«

Er griff sich ebenfalls eine Pastete und zielte. Sie traf den Rotschopf mitten ins Gesicht, und dieser brüllte, als das heiße Fett seine Haut versengte.

Sie liefen zwischen den Wagen und Zelten hin und her, wobei sie alle möglichen Gegenstände, die ihnen in die Finger kamen, den Verfolgern als Hindernisse vor die Füße warfen. Fässer, Äpfel, die Holzbälle eines Jongleurs, Rollen mit buntem Garn, das sich entrollte und um die Füße ihrer Feinde wickelte. Für ein paar Augenblicke waren sie die Verfolger los, weil sie sich unter einen Wagen rollen ließen, bis sie an den Hahnenkampfplatz stießen. Alexia lehnte sich an die Plattform und rang nach Luft.

»Verdammter Mist.«

»Was ist?« preßte Alexia hervor.

»Ich habe meinen Dolch dort drüben gelassen. Ich brauche jetzt ein Messer.«

Alexia gab ihm ihren Dolch und sah mit Überraschung und Bewunderung zu, wie er einen Sack nach dem anderen aufschnitt. Innerhalb von Sekunden hieben alle acht Hähne wild mit den Schnäbeln aufeinander ein. Schnell versammelte sich eine aufgeregte Zuschauermenge, die ihre Wetten so laut hin und her schrie, daß das Schreien und Krächzen der Vögel übertönt wurde. Einer der Hahnenbesitzer brüllte vor Schmerzen. Er war in die Arena gekrochen, um einen hellgelben Hahn vor den wütenden Hieben seines rotbrüstigen Feindes zu bewahren.

Der Junge kroch in das nahe Bierzelt, Alexia folgte ihm dicht auf den Fersen.

Die Leute schrien, und das Zelt fing an zu wackeln. Alexia erkannte mit wachsendem Entsetzen, daß sie nun schon weit davon entfernt war, nur eine Tracht Prügel von ein paar rotköpfigen Maxwells zu riskieren – inzwischen hatte sie halb Schottland gegen sich. Und das alles wegen eines verrückten blonden Jungen, der in dem Zelt von einem der aufgebockten Tische auf den nächsten hüpfte, wie ein Baumfäller, der beim Floßtreiben von Stamm zu Stamm sprang.

Die Leinwand wankte wieder, und zwei Rotköpfe stolperten herein. »O Gott«, betete Alexia laut und sah sich vergeblich nach einem anderen Ausgang um.

Der Junge hatte das Ende der Tisch- und Bankreihen erreicht. Er hob die letzte Sitzbank hoch, schwang sie im weiten Bogen um sich und auf den gebogenen Zeltpfosten zu. Der Pfosten krachte zusammen, und das Zelt schwankte, ächzte und fiel dann in sich zusammen.

Mit Alexias Dolch schnitt der Junge ihnen beiden einen Schlitz in die Leinwand, und dann liefen sie weg, hinunter zum Esk-Fluß. Er führte sie über den Fluß und hüpfte dabei behende von einem glitschigen Stein zum anderen – ein Kunststück, von dem Alexia annahm, daß sie es niemals im Leben mit solcher Anmut nachvollziehen könnte. Sobald sie auf der anderen Seite in Sicherheit waren, warf sie sich auf den Sandboden und wollte sich totlachen.

Der Junge stand über ihr, die Hände auf den Hüften. »Und über wen genau lachst du, du widerlicher englischer Geck?« dabei imitierte er die knarrende Stimme des Rotschopfs so perfekt, daß Alexia den nächsten Lachanfall bekam.

Jemand mit kupferrotem Haarschopf war aus dem Wirrwarr von Leinwand hervorgekrochen, schrie und deutete in ihre Richtung. Alexia stöhnte und vergrub ihren Kopf zwischen den Knien. »Ich kann nicht . . . ich kann nicht mehr weiterrennen.«

»Wir werden uns verstecken«, meinte der Junge.

Sie bahnten sich einen Weg durch den dichten Bewuchs am Fluß und folgten einem trockengelegten Abflußgraben bis zu einigen überstehenden Felsen. Alexia kroch zuerst darunter, dann klemmte sich der Junge neben sie.

Sie hörten Schreie und Rufe vom Fluß herauf, und einmal hörte Alexia einen Schrei und ein lautes Spritzen. Sie kicherte. »Still«, wisperte der Junge streng, aber sie spürte, wie er sich amüsierte.

Jemand brach durch das Gesträuch, und ein paar kleine Kieselsteine rieselten an dem Felsüberhang herunter. Dann rief ein anderer, offenbar aus unmittelbarer Nähe: »Komm raus und kämpfe fair, Jamie Maxwell!«

Maxwell!

Einen Augenblick war Alexia nicht einmal sicher, ob sie richtig gehört hatte. Dann keuchte sie und wollte ihn wegschieben.

»Sei still«, zischte er ganz nah an ihrer Wange.

O ja, sei still, dachte sie. Sei still, damit er mir, wenn sie alle weg sind, den Hals durchschneiden und andere, noch schlimmere Dinge mit mir machen kann, der dreckige Maxwell. Da hat er mich nun mit seinen Tricks dazu gebracht, ihm zu folgen, damit er mich hier in Ruhe umbringen kann. Und das mit meinem eigenen Dolch! Sie schluckte und preßte die Augen zusammen, blieb aber ruhig.

Da lagen sie, dicht aneinandergedrängt, unter dem überstehenden Felsen und warteten darauf, daß der Verfolger wegging. Alexias Gesicht war gegen seinen Hals gepreßt. Sie konnte den regelmäßigen Pulsschlag spüren und sein leises Ein- und Ausatmen hören. Einer seiner Arme drückte gegen ihre Brüste. Es schien ihr, als ob die Wärme seiner Haut sie durch Willies Lederwams und das rauhe Wollhemd hindurch verbrannte. Sie selbst hatte ihren Arm um seine Taille geschlungen und durch das feine Leinen seines Hemdes spürte sie seine sehnige Brustmuskulatur.

Sein Knie war irgendwie zwischen ihre Beine geraten. Als er sich ein wenig bewegte, rieb er gegen die Innenseite ihrer Oberschenkel. Alexia stockte der Atem, und in ihrem Bauch begann es zu kribbeln. Unbewußt zog sie ihn enger an sich.

Er rollte unter dem Überhang heraus und kam auf seine Knie, dabei zog er sie hinter sich her. »Um Himmels willen, hör auf, dich an mich zu kuscheln wie ein liebeskrankes Mädchen...« Und er stieß sie so heftig von sich, daß sie flach auf dem Rücken landete.

Einen Augenblick lag sie erschrocken da und rang nach Atem. Dann zog sie sich hoch und stützte sich auf die Ellenbogen. Ihre Kappe, die sich hochgeschoben hatte, fiel jetzt vom Kopf, und die schweren Zöpfe sprangen auf ihre Schultern.

Jamie Maxwell setzte sich auf seine Fersen und starrte sie an. Alexia starrte zurück.

Es war nicht nur sein hellblondes Haar mit den Strähnen, es waren auch seine Augen. Sie waren von einem seltsam dunklen Grün, wie Moos an einem Fluß oder wie das alte Grün eines Grenzhügels Ende Oktober. Er hatte hohe, markante Wangenknochen und eine schmale Nase über einem breiten, vollen Mund. Selbst wie er da im Schmutz kniete, mit nichts an als einem mit Grasflecken übersäten Hemd und aufgerissener Hose, wirkte er so lässig und überlegen, daß sich Alexia mehr denn je wie ein schäbiger, ungewaschener Stalljunge vorkam. Zum ersten Mal im Leben war es ihr wichtig, welchen Eindruck sie machte, und sie dachte voller Verzweiflung und Wut, daß sie wohl schrecklich aussehen mußte.

Sie kannte ihre Fehler; sie waren ihr oft genug von der Mutter vorgebetet worden. Flach wie ein Nudelbrett, lang und dürr wie ein Maibaum. Ihre Nase war zu dünn und viel zu groß und ihr Mund viel zu voll. Ihre Beine waren schlaksig, ihre Füße zu klobig. Ihr einziger Vorteil waren ihre dunkelbraunen Haare mit den rötlichen und goldfarbenen Strähnen dazwischen, wie Herbstlichter. Aber wie konnte er ihre Haare bewundern, wenn sie total verfilzt und zu Zöpfen geflochten waren?

»Du bist ein Mädchen«, sagte er schließlich, als ob er es noch immer nicht glauben könnte, lächelte aber.

»Sag es nicht meinem Vater.«

»Guter Gott, weiß der das nicht?«

Alexia knirschte mit den Zähnen bei seinem spöttischen Lachen. »Das habe ich nicht gemeint. Und außerdem, ich bin es nicht.«

»Nicht was?« fragte er heiser.

»Liebeskrank!«

Wieder lachte er sie aus. Sie wollte aufstehen, aber er hielt sie am Arm fest und drückte sie hinunter.

»Sie werden drüben am Fluß auf uns warten.«

Sie blickte in diese Richtung. »Wer waren denn eigentlich diese Rotschöpfe?«

»Johnstones, Gott möge sie ausrotten, die tun mir nicht leid. Aber die guten Leute aus Gretna, o Gott.« Er lachte. »Da drüben ist ein ziemlicher Schaden angerichtet.«

Alexia zuckte mit der Schulter. »Sie wissen nicht, wer wir sind. Und übrigens, mein Vater wird sich darum kümmern. Er ist der Landeshauptmann.«

»Sie wissen sehr gut, wer ich bin. Ich will nicht einmal daran denken, was mein ... Landeshauptmann?« Er starrte sie an, seine Augen weiteten sich, ungläubiges Erstaunen stand darin und plötzlich aufkeimende Wut. »Um Gottes willen, du bist nicht nur ein Mädchen ... du bist eine Carleton!«

»Alexia Carleton.« Sie hielt ihre Hand hin, als wären sie einander gerade im Salon eines Londoner Schlosses vorgestellt worden. Er nahm die Hand nicht.

»Willst du mir damit sagen, ich habe das Risiko auf mich genommen, von einer Meute von Johnstones verprügelt zu werden, habe halb Gretna ruiniert ..., davon wird mir mein Vater jeden Schilling vom Hintern abziehen ..., und das alles für eine verdammte Carleton?«

»Hör auf, das so zu sagen! Als wäre ich eine Aussätzige oder so etwas.«

Sie funkelten sich an, dann lächelte er verschmitzt.

»Ach, egal, es war die Sache jedenfalls wert. Und sei es nur, weil wir die verfluchten Johnstones blamiert haben.«

Alexia lächelte ihm ebenfalls zu. »Das war wirklich verrückt, was du da unten gemacht hast. Ich hoffe, daß du nicht allzuviel Ärger bekommst.«

»Das ist schwer zu sagen. Mein Vater würde sich freuen, wenn er wüßte, daß ich den Johnstones eins ausgewischt habe, aber er trennt sich nicht gern von seinem Geld. Außerdem hätte ich bei der Versammlung dabeisein sollen. Ich werde eines Tages ebenfalls Landeshauptmann werden.« Das sagte er so, als ob diese Aussicht ihm nicht besonders gefiele.

Eine Weile saßen sie in geselligem Schweigen beieinander, ihre

Rücken an die Felsen gelehnt. Alexia betrachtete immer wieder verstohlen sein herrliches Profil, wenn sie meinte, er würde es nicht merken.

»Darf ich bitte meinen Dolch wieder zurückhaben«, sagte sie.

Er zog ihn zwischen Hemd und Hose hervor und wollte ihn ihr gerade geben, drehte ihn aber um und betrachtete die feine Schnitzerei am Heft.

»Mein Vater hat ihn mir geschenkt«, sagte sie stolz.

Er wog ihn in der Hand. Seine Finger waren lang und schlank und die Nägel sauber und gepflegt. Alexia versteckte ihre eigenen Fingerkuppen mit den abgenagten Nägeln hinter dem Rücken.

Mit einer plötzlichen Bewegung, die so schnell war, daß sie lediglich einen dunklen Fleck vor den Augen wahrnahm, griff er den Dolch an der Klinge und warf ihn auf einen Baum zu, der zehn Meter entfernt stand. Er schwang unregelmäßig hin und her, nachdem er sich tief neben einem hervorstehenden Astloch in die Rinde gebohrt hatte.

»Danebengeworfen!« krähte Alexia.

Er stand auf und holte den Dolch zurück, dann warf er ihn von Hand zu Hand.

»Er hat kein Gleichgewicht«, sagte er.

Sie sprang auf und schnappte ihn weg. »Das stimmt nicht.«

Er starrte sie amüsiert an. Dann zog er an einem ihrer Zöpfe. »Selbst damit siehst du aus wie ein Junge.«

Das tat weh. Lächerlicherweise wollte sie weinen, obwohl sie kaum je weinte. Sie wollte ihn ebenfalls verletzen, und plötzlich fiel ihr ein, womit ihr das gelingen konnte.

»Wir haben das Schwert deines Großvaters«, sagte sie.

Er fuhr sie an. »Nicht mehr lange. Ich werde es zurückholen.«

»Haha. Du und welche Armee?«

Er wandte sich ab.

»Wo gehst du hin?«

»Zurück. Ich gehe zurück.«

»Oh... nun. Lebwohl.«

Aber er ging nicht. »Alexia...«, sagte er sanft und tat einen Schritt auf sie zu. Nahe genug für sie, um die grauen Lichtflecken zu sehen, die seinen grünen Augen diese seltsame schummerige Farbe verliehen. Er nahm ihr Kinn und rieb es mit dem Finger. Dann neigte er den Kopf und küßte sie auf den Mund.

Seine Lippen waren warm und fest und ihre Bewegung auf den ihren schien ihr zugleich unendlich geheimnisvoll und vollkommen vertraut. In ihrem Bauch spürte sie wieder dieses seltsame Flattern, als ob Tausende von Schmetterlingen mit den Flügeln schlugen.

Sie fühlte noch immer den Druck seiner Lippen auf ihrem Mund, selbst nachdem der Kuß zu Ende war. »Weshalb hast du das getan?« Es klang wie ein Quieksen.

»Ich weiß nicht, ich hatte Lust dazu.« Er schüttelte den Kopf. »Ich muß wirklich dämlich sein.«

»Tu es noch mal.«

Er ging einige Schritte zurück, immer noch den Kopf schüttelnd. Dann wandte er sich um und trottete davon in Richtung Fluß. Während sie Jamie Maxwells schlanker Gestalt nachsah, wie er leicht von Stein zu Stein sprang, fühlte sie ein heftiges, unbekanntes Ziehen, wie den Schmerz der Einsamkeit.

Sie fragte sich, ob sie ihn jemals wiedersehen würde.

Kapitel 2

Gewitterwolken, wie sie zu Beginn des Frühlings häufig auftreten, hingen tief über der Stadt Carlisle, so daß es an dem Abend recht früh dunkel wurde. Laternen schwangen quietschend an ihren Ketten über den Eingängen der wenigen vornehmeren Häuser. Sie warfen nur ein flackerndes Licht, das nicht sehr weit trug, in die gewundenen engen Gassen. Einzelne Windstöße fegten Blätter und Schmutz um die Beine ihrer Pferde.

Ein Blitz erleuchtete kurz den Himmel über der Burg vor ihnen. Einen Augenblick lang sahen die roten Sandsteinmauern aus wie Gesteinsschichten aus glühender Kohle. Dem Blitz folgte ein lauter Donnerschlag, und Alexias Stute scheute und drängte zum Pferd ihrer Schwester hinüber.

»Es wird gleich anfangen zu schütten«, meinte Evie. »Bis wir durch sind, ist dein neuer Mantel hinüber.«

Alexia hatte schlechte Laune. »Hoffentlich, ich hasse diesen Mantel.«

»Alexia?« Sir Thomas zwängte sein Pferd zwischen die beiden. »Was soll diese Vorstellung, Mädchen? Ich dachte, du wolltest ihn haben.«

Ein Regentropfen fiel auf Alexias Sattelknopf und hinterließ einen häßlichen Fleck. Sie blickte kurz hinüber zu ihrem Vater, aber es war zu dunkel, um sein Gesicht zu erkennen.

»Du wolltest ihn.«

»Aye, aber...«

»Was, aber? Du hast doch das erste Mal keine Rücksicht auf meine Wünsche genommen, warum jetzt?«

»Das war etwas anderes. Du warst damals noch zu jung, um zu wissen, was gut für dich ist.«

»Meinst du, ich würde Seymour deswegen heiraten? Weil ich mit neunzehn entdeckt habe, daß ein Howard in meinem Bett gut für mich wäre?«

»Lieber Himmel!« Sir Thomas brüllte laut genug, daß man ihn bis nach Schottland hätte hören können. »Hast du schon mit Seymour Howard geschlafen?«

Evie keuchte. Aus der Gruppe bewaffneter Begleiter, die hinter ihnen ritt, kam unterdrücktes Kichern. Aber Alexia lachte nur.

»Wenn du mir Enkel schenkst, Alexia, mein Mädchen«, diesmal brummte Sir Thomas sanfter, »paß bloß auf, daß sie ehelich sind.«

Sie ritten durch das Tor der Burg in den von Fackeln hell erleuchteten Hof. Schnell sprang ein junger Mann hervor, um Alexia vom Pferd zu helfen. Er war sorgfältig gekleidet – in grünweißen Bundhosen und einem dick gepolsterten, mit Edelsteinen besetzten Wams.

Eine steife weiße Halskrause hob sich gegen seinen dunklen Kopf ab, und ein goldener Ohrring glänzte in einem Ohr.

»Ich habe lange gewartet, dachte schon, Ihr würdet nicht kommen.«

Er zog ihre Hand an seine Lippen. »Willkommen.« Ein warmes Lächeln huschte über sein Gesicht, seine dunkelbraunen Augen glänzten.

Er drehte sich zu ihrem Vater um, der neben ihr abstieg. »Sir Thomas, danke, daß Ihr sie mir gebracht habt.«

»Na, na, ob Ihr mir später auch noch dankbar seid, müssen wir erst noch sehen.«

Alexia stieß ihrem Vater mit dem Zeigefinger in seinen leicht vorstehenden Bauch.

»Gib ihm was zu essen, Seymour. Er hat Hunger, und wenn er Hunger hat, wird er brummig.«

Der junge Mann lachte und betrachtete Alexia mit glänzenden Augen. »Ich habe Anweisung gegeben, für die späte Abendstunde eine leichte Mahlzeit in meinem Empfangszimmer zu servieren. Und ich werde dafür sorgen, daß Eure Männer gut untergebracht sind.« Er sah sich um.

»Ich sehe Lady Edwina nicht.«

»Lady Edwina«, erwiderte Sir Thomas, »wird morgen mit den

Gepäckwagen nachkommen. Ihr bekommt nicht nur meine Tochter, junger Howard, sondern auch noch sechs Wagen voll von Dingen, ohne die Frauen offenbar nicht leben können. Inzwischen könnt Ihr« – und er zog Evie aus der Gruppe seiner Begleiter, die im Schatten hinter ihm standen, hervor – »meine ältere Tochter Evelyn kennenlernen.«

»Ach ja, das ist Evie, nicht wahr?« Seymour verbeugte sich tief vor ihr, als er ihre Hand nahm. »Ich fühle mich geehrt«, er reckte sich lächelnd auf.

Das Lächeln erstarrte, als er die Gazemaske über dem Gesicht des Mädchens sah, und er warf Alexia einen erschrockenen und fragenden Blick zu. »Alexia hat oft von Euch gesprochen«, fügte er verlegen hinzu.

Es entstand ein kurzes, betretenes Schweigen. Dann fing es an zu regnen. Große Tropfen platschten auf den Boden. Es hörte sich an wie das Getrappel von Hunderten von Füßen.

Alexia hakte sich bei dem jungen Mann unter. »Führ uns bitte ins Haus, Seymour, sonst ist mein neuer Mantel gleich ruiniert.«

Alexia warf ihren Mantel über eine Truhe und sprang aufs Bett, von wo sie ihre Schuhe auf den Boden schleuderte.

»Wie kommt es, Alexia, daß du nie in ein Zimmer kommen kannst, ohne daß es innerhalb von Sekunden aussieht wie auf einem Schlachtfeld?«

Alexia seufzte und warf sich auf die Kissen. Die Arme hinter dem Kopf verschränkt, überlegte sie, daß sie dieses Zimmer nun eine ganze Woche mit Evie würde teilen müssen. Dann würde sie in Seymours Zimmer umziehen, als seine Frau.

In Seymours Bett.

»Was hältst du von ihm, Evie?«

»Er sieht gut aus. Er hat seelenvolle Augen«, Alexia setzte sich auf und betrachtete Evies gesichtslose Maske.

»Seelenvolle Augen . . . So was Komisches.«

Sie ging hinüber zum Fenster. Es bot den Blick nach Nordwesten, auf den Solway Firth und zu den Ländereien der Maxwells in Schottland in der Ferne. Seelenvolle Augen. Er war inzwischen

Lord Maxwell – jener verrückte hellblonde Junge. Und kein Junge mehr. Sie überlegte, was wäre, wenn sie auf ihr Pferd steigen und über die Grenze reiten würde, um ihn zu suchen. Er würde sie für verrückt halten – das wäre alles. Er hatte sie nur ein einziges Mal gesehen, vor mehr als fünf Jahren, ein mageres Mädchen mit Zöpfen und in den Klamotten eines Stalljungen. Selbst wenn er sich erinnerte, was an dem Tag geschehen war (und was war denn schon geschehen?), gab es nur einen einzigen Grund, warum er sie jetzt würde haben wollen: das Lösegeld, das er von ihrem Vater erpressen könnte. Und wer war er schon? Ein Schotte, ein Grenzräuber, ein Maxwell.

Es war lächerlich, jetzt an ihn zu denken, wo sie in Seymour verliebt war.

»Wenigstens dieses Mal wirst du freiwillig zum Altar gehen«, meinte Evie und hängte ihrer beider Mäntel in einem Wandschrank auf. »Ich bezweifle, daß diese Familie einen weiteren Versuch, dich noch einmal zu einer Ehe zu zwingen, überleben könnte.«

Alexia wandte sich vom Fenster ab. »War ich wirklich so schlimm?«

Evie schüttelte den Kopf. »Schlimmer.«

Es war damals das erste Mal in ihrem Leben gewesen, daß Alexia Carleton ihren Kopf nicht hatte durchsetzen können. Ihr Vater, der ihr immer alles durchgehen ließ, war hart geblieben: Sie würde Nicholas Forster heiraten, und wenn er sie an den Haaren in die Kirche schleifen müßte.

Sir Thomas konnte nicht verstehen, warum sie so hysterisch Widerstand leistete; sie hatte den Mann doch noch nicht einmal gesehen. Es stimmte, man konnte Nicholas Forster nicht gerade als jung bezeichnen. Er war dreißig, aber damit war er noch lange nicht friedhofsreif. Man konnte ihn auch nicht als gutaussehend bezeichnen. Das Wichtigste: Er war ein weltreisender Kaufmann, einer der Teilhaber der vornehmen »Muscovy Company«. Wenn seine nächste Unternehmung – ein Tauschgeschäft: englische Wollstoffe und Metalle gegen russische Pelze und Fette – erfolgreich verlief, konnte er das Vierfache seiner Investition herausholen und würde zu einem der reichsten Männer in England. Als Sir Thomas versuchte, ihr diese Vorzüge klarzumachen, hielt sich Alexia die Ohren zu und summte ihm ins Gesicht. Damit hatte sie Sir Thomas so provoziert, daß er sie zum ersten Mal in ihrem Leben schlug. Ihre Reaktion bestand darin, sich ihm vor die Füße zu werfen. Aber ein solches Verhalten glich so sehr den Darstellungen in italienischen Romanen, deren Lektüre Alexia verboten war, daß sie sich selbst ausgelacht hätte, hätte sie nicht so viel Angst gehabt.

»Vater, bitte zwing mich nicht, diesen Mann zu heiraten«, flehte sie ihn an und weinte nun wirklich. »Bitte.« Sie suchte verzweifelt nach einer Erklärung, und über das, was sie dann schließlich fand, erschrak sie fast so sehr wie er. »Ich liebe einen anderen.«

»Wen, um Gottes willen?« brüllte Sir Thomas. »Nicht etwa Rufus? Ich dachte, du magst ihn nicht einmal.«

»Ich hasse Rufus!«

»Wer ist es dann?«

Sie schüttelte den Kopf. Wenn sie den Namen »Jamie Maxwell« erwähnte, würde er sie umbringen.

»Wer auch immer, es wäre nicht schicklich.« Er packte sie an den Schultern, zog sie hoch und schüttelte sie heftig. »Du wirst Nick Forster heiraten.«

»Lieber würde ich sterben!«

»Dann wird ihn eben deine Leiche heiraten. Aber tot oder lebendig, Alexia, du wirst seine Frau.«

Alexia machte sich mit den ständigen Wutanfällen in der Folge immer wieder krank, und die Hochzeit mußte jedesmal verschoben werden. Endlich, am letzten Tag vor seiner Abreise nach Rußland, traf eine dünne, blasse Alexia in der winzigen Kirche von Gilsland Nicholas Forster zum ersten Mal. Sie stand neben ihm vor dem Altar, und er reichte mit seinem Kopf gerade bis an ihr Kinn.

Sie verbrachten ihre Hochzeitsnacht in ihrem Mädchenschlafzimmer auf Thirlwall Castle. Alexia lag im Bett, wohin sie eine Gruppe kichernder Carleton-Cousinen gebracht und dann völlig ausgezogen hatte. Sie beobachtete ihren Mann, wie er sich auszog. Sein Körper war muskulös und über und über mit schwarzen Löckchen behaart, und sie haßte ihn.

Er stieg ins Bett und streckte sich neben ihr aus. Auf einen Ellenbogen gestützt, betrachtete er sie. Alexia dreht sich um und vergrub ihr Gesicht im Kopfkissen.

»Du kommst mir vor wie eine Gefangene, die auf die Folter wartet«, sagte er und streichelte ihr Haar. Dann legte er die Bettdecke etwas zurück und umfaßte eine ihrer kleinen, knospenden Brüste. Mit dem Daumen massierte er ihre Brustwarze. »Alexia... ich weiß, du wolltest diese Heirat nicht.«

»Nein.« Seine Berührung war sanft. Vielleicht wurde es nicht so schlimm, und weil sie dachte, sie hätte ihn gekränkt, fügte sie hinzu: »Aber das war nicht wegen Euch. Es hat nichts mit Euch zu tun.«

Zu ihrer Enttäuschung ließ er ihre Brust los und rollte auf den Rücken. »Vielleicht wäre es klüger gewesen zu warten, bis ich aus Rußland zurück bin.«

Nach einer kurzen Pause sagte Alexia: »Mein Vater wünscht sich einen Enkel.«

Er lachte leise und zog ihren steifen Körper an sich. »Dann wollen wir doch mal sehen, was wir für ihn tun können.«

Nicholas Forster war sich der Tatsache bewußt, daß die Braut in seinen Armen kaum mehr als ein Kind war, und eine Jungfrau dazu.

Er wollte sie erst einmal beruhigen, indem er sie eine Weile sanft in den Armen hielt und streichelte – eine Behandlung, wie er sie einem Füllen zuteil werden ließe, das zugeritten werden sollte. Aber er hatte in den letzten drei Monaten täglich bis zu achtzehn Stunden gearbeitet, um sein Schiff *Resolute* für die russische Expedition auszurüsten. Er war die zweihundertfünfzig Meilen von London herübergeritten, ohne öfter zu halten als notwendig, um die Pferde zu wechseln. Außerdem hatte er beim Hochzeitsmahl dem Essen und dem Wein so zugesprochen, wie es sich für einen Bräutigam gehört.

Das Nächste, was er wahrnahm, als er die Augen öffnete, waren die helle Sonne und das schmollende Gesicht seiner Kind-Frau. Als er nach ihr greifen wollte, schreckte sie zurück.

Er setzte sich auf und schwang die Beine über die Bettkante. »Du hast heute morgen nichts von mir zu befürchten. Ich will dich nicht vergewaltigen, und dich zu umwerben fehlt mir die Zeit.«

Sie hatte sich zurückgelehnt, die Bettdecke fest bis unters Kinn gezogen, und beobachtete ihn beim Anziehen. Als er fertig war, stellte er sich ans Fußende des Bettes und sah zu ihr hinunter.

»Alexia, wegen heute nacht. Du bist noch so jung, eigentlich kaum mehr als ein Kind. Und es kann das erste Mal sehr weh tun bei einer Frau. Wenn man es erzwingt oder zu schnell ist, wird es nur noch schlimmer. Ich wollte nicht, daß du schließlich vor mir Angst hast oder mich haßt.« Er lächelte wehmütig.

»Und dann bin ich eingeschlafen. Es tut mir leid.« Als sie nichts sagte, beugte er sich hinüber zu der Truhe und hob Mantel und Hut auf.

»Nicholas?« Er sah sie an. »Du bist ein guter Mann.«

Einen Augenblick zögerte er. Dann ging er zu ihr, lehnte sich über sie und drückte ihr einen sanften Kuß auf die Stirn. »Wir werden noch viele Nächte haben, wenn ich zurück bin, meine edle Gattin.«

Aber er hatte sich geirrt; es sollte keine gemeinsamen Nächte mehr für sie geben. Alexia wartete über ein Jahr, und auch die Muscovy Company wartete. Dann rüstete die Gesellschaft ein weiteres Schiff aus und schickte es dem ersten nach. Als Alexia erfuhr, was Nicholas Forster und der *Resolute* zugestoßen war, mußte sie feststellen, daß sie bereits seit drei Jahren Witwe war.

»Hör auf, dich hin und her zu bewegen«, befahl Evie. Sie versuchte, rote Seidenbänder durch die hoch aufgetürmten Locken ihrer Schwester zu ziehen.

Alexia seufzte. »Beeil dich dann aber. Er wartet.«

In der Erinnerung lag ihre Hochzeitsnacht mit Nicholas sehr sehr weit zurück. Jetzt war sie im Begriff, sich wieder zu verheiraten. Trotz ihrer Andeutung dem Vater gegenüber, hatte sie noch nicht mit Seymour Howard geschlafen. Seymour wußte natürlich, daß sie Witwe war. Er würde also annehmen, daß sie das Ehebett im wahrsten Sinne seines Namens kannte. Sie meinte, er sollte vor ihrer Hochzeitsnacht die Wahrheit erfahren, aber es war nicht leicht, dieses Thema zur Sprache zu bringen. Sie konnte doch nicht einfach hinausposaunen, daß sie, obwohl Ehefrau, noch immer

Jungfrau war. Sie mußte bei ihrer Wortwahl über sich selbst lächeln, als gäbe es verschiedene Grade der Jungfernschaft.

So wie es Grade der Erfahrenheit gab.

Mit vierzehn hatte ihre Erfahrung in der Liebe aus einem einzigen Kuß von einem Jungen bestanden, den zu hassen ihr beigebracht worden war. Drei Jahre keuscher Ehe mit einem Geist waren gefolgt. Dann hatte sie Seymour kennengelernt. Er hatte sie auf den Weg zu sinnlichen Freuden geleitet. Sein Mund und seine Hände hatten sie geführt, bis ihr Körper sich in einem Schwebezustand befand, kurz vor einer Erfahrung, die sie sich selbst nur halb vorstellen konnte. Sie war bereit, mehr als bereit, den letzten Sprung zu tun.

Aber es war ihr Körper, der dazu bereit war, nicht ihr Geist. Alexia hoffte, daß ihre letzten Bedenken in ihrer Hochzeitsnacht mit Seymour sich in nichts auflösen würden, so wie die Angst eines Kindes vor der Dunkelheit verschwindet, wenn der Morgen naht.

Evie klopfte ihr auf die Schulter. »Da, siehst du, ich bin fertig. Bitte versuche mein Meisterwerk nicht zu zerstören, bevor er Gelegenheit hatte, es zu bewundern.«

Alexia stand auf und tanzte auf Zehenspitzen herum. Ihr Kleid blähte sich über ihrer Krinoline und ließ rote bestickte Strümpfe sowie passende Schuhe aus weichem spanischen Leder sehen. Ihr Überrock aus goldener Seide war in der Mitte geschlitzt, so daß ein Unterkleid aus elfenbeinfarben besticktem Satin hervorblitzte. Das Mieder war steif und reich bestickt. Die Ärmel fielen auseinander und enthüllten karminrote Unterärmel. Ein gestärkter, schneeweißer Kragen stand weit ab und ließ ihre glänzenden braunen Locken noch besser zur Wirkung kommen.

»Nun? Was meinst du, Evie?«

»Ich glaube, so wie er dich ansieht, könntest du in Lumpen gekleidet sein, und er würde dich noch immer schön finden...«, Evies Stimme zitterte, und sie wandte sich ab.

Alexia hörte auf zu tanzen. Die unausgesprochenen Worte schienen im Zimmer widerzuhallen: Niemand würde jemals Evelyn Carleton für schön halten; nicht Evie mit ihrem narbenübersähten und vom Feuer zerstörten Gesicht. Und Alexia spürte wieder den stechenden Schmerz des Schuldgefühls, der ihr die Brust immer schier zerriß, wenn sie daran dachte, was sie ihrer Schwester angetan hatte.

»Willst du wirklich nicht mit uns zu Abend essen?« fragte sie sanft.

Evie schüttelte den Kopf. »Jetzt noch nicht. Gib ihm Gelegenheit, sich an mich zu gewöhnen, an die Vorstellung von mir.«

Alexia hatte die Lider gesenkt und betrachtete ihren Verlobten schüchtern von unten. »War die Königin böse, als du sie um Erlaubnis gebeten hast zu heiraten?«

Seymour lachte herzlich. »Böse? Das kann man wohl sagen. Sie warf mir eine Konfektdose an den Kopf.«

»O nein. Konntest du ausweichen?«

»Ich habe es nicht gewagt. Schließlich mußte ich meine ganze Überredungskunst aufwenden, um mich vor dem Tower zu bewahren.«

Er nahm ihre Hand und küßte ihre Finger. »Nur eine von den vielen Schlachten, in die ich freudig für dich, mein Liebling, gehen würde.«

Sie entzog ihm ihre Hand. »Du wirst eher gegen mich kämpfen müssen, Seymour. Ich habe dich gewarnt, daß du keine einfache Ehefrau an mir haben wirst.«

»Das hast du gesagt. Ich glaube es aber zufällig nicht.«

Sie saßen nebeneinander auf dem Fensterbrett in seinem Empfangszimmer. Hinter ihnen peitschte der Regen gegen die schwarzen Scheiben, aber im Zimmer war es warm und gemütlich. Im Kamin brannte ein Feuer, und von den getünchten Mauern herunter spendeten die Binsenlichter in ihren Wandhaltern freundliche Helligkeit. Auf einem mit einem Teppich belegten Tisch standen große Platten voller Fleisch, Käse, Obst und Nüsse. Alexia konnte das schwere Aroma von gewürztem Wein riechen.

»Die Königin ist in solchen Dingen komisch, nicht wahr?« fing sie an. »Sie will nicht, daß ihre Favoriten heiraten.«

Alexia hatte Seymour Howard kennengelernt, als sie die Schwester ihrer Mutter besuchte, die Hofdame bei der Königin war.

Seymour war einer der vielen Höflinge, die Elizabeth Tudor umschwärmten und gut zu ihrem Hof mit seinen rohen Sitten und seiner Vergnügungssucht paßten. Drohnen, die um die Gunst einer Königin wetteiferten, die gut aussehende, virile junge Männer liebte, wenn sie Witz, Charme und Mut besaßen.

»Es scheint, als wäre sie gierig nach Liebe, nach Jugend, und... was starrst du mich so an?«

»Deine Augen. Du hast wirklich erstaunliche Augen. Braungelb und bernstein-gefleckt, wie die Augen eines exotischen Tieres.«

Alexia versuchte nicht zu lachen. »Du stellst mich so dar, als sei ich etwas, was man in einem Zoo ausstellen müßte.«

»Und dein Haar. Es ist so weich, wie Marderfell, und doch glänzt es, als läge Goldstaub darauf.«

»Bitte, Seymour, wenn du anfängst zu dichten, muß ich dich auslachen.«

Er lächelte und neigte den Kopf über sie. »Also muß ich dich statt dessen küssen.« Sie spürte das sanfte Kitzeln seines Bartes und die Wärme seines Atems, dann schloß sich sein Mund über dem ihren.

Ein lautes Husten erscholl von der Tür her. »Ich würde ja gerne sagen, ich komme später wieder, aber ich habe so einen schrecklichen Durst.«

Seymour sprang auf und errötete. »Sir Thomas, bitte tretet ein.« Er geleitete den älteren Mann zu dem einzigen Sessel im Raum. Das Möbelstück war nach der neuesten Mode gedrechselt und hatte Armlehnen, und obwohl der Sessel breit und bequem war, war er zu eng für Sir Thomas' erheblichen Leibesumfang. Er stöhnte und brummte, als er sich in den Sitz zwängte.

Seymour gab ihm einen Zinnkrug. »Etwas Wein, Sir?«

Sir Thomas trank einen Schluck und stieß einen zufriedenen Seufzer aus. Seymour goß noch etwas Wein in ein Glas, verdünnte ihn und brachte ihn Alexia.

»Also sagt mir, junger Howard«, fing Sir Thomas an. »Wie findet Ihr das Dasein als Landeshauptmann? Mehr Kopfschmerzen als die Sache wert ist, würde ich wetten.«

Sir Thomas hatte sich von dem Amt zurückgezogen, als seine

Gicht schlimmer und die Schmerzen beim Reiten zu groß wurden.

Er hatte die Königin gebeten, Seymour Howard an seiner Stelle zu ernennen, und sie war der Bitte nachgekommen und hatte den jungen Mann nicht nur zum Landeshauptmann der englischen Westmarsch ernannt, sondern auch zum Burgherrn von Carlisle Castle. Außerdem war ihm die Domäne Rose Castle zugesprochen worden. Jetzt war Sir Thomas zufrieden. Als Howards Frau wäre Alexia versorgt, und der Bursche war jung und zeugungsfähig genug, um Vater von vielen Söhnen zu werden, die Sir Thomas im Alter Freude machen würden, besonders jetzt, da die Zeiten der Räuberei für ihn vorüber waren.

»Ich habe kürzlich einen dieser schottischen Schufte gefangen, von denen Ihr mir erzählt habt«, sagte Seymour, »aber ich kann mich nicht entscheiden, ob ich ihn verkaufen oder hängen soll.«

Sir Thomas brummte. »Verkauft ihn. Man kann immer Geld gebrauchen, und auf einen Räuber mehr oder weniger kommt es nicht an. Wer ist es?«

»Eigentlich war es ein glücklicher Zufall.« Seymour schnitt ein großes Stück Rinderbraten ab, legte es auf ein Stück Brot und reichte es Sir Thomas. »Meine Patrouille stieß zufällig auf eine schottische Räuberbande, als sie das Ödland von Bewcastle abritt. Leider sind sie alle davongekommen, außer dem Jungen. Sein Pferd war mit dem Bein in eine Kaninchenfalle geraten. Ich müßte ein gutes Lösegeld für ihn bekommen, wenn er, wie er behauptet, Malcolm Maxwell ist, der jüngere Bruder von Lord Maxwell.«

Alexia zuckte zusammen und vergoß Wein über ihre Hand. Schon wollte sie sie an ihrem Kleid abwischen, hielt sich aber rechtzeitig zurück und leckte sie statt dessen ab.

Sir Thomas schlug sich vor Vergnügen auf das Knie. »Ein Maxwell, bei Gott!«

»Ich dachte, Ihr kennt ihn vielleicht, und ich hoffe, es macht Euch nichts aus, mit ihm an einem Tisch zu sitzen. Der Junge mag kein freiwilliger Gast hier sein, aber er ist immerhin ein...«

Sir Thomas stand brüllend auf, so heftig, daß beinahe der Stuhl umfiel. Er stieß ihn wütend weg.

»Um Gottes willen! Er sollte im tiefsten Loch Eures Turms stekken, anstatt frei hier herumzulaufen wie ein Taschendieb auf einem Jahrmarkt!«

»Aber er hat mir sein Wort gegeben, daß er nicht versuchen würde zu fliehen.«

»Sein Wort! Er ist ein Maxwell. Ihr solltet ihn lieber gleich morgen früh auf Harraby Hill aufhängen. Damit die Welt wenigstens von einem Mitglied dieser verfluchten Brut befreit ist.«

»Bitte, ich habe eine ganz außergewöhnliche Abneigung gegen das Hängen«, ließ sich eine gelassene, lachende Stimme von der Tür her vernehmen. »Besonders wenn es um mich geht.«

Der Hauptmann der Wache am Torhaus war nicht in der Stimmung, die warme Wachstube zu verlassen und nachzusehen, wer um diese Nachtstunde und beim schlimmsten Regensturm seit der Sintflut an das Tor pochte. Andererseits konnte es ja ein Bote aus London sein.

Von denen waren in letzter Zeit viele gekommen, seit der neue Landeshauptmann seine Residenz in der Burg errichtet hatte. Nicht wie früher, als der Mensch sich, wenn er nachts auf Wache war, ein ruhiges Schläfchen gönnen konnte. Schimpfend zog Hauptmann Mapes seine Stiefel an und zwängte sich in sein Wams.

Als er durch das Guckloch blinzelte, trieb ihm der Wind den Regen klatschend ins Gesicht. Er rieb sich das Wasser aus den Augen.

Dann merkte er, daß das, was er für einen Geist gehalten hatte, lediglich ein bartloser junger Mann mit einer grauen Wollkappe auf dem Kopf war.

»Was willst du?«

»Ich bin's, Jim, Sir.«

Hauptmann Mapes rollte die Augen zum Himmel und erflehte Geduld vom Herrgott. »Und darf ich fragen, wer...«

»Ich bring das Bier, Sir.«

Der Hauptmann spähte dem jungen Mann über die Schulter. Er konnte durch die Wasserschwaden ungenau die Umrisse eines mit

Fässern beladenen Ochsenkarrens ausmachen. »Heute ist Dienstag«, meinte er.

»Was?«

»Das Bier kommt nicht dienstags. Es kommt immer am Donnerstag. Und es kommt am Nachmittag, nicht mitten in der verdammten Nacht.«

Der junge Mann nahm seine Mütze ab und kratzte sich an einem Büschel seiner schmuddeligen blonden Haare. »Wollt Ihr dann, daß ich es zurückbringe?«

»Nein, nein, Augenblick.«

Hauptmann Mapes öffnete das Tor und wartete mit kaum verhohlener Ungeduld, daß der junge Mann die Ochsen durchlockte. Bei dem schwachen Lichtschein, der aus der offenen Wachstubentür fiel, betrachtete er die fröstelnde Gestalt von oben bis unten, nahm die nackten schlammverschmierten Füße und den ausgeblichenen Lehrlingskittel wahr. Regenwasser rann in schmutzigen Bächen von den hohlen Wangen des Burschen herab, und ein großer Tropfen blieb an seiner Nasenspitze hängen. Der Hauptmann mußte gegen einen plötzlichen Impuls ankämpfen, den Tropfen wegzuwischen.

»Wie kommt es, daß ich dich noch nie zuvor gesehen habe?«

Der junge Mann zuckte die Schultern. Der Regentropfen an der Nasenspitze zitterte, fiel aber nicht herab, und der Hauptmann seufzte.

»Der Meister liefert sonst immer das Bier für die Burg selbst aus«, plauderte der Lehrling drauflos. »Ich verlauf mich immer.«

Das erklärt alles, dachte der Hauptmann und mußte lachen. Man stelle sich vor: sich auf den fünf Meilen zwischen der Burg und der Corby-Brauerei zu verfahren!

»Nur, er ist krank«, fügte der Lehrling hinzu, »ist der Meister.«

Hauptmann Mapes war stolz darauf, ein gewissenhafter Mensch zu sein.

Er untersuchte den Wagen von unten bis oben, ob er auch wirklich nur Fässer geladen hatte und die Fässer nur Bier enthielten. Erst dann trat er in die Wachstube zurück und brüllte nach einem seiner Männer.

»Führe diesen Burschen zur Burg hinauf, Cuthburt, zeig ihm, wo der Bierkeller ist. Und paß auf, daß er sich nicht verläuft«, fügte er, über den eigenen Witz lachend, hinzu.

Beim Klang dieser bekannten, neckenden Stimme hatte Alexias Herz schneller zu schlagen begonnen, und sie war ungeschickt aufgestanden. Aber der junge Mann, der da durch die Tür kam, sah seinem Bruder überhaupt nicht ähnlich.

Er wirkte schwächlich und hatte sehr dunkles Haar. Als er ins Zimmer trat, merkte man, daß er einen Fuß etwas nachschleifte. Zuerst meinte Alexia, er habe eine Verletzung, aber dann sah sie, daß er wegen einer Mißbildung hinkte, denn eine Schulter stand höher.

Er blieb stehen und machte eine gespielte Verbeugung vor Alexia. »Madam«, dann mit einem unverschämten Lächeln zu ihrem Vater hin: »Carleton.«

Alexia ging hinüber zu Sir Thomas, der finster dreinschaute und wie ein wütender Bär von einem Fuß auf den anderen trat. »Setz dich hin, Vater, bevor dich der Schlagfluß trifft. Und du, Seymour, steh nicht so rum wie ein Narr. Biete deinem Gefangenen ein Glas Wein an.«

Seymour warf Alexia einen erschrockenen, beleidigten Blick zu, griff aber unwillkürlich zur Weinkaraffe.

»Ich hoffe, Ihr habt Euch nicht gegen meine Auslösung entschieden«, warf Malcolm Maxwell lässig hin, als Seymour ihm ein Glas in die Hand drückte. »Mein Bruder Jamie ist weit weniger knausrig, als es mein lieber verblichener Vater war.«

Sir Thomas räusperte sich und spuckte in die Binsen. »Da hört Ihr die feige Seele einer Memme.«

Malcolm hob die fein geschwungenen schwarzen Augenbrauen. »Warum Zweckmäßigkeit mit Feigheit vermengen? Ein Mann ist dumm, nicht unbedingt tapfer, wenn er am Galgen baumelnd stirbt. Im übrigen, wenn Ihr mich aufhängt...« Er sah Seymour an, und bei seinem Lächeln stockte ihr der Atem, denn sie erinnerte sich. »Mylord, mein Bruder, wäre sehr, sehr böse.«

Alexias Lachen klang laut und etwas gezwungen. »Vielleicht solltest du, Seymour, dich vor diesem jungen schottischen Lord in acht nehmen.«

»Sollte ich das? Ich habe gehört, er hätte etwas von einem Gecken. Sie nennen ihn Jamie, den Hübschen.«

Sir Thomas schnaubte. »Hübsch könnte er schon sein. Aber er ist kein Weichling.« Er warf Malcolm einen bösen Blick zu. »Erzähl ihm, Junge, wie der schottische König eine Konspiration veranlaßt hat, um deinen Vater während des Aufstands der Barone umbringen zu lassen. Und wie dein Bruder dem König den Kopf des Mörders auf einem Spieß dargebracht hat. Jamie Maxwell ist vielleicht ein Schuft und ein Bastard, aber er ist aus hartem Holz geschnitzt«, wiederholte er für Seymour, sah aber weiterhin den Jungen an. »Ihr tätet gut daran, Euch das zu merken.«

Alexia betrachtete Malcolm, wie er in seinen Wein starrte, sein scharf geschnittenes, fuchsartiges Gesicht war glatt und ausdruckslos.

Aber in seinen grünen Augen, seinen Maxwell-Augen, blitzte ein heimliches Lachen.

Der Wachmann lehnte sich gegen den Türpfosten der Vorratskammer und beobachete den Lehrling, wie er ein Bierfaß vom Wagen hob und leicht auf der Schulter absetzte. Der Kerl mag ein Schwachkopf sein, dachte Cuthburt, aber er ist stark, stärker als er aussieht.

Der Lehrling trug das Faß hinein, kam dann zurück und stellte sich vor dem Wachmann auf, hochrot im Gesicht. Er betrachtete aufmerksam den Boden zu seinen Füßen.

»Ich werde dir nicht helfen, das Zeug abzuladen«, sagte Cuthburt gereizt. »Es ist nicht meine Aufgabe.«

Das Gesicht des Burschen wurde noch röter, und er murmelte etwas vor sich hin.

»Aha, also mußt du erst mal was rauspissen, nicht wahr?« fragte Cuthburt lachend. »Hast das Bier deines Meisters angestochen, was?«

Er führte den Lehrling zur Rückseite der Vorratskammer und öffnete mit einem Ruck eine kleine Tür, die in einen dunklen engen Gang führte.

»Dort hinten, aber beeil dich.«

Er sah dem Lehrling nach, wie er den Gang hinunterschlurfte, die Latrine fand und darin verschwand. Dann schloß er die Tür. Der Gang war zugig, und er hatte sich schon eine Erkältung eingefangen.

Der Lehrling lehnte sich gegen die Klotür und wäre von dem Gestank fast ohnmächtig geworden. Er wartete zehn Sekunden, ohne Luft zu holen, und schlüpfte dann zurück in den Gang. Mit der Hand am rauhen Stein entlangstreifend rannte er, bis er auf das glatte Holz einer kleinen Hintertür stieß. Sie war ihm beschrieben worden. Er fand den Riegel und schob ihn zurück. Der bewegte sich leicht und geräuschlos, denn er war erst kürzlich geschmiert worden.

Als er in den windgepeitschten Regen hinaustrat, baute sich vor ihm die Erscheinung eines Riesen auf. Die Erscheinung erwies sich als ein sehr großer Mann in Lederjacke und mit einem Stülphelm, der im strömenden Regen stand und leise fluchte.

»Ist das naß«, fluchte Big Jock und lehnte sich platt gegen die Sandsteinmauer der Burg, als wolle er sich unterstellen. Er schüttelte seinen mächtigen Kopf, dann teilte ein breites Grinsen seinen schwarzen Bart. »Ihr seht unheimlich blöd aus in dieser Aufmachung.«

»Ich fühle mich auch unheimlich blöd«, gab Lord Jamie Maxwell zurück. »Wo ist mein Schwert?«

»Hier. Habt Ihr den Bergfried gesehen?«

»Er sitzt nicht im Turm. Er diniert mit dem verfluchten Landeshauptmann. Und mit seinen Gästen.« Jamie machte eine wirkungsvolle Pause. »Den Carletons.«

Big Jock ließ dieses besondere Geräusch vernehmen, das er Lachen nannte. »Aye? Das kann ja lustig werden.«

»Oder unser beider Tod. Sind Robin und seine Männer in Stellung gegangen?«

»Halbwegs zwischen hier und dem Tor. Er kann sie sehen, aber sie sehen ihn nicht.«

»Gib den anderen ein Zeichen, daß sie uns ins Haus folgen sollen, einer nach dem anderen.« Jamie hob sein Schwert zu einem gespielten Salut, und Big Jock konnte das Lächeln in der Stimme Seiner Lordschaft förmlich hören.

»Also gehen wir meinen Bruder aus den Klauen des Bösen retten, und nebenbei, Jock, werde ich vielleicht etwas tun, was ich sehr sehr zu bereuen haben werde.«

»Aye, Mylord?« Big Jock seufzte. »Aber dann doch wir alle.«

Sir Thomas schlug mit der Faust auf den Tisch. Dabei kippte ein Weinglas in die halb leer gegessene Platte mit Speisen. »Gebt meiner Tochter ein Schwert in die Hand, und sie ist jedem Mann ebenbürtig!«

»Vater ... bitte«, Alexia protestierte.

Seymour neigte sich zu ihr herab. Sein Gesicht war von dem guten Essen gerötet. Er starrte sie mit erschrockenen, etwas unsicheren Augen an.

»Das Schwert, mein Liebes? Ich hatte keine Ahnung.«

Malcolm Maxwell rührte mit seinen Fingerspitzen in einer Weinpfütze.

»Ich würde Euch kaum herausfordern können, Madam. Die Zeit eines Fechtmeisters ist zu teuer, als daß man sie an einen Krüppel verschwendet hätte.« Seine schmalen Lippen verzogen sich zu einem hämischen Lächeln. »Zumindest pflegte das mein Herr Vater, der Lord, zu sagen.«

»Das Schwert«, sagte Seymour wieder, kopfschüttelnd.

»Dann fordert sie heraus, Howard«, Sir Thomas gab niemals auf, wenn er meinte, eine gute Idee gehabt zu haben. »Ein gespieltes Duell, ja? Wenn Ihr es wagt.«

»Jetzt?« fragte Seymour.

Alexia hob den Kopf, und ihr Blick traf ein spöttisch dreinschauendes Augenpaar Maxwellscher Abstammung. Eine unvernünftige Wut packte sie, und sie ballte ihre Hände in ihrem Schoß zu Fäusten. Sie wandte sich an ihren Verlobten. »Nun, Seymour? Wagst du es?«

Sie schoben den Tisch an die Wand, während ein Diener ausgesandt worden war, um ein Paar Rapiere zu holen. Seymour zog sich bis aufs Hemd aus, und Alexia legte ihre Krinoline ab. Es war auch ohne den großen Reifen um ihre Hüften nachteilig genug, daß sie in ihren Röcken fechten mußte.

Seymour übergab ihr mit einer weit ausholenden Verbeugung einen Degen mit dem Griff nach vorn. Er nahm diesen Kampf nicht ernst, nahm sie nicht ernst, das wußte sie. Außerdem hatte er viel mehr Wein getrunken als sie. Seine Sinne würden getrübt sein, seine Reaktionen zu langsam. Als sie den Degen aus der Scheide zog, stellte sie fest, daß sie schon jetzt Seymour als ihren Gegner betrachtete, als einen Feind, den man übertreffen mußte.

Es war eine italienische Waffe, von der Spitze bis zum Knauf vier Fuß lang. Die starken Muskeln und Sehnen an ihrem Handgelenk spannten und dehnten sich, als sie ein paar Übungsstöße und Hiebe ausführte, um das Gewicht und die Stoßkraft des Rapiers zu prüfen. Dann kreuzten sie die Klingen, und das Duell begann.

Sie tauschten ein paar leichte Hiebe und Stöße, so daß sie die Schnelligkeit und den Rhythmus des anderen abschätzen konnten. Alexia merkte sofort, daß Seymour zu sehr auf der Hut war. Sie prüfte ihn, indem sie seine Klinge hochschlug und dann einen tiefsitzenden Hieb landete, und wenn es ein echter Kampf gewesen wäre, hätte sie schon jetzt sein Blut vergossen.

Auch Seymour wußte das. Er preßte die Lippen aufeinander und begann, ernsthaft anzugreifen. Alexia ging zurück, mit dem Rükken zur Tür und in Richtung auf den einzigen Bereich im Zimmer, den die flackernden Binsenlichter nicht erleuchteten.

Sie hörte das Kratzen von Stiefeln eines Bediensteten auf der Treppe und das Geräusch eines Schlüssels, der sich im Türschloß drehte. Sie wählte diesen Augenblick, um in den Schatten zu treten. Seymour kniff die Augen zusammen und erkannte ihre Strategie, die Dunkelheit als Schutzschild zu benutzen. Gerade wollte er seinen Kommentar dazu abgeben, als die Tür aufgerissen wurde und gegen die Wand schlug. Anders als Alexia, hatte er das nicht erwartet. Sein Mund blieb offen und sein Arm erstarrt in der Luft stehen. Sie parierte seinen unterbrochenen Stoß mit einer kreisenden Abwehrbewegung, die das Heft seines Rapiers traf und die Waffe durch das Zimmer schleuderte.

Der Eindringling war kein Diener. Sie erkannte das in der Sekunde, die Sir Thomas brauchte, um ungläubig loszubrüllen, und die Malcolm brauchte, um in freudiger Überraschung über das ganze Gesicht zu strahlen.

Im nächsten Augenblick schwang sie ihr Rapier hoch und herum, bis es klirrend auf die erhobene Klinge von Jamie Maxwells starkem Schwert traf.

Kapitel 3

Lord Jamie Maxwell hob instinktiv sein Schwert, um dem Hieb des Rapiers zu begegnen. Die Wucht des Stoßes stauchte sein Handgelenk, aber an der harten Kante seiner großen Klinge zerbrach die empfindlichere Waffe. Mit einer raschen Bewegung hatte er dem Mädchen das Heft aus der Hand geschlagen, und die Waffe war auf die Binsenmatten am Boden gefallen. Er richtete die Spitze seines Schwertes auf ihre Brust.

»Bewegt Euch nicht!«

Ein Lichtstrahl traf den blanken Stahl, und das Mädchen zuckte zusammen. Jamie starrte in ein Paar unvergeßliche bernsteinfarbene Augen, und er war sich des Feuers, das in ihrer beider Blicke lag, bewußt.

»Keiner von euch bewegt sich«, wiederholte er mit kalter und strenger Stimme, »oder sie stirbt durch dieses Schwert.«

Jamie Maxwell war ein Tatmensch, und das bewies er jetzt wieder, indem er seine Stimme und seine Miene auf überzeugende Weise grausam wirken ließ. Seymour Howard war einen Schritt auf ihn zugegangen und dann erstarrt. In seinen Augen stand Angst, aber auch gespannte Aufmerksamkeit; der alte Sir Thomas ballte die Fäuste und brummte in hilflosem Zorn.

Jamie wandte seinen Blick wieder zu Alexia Carleton, die mit hochmütigem Gesichtsausdruck dastand. Entweder war sie weniger leicht zu übertölpeln oder weniger leicht in Angst zu versetzen als die anderen. Ihre Miene wirkte so erhaben, daß er einen wilden Lachanfall unterdrücken mußte.

»Ihr verdammter, räuberischer, Maxwellscher Schuft!« röhrte Sir Thomas. »Wenn Ihr sie auch nur ankratzt, werde ich...«

»Malcolm, hat dich jemand am Fußboden festgenagelt?« fragte Jamie, und Malcolm schreckte auf. »Erleichtere diese Herren um ihre Degen und...« Er hörte Schritte hinter sich im Treppenhaus und sah, wie Alexia ihn anstarrte. »Aha, Jock«, sagte er und drehte sich nicht einmal um. »Was ist mit den Wachen?«

»Alle hinüber, wie Säufer in einem Bierfaß.« Big Jock mußte sich ducken, um unter dem Türbogen durchzukommen. »Mann, die haben da aber ganz schön Silber ausgestellt in dem Saal.«

»Beherrsch deine unedle Habsucht, Jock. Wir haben es ein ganz klein bißchen zu eilig.«

Jock lachte brummend in sich hinein und schob den Griff einer abgerundeten Axt in seinen Gürtel. In der einen Faust hielt er eine Rolle Seil, und die warf er Malcolm zu.

»Gibt es keine Ehre mehr in Schottland?« giftete Seymour Howard, als ihm Malcolm seine Gelenke hinter dem Rücken zusammenband. »Ihr habt Euer Wort gegeben, daß Ihr nicht zu fliehen versuchen werdet.«

»Er flieht doch gar nicht«, kam es gedehnt aus Jamies Ecke. »Er wird bloß ein bißchen gerettet.«

Alexia schnaubte verächtlich, und Jamie lächelte sie an, aber seine Schwertspitze bewegte sich nicht.

Sir Thomas spuckte aus. »Euer Clan wird hierfür bezahlen müssen, Maxwell. Wir werden Euch zur Hölle schicken, und Ihr werdet Eure Tage am Galgen baumelnd beschließen...« Sir Thomas' Gebrumm wurde von Big Jock unterbrochen, der dem alten Mann eine zusammengeknüllte Serviette in den offenen Mund stopfte. Alexia versuchte zu protestieren.

Jamie konzentrierte seine Aufmerksamkeit wieder auf sie. Er fragte sich, warum sie mit einem Degen auf ihren Verlobten losgegangen war. Offensichtlich hatte sie ihren Hang zu verrückten und ungewöhnlichen Streichen noch immer nicht überwunden. Was die anderen Eigenschaften betraf, an die er sich erinnerte – ihre Anlagen zu Anmut und Schönheit, zu einer seltenen Geistesstärke, die er in einem schlaksigen, jungen Mädchen an einem heißen Herbsttag entdeckt hatte, als er selbst erst siebzehn war – all diese Anlagen waren in der Frau, die jetzt trotz der Bedrohung durch sein Schwert furchtlos vor ihm stand, voll zutage getreten.

Er riß sich von dem Anblick ihrer bernsteinfarbenen Augen los, betrachtete ihre festen, schön geschwungenen Lippen und senkte den Blick dann auf den viereckigen Ausschnitt ihres Mieders, unter dem sich ihre Brüste sanft hoben und senkten. Er meinte, ihren Herzschlag förmlich sehen zu können, und wußte plötzlich, daß er sie haben wollte, daß er sie so sehr begehrte, wie er es nie für möglich gehalten hatte. Es kam ihm vor, als hätte er sie immer haben wollen und sein ganzes Leben auf sie gewartet.

Er hob den Blick, und sie sahen einander an. Ganz bewußt ließ er seine Gedanken, seine Absicht, auf seinem Gesicht widerspiegeln.

»Das würdet Ihr nicht wagen!« zischte sie durch zusammengebissene Zähne.

Er lächelte und flüsterte sanft: »Für Euch, Alexia Carleton... würde ich alles wagen.«

Irgend etwas blitzte in diesen unglaublichen Augen – Angst, Verachtung. Vielleicht auch Triumph. Der Gedanke, daß es Triumph sein könnte, erschreckte ihn so sehr, daß er plötzlich finster dreinblickte.

Er bemerkte, daß Big Jock etwas gesagt hatte. »Was?«

»Das Mädchen, Mylord?«

»Stopf ihr den Mund, und fessle nur ihre Hände. Sie kommt mit uns.«

»Das könnt Ihr nicht!« schrie Seymour, und Malcolm stopfte ihm lachend eine Serviette in den Mund.

Schnell band Big Jock Alexias Handgelenke fest zusammen. Da er keine weitere Serviette fand, riß er mit seinem Degen ein Stück vom Tischtuch ab und band es ihr um den Mund. Er hob den Blick und sah die bekannte Begeisterung in den Augen Seiner Lordschaft blitzen, und ein breites Grinsen trat auf sein zerfurchtes Gesicht.

»Ist das das winzige Etwas, das wir alle bereuen werden?«

»Ja«, lachte Jamie.

Big Jock schnalzte mit der Zunge. »Und Ihr wolltet mich nicht einmal ein bißchen Silber stehlen lassen.«

Jamie packte Alexia am Arm und zog sie an Seymour und Sir Thomas vorbei, die auf den Binsenmatten zusammengebunden lagen wie zwei erlegte Wildgänse, bereit, gerupft zu werden. Als er das Schaudern durch ihr dichtes Ärmelfutter spürte, betrachtete er sie erstaunt, aber er sah nur Wut, keine Angst, in ihrem Gesicht.

Er betrachtete Sir Thomas von oben. »Wenn Ihr sie zurückhaben wollt, macht das fünfhundert Pfund... und das Schwert meines Großvaters.«

Sir Thomas ließ erstickte Wutgeräusche hinter dem Knebel hören und kämpfte gegen seine Fesseln. Seymour Howard dagegen bewegte sich nicht. Er starrte nur hinauf zu Jamie, Haß glühte wie ein Torffeuer in seinen dunklen Augen, und sie gaben einander ein lautloses Versprechen, ein Versprechen auf Rache und Tod. Ein Versprechen zwischen zwei Männern, die wußten, daß sie beide die gleiche Frau wollten und daß nur einer von ihnen sie bekommen konnte.

Bis zum Morgengrauen hatte sich der Regen in dichten Dunst verwandelt. Alexia war noch nie so naß und elend gewesen. Einer der Schotten hatte ihr einen Mantel geliehen, aber innerhalb kurzer Zeit war auch der durchnäßt. Sie saß hinter Jamie Maxwell auf dem Rücken des Pferdes, die Arme um seine Mitte geschlungen. Und es war nur ein geringer Trost für sie, daß dieser diebische schottische Schuft in seinen dünnen Lehrlingslumpen noch nässer war und noch mehr frieren mußte als sie.

Sie war, über seine Schulter geworfen wie ein Sack Steckrüben, durch eine unverriegelte Hintertür der Vorratskammer hinausgetragen worden. Keine Spur von der Burgbesatzung, aber einige Schotten, die plötzlich in ihren Stülphelmen und Lederwamsen mit Äxten und Hellebarden bewaffnet aus dem Nichts aufgetaucht waren, um ihnen auf ihrer Flucht Deckung zu geben. Im Schutz der Dünen, die hinter dem unterhalb der Burg dahinfließenden Fluß Eden aufragten, warteten die Pferde in der Obhut zwei weiterer Schotten auf sie. Schon jetzt führte der Eden sehr viel Wasser, und Alexia sah mit Entsetzen, daß, wenn nicht bald Alarm geblasen würde, jede Hoffnung auf Verfolgung und Rettung vergebens wäre. Sie blickte zur Burg zurück, und einen kurzen Augenblick lang schlug ihr Herz schneller, denn sie sah eine Gruppe Reiter und faßte Hoffnung, als sie die dunklen Schatten vor den grauen, riesig aufragenden Festungsmauern sah. Im nächsten Augenblick erkannte sie, daß es noch mehr Schotten waren, abgeordnet, um einen Hinterhalt zu organisieren, falls die Verfolgung aufgenommen wurde.

Es war ein wagemutiger, gut durchgeführter Plan gewesen, und Alexia mußte unwillkürlich die Verwegenheit des Mannes bewundern, der sich das ausgedacht hatte. Ein schottischer Räuber mit einer Handvoll Männern war in eine englische Festung geschlichen, hatte eine Geisel aus fremder Hand gerettet und sogar eine neue eigene gewonnen. Und wenn der Tag käme, an dem sie Lord Jamie Maxwell für das Verbrechen hängen würden, wäre sie gern bereit, das Seil und das Schafott zu spendieren.

Sie galoppierten an dem roten Ufer des Esk-Flußes entlang und hinein nach Schottland. Aber anstatt nach Westen in Richtung der Festung der Maxwells in Nithdale zu reiten, ging es weiter nach Norden in die trostlosen Sümpfe des Tarras Moss. Ihre Grenzpferdchen, die in der Lage waren, das schwierigste, sumpfigste Gelände im dichtesten Nebel der schwärzesten Nacht zu durchqueren, hatten sie bald dorthin gebracht, wohin ihnen niemals eine englische Patrouille würde folgen können.

Als der starke Regen etwas nachließ, ritten sie aus dem Moor und begannen, zu den kahlen, rostbraunen Kuppeln der Cheviot Hills hinaufzuklettern. Der Himmel wollte gerade hell werden, als sie vor einigen Hirtenhütten anhielten. Man baute solche Hütten aus Eichenrinden und bewarf sie mit Torf. Die schottischen Hirten verbrachten in ihnen die Sommermonate.

Jamie Maxwell glitt vom Pferd und hob Alexia herunter. Er hatte zunächst außer einigen möglichst kurzen Befehlen nichts zu ihr gesagt, aber als sie die Grenze von Schottland überquert hatten, hatte er anhalten lassen, um ihr den Knebel und die Handfesseln abzunehmen. Dabei hatte er sie so berührt, daß sie es für sanftes Streicheln gehalten hätte, wenn es ein anderer und eine andere Situation gewesen wären. Es war zu dunkel und der Regen zu dicht, um sein Gesicht zu sehen.

Einen Augenblick standen sie nebeneinander, und seine Hand blieb auf ihrer Taille liegen, bis sie sich steif machte und vor ihm zurückwich.

»Alexia, ich...«, fing er an und unterbrach sich dann. »Kommt herein und trocknet Euch.«

Drinnen war es warm. Ein Torffeuer brannte im Herd, vor dem ein Klapptisch stand, gedeckt mit Roggenbrot und Lederkrügen mit heißem Bier. Man hatte sie offensichtlich erwartet, obwohl von den Bewohnern der Hütte nichts zu sehen war.

»Eßt lieber etwas. Wir reiten in einer halben Stunde weiter«, sagte er hastig und verschwand wieder nach draußen.

Alexia breitete den durchnäßten Mantel über einem Hocker vor dem Feuer aus. Sie zog die Nadeln und Bänder aus ihrem Haar, schüttelte es und versuchte, es mit ihren Fingern zu kämmen. Der Regen hatte das Scharlachrot der hübschen seidenen Bänder zu einem matten Rosa verfärbt. Sie benutzte eines, um ihr dichtes, bis zur Taille reichendes Haar aus dem Gesicht zu binden. Ein Kratzen an der Veranda schreckte sie auf, dann humpelte Malcolm Maxwell in die Hütte. Er riß ein Stück Brot ab und hielt es ihr hin.

Sie schüttelte den Kopf. »Ihr habt ihn gestern abend erwartet, nicht wahr?« fragte sie.

Malcolm lachte: »Im nächsten Winter werden sie darüber Balladen an den Herdfeuern singen. Es war genau die Sorte verrückter, hirnrissiger Pläne, die meinem Bruder Spaß machen.« Er zuckte mit seiner schiefen Schulter. »Natürlich habe ich ihn erwartet. Er hat einen Spitzel in der Burg. Übrigens mehr als einen.«

»Seymour hat Euch vertraut.«

Malcolm schüttete etwas Bier aus einem größeren Krug. »Ich will Euren Verlobten nicht herabsetzen, meine Liebe, aber Seymour Howard ist ein Narr. Aber mein Bruder hat die Angewohnheit, die meisten Männer lächerlich wirken zu lassen...« Dann sah er sie zweideutig an. »Und die Frauen.«

Draußen auf dem Rasen hörte man das Dröhnen vieler Hufe und dann laute Begrüßungen. Malcolm trat aus der Tür, Alexia folgte. Ein Reiter sprang vom Pferd, noch ehe es vollständig angehalten hatte, warf die Zügel und seinen Stülphelm dem nächsten Mann in die Hände und ging mit einem breiten Lächeln auf Malcolm zu.

»Robin!« rief Malcolm. »Hattest du Gelegenheit, ein paar Engländern die Köpfe einzuschlagen?«

»Nein, die Bastarde ergriffen das Hasenpanier, als sie uns sahen.«

Alexia fiel es nicht schwer, diesen Maxwell als den Sohn des alten Lords zu identifizieren. Er hatte den gleichen Schopf feuerroter Haare und einen ebenso hellen sorgfältig geschnittenen Bart, der sein ganzes Kinn bedeckte. Grüne Maxwell-Augen schimmerten vor Freude, als er seinen jüngeren Bruder umarmte und ihm einen mächtigen Schlag auf den Rücken versetzte, der Malcolm fast zu Boden warf.

»Er hat dich rausgeholt! Ich kann es kaum fassen.« Dann bemerkte er Alexia, und sein Lächeln verschwand. »O Gott, was hat er denn noch angestellt?«

»Er hat nur Sir Thomas Carletons Tochter entführt«, meinte Malcolm lapidar.

»Carletons Tochter. Herrgott! Der König wird seinen Kopf dafür haben wollen. Warum, um Gottes willen, hat er das getan ...«

»Für fünfhundert Pfund und das Schwert unseres Großvaters.«

Bei diesen Worten kam Jamie Maxwell aus der Tür der nächststehenden Hütte. Er hatte sich gewaschen und die Lehrlingskleidung gegen ein Batisthemd und Reithosen aus weichem Wollstoff in hohen Lederstiefeln eingetauscht. Er trug sein Lederwams lässig über die Schulter geworfen, und sein blondes Haar, vom Regen dunkler gefärbt, lag eng um seinen Kopf geschmiegt.

»Du Lügner«, lachte Malcolm. »Du hast sie mitgenommen, weil sie hübsch ist und du sie haben willst. Gib's zu!«

Jamie ignorierte ihn. »Wurdet ihr verfolgt, Robin?«

Robin Maxwell sah Alexia so intensiv und prüfend an, daß sie errötete. »Nein... nein, wir wurden nicht verfolgt.« Er wandte sich an seinen Bruder. »Jamie, bring sie zurück.«

»Nein.«

»Um Himmels willen, Jamie. Es lohnt sich nicht, für sie zu sterben ...«

Jamie grinste und sah Alexia an, die ihn so böse anfunkelte, daß er wieder lachen mußte. »Robin, das war nicht sehr galant von dir. Alle schönen Frauen halten sich für wert, daß Männer für sie sterben.«

»Du kannst sie nicht nach Caerlaverock bringen. Mutter würde...«

»Ich bringe sie zu Tante Mad in Kilchurn. Wenn das Lösegeld ankommt, laß es mich wissen, und ich werde sie sicher in Howards Arme zurückführen. Und in mehr oder weniger dem gleichen Zustand, in dem ich sie bekam.«

Er sah zu ihr hinüber, und in seinen schummrig-grünen Augen stand der Schalk genau wie an jenem Tag bei der Grenzland-Versammlung. Dann lächelte er, und wieder schien der Junge von damals durch, aber nur solange er lächelte.

Für ihn ist es nur ein Spiel, dachte sie. Ein Räuber-und-Gendarm-Spiel gegen Seymour und ihren Vater, der Schotten gegen England. Er benutzte sie nur, um jene zu demütigen und zu besiegen.

Sie betrachtete ihn, wie er wegging, um einen Schwall von Befehlen an seine übrigen Männer loszulassen. Er bewegte sich mit der gleichen Aura adeliger Eleganz, die ihr schon das erste Mal aufgefallen war. Er war jeder Zoll ein Lord. Sie wunderte sich, daß er die Wachen auf Burg Carlisle so hatte täuschen können, daß sie ihn durch das Tor ließen, trotz seiner schmutzigen Verkleidung.

Plötzlich merkte sie, wie Robin und Malcolm sie beobachteten, und riß sich von Jamie Maxwells Anblick los.

»Ich darf nicht zulassen, daß Ihr in Bedrängnis geratet«, bemerkte Malcolm mit einem hochnäsigen Lächeln, das einen verrückt machen konnte. »Er wirkt auf jeden so.« Und Alexia spürte, wie brennende Schamröte in ihr Gesicht stieg.

Robin seufzte und schüttelte den Kopf. »Eines Tages wird er zu weit gehen.«

Die Männer stiegen auf und ritten in kleinen Gruppen weg, bis nur noch Alexia und die Maxwell-Brüder zurückblieben. Alexia ging wieder in die Hütte, um ihren Mantel zu holen.

Sie saß am Klapptisch und kaute auf einem Stück Brot, dabei dachte sie an Flucht. Sie hatte noch nie von einer Burg Kilchurn gehört, das hieß, sie lag nicht im Grenzland, sondern irgendwo tiefer im Innern Schottlands. Wenn sie fliehen wollte, müßte das bald geschehen, solange sie noch den Weg nach Hause finden konnte.

Wie es anstellen war eine andere Frage. Sie würde ihn nie überwältigen, noch schneller laufen oder schneller reiten können als er. Sie hatte bereits die Hütte nach irgendeinem Gegenstand durchsucht, den sie als Waffe benutzen konnte, und war dabei sogar auf Händen und Knien über die verrotteten und wurmstichigen Binsen gekrochen, aber sie hatte nichts gefunden. Sie würde ihn überlisten müssen.

Ein Schatten verdunkelte den Türeingang, und als sie aufsah, erkannte sie Robin Maxwells stämmige Silhouette. Er betrat die Hütte und warf sich neben sie auf eine Bank.

»Gieß mir Bier ein«, forderte er.

Sie wollte ihm gerade sagen, er solle sein verdammtes Bier selber eingießen, als sie einen gewissen Ausdruck auf seinem Gesicht bemerkte. Wortlos hob sie den schweren Lederkrug mit beiden Händen hoch und kippte ihn über eine Deckelkanne. In diesem Augenblick spürte sie, wie etwas in ihren Schoß fiel.

»Danke«, sagte Robin. Er stand auf, nahm das Bier und ging weg.

Alexia sah hinunter in ihren Schoß. Es war ein altmodisches Speisemesser, schmal und etwa sechs Zoll lang. Ein Messer, wie es die Gäste mitzunehmen pflegten, wenn sie auswärts aßen. Sie versteckte es zwischen ihrem Mieder und dem Brusttuch.

Warum hatte Robin es ihr gegeben? Natürlich wollte er, daß sie flieht; er war mit dem, was sein Bruder getan hatte, nicht einverstanden. Aber mußte er nicht befürchten, sie würde es bei der ersten Gelegenheit benutzen, um Lord Maxwell umzubringen? Vielleicht meinte er, sie als Frau hätte keinen Mut, damit zu drohen. Wenn Robin dachte, sein Bruder sei mit Drohungen einzuschüchtern, kannte er offenbar Jamie Maxwell überhaupt nicht. Und wenn er annahm, sie hätte Skrupel, ein Messer in einen lügnerischen, räuberischen Schuft von Schotten zu stoßen, dann kannte er sie nicht.

»Halt!«

Jamie zügelte das Pferd und drehte sich um. »Was ist los?«

»Ich muß mich ausruhen.«

»Ausruhen? Wir sind erst ein paar Stunden geritten. Ich wußte nicht, daß englische Mädchen so empfindlich sind.«

Den Seitenhieb ignorierend, glitt Alexia aus ihrem leichten Damensattel und sah sich um. Öde Hügelketten, bedeckt mit Gras und häßlichen Klumpen aus Adlerfarn, übersät mit Felsbrocken, so weit das Auge sehen konnte. Der Wind blies ihre Röcke platt gegen die Beine und peitschte ihre Haare um das Gesicht. Er blies in das Gras, so daß kleine Wellen entstanden, wie die, die sich auf einem See kräuseln. Ein Zwergfalke kreiste über ihnen auf der Suche nach Futter.

Jamie stieg neben ihr ab. Sie machte sich auf den Weg zu einer dichten Ansammlung von Felsen und Bergheide.

Er holte sie ein. »Wo geht Ihr hin?«

»Was meint Ihr wohl?«

»Ich glaube, ich gehe besser mit Euch.«

»Zum Teufel noch mal. Kann ich mich nicht einmal erleichtern, ohne daß Ihr mich anglotzt wie ein geiler kleiner Junge?« Sie ließ ihren Mund weich und zitternd erscheinen. »Habt Ihr mich nicht genug erniedrigt?«

Er errötete ein klein wenig und blieb stehen. Aber sie ging weiter auf die Schutzwand aus Felsen und Buschwerk zu, ohne sich umzudrehen.

Sie verschwand dahinter, bückte sich, riß ein gutes Stück aus ihrem Unterrock heraus, breitete den Stoff auf dem Boden aus und ließ die eine Ecke hinter einem der Büsche hervorschauen. Dann kroch sie tief am Boden entlang und hinunter in eine mit Schlamm und Felsbrocken übersäte Schlucht. Als sie meinte, weit genug weg zu sein, so daß er sie nicht hören konnte, begann sie zu laufen. Sie achtete nicht auf die scharfen Steine, die das weiche Leder ihrer Schuhe durchbohrten.

Die Cheviots sind trostlose Hügel, von vielen kleinen Rinnsalen und schroffen Klippen durchzogen, wo man sich an tausend Stellen verstecken konnte. Aber es war sein Land, mit dem er sicherlich sehr vertraut war, genauso wie sie jeden Zoll des wandernden Morastes um Thirlwall Castle herum kannte. Also rannte sie so schnell wie möglich, bis das Seitenstechen unerträglich wurde. Je mehr Abstand sie zwischen ihn und sich bringen konnte, bevor er ihre Flucht entdeckte, um so besser, denn dann würde er seine Suche einschränken müssen, und sie hätte eine Chance, eine winzige Chance, ihm zu entkommen.

Und Jamie Maxwell zu entkommen wäre nur der Anfang. Sie müßte dann ihren Weg durch eine feindliche Landschaft zurück nach England finden, von räuberischen Clans und wandernden Banden Gesetzloser bedroht und von Männern, die ihr den Hals durchschneiden würden, um an die Perlen in ihren Ohren zu kommen.

Sie rannte in eine Sackgasse und schlitterte hinein, bis es nicht mehr weiterging. Sie wurde von Panik ergriffen, und sie atmete heftig. Anstatt zurückzuweichen, zog sie sich an einem steilen Felsen hoch, hielt sich an dem rauhen Buschwerk fest und steckte ihre Fußspitzen zwischen die Felsen. Sie riß sich die Handflächen und Knie wund, und eine ihrer Schuhsohlen wurde in der Mitte aufgeschlitzt. Sie spürte etwas Klebriges an ihren Füßen, aber ob es Schweiß oder Blut war, konnte sie nicht sehen und wollte es auch nicht wissen.

Als sie die Spitze des Felsens erreicht hatte, blieb sie stehen und sah hinunter. Sie rang nach Luft. Das weit in die Ferne reichende Ödland da unten sah leer aus. Sie lauschte angestrengt. Das Hufeklappern der Verfolger war nicht zu hören, nur das anhaltende Heulen des Windes.

Als sie sich mühselig erhoben hatte, wandte sie sich um und wollte weiterrennen. In dem Schwung stieß sie an die Metallplättchen auf einer Lederjacke. Da schlangen sich starke Arme um ihren Leib, und sie wurde hochgehoben. Sie schrie erschrocken auf und hieb um sich. Es gelang ihr, einen heftigen Stoß mit dem Ellenbogen zu landen. Er fluchte und ließ sie los. Aber sie hatte nur ein paar Meter gewonnen, denn er griff sie von hinten erneut an, packte sie um die Hüften und zog sie hinunter auf den harten, steinigen Boden. Er fiel zusammen mit ihr hin und rollte auf sie. Sie schwang ihre Faust. Aber er konnte sie leicht abwehren, packte ihr Handgelenk und hielt es über ihrem Kopf fest.

Sie schaute in lachende grüne Augen.

»Du kleine Närrin«, neckte sie Jamie Maxwell und gab ihr einen Kuß.

Seine Lippen lagen fest und doch zärtlich auf ihrem Mund, und in ihr löste sich etwas, das sie fest unter Kontrolle gehabt zu haben glaubte. Sie schien unter seiner Wärme dahinzufließen wie Butter auf einem frischen, warmen Brotlaib. Einen ganz kleinen Augenblick lang vergaß sie, wie er sie benutzen wollte, vergaß, wie sehr sie ihn haßte, vergaß alles, spürte nur diese arrogante, rauhe Männlichkeit und das Gefühl seiner Lippen auf ihrem Mund.

Sie riß sich los. »Wollt Ihr jetzt Euren anderen Verbrechen auch noch Vergewaltigung hinzufügen, Mylord?«

Er lächelte spöttisch. »Das klingt verdächtig nach Einladung.«

»Ooh! Wenn Ihr meint, daß ich... ich hasse Euch! Ich würde lieber sterben als...«

Sein Mund schloß sich über ihrem, diesmal fordernder. Seine Zunge zwang sich durch ihre Lippen und preßte gegen ihre Zähne. Sie widerstand noch einen Augenblick, dann aber entspannte sich ihr Mund, und sie küßte ihn wieder.

Er ließ ihre Handgelenke los, um ihren Kopf zu streicheln. Seine Lippen wanderten weiter, weg von ihrem Mund, und entdeckten die empfindliche Stelle unter ihrem Ohr. Sie stöhnte leise.

»Lieber Gott«, murmelte er. »Alexia, Alex...«

Er streichelte ihre Brüste mit der rechten Hand, seiner Schwerthand, und die Schwielen an seinen Fingern fühlten sich rauh auf der empfindlichen Haut an und erregten sie. Ihre Bauchmuskeln strafften sich, und sie spürte die harten Metallplättchen seines Jacketts. Sie fühlte auch eine andere Härte, voller Begierde und Verlangen.

Ihre Finger zwängten sich zwischen ihrer beider Körper und unter ihr Mieder und schlossen sich um den Griff des Messers.

Er sprach sanft, sein Atem warm an ihrem Hals. »Sag mir noch mal, wie sehr du mich haßt...« Er hob den Kopf, um sie anzusehen, seine Augen waren so dunkel, fast schwarz.

Er mußte die Absicht an ihrem Gesicht abgelesen haben, denn er warf sich in dem Augenblick zur Seite, als sie zustieß. Das Messer kratzte an seinem Oberarm entlang, zerschnitt leicht seinen dünnen Hemdenstoff und stach in sein Fleisch.

Er entwand ihr das Messer, ehe sie noch einmal zustechen konnte und warf es über die Felskante. Es glitzerte in der Sonne, als es durch die Luft schwirrte und zwischen den Felsen verschwand.

Er setzte sich zurück auf die Knie, eine Hand fest auf den Schnitt in seinem Arm gepreßt. Das Blut quoll zwischen seinen Fingern hervor. »Verflucht, Alexia. Das war ein neues Hemd.«

»Ich hoffe, Ihr verblutet daran.«

Er zog sie grob auf die Füße. Mit eiskalter Miene fragte er sie: »Welcher meiner Brüder hat dir das kleine Spielzeug gegeben? Macht nichts, ich kann es erraten. Zieh dich aus.«

Alexias Unterkiefer fiel herab. »Warum... was wollt Ihr tun?«

»Du bist zu begeistert von scharfen Waffen, meine Süße. Ich will sichergehen, daß du nicht noch eine kleine Überraschung irgendwo für mich versteckt hast. Also zieh dich aus, oder ich werde es für dich tun.« Er tat einen Schritt auf sie zu.

Mit zitternden Fingern fing sie an, die Haken an ihrem Mieder zu öffnen. »Ihr werdet nicht hingucken?«

»Was für einen Sinn hätte es, wenn ich nicht aufpassen würde?«

Er paßte sehr wohl auf. Ärmel, Rüschen, Leibchen, Mieder, Röcke und Unterrock häuften sich zu einem kleinen Berg auf dem Boden zu ihren Füßen. Sie hielt inne, als sie bei ihrem Korsett mit seinen steifen Eisenstäben angekommen war. »Weiter«, sagte er mit ausdruckslosem Gesicht.

Ihre Finger zitterten so heftig, daß er ihr mit den Schnüren helfen mußte. Das Blut war durch seinen Hemdsärmel gedrungen und tropfte jetzt in den Schmutz. Der Schnitt war tiefer, als sie gedacht hatte. Es tat ihr leid; jetzt würde er sie hassen.

»Du brauchst das nicht«, sagte er, und seine Stimme war rauh. Das Korsett folgte dem Messer über den Felsen. »Du bist sowieso dünn genug.«

Der heiße, brennende Blick in seinen Augen erregte sie wieder. Sie schwankte leicht, und er stützte sie mit einer Hand unter ihrem Ellenbogen. Seine Berührung ließ sie erschauern. Sie fühlte sich heiß und kalt zugleich, sehnte sich nach etwas und fürchtete sich gleichzeitig vor dem, was sie begehrte.

Die Augen auf seinem Gesicht, fingerte sie an den Bändern ihres Unterhemds.

Er bedeckte ihre Hände mit seinen: »Nein. Das reicht.«

Sie dachte schon, er würde sie wieder küssen, als er den Kopf neigte, aber er tat einen Schritt zurück, bückte sich, hob ihre Kleider auf und warf sie ihr in die Arme.

»Zieh dich an. Ich hol das Pferd.« Im Weggehen drehte er sich um und rief: »Lauf nicht wieder weg.«

Sie schüttelte den Kopf. Ihre Kehle war wie zugeschnürt, so daß sie kaum sprechen konnte. »Jamie... ich wollte Euch nicht umbringen.«

Ein amüsiertes Lächeln spielte um seinen Mund. »Sicher, das wolltest du nicht.«

Kapitel 4

Lautes Glockenläuten weckte Alexia aus ihren Träumen, und sie erschrak. Als sie wieder zu sich gekommen war, fand sie sich gegen Jamie Maxwells Rücken gelehnt. Ihre Wange ruhte an seiner Schulter, und ihre Arme waren fest um seine Taille geschlungen. Entsetzt über sich selbst, gab sie sich einen Ruck und ließ ihn los. Ihr Pferd, müde von dem langen Ritt, stolperte, und sie glitt fast aus dem Sattel. Widerwillig legte sie wieder die Arme um ihn.

Er drehte sich mit einem Lächeln zu ihr um, und sie starrte wütend zurück. »Das sind nur die Glocken des Armstrong-Clans, die unsere Ankunft ankündigen«, erklärte er. Mit einer Hand drückte er ihre Hände fester gegen seine Taille. »Die Familie von Big Jock. Wir werden eine behagliche und trockene Unterkunft für die Nacht vorfinden.«

Alexia stieß seine Hand weg. Vor einer Stunde hatte es wieder angefangen zu nieseln. Sie wäre dankbar für ein warmes, trockenes Plätzchen, egal wo, denn sie war durchnäßt und hungrig und sehnte sich danach, auf einem schönen weichen Bett mit sauberen, frischen Laken und auf einer dicken Federmatratze auszuruhen.

Sie dachte an ein Bett und alles, was ein Bett bedeutete, auch an die intimen Dinge, und plötzlich wurde ihr Mund trocken. Er würde doch nicht erwarten... Er würde nicht meinen, daß sie... Das würde er nicht wagen!

»Warum knirschst du mit den Zähnen? Du klingst wie ein Hund, der einen Knochen anknurrt.«

»Das stimmt nicht. O Gott, ich hasse Euch, Jamie Maxwell!«

Er lachte. »Nein, du bist nur durcheinander, meine Süße. Was du da fühlst, ist Liebe.«

Alexia schloß die Augen und stellte sich ihn vor, wie er die Treppen zum Galgen hochging. Nur sie hatte die Macht, ihn zu begnadigen. Er betrachtet sie, und seine Augen flehen um Vergebung, aber leider wendet sie sich ab, und er senkt den Kopf, im vollen Bewußtsein ihrer Rache. Der Henker legt die Schlinge um seinen Hals, und die schreiende Menge ist plötzlich mucksmäuschenstill und wartet auf ihr Urteil. Sie hebt die Hand und...

»Alexia«, sagte Jamie. »Hör auf, dahinten rumzurutschen, du fällst sonst runter.«

Am liebsten hätte sie ihn geschlagen. »Ich bin nicht herumgerutscht.«

Sie kamen auf eine Anhöhe, von der aus man einen Wehrturm erblickte, der den Eingang zu einem engen Tal bewachte.

Der Wehrturm war ein typisches Bauwerk des Grenzlandes, bei dessen Architektur auf Bequemlichkeit zugunsten von Sicherheit verzichtet worden war. Es war ein allein stehender, viereckiger Turm, drei bis vier Stockwerke hoch und von einer Vorwerksmauer umgeben. Vieh und Pferde konnte man im unteren Teil, genannt »Pend«, vor Räubern schützen. Die Quartiere darüber waren über eine enge, gewundene Treppe zu erreichen, die im Uhrzeigersinn aufwärts strebte, so daß der Schwertarm eines Verteidigers immer frei war, gegen jeden auszuholen, der versuchte, die Treppen hinaufzustürmen.

Das Pferd, das die Nähe von Nahrung und Stall spürte, fing an zu traben. Jemand am Ausguck schrie »Hallo«, winkte, und Jamie hob den Arm als Antwort.

Als sie durch das Tor in der Vorwerksmauer ritten, wurde ein Fensterladen im obersten Stockwerk des Turms aufgestoßen, und ein massiver Kopf voller verfilztem schwarzen Haar und einem wallenden Bart schrie zu ihnen hinunter.

»Jamie Maxwell, du Bastard und Hurensohn eines englischen Zuhälters! Sei bereit, deinem Schöpfer gegenüberzutreten!«

»Armstrong, du Waschlappen und Hohlkopf!« schrie Jamie zurück. »Du nennst dich einen Schotten? Du könntest nicht einmal einem Baby seine Klapper abringen!«

Jamie glitt vom Pferd. Der Kopf verschwand. Kurz darauf wurde die Tür des Wehrturms aufgestoßen, und ein riesiger Mann, der Zwilling von Big Jock, kam herausgeflogen wie eine Kanonenkugel.

Jamie stand da und hatte die Füße fest auf den Boden gestemmt. Er blickte ihm entgegen, die Hände in der klassischen Ringerpose ausgebreitet und hoch erhoben. Big Wat Armstrong kreiste vorsichtig um ihn herum, seine beiden Schultern bis unter die Ohren hochgezogen, seine Arme lose an den Seiten herunterhängend.

Dann sprang er vor. Jamie fing ihn mit der Leitschulter auf, wirbelte ihn durch die Luft, packte ihn im Flug an einer seiner Wamslaschen, hob ein Bein und stieß ihm seinen Fuß in den Leib. Damit schickte er den riesigen Mann durch die Luft in das Gelände hinter ihnen, wo er wie eine gefällte Eiche niederfiel. Jamie folgte mit einem anmutigen Purzelbaum und landete mit dem Knie auf Big Wats Hinterteil. Dann drückte er ihn so lange nieder, bis er keuchte.

Jamie drehte Wats Arm auf den Rücken, und der brüllte. »Himmel noch mal, Jamie, Junge. Du brichst mir den Arm.«

»Du hast meine Vorfahren beschimpft.« Jamie Maxwell war ganz lässig. »Ich will Satisfaktion. Sage jetzt: Meine Mutter war eine Engländerin.«

»Oh, du bist grausam, du...« Big Wat schrie wieder auf, als Jamie ihm den Arm verdrehte. »Schon gut, schon gut! Mine Mudder war 'ne Engländerin... die Hure.«

Jamie war schnell wieder auf den Beinen. Big Wat kam langsamer hoch und massierte seine Schulter. Er grinste Jamie an, dann sah er Alexia.

»Wer ist das Mädchen?«

»Eine Engländerin«, antwortete Jamie und lachte.

Alexia saß auf einer Bank vor dem aufgebockten Tisch in der großen Halle und tat so, als sähe sie nicht zu, wie ein Mädchen mit schwarzgelocktem Haar und einem frechen Lächeln in ihrem hübschen Grübchengesicht die Schnittwunde an Jamies Arm reinigte und einen Verband anlegte.

Da der kindische Unfug auf dem Hof dazu geführt hatte, daß die Wunde wieder blutete, hatte Alexia kein Mitleid mit ihm.

»Ihr müßt furchtbar stark sein, Mylord.« Das Mädchen himmelte Jamie an, und Alexia ließ einen undamenhaften Schnaufer hören. »Furchtbar stark. Was, wenn er mich so hingeworfen hätte?«

»Man muß sich nur der Hebelwirkung bedienen«, meinte Jamie und lächelte das Mädchen an. Es war das süßeste Lächeln, das Alexia je gesehen hatte. Sie funkelte beide an.

Das Mädchen ging mit einer Schale blutigen Wassers hinaus. Jamie saß ganz nahe bei Alexia auf der Bank, viel näher als nötig. Seinen Oberschenkel preßte er gegen den ihren, und sie nahm seinen scharfen männlichen Geruch wahr – eine Mischung aus Pferd und nassem Leder.

»Ich würde gerne lernen, einen Mann so hinzuwerfen«, sagte Alexia.

Jamie warf einen Blick hinüber zu Big Wat: »Das würde sie wirklich.«

Er legte eine Hand auf ihr Knie; sie schob sie weg. Um seine Mundwinkel zuckte es.

Big Wat schüttelte den Kopf. »Ich kanns nich glauben, daß Ihr Carletons Tochter gestohlen habt. Der König wird ...«

»Er wird nicht.« Das Mädchen hatte eine Holzschale mit Eintopf aus geschmortem Rindfleisch und Steckrüben vor Jamie hingestellt. Er schob sie zu Alexia hinüber. »Wo war ich letztes Jahr um diese Zeit, Wat?«

»Ihr wart ein gesetzloser Rebell, Ländereien und Titel abgenommen ... Und auf Euren Kopf stand ein Preis von hundert Pfund.«

»Und wo stehe ich jetzt?«

»Ihr seid jetzt Lord Maxwell, mit mehr Land, als Ihr am Anfang gehabt hattet. Ja, ja, Ihr habt's geschafft, Jungejunge, kein Zweifel. Aber dieses Mal ...«

»Der König braucht die Maxwells viel mehr, als wir ihn brauchen. Mein Vater hat das letztes Jahr bewiesen, auch wenn er dabei umkam.«

Alexia erriet, daß Jamie mehr zu ihr als zu Big Wat sprach. Sie aß den Eintopf und tat so, als sei sie nicht im geringsten interessiert.

»Die Maxwells sind die stärkste Kraft an der Südwestgrenze«, fuhr er fort. »Stark genug, um die Engländer in Schach zu halten, und stark genug, um unabhängig von König James und seinem Kabinett von calvinistischen Schwatzbasen zu regieren. Die Maxwells kontrollieren die Grenzländer. Und ich kontrolliere die Maxwells.«

Big Wat leerte einen Bierkrug, dann wischte er sich mit dem Ärmel den Bart ab. »Ihr habt auch vier Brüder, denkt daran, und der junge Robin ist geil wie der Teufel auf Euren Platz.«

Alexia sah Jamie von der Seite an. Er schien überrascht und dann wütend.

»Nein. Du irrst dich in bezug auf Robin.«

Alexia griff nach dem Deckelkrug, der zwischen ihnen stand. Er enthielt eine stark riechende braune Flüssigkeit. Sie nahm einen langen Zug und verschluckte sich.

»Verdammt noch mal! Was ist das für ein scheußliches Zeug?«

»Aqua vita.« Jamie beugte sich über sie, seine Schulter eng an die ihre geschmiegt. »Davon wirst du betrunken, und dann kann ich mit dir machen, was ich will.«

Alexia lächelte ihn an und trank einen kleineren Schluck. Das zweite Mal brannte es nicht so sehr beim Runterschlucken, obwohl es noch immer scheußlich schmeckte. Sie bewegte ihren Fuß und ließ ihn absichtlich an seinem Bein reiben. Dabei sah sie Überraschung und Mißtrauen auf seinem Gesicht. Sie lachte vor sich hin. Zu zweit konnte man sein kokettes kleines Spielchen noch besser spielen.

»Ihr habt recht, Euch Sorgen um Lord Maxwell zu machen«, erklärte sie Big Wat, der zwischen den beiden hin und her sah, als ob sein Kopf auf einem Drehstock säße. »Mein Vater wird jetzt nicht länger ruhen, bis Lord Maxwell für seine Tat bezahlt hat.«

»Ja? Och, Jamie hat von Kindesbeinen an die Grenze unsicher gemacht, und bisher ist er noch nie gefangen worden. Erinnert Ihr Euch, Jamie, wie Ihr damals bei der Grenzland-Versammlung umgebracht worden seid?«

»Umgebracht?« Alexia betrachtete Jamie von unten herauf. »Wollt Ihr damit sagen, daß mich ein Geist entführt hat?« Sie langte nach ihrer Serviette und fuhr dabei mit der Hand an seinem Oberschenkel herauf.

Er neigte sich zu ihr und knurrte ihr ins Ohr. »Du spielst mit dem Feuer, meine Süße, und ich bin nicht...« Aber sie hatte sich herumgedreht und wollte Big Wats Geschichte weiter hören.

»Der alte Lord, der wo Jamies Vater war, seht Ihr, hatte geschworen, Richie Armstrong bei der nächsten Grenzland-Versammlung vorzuführen oder dem Basta..., äh, Sir Thomas Carleton statt Richie eine Geisel zu geben. Ja, und 'n Gauner von der schlimmsten Sorte war Richie Armstrong, auch wenn er mein Onkel war.«

»Ich sollte die Geisel sein«, sagte Jamie. Er hatte seinen Arm um Alexias Taille gelegt. Sie machte sich steif und beschloß dann, es dabei zu belassen. »Ich war zwölf, glaube ich. Vielleicht dreizehn.«

»Na ja, der Tag der Abrechnung kommt«, fuhr Big Wat fort. »Kein Zeichen von mein Onkel Richie, und Jamie hier hatte die Aussicht, sich eine Gefängniszelle im Turm von Carlisle von innen anzusehen. Wir versammeln uns am Esk-Fluß und die verdamm... äh, Engländer wollen gerade übersetzen, als dieser dumme Junge seine Hände an die Brust schlägt und quiekt wie ein Schwein in einem Schlachthauspferch. Und ein großer Pfeil steckt zwischen seinen Rippen, und Blut fließt herunter wie ein Highland-Wasserfall. Dann fällt er vom Pferd... tot.«

Alexia schnaubte. »Den sind wir los, würden manche sagen.« Und sie lehnte ihren Rücken gegen Jamies Brust.

»Dein Vater hat nicht gewußt, was geschehen war«, sagte Jamie, und sie fühlte, wie sein Atem ihr Haar bewegte. »Aber er sah nur einmal hin und beschloß, so schnell wie möglich abzuhauen.«

»Ja...« Big Wat lachte so sehr, daß sein Bauch den Tisch zum Wanken brachte. »Wir waren alle bereit, den englischen Bast... äh, wir waren alle bereit zu folgen und hatten die Herzen voller Rachegefühle... auf einmal setzt sich Jamie auf, lebendig und grinsend wie ein Pfarrer, wenn die Kirche voll ist.«

Alexia dachte, das war ein feiner Trick, auch wenn ihr Vater das Opfer war. Sie drehte sich um und lachte ihn an. »Also fand die Grenzland-Versammlung niemals statt, und Ihr mußtet nicht als Geisel Eures Vaters nach Carlisle gehen.«

»Jawohl«, sagte Big Wat und lachte noch immer stillvergnügt vor sich hin. »Der Anblick seines Sohnes und Erben als auferstandener Lazarus war zu viel für den alten Lord. Er fiel ohnmächtig um.«

Alexia lachte, und Jamies Arm legte sich fester um ihre Taille. »Dieser Teil war nicht so komisch«, sagte er. »Ich konnte eine Woche lang auf keinem Pferd sitzen, nachdem er mir sein Mißvergnügen hatte zuteil werden lassen.«

»Mißvergnügen!« trompetete Big Wat. »Lieber Himmel, er hätte vor Wut beinah seinen Hut gegessen.« Er schüttelte den Kopf. »Ich weiß noch immer nicht, wie Ihr das gemacht habt, Jamie-Junge.«

»Ein zerbrochener Pfeil, würde ich denken. Und eine Blase voll Schweine- oder Kuhblut«, meinte Alexia. »Außerdem eine Horde närrischer, einfältiger Männer.«

»Siehst du«, sagte Jamie zu Big Wat gewandt und sah dabei traurig aus. »Wäre sie dabeigewesen, müßte ich noch immer in einem Kerker von Carlisle schmachten.«

»Und genau dort werdet Ihr hinkommen...«, begann Alexia, hielt dann aber inne, als Big Wats Tochter, eine Laute am Hals haltend, hereinkam.

Das Mädchen legte eine Hand auf Jamies Schulter. »Würdet Ihr ein wenig für uns spielen, Mylord?«

Jamie zögerte. »Nun...«

»O bitte, versagt uns dieses Vergnügen nicht, Mylord«, fügte Alexia sarkastisch hinzu.

Jamie grinste sie schief an, stand auf und nahm die Laute. Er stellte ein Bein auf die Bank und legte das Instrument mit seinem birnenförmigen Kasten auf seinen Oberschenkel. Mit langen, schlanken Fingern zupfte er die Saiten, und er fing an, eine Grenzland-Ballade zu spielen. In der Halle, die voller lautem Gelächter und Geschwätz gewesen war, wurde es sofort still.

Das Mädchen sang mit belegter Altstimme:

Es kam ein Mann am Mittag
Er spionierte aus, was er brauchte, und ging fort
In der gleichen Nacht trug er es dem König zu
Der brach in mein Gemach und erschlug den Ritter mein.

Alexia war erstaunt, wie gut er spielte. Sie konnte ihn sich leicht bei Hofe vorstellen – sein geschmeidiger, athletischer Körper in Samt und Seide gekleidet, ein hoher Kragen mit Edelsteinen besetzt, der sein goldblondes Haar betonen würde –, wie er für die Königin spielte. Er würde alle übertreffen, dachte sie. Essex, Raleigh, Drake, sogar Seymour würde neben ihm blaß wirken. Sie merkte, daß sie im Begriff war, eine neue Dimension an Jamie Maxwell zu entdekken, die sie niemals erwartet hätte. Sie fragte sich, wie es möglich war, daß dieser Mann, der eine Liebesballade in so herzzerreißender Reinheit spielte, der gleiche war, der den Kopf eines Mannes aufgespießt seinem König schicken konnte.

Mehrere Leute hatten jetzt in den Gesang eingestimmt, auch Big Wat, der eine erstaunlich hohe Tenorstimme besaß. Alexia lauschte den Worten, und es wurde ihr eng um die Brust.

Wie traurig war da mein Herz,
Als ich den Kranz auf sein golden Haar gelegt.
Mein Herz, mein Herz, wo bist du jetzt
Wo geh ich hin, wo geh ich hin?

Keinen irdischen Mann mehr lieben will ich,
Jetzt da mein Ritter erschlagen ist,
Mit einer Locke von seinem golden Haar
Will ich mein Herz für immer ihm weihn.

Jamie hatte aufgehört zu spielen, seine Augen ruhten auf ihr. Sie starrte zurück, Tränen schimmerten auf ihren Wangen. Und sie machte sich nichts daraus, daß er sie sah.

Das Gesicht der Figur war in Todesqualen verzerrt, und große Tropfen hellroten Blutes rannen aus ihren vielen Wunden. Die Tür hinter ihr öffnete sich, und Alexia wandte sich von dem Kruzifix ab, das an der Wand über einem klapprigen, wurmstichigen Betstuhl hing.

»Diese Leute hier sind Papisten«, sagte sie zu Jamie gewandt, der die Tür hinter sich schloß. Er zog sein Wams aus und jammerte ein wenig, als er seinen verletzten Arm berührte.

»Ich dachte, die katholische Kirche sei in Schottland für ungesetzlich erklärt«, beharrte sie.

»Du kannst den Glauben eines Menschen nicht für ungesetzlich erklären«, sagte Jamie.

Alexia fragte sich, ob nicht vielleicht auch er zu diesen häretischen Katholiken gehörte, aber der Ausdruck auf seinem Gesicht nahm ihr jeden Mut zu fragen.

Sie sah sich im Zimmer um. Es war ein Schlafzimmer neben dem großen Saal, und aus dem typisch männlichen, unordentlichen Zustand zu schließen, war es wahrscheinlich Big Wats eigenes. Das Bett war riesig unter seinem Himmel mit Damastvorhängen voller Mottenfraß. Es hatte eine altmodische Strohmatratze, aber das Bettzeug sah einigermaßen sauber aus. Jamie setzte sich auf die eine Ecke und fing an, seine Stiefel auszuziehen.

Alexia stemmte die Hände in die Hüften. »Ich werde nicht mit Euch in dieses Bett gehen.«

»Fein«, brummte er und zog an seinem Stiefelabsatz. »Du kannst auf dem Fußboden schlafen. Oder bei den anderen Männern im Saal.«

Als die Stiefel ausgezogen waren, stand er auf und schälte sich aus seinen Reithosen. Er warf sie über die Schulter auf einen Hocker, verfehlte ihn aber. Sein Hemd folgte, auch das fiel daneben. Mit einer Bewegung, die ihre Schwester Evie zu Tode erschreckt hätte, beugte sich Alexia vor und hob Jamies Kleider auf, faltete sie ordentlich zusammen und legte sie auf den Schemel.

Sie richtete sich auf. Seine Unterhose, die jetzt nicht mehr an die Hemdenecken geknöpft war, sackte auf seine Hüften herunter, und er zog sie lässig weiter aus. Sie starrte auf sein nacktes Gesäß, seine schlanken, muskulösen Oberschenkel und hielt den Atem an.

Er beugte sich vor, um die Bettdecke zurückzuschlagen, dann wandte er sich um. Sie sah schnell weg, konnte aber noch den vollen Beweis seiner Absichten erkennen.

Sie bekam hochrote Wangen, als er lauthals lachte.

»Ich kann nichts dafür«, sagte er. »Ich bin fast verrückt, weil ich dich so sehr haben möchte, Alexia. Und du willst mich auch...«

»Ich will nicht. Ich hasse Euch, Jamie Maxwell!«

»Das hast du schon einmal gesagt. Eigentlich sogar mehrere Male.« Er machte die zwei Schritte, um sie in die Arme zu nehmen. »Wenn du nicht aufpaßt, wirst du mich noch überzeugen.«

Sie war sich seiner Nacktheit nur allzusehr bewußt. Seine Haut schien Hitze auszuströmen wie die Esse einer Schmiede. Er hielt sie gegen seine Brust gepreßt, seine Handflächen flach auf ihrem Rücken, und sie spürte, wie sehr er sie begehrte.

Er neigte den Kopf, seine Lippen berührten die ihren.

»Alexia, meine Geliebte...«

»Laßt mich los!« forderte sie scharf und schlug gegen seine Brust. Er ließ sie los und trat einen Schritt zurück.

Sie stapfte hinüber zur Truhe, die an der Wand unter dem Fenster stand und hob ihren Mantel auf. Sie betrachtete die Truhe. Sie müßte lang genug sein, um auf ihr schlafen zu können, wenn sie die Knie anzog.

Sie hörte das Stroh rascheln, als Jamie sich ins Bett legte, und wußte, daß er leise über sie lachte, obwohl sie fest entschlossen war, ihn nicht anzusehen.

»Alexia, bist du sicher...«

»Ja!«

Er löschte die Kerzen aus, und der Raum versank in Dunkelheit. Die Fensterläden waren geschlossen, so daß die Schwärze jetzt vollständig war, bis auf das rote Glühen des ausgehenden Feuers. Hinter ihnen im Pferch muhte eine Kuh. Alexia krümmte sich auf der Truhe zusammen. Das Möbelstück war mit Messingnägeln beschlagen, und darauf zu liegen war, als würde man sich auf einem Folterbett ausstrecken. Sie seufzte laut und krümmte sich noch etwas mehr.

Sie hörte, wie Jamie fluchte und ein Feuerstein angeritzt wurde. Um das große Bett war es plötzlich hell. Er stand auf und fing an, sich anzuziehen.

Sie spähte durch eine Falte ihres Mantels und betrachtete ihn. Nackte Männer hatte sie schon früher gesehen und ihren Anblick immer für leicht grotesk gehalten, aber sein Körper war schön. Sie liebte seine Bewegungen, die katzenartig waren und von einer schlanken, muskulösen Eleganz.

Und er begehrte sie noch immer. Das war ganz deutlich zu erkennen.

»Wohin geht Ihr?« fragte sie ihn, als sie überzeugt war, daß er sich vollständig angezogen hatte.

»Ich« – er funkelte sie an – »gehe in den Saal zu den Männern um das Feuer, wo ich zumindest sicher sein kann, etwas Ruhe zu finden!«

Die Tür fiel hinter ihm zu. Alexia wartete einen Augenblick, um sich zu vergewissern, daß es kein Trick war, dann stand sie auf, verließ die Truhe und nahm seinen Platz im Bett ein. Sie glitt mit der Hand über das Bettlaken. Es strahlte noch immer seine Körperwärme aus.

Die Gipfel des Ben Cruachen hoben sich hoch und majestätisch vor dem blauen Himmel ab. Die helle Sonne glitzerte auf dem Wasser des Loch Awe. Auf einer Insel am Ende des Lochs schien Kilchurn Castle auf einem See aus geschmolzenem Silber zu treiben.

»O Jamie, es ist wunderschön!« rief Alexia.

»Ja, das ist es«, antwortete Jamie, obwohl er die Landschaft überhaupt nicht betrachtete. »Wir werden noch zwei Stunden brauchen, bis wir dort sind. Wir müssen um den Loch herumreiten.«

Jamie betrachtete ihr Profil. Er wußte, sie begehrte ihn. Das spürte er an der Art, wie sie ihn ansah, wenn sie meinte, er würde es nicht bemerken. Wie sie zitterte, wenn er sie berührte, und wie sie sich nicht beherrschen konnte, sondern ihn immer wieder berühren mußte. Aber sie war so zimperlich. Hätte er nicht genau gewußt, daß sie bereits verheiratet gewesen war, würde er sie für eine Jungfrau halten.

Er nahm an, sie wollte ihrem Verlobten treu bleiben und bewunderte ihre Treue. Aber es wurde verdammt schwierig für ihn, mit seiner Begierde zu leben. Sie hatten sich beide in einen solchen Zustand sexueller Spannung gebracht, daß etwas geschehen mußte. Entweder würde sie nachgeben, oder er würde vollständig den Kopf verlieren und sie mit Gewalt nehmen. Bei manchen Frauen würde so etwas funktionieren, aber er dachte: nicht bei Alexia Carleton.

Er ließ sie an den felsigen Ufern des Lochs stehen und ging zu dem angebundenen Pferd. Nach einem Augenblick des Zögerns nahm er ein Blatt steifes Papier und ein Stück Holzkohle aus der Satteltasche. Er setzte sich auf einen Felsen und fing an, das Mädchen vor dem Hintergrund des Lochs, der Burg und des Berges zu zeichnen.

»Was tut Ihr da?« fragte sie.

»Zeichnen.«

Sie drehte sich zu ihm um. »Mich? Ihr zeichnet mich?«

»Ja. Wackle nicht hin und her. Und stell dich dahin, wo du vorher warst.«

Sie gehorchte. Sie versuchte zu sehen, was er da tat, ohne ihren Kopf zu wenden. Dadurch sah sie aus, als ob sie schielte, und er mußte sich das Lachen verkneifen.

Es war lange her, seit er das letzte Mal jemanden gezeichnet hatte. Sein Vater hatte es immer für unmännlich gehalten, wenn sein Sohn und Erbe seine Zeit mit so etwas vertat. John Maxwell war auch nicht mit dem Lautespiel und den Büchern seines Sohnes einverstanden gewesen. Schließlich hatte sich Jamie daran gewöhnt, diese Freuden heimlich zu genießen und seinem Vater gegenüber so zu tun, als ob er lieber auf Falkenjagd ginge oder Schießübungen machte, beziehungsweise sich lieber mit den Johnstones und den Carletons schlug. Die Ironie dabei war, daß er auch das mit der Zeit gern tat, weil er es gut konnte.

»Jamie?«

»Ja?«

»Warum habt Ihr mich entführt?«

»Ich habe es dir gesagt. Ich habe es allen gesagt. Für fünfhundert Pfund und das Schwert meines Großvaters. Meinst du, ich hätte noch weitere Motive, oder hoffst du nur? Runzle nicht die Stirn.«

»Ihr gebt wohl niemals auf, oder?«

»Nein. Und das willst du doch auch nicht.«

Sie seufzte. »Nein. Seid Ihr noch nicht fertig?«

»Komm her und sieh.«

Sie rannte herbei und blieb hinter ihm stehen. Dabei legte sie die Hände auf seine Schultern. Sie betrachteten beide das Mädchen auf der Zeichnung. Sie hatte ein starkes, auffallendes Gesicht, aus dem

Humor um ihren breiten Mund und lebendige, intelligente Augen strahlten.

»Die ist aber schön«, sagte Alexia und errötete dann, wütend auf sich selbst.

Jamie lachte. Er warf die Zeichnung auf den Boden, nahm ihre Hände und drehte sie, bis sie auf seinem Schoß zu sitzen kam. »So-viel Bescheidenheit«, neckte er sie.

»Das ist es nicht, was ich gemeint habe, Jamie Maxwell, und Ihr...«

Er zog ihren Kopf herunter und küßte sie fest. Einen Augenblick lang blieb sie steif, aber dann öffnete sie ihre Lippen gierig unter den seinen und schlang ihre Arme um seinen Hals.

Seine Hände glitten von ihren Hüften aufwärts über ihren Rükken, und seine Finger lösten fachmännisch die Haken an ihrem Mieder. Endlich lagen ihre Brüste frei vor ihm, und er zog seinen Mund von ihren Lippen ab, um seinen Kopf zwischen ihnen zu begraben. Als er ihre Brüste streichelte, wurden ihre Brustwarzen hart, und sie stöhnte. Sie bog ihren Kopf zurück, und ihr Haar fiel wie ein Wasserfall über seine Knie bis auf den Boden. Sie grub ihre Nägel in seine Schultern...

Der Wald explodierte hinter ihnen. Äste krachten, und man hörte Wutgebrüll.

Jamie sprang auf, stieß Alexia von seinem Schoß und zog seinen Dolch. Es war ein wilder Eber, das gefährlichste dem Menschen bekannte Tier zu jener Zeit.

Schleim tropfte von der Schnauze des Keilers herab, und seine kleinen, runden Schweinsaugen glühten rot. Die Stoßzähne, die aus dem Maul aufwärts standen, waren dick, scharf und tödlich. Jamie hatte einmal gesehen, wie ein wilder Keiler einen Mann von unten bis oben aufschlitzte. Das war kein Tier, das man leicht töten konnte. Zumindest nicht mit einem Dolch. Was er jetzt brauchen könnte, wäre ein Speer, etwas Langes, Scharfes, was er dem Tier zwischen die breiten, höckerartigen Schultern stoßen konnte, solange er noch vor dem endgültigen Angriff weit genug entfernt stand.

Der Keiler senkte den Kopf und grunzte. Seine Hauer wühlten im

Boden. Jamie fühlte, wie der Schweiß von seinem Handteller am Degengriff klebte. Er hörte, wie Alexia hinter ihm scharf den Atem einzog.

Dann drehte sich der Keiler schnell um und rannte zurück in den Wald.

Jamie blieb, mit dem Dolch in der Hand, angespannt stehen. Erst nach einer ganzen Weile drehte er sich zu Alexia um. Sie war dabei, in aller Ruhe ihr Mieder wieder zuzuhaken, und er sah an ihrem entschlossenen Gesichtsausdruck, daß das, was beinahe geschehen wäre, jetzt nicht mehr geschehen würde.

Er ging das Pferd holen, verfluchte die Götter und den Keiler und am meisten sich selbst. Sich in eine Engländerin zu verlieben war närrisch. Sich in eine Carleton zu verlieben war geisteskrank.

Kapitel 5

Alexia ließ sich vom Rand der Holzwanne in das heiße Wasser gleiten und quiekte vor Vergnügen, als es ihren Körper umgab.

Jamies Tante Mad hob Alexias Röcke und das Mieder auf und hielt sie am Fenster gegen das Licht. Mad hatte sich als Lady Madeleine Campbell entpuppt, die Gräfinwitwe von Argyle. Sie war ganz anders als alle Gräfinnen, die Alexia je gekannt hatte.

»Ich fürchte, es ist hoffnungslos, meine Liebe. Nicht mehr zu reparieren. Welcher Teufel hat den Jungen geritten, dich in diesem Aufzug zu entführen und dann den ganzen Weg bis hier oben heraufzuzerren. Ich kann es einfach nicht glauben. Er hätte eine Tracht Prügel verdient.«

Alexia lächelte vor sich hin. Sie bezweifelte, daß irgend jemand es wagen würde, Tantchen Mads geliebten Neffen zu schlagen, denn Mad war die Art Frau, die man, wenn man höflich sein wollte, als mollig bezeichnete, und sie betete Jamie ganz offensichtlich an. Sie würde ihn gegen jeden Angriff verteidigen, dachte Alexia, so wie eine schwarze Bärin mit einem mächtigen Hieb ihrer riesigen Tatzen ihre Jungen verteidigen würde.

»Du kannst hier nicht in Lumpen herumlaufen, meine Liebe«, gab Tante Mad gluckenhaft zu bedenken. »Es hilft nichts, ich werde dir ein paar meiner alten Kleider leihen müssen.«

»O Mylady, aber bitte nicht«, protestierte Alexia und versteckte ihr Lachen hinter einem vorgetäuschten Hustenanfall.

»Ja, ja, da mußt du lachen.« Tante Mad lachte ebenfalls. »Nein, ich bin jetzt vielleicht so fett wie eine schwangere Sau, aber in deinem Alter war ich ein genauso langes, dürres Ding wie du. ›Maddie Liebes‹, pflegte mein Archie zu sagen, ›du bist so schlank und rank wie ein Birkenzweig. Und genauso rauh!‹« Und sie lachte wieder.

»Dann machte es dem Grafen nichts aus, daß Ihr so groß wart?«

»Ausmachen? Unsinn, Kind. Dabei war er eher etwas klein. Aber die Größe spielt keine Rolle, wenn man zusammen auf einem Bett liegt.« Sie kicherte und fügte hinzu: »Zumindest nicht die Art Größe, von der wir sprechen, stimmt's, Mädchen?«

Alexia wußte, daß sie rot geworden war, aber sie konnte nicht anders, sie mußte lachen.

»Also!« Die Gräfin klopfte sich auf die Schenkel. »Ich werde ein bißchen auf dem Dachboden herumstöbern und dir etwas bringen. Denk daran, es wird natürlich etwas aus der Mode gekommen sein. Heute vor fünfzig Jahren war meine Hochzeit. Am Tag danach habe ich angefangen zu essen und seither nicht mehr aufgehört!« Sie verließ kichernd das Zimmer.

Alexia verschwendete hemmungslos die kostbare, parfümierte Seife, die man ihr gegeben hatte, und wusch sogar ihr Haar damit. Als sie endlich fertig war, hatte sich das Wasser abgekühlt, und sie stieg zitternd aus der Wanne. Sie trocknete sich kräftig mit einem Tuch ab, das zum Wärmen am Kamin gehangen hatte, als jemand klopfte. Alexia erschrak und versuchte, das Handtuch um sich zu wickeln, aber es war zu kurz. Also schnappte sie sich den Bettüberwurf und hielt ihn wie ein Schild vor sich hin. Dann rief sie: »Herein!« Ärgerlicherweise hatte ihre Stimme dabei einen quäkenden Ton angenommen.

Zum Glück war es nur ein Dienstmädchen, das die Kleider der Gräfin brachte. Alexia dankte ihr und schickte sie weg.

Die Kleider paßten ganz gut. Sie waren nach der Mode aus den Tagen des alten König Heinrich geschneidert und rochen etwas nach der Zedernholztruhe, in der sie aufbewahrt worden waren. Aber eines der Gewänder war wirklich wunderschön. Es hatte herabhängende, zurückgeschlagene Ärmel, so daß das wunderschöne Brokatfutter und ein reichbesticktes Unterkleid zu sehen waren.

Da sie nun angezogen war, konnte Alexia ihre Umgebung näher betrachten. Sie befand sich in einem hellen, luftigen Schlafzimmer mit zwei Fenstern, statt wie üblich einem. Aber der Reiz der großen, unterteilten Glasscheiben wurde durch eine grauenhafte Wandmalerei auf der gegenüberliegenden Seite gemindert. Sie zeigte einen alten Adler, der von seinem wilden Jungen angegriffen wurde. Die

Binsen waren mit süßer, duftender Heide und Thymiankraut in eine Matte gewoben. Das große Bett besaß seidene Vorhänge und eine weiche Federmatratze, wie sie durch Auf- und Abspringen festgestellt hatte.

Alexia war praktisch im gleichen Augenblick, als sie und Jamie ankamen, hier heraufgebracht worden. Jamie hatte man weggejagt, und die dankbare Alexia war der Gräfinwitwe zur mütterlichen Betreuung überlassen worden. Und während sie sich um Alexia kümmerte, plauderte Tante Mad ein wenig aus dem Nähkästchen.

Sie zeigte Alexia die Miniatur eines griesgrämig dreinschauenden Mannes in einem winzig kleinen, edelsteinbesetzten Rahmen. »Mein einziges Kind, der sechste Graf von Argyle«, sagte sie mit leicht angewiderter Miene. »Der Kerl ist so fromm, der Teufel sollte ihn holen. Er meint, wenn er schwitzt, käme Weihwasser aus seinen Poren. Ganz anders als unser Jamie.« Sie stieß einen tiefen Seufzer aus und zuckte mit den Schultern. »Aber als Mutter hat man keine Wahl. Man muß lieben, was man bekommt.«

Sie erzählte Alexia von ihrer Kindheit als Tochter eines ortsansässigen Müllers von bescheidenem Wohlstand und ihrem atemberaubenden Aufstieg zur Frau eines Grafen.

»Natürlich heiratete mein Archie unter seinem Stand«, gab sie zu. »Und viele Male wurde ich daran auch erinnert, doch niemals von ihm. Niemals von Archie.« Sie lächelte breit. »Aber abgesehen von den Erniedrigungen und dem Getuschel hinter meinem Rükken, das ich erdulden mußte, habe ich als Gräfin von Argyle und als Archie Campbells Frau viel Freude genossen. O Gott im Himmel, wie habe ich diesen Mann geliebt. Ich vermisse ihn noch immer, jede Minute an jedem Tag. Obwohl er mir schon vor fünfzehn Jahren genommen wurde.«

Es bedurfte nur eines winzigen Stichwortes von Alexia, und schon sprach sie über die Maxwells.

»Annor, Jamies Mutter, war die jüngste Schwester meines Archie. Und niemals sind zwei unterschiedlichere Babys aus dem gleichen Schoß gekrochen, aber je weniger man darüber spricht, um so besser. Es genügt zu sagen, daß Annor Maxwell und ich kein Wort miteinander reden. Früher nicht und in Zukunft auch nicht. Jedenfalls, seit sie diese armen Jungen abgestillt hat, wurde ihnen das Wort Pflicht in die Köpfe gehämmert, den bedauernswerten Burschen!« Sie kicherte in sich hinein, ihre riesigen Schultern zitterten. »Aber die Tatsache, daß du hier bist, beweist, daß zumindest Jamie nicht alle Lektionen angenommen hat.«

Sie machte eine Pause, um Luft zu holen, und fuhr dann fort: »Es hat noch einen Jungen gegeben, John, er wurde nach dem alten Lord benannt, und war vor Jamie geboren worden. Aber er starb jung. Ertrunken. Ich habe immer gedacht, Jamie wäre glücklicher gewesen, wenn er der zweite Sohn geblieben wäre. Jetzt bin ich nicht mehr so sicher. Er ist an seinem Titel gewachsen, und er wird noch weiter wachsen. Er wird doppelt so groß werden wie der Lord Maxwell, der sein Vater war.« Sie blickte Alexia mit offensichtlicher Berechnung an. »Besonders, wenn die richtige Frau ihm hilft.«

Daran dachte Alexia jetzt, als sie am Fenster stand und zusah, wie der Sonnenuntergang den Loch erst silbern, dann golden färbte und schließlich schwarz und abweisend hinterließ. Nein, Tante Mad irrte sich. Jamie Maxwell hatte sie nur mitgenommen, um es den Carletons und den Engländern zu zeigen, und sich dabei gedacht, wenn er bei der Gelegenheit mit ihr ins Bett gehen könnte, würde es seinen Triumph einfach noch ein bißchen vergrößern.

Aber ihr war das jetzt egal. Ich liebe ihn, dachte sie. Ich liebe ihn, und es macht nichts mehr aus, ob er es weiß oder nicht.

Sie hörte ein leises Geräusch hinter sich und drehte sich langsam um. Er stand da, gegen den Türrahmen gelehnt, und betrachtete sie. Der Leuchter im Treppenhaus zeichnete eine Aureole um sein blondes Haar, aber sein Lächeln war eher diabolisch.

Sie machte einen Schritt vorwärts, und als er den Ausdruck auf ihrem Gesicht sah, verging ihm sein Lächeln. Er reckte sich auf und ging ihr auf halbem Wege entgegen, zog sie heftig an sich und küßte sie wie ein Verdurstender, dem man plötzlich ein Glas kühles Wasser reicht. Er hob sie in seinen Armen hoch und trug sie zum Bett hinüber. Er legte sie nieder und streckte sich neben ihr aus.

Er küßte sie wieder, so leidenschaftlich, daß Flecke auf ihren Lippen zurückblieben.

Unten wurde zum Abendessen geblasen.

Jamie hob den Kopf. »Verdammt«, sagte er. Er vergrub sein Gesicht in ihrem Haar und zog sie enger an sich. »Du riechst so gut. Laß uns nicht hinuntergehen.«

Sie schob ihn von sich. »Nein, sonst verhungere ich.«

Er seufzte und rollte sich von ihr weg, packte sie dann aber am Handgelenk, als sie aufstehen wollte. »Wenn du mich heute nacht nicht in dein Bett läßt, Liebste, kann ich für nichts garantieren ...«

Sie strich mit dem Finger über seinen breiten, eleganten Mund. »Ich will dich auch, Jamie Maxwell. Verdammt noch mal, spürst du das denn nicht?«

So gern sie es getan hätten, waren Alexia und Jamie zu gut erzogen, um nach dem Essen sofort in ihr Zimmer zu stürmen. Nachdem der Tisch abgedeckt und der letzte Diener gegangen war, nicht ohne einen Krug gewürzten Wein zu hinterlassen, setzten sie sich und spielten eine Partie Backgammon vor dem Kamin bei Tante Mad, die an ihrem Wandteppich stickte.

Alexia schlug ihn mit Leichtigkeit in zwei Spielen hintereinander. Hauptsächlich, weil er mehr herumalberte, als auf das Brett zu achten. Immer wieder gähnte er und streckte sich demonstrativ.

Endlich, nachdem Jamie ihr schon das fünfte Mal gegen das Schienbein getreten hatte, stand Alexia auf. Sie wagte nicht, ihn anzusehen, und sagte zu Tante Mad, sie sei müde und wolle sich früh zurückziehen. Jamie begleitete sie bis zur Tür.

»Wie lange?« fragte er flüsternd, seine Lippen dicht an ihrem Ohr.

»Eine Viertelstunde«, wisperte sie zurück.

»Lieber Himmel.« Er schnitt eine Grimasse und rollte mit den Augen, als sei das eine Ewigkeit. Sie lachte sanft und strich zum Abschied mit einem Kuß über seine Wange.

Die Gräfin sah von ihrer Stickerei auf. »Ich muß dir etwas sagen, Jamie Maxwell.«

Er schenkte ihr sein charmantestes Lächeln. »Tante Mad, könntest du nicht dieses eine einzige Mal so tun, als seist du wirklich so weise, wie du bist?«

Sie hatte die Hände zum Ausruhen in den Schoß gelegt und sah zu ihm auf. »Du weißt, daß ich mich normalerweise nicht in das Leben anderer einmische. Leben und leben lassen, das habe ich schon immer gesagt und es auch so gehalten. Aber das hier, mein armer Liebling, ist etwas anderes. Du bist verrückt nach ihr, nicht wahr? Ja, man kann es sehen. Aber du kannst sie niemals heiraten, Jamie.«

»Ich weiß das, Tante Mad.« Es war gegen die Gesetze der Grenzländer, daß Schotten und Engländer heirateten. Auf das Mädchen würde es Schande bringen, für den Mann Schlimmeres. Der bloße Gedanke daran ließ ihn erschauern.

»Du willst mir wohl erklären, du hättest die Weisheit auf deiner Seite, nicht wahr?« meinte Tante Mad. »Das Mädchen ist keine Dirne, und doch hast du beschlossen, sie dir auf jeden Fall zu nehmen, ohne sie zu heiraten. Und was wird mit ihr passieren, wenn das Lösegeld bezahlt worden ist?«

Jamie stieß mit dem Fuß gegen ein Holzscheit im Kamin. »Dann muß ich sie nach Hause schicken, nicht wahr? Mein Gott, Tante Mad, sie ist nicht nur Engländerin, sie ist eine Carleton!«

»Ja.« Sie prüfte ihre Stickerei, dann biß sie einen losen Faden mit den Zähnen ab. Was Jamie getan hatte, was er noch tun würde, könnte leicht zu einem Blutbad zwischen den beiden rivalisierenden Clans führen. »Und was wird dann aus ihr?«

Jamie stützte sich mit den Händen auf den Kaminsims und starrte ins Feuer. »Sie wird tun, was sie getan hätte, wenn ich sie in Ruhe gelassen hätte: einen Engländer mit Namen Seymour Howard heiraten.«

»Denkst du, der würde sie dann noch haben wollen? Nachdem sie es mit dir getan hat?«

»Er braucht es ja nicht zu wissen...«

»Dummkopf, für was für eine Art Mädchen hältst du sie? Ihre Liebe zu dir glänzt in ihren Augen wie eine Weihnachtskerze. Meinst du, sie könnte so tun, als ob sie den Engländer mag, so wie sie für dich empfindet? Und was ist, wenn sie ein Kind von dir bekommt? Männer!« Sie schnaubte und erhob sich schwer atmend, um ihn so zornig anzufunkeln, daß er für einen Augenblick ganz verwirrt war. »Blinde, egoistische Narren seid ihre alle. Und du bist keine Ausnahme, Jamie Maxwell.«

Mit wachsender Beunruhigung sah Jamie zu, wie sie aus dem Zimmer stapfte. Wenn er Frauen kannte (obwohl er mehr und mehr den Verdacht bekam, daß er überhaupt nichts von ihnen wußte), war sie auf dem Weg hinauf zu Alexia, und wenn die beiden mit ihm fertig wären und kein gutes Haar mehr an ihm gelassen hätten, würde er heute abend mit seinem pochenden Ding höchstens an Alexias Tür vorbeilaufen.

Er fluchte und goß sich ein Glas gewürzten Wein ein. Aber nachdem er ihn kurz gekostet hatte, stellte er das Glas weg und durchsuchte die Schränke nach etwas Stärkerem. »Wo ist denn hier ein Männergetränk?« brummte er vor sich hin. Er entschied sich für einen alten Bordeaux, setzte sich und starrte brütend in den Kamin.

Er begehrte Alexia Carleton so sehr, daß es schmerzte, aber er wollte ihr nicht weh tun. Er hatte immer gedacht, wenn jemand für diesen kleinen Entführungsscherz zahlen müßte, dann er allein. Er sah ein, was für ein Narr er gewesen war, blind und selbstsüchtig, wie Tante Mad gesagt hatte. Er war aufgebrochen, um Alexia Carletons Herz zu erobern, ohne auch nur einen Gedanken daran zu verschwenden, was er damit tun sollte, wenn er es einmal hätte. Es stimmte, er hatte sein Herz vor langer Zeit an sie verloren. Aber er hatte gewußt, was er tat. Hatte gewußt, daß es nicht für immer sein konnte. Nur hatte er sich selbst eingeredet, daß ein paar süße Tage und Nächte genug sein würden. Weil das genügen mußte.

»Jamie?«

Er drehte den Kopf und wandte sich brüsk um. Sie stand im Türeingang in einem Nachthemd, so dünn wie ein Nebelhauch. Er konnte deutlich die dunklen Höfe um ihre Brustwarzen und den Schatten zwischen ihren Schenkeln wahrnehmen.

Er holte tief Luft und kämpfte um sein inneres Gleichgewicht.

»Ich habe lange gewartet, Mylord«, sagte sie und lächelte nervös.

Jetzt sollte er ihr sagen, das für ihn alles nur ein Spiel gewesen sei, eine Art ›Haschen‹, und jetzt, wo er gewonnen hatte, wolle er seine

Ruhe, hätte genug davon. Genug von ihr. Aber er stellte fest, daß er nicht den Mut zu einer solchen Lüge hatte, also sagte er nur: »Geh zu Bett, Alexia.« Und schließlich genügte das auch.

Es schien, als müsse sie zusammenbrechen. Mit der geballten Faust hielt sie ein Schluchzen zurück, dann drehte sie sich um und lief weg.

Alexia legte den Kopf in den Nacken und beobachtete einen Falken, der mit schnellen Flügelschlägen über den Baumwipfeln dahinraste, hinaus auf die flache Seite des Lochs, wo die Reiher auf der Jagd nach Futter waren.

Es war sein Falke, aber Jamie interessierte sich nicht für die Jagd, sondern betrachtete Alexia.

Sie trug einen Mantel mit einer Kapuze aus Zobelfell, und ihr Haar hing lose über der Kapuze, Ton in Ton mit dem kostbaren Pelz. Ihre topasfarbenen Augen glitzerten im Sonnenlicht wie ein Paar geschliffene Edelsteine. Um sie lag eine atemberaubende Spannung. Für Jamie sah sie herrlich lebendig aus, und seine Brust schmerzte unter dem Druck einer Sehnsucht, die mehr war als bloßes sexuelles Begehren.

Aber heute umgab sie noch etwas Besonderes – eine Art stiller Heiterkeit. Die Heiterkeit einer Frau, die mit sich und der Welt in Einklang lebt.

Im milden Licht des Morgens am Frühstückstisch hatte er versucht, ihr zu erklären, warum er in der vergangenen Nacht nicht in ihr Bett gekommen war. Sie hatte zugehört, aber nichts dazu gesagt. Nur etwas von der Verkrampftheit, die zuvor um ihren Mund lag, hatte sich gelöst.

Und später, als er sie fragte, ob sie auf Falkenjagd gehen wolle, hatte sie zu seiner Überraschung ja gesagt. In dem Augenblick hatte er zum ersten Mal diese seltsame Aura des Friedens und der Gelassenheit an ihr bemerkt. Er dachte, es sei wahrscheinlich deswegen, weil sie sich seine Worte überlegt und erkannt hatte, wie weise seine Argumente gegen eine körperliche Bindung waren. Offenbar hatte sie beschlossen, ihre Gefühle für ihn zu verbannen. Es tat ihm weh, daß es ihr so leichtzufallen schien.

Der Falke war zum Angriff bereit. Er schwebte hoch über ihnen und schien auf einmal in der Luft zu stehen, dann stieß er mit plötzlicher, tödlicher Schnelligkeit herab und packte sein Opfer mit starken Krallen, so daß es sofort tot war. Er ließ die Beute fallen, damit die Hunde sie holen konnten, und kehrte gehorsam zum Federspiel zurück.

Jamie hielt seine Faust in dem Handschuh ausgestreckt, und der Vogel landete mit einem letzten Schlag der blaugrauen Flügel. Er zog ihm die Fesseln über und flüsterte ihm zärtliche Worte zu.

»Du Süßer. Du wunderschönes Baby.« Er sah auf und entdeckte, daß Alexia ihn anlächelte. Es war das erste Lächeln, das sie an diesem Tag für ihn übrig hatte, und ihm wurde das Herz leichter.

»Er ist wunderschön«, sagte Alexia. »Hast du ihn selbst ausgebildet?«

»Ja. Möchtest du das Nest sehen, wo er herkommt?« fragte er, weil er wieder ein Lächeln bei ihr hervorzaubern wollte.

Der Wunsch wurde ihm erfüllt. Dieses Mal strahlte sie über das ganze Gesicht. »O Jamie, dürfte ich bitte?«

Ich würde dich bis zum Mond auf Händen tragen, dachte er, wenn du mich immer so ansehen würdest.

Sie lagen nebeneinander auf der schmalen Kante eines steilen Felsens des Ben Cruachen. Alexia hatte ihren Arm um Jamies Hüfte geschlungen und drückte sich fest an ihn.

»Alexia, um Gottes willen ...«

»Jamie, bitte. Ich leide unter Höhenangst«, log sie.

Gegenüber in einer tiefen Schlucht und zehn Fuß unter ihnen gab es eine noch engere Felskante, und dort schmiegte sich ein Falkennest an den Stein. Das Nest war randvoll: fünf Nestfalken mit weit aufgesperrten Schnäbeln. Sie hatten schon ihr volles Federkleid, konnten aber noch nicht fliegen.

»O Jamie, sie sind so wunderbar«, girrte sie an seinem Ohr. Ihr Atem berührte ihn sanft, und als sie das Zucken um seinen Mund sah, lächelte sie heimlich.

Wenn Alexias Singstimme nicht so unmöglich gewesen wäre, hätte sie an diesem Morgen am liebsten ein Lied angestimmt, als

Jamie ihr alle seine albernen Gründe vortrug, warum er entschieden hatte, daß sie sich nicht lieben durften. Nach einer qualvollen Nacht, in der sie immer nur daran denken konnte, daß er sie nicht mehr begehrte, war die Freude bei der Entdeckung, daß er nur unter dem Anflug eines fehlgeleiteten Gewissens litt, um so größer. Außerdem begehrte er sie nicht nur, er liebte sie wirklich! Warum sonst würde er ihr Wohlergehen und ihr zukünftiges Glück über seine eigenen männlichen Wünsche stellen? Sie dachte, daß dies zwar sehr anständig und ehrenhaft von ihm sei, aber völlig unnötig.

»Gerade jetzt sind sie im richtigen Alter, um sie einzufangen und auszubilden«, sagte Jamie mit belegter Stimme.

»Oh, nimm sie nicht weg, Jamie. Diese nicht.« Sie rieb ihr Bein an seinem Schenkel.

Jamie stöhnte und vergrub seinen Kopf in den Händen. »Alexia, wenn das deine Vorstellung von Rache ist, muß ich dir sagen, sie ist höchst teuflisch und grausam ...«

»Hilf mir aufstehen, Jamie. Ich glaube, ich bekomme einen Krampf.«

Mehrere Meter über der Felskante gab es eine mit weichem, schwammigem Moos überzogene Kuppe. Sobald sie dort in Sicherheit waren, wollte sich Jamie von ihr lösen, aber Alexia tat, als ob sie in seine Arme gestolpert sei. Er erwiderte ihre Umarmung und stieß dabei einen Seufzer aus, halb aus Verzweiflung, halb nachgebend.

Er strich über ihren Rücken, ließ seine Finger durch ihr Haar gleiten und hob ihren Kopf. Sie starrte tief in seine Augen, bis ihr schien, als sähe sie das Spiegelbild ihrer Seele darin. Dann legte sie ihre Hände um seinen Hals und zog seinen Mund gierig herab.

Die Wildheit dieses Kusses nahm ihr den Atem, und ihr Herz drohte stillzustehen. Als Alexia diesmal schwankte und sich an ihn lehnte, war es nicht Teil eines Spiels, und sie wäre gefallen, wenn er sie nicht festgehalten hätte.

Der Wind hatte ihr Haar zerzaust, und Jamie strich ihr die Haarsträhnen aus dem Gesicht.

»Alexia ...«

Sie legte ihre Finger auf seine Lippen. »Nein. Mir ist gleich, was morgen ist. Liebe mich jetzt.«

Seine Augen wurden dunkel, und er ließ seine Finger an ihrem Hals herabgleiten bis auf ihre Brüste. Und als sie sich jetzt küßten, gab es kein Zurück mehr. Für keinen von ihnen.

Der Kuß, der so begehrend begonnen hatte, wurde weich und zärtlich.

»Ich werde deinen Mantel holen, damit wir uns darauflegen können«, bot er leise an.

Sie sah ihm zu, wie er zu dem angebundenen Pferd ging und den zusammengerollten Mantel holte. Sie dachte, daß der kühle Bergwind, der seine breiten Hemdsärmel aufblies und sein blondes Haar zerwühlte, der gleiche war, der ihre Wangen wie mit Schmetterlingsflügeln zu streicheln schien. Sie standen unter dem gleichen tiefblauen Himmel, umgeben von dem gleichen reichen Aroma der nach Moor riechenden Erde. Nichts trennte sie jetzt mehr, weder Clan noch Land.

Er breitete den Mantel auf dem Boden aus, nahm sie bei der Hand und zog sie neben sich.

Er begann, sie auszuziehen. Nach jedem Kleidungsstück hielt er inne und streichelte mit Händen und Lippen über jeden Körperteil, den er gerade enthüllt hatte. Es schien, als feiere er ein großes Fest, als bekäme er nie genug davon, sie anzusehen, zu berühren und sie zu küssen.

Er verweilte lange bei ihren Brüsten und sagte ihr, wie schön sie seien. Sie hatte ihre Finger in seinem Haar vergraben und drückte sein Gesicht an sich, als müsse sie ein ängstliches Kind trösten. Ein Gefühl von Zärtlichkeit und sorgender Liebe für ihn überkam sie, als wäre er wirklich ihr eigen Fleisch und Blut. Er saugte an ihren Brustwarzen und liebkoste sie sanft mit seinen Lippen.

Dann wandte er sich kurz ab, um sich auszuziehen. Sie half ihm und wunderte sich über die Glätte und Festigkeit seiner Haut. In Kleidern schien er schlank, aber seine nackte Brust war breit und muskulös. Ihre Finger wanderten über seinen ganzen Körper. Sie liebte die Art, wie sich die feinen Muskeln am Rücken bei seinen Bewegungen anspannten und wieder glätteten.

Ihre suchenden Finger stießen an seine angespannte Männlichkeit und ergriffen sie in ganzer Länge. Er holte tief Luft und zitterte.

Sie ließ los. »Jamie? Habe ich dir weh getan?«

»Oh, nein ... oh, nein«, lachte er und führte ihre Hand zurück.

Seine Küsse glitten über ihren ganzen Körper, bis sie kaum noch stillhalten konnte.

Dann wanderten seine Hände hinunter zu ihren Oberschenkeln und zu dem dichten, lockigen Haarbüschel. Als er sie dort berührte und mit seinen Fingern in sie eindrang, schien ihr, als sei sie selbst ein Falke, der hoch in den blauen Himmel schwebt. Immer höher, immer höher bis zum Gipfel und dann hinabsinkend auf die grüne Erde. Alles schien sich im Kreis zu drehen, und ihr wurde schwindlig.

Sie öffnete die Augen. Sein Gesicht schwebte über ihr, und er betrachtete sie glücklich lächelnd.

»Jamie? Was hast du ...«

Er liebkoste ihren Hals. »Alexia, Geliebte, mein Wunder, meine Freude ... Ich habe gerade erst angefangen.«

Mit zärtlichen Händen drückte er ihre Schenkel auseinander. Er nahm ihre Hüften auf, zog sie an sich, immer näher und näher. Sie war so von dem Wunder erfüllt, daß er sie ausfüllte, daß sie seine Erschrockenheit und Überraschung nicht bemerkte. Er zögerte etwas und begann dann, langsam in sie einzudringen. Bei seinen langen rhythmischen Bewegungen kam das Gefühl des An- und Abschwellens wieder über sie, wie vorhin. Aber diesmal traf sie ihn auf halbem Weg und bemerkte, daß ihm das gleiche widerfuhr und er sich über sie bog und erschauerte wie sie selbst.

Sie atmeten beide schwer und waren schweißbedeckt, trotz der kalten Brise. Er legte sich neben sie und zog sie an sich, um sie lang und innig zu küssen.

»Gott hilf mir, ich liebe dich, Alexia«, sagte er sanft. »Ich liebe dich so verdammt sehr.«

Alexia lag nackt in Jamie Maxwells Armen, eingehüllt in ihren großen Mantel. Alles an ihr zitterte, und sie war müde, auf einer Welle von Frieden und Glückseligkeit schwebend.

»Alexia?« Er streichelte sanft ihre Hüfte. »Ich dachte, du wärst verheiratet gewesen.«

»Das war ich. Aber die Ehe ist nie vollzogen worden.«

»Ja, das habe ich gemerkt«, sagte er trocken.

Sie erzählte ihm die Geschichte ihrer Hochzeitsnacht. Aus ihrem Mund klang sie so komisch, daß er lachen mußte. »Aber warum hat er mir gesagt, es würde weh tun?« fragte sie schließlich. »Du hast mir überhaupt nicht weh getan.«

Jamie sah außerordentlich zufrieden mit sich selbst aus. »Es muß beim ersten Mal nicht immer so weh tun«, sagte er und küßte sie auf die Wange. »Obwohl ich gern das ganze Verdienst für mich beanspruchen würde, daß es so schön war, muß ich dir sagen, du bist eine sehr leidenschaftliche Frau, Alexia. Mein Glück, daß dein Kaufmann nicht so lange dageblieben ist, um zu entdecken, wie leidenschaftlich du sein kannst, sonst wäre er nie nach Rußland aufgebrochen. Und heute wärest du eine fette, überhebliche Ehefrau mit vier ewig schreienden Bälgern.«

Alexia versuchte, ihn in den Bauch zu pieksen, aber er fing ihre Hand auf und brachte sie an seine Lippen. Er küßte ihre Fingerspitzen.

»Überheblich vielleicht, Jamie Maxwell«, sagte sie. »Aber ich werde niemals fett werden!«

Er lachte und rollte zurück auf den Rücken. Sie stützte den Kopf auf ihre Hand, so daß er ihr Gesicht sehen konnte. »Ich nehme an, daß du Hunderte von Frauen geliebt hast.«

»Tausende«, sagte er und versuchte, ernst und niedergeschlagen auszusehen.

»Erzähl mir von der ersten.«

»Warum?«

»Weil ich alles über dich erfahren will.«

Er streichelte ihren Unterarm und spielte dann verlegen mit einer ihrer Haarsträhnen. »Da gibt es nicht viel zu erzählen, Alexia. In dem Sommer, als ich dreizehn wurde, beschloß mein Vater, ich sei alt genug, also nahm er mich mit zu seiner Lieblingshure in Dumfries.«

»Wie war sie? War sie hübsch?«

»Ihr Name war Annie, und sie war zwanzig. Vielleicht war sie hübsch. Ich dachte, sie sei wunderschön. Ich habe Liebeslieder für sie auf meiner Laute komponiert und schreckliche Sonette über ihre rubinroten Lippen und ihre perlweiße Haut gedichtet.« Er seufzte, nicht unglücklich. »Ich war schrecklich verliebt in sie.«

Alexia küßte sein Schlüsselbein. »Armes Baby. Hat sie dich wegen eines anderen verlassen?«

Er schnitt ein Gesicht. »Alexia, sie war doch eine Dirne. Sie hatte bereits Dutzende anderer. Nein, die Nichte der Köchin kam aus Annan, um in unseren Küchen zu arbeiten. Also sie war wirklich schön. Ganz rosa und weiß und golden ...«

»Oh!« Alexia kniff ihn und nicht gerade sanft. »Ihr Männer seid alle so unbeständig!«

»Schlag mich nicht, du Untier. In dem Alter ist jeder unbeständig.«

Alexia sagte nichts. Aber sie mußte lächeln. Ihre erste Liebe war ein verrückter, blonder schottischer Junge. Und sie hatte ihn nie vergessen. Noch hatte sie je aufgehört, ihn zu lieben.

Sie faßte zwischen seine Beine. »Jamie ... wie geht das? Kannst du das noch einmal?«

Er brach in unbezähmbares Lachen aus, und sie lachte mit ihm gemeinsam. Er packte sie um die Taille und zog sie auf sich. Sie fühlte, wie er wieder hart wurde.

»Woran denkst du?« fragte er heiser.

»Ich denke daran, daß ich dich liebe, Jamie Maxwell.«

Kapitel 6

Aus einer Entfernung von dreihundert Metern sah das Ziel nicht größer aus als ein Taschentuch, das Schwarze darin wie ein Punkt oder ein Monogramm.

»Haben wir uns also verstanden? Wenn auch nur ein Pfeil außerhalb der Markierung landet, wirst du mir eine ganze Stunde lang jeden Wunsch erfüllen«, sagte Jamie.

Alexia war bereit. Ihr Bogen war gespannt. Er war aus biegsamem Eibenholz und hatte genau die richtige Länge für ihre Größe.

Sie sah zu ihm auf, und die Einladung in ihren Augen war deutlich zu erkennen. »Aber wenn es mir gelingt, dann darf ich die Stunde über befehlen?«

»Ja, natürlich.«

Alexia mußte über den selbstsicheren Ausdruck auf Jamies Gesicht lächeln. Er dachte, er könne nicht verlieren, weil er annahm, sie würde das gleiche Pfand fordern wie er, eine Balgerei auf dem großen Bett in dem Zimmer mit den kämpfenden Adlern. Aber Alexia hatte eine Überraschung für ihn bereit.

Alexia paßte den Armschutz an und stellte sich quer zum Ziel auf. Sie setzte den Pfeil ein, hob den Bogen und spannte die Sehne. Sie visierte das Ziel nicht über die Pfeilspitze an, sondern konzentrierte sich auf die Markierung.

Mit einem Zischen schnellte der Pfeil durch die Luft. Der Mann, der am Ziel stand, warf die Arme in die Luft. Ein Treffer.

Sie und Jamie lächelten sich an. Sie zog noch einen Pfeil aus dem Köcher.

In den sechs Wochen, seit sie auf Kilchurn Castle waren, hatten Alexia und Jamie viele Stunden lang Wettkämpfe miteinander ausgefochten, und sie hatte ihn jedesmal besiegt. Es gefiel ihr, daß er nichts dagegen hatte, sie als besseren Bogenschützen zu akzeptieren. Im Gegenteil, er schien stolz auf ihre Geschicklichkeit und war froh, daß sie die Liebe zu diesem Sport miteinander teilten.

Sie hatten festgestellt, daß sie auch die Liebe zur Fechtkunst teilten. Aber in diesem Bereich hatte sich Jamie deutlich als Meister erwiesen, obwohl er sich nicht scheute, Alexia ein paar seiner Tricks zu zeigen. Und er war ein geduldiger Lehrer, der zwar ihrem Geschlecht kleine Zugeständnisse machte, aber ihre ernsthaften Bemühungen um Wissen und Geschick respektierte.

An anderen Tagen waren sie wieder zusammen auf Falkenjagd gegangen oder hatten lange Ausritte um das Loch und über die Berge unternommen. Neben einem Bergbach oder auf einer sonnigen Wiese pflegten sie ihre Mahlzeiten einzunehmen. Gewöhnlich hatten sie einen Korb dabei. Danach pflegte Alexia zuzusehen, wenn Jamie zeichnete, und sie sprachen von wichtigen und unwichtigen Dingen. Aber wovon sie niemals sprachen war die Zukunft.

Einmal ruderten sie in einem kleinen Boot hinaus mitten auf das Loch, und dort liebten sie sich in der heißen Sonne auf dem Boden des Bootes. Bei seinen Bewegungen verwandelte sich das Boot in eine Wiege, und sie fühlte sich von einer Zärtlichkeit übermannt, die sie fast zum Weinen brachte. Zum Schluß wäre das Boot beinahe umgekippt, und ihre bittersüße Freude verwandelte sich in ausgelassenes Lachen.

An manchen Tagen regnete es. Dann blieben sie zu Hause, spielten Backgammon oder Schach. Oder sie unterhielten sich lange über die Bücher, die sie beide gelesen und genossen hatten. Über Kopernikus' neueste Theorie, daß die Erde sich um ihre Achse und sie und alle anderen Planeten sich um die Sonne drehten, hatten sie ihren ersten ernsthaften Streit. Jamie bestand darauf, daß die Theorie etwas für sich hätte. Alexia dagegen meinte, sie würde vorne und hinten hinken. Erstens, wenn die Erde sich wie ein Kreisel dreht, müßten sie doch die Bewegung spüren. Und was den Rest von Kopernikus' lächerlicher Theorie beträfe, so sollte doch Jamie einmal ins Freie treten und beobachten, wie die Sonne am Himmel entlangwandere, um zu erkennen, daß die Sonne sich bewegt und nicht die Erde. Sie wurde ganz wütend, weil er, dickköpfig wie er war, es ablehnte, sich angesichts so überwältigender physikalischer Beweise überzeugen zu lassen, obwohl sie ihm am Ende erlaubte, mit seinen Küssen ihre Gunst zurückzugewinnen.

Das einzige, was Alexia mit Jamie nicht teilen konnte, war seine Liebe zur Musik. Sie genoß sie, hatte aber keine tiefere Beziehung zu ihr und war vollkommen unbegabt, ein Instrument zu erlernen. Jamie, der nicht nur die Laute, sondern auch die Harfe und das Spinett beherrschte, war außerordentlich erstaunt festzustellen, daß Alexia nicht ein einziges Musikinstrument spielen konnte, denn zu jener Zeit versuchte selbst der dümmste Bauer, aus irgendeinem Gegenstand Musik hervorzubringen, und sei es auch nur eine Schilfrohrpfeife. Sie konnte noch nicht einmal mit ihm zusammen singen. Das eine Mal, als sie es versuchten, zuckte er – trotz heroischer Anstrengung, sich zu beherrschen – zusammen, als ihre krächzende Stimme ein paar falsche Noten hervorbrachte. Sie tat so, als sei sie beleidigt, und warf ihm ein Kissen an den Kopf. Schließlich endete es damit, daß sie sich auf dem Boden des Musikzimmers liebten.

Sich lieben. Hätte Alexia diese Wochen nur damit zugebracht, das Leben mit Jamie Maxwell zu teilen, wäre sie glücklich gewesen. Aber ihre körperliche Liebe gab jeder Minute ihres Zusammenseins einen besonderen Akzent. Manchmal schien es, als könne sie diesen himmlischen Flug zu ihrem Höhepunkt allein schon dadurch erreichen, daß sie seine Hände auf ihrer Taille spürte, wenn er ihr vom Pferd half oder seine Schulter die ihre streifte, wenn sie durch eine Tür schritten. Einmal war es fast passiert, als sie sein Lachen aus einem anderen Zimmer kommen hörte.

Jedes Geräusch, jede Berührung und sein Anblick waren jeweils nur das Echo von dem, was zwischen ihnen auf dem großen Bett in dem Zimmer mit den kämpfenden Adlern stattfand. Und in den frühen Morgenstunden, wenn sie in seinen Armen lag und er noch schlief, versuchte sie sich ein Leben ohne Jamie Maxwell vorzustellen und wußte, es war unmöglich. Sie hatte davon gehört, daß Menschen von fremdartigen Drogen aus dem Vorderen Orient süchtig werden, und sie dachte, sie müsse sicherlich süchtig nach ihm sein, denn sie brauchte ihn nicht mehr nur noch, um glücklich zu sein, sondern um überhaupt leben zu können.

Sie erwartete mit Schrecken den Tag, an dem einer von Jamies Brüdern mit der Nachricht käme, daß das Lösegeld bezahlt sei. Dann müßte er sie zurückbringen, zurück zu ihrem Vater und zu Seymour. Zurück zu einer Heirat mit Seymour, an dessen Gesicht sie sich nicht einmal mehr erinnern konnte. Den sie sicherlich nie wirklich geliebt hatte. O ja, sie hatte ihn einst ganz gern gehabt, und zweifellos hätten sie einige zufriedene Jahre als Mann und Frau miteinander verbracht. Aber jetzt von ihr zu verlangen, daß sie Seymour liebte, wäre, als ob man eine Prinzessin, die in einem Palast aufgewachsen war, zwingen würde, den Rest ihres Lebens in einem finsteren Loch zu verbringen.

Sie fragte sich, ob es Jamie genauso ginge, und wartete, daß er darüber spräche. Aber obwohl er ihr immer wieder sagte, wie sehr er sie liebe, sprach er nicht ein einziges Mal zu ihr davon, daß er sie nie verlassen würde und sie auch nie zwingen würde, ihn zu verlassen.

Und eines Tages sagte ihr Auntie Mad, warum.

Die Gräfin hatte Jamie unter dem Vorwand ins nächste Dorf geschickt, mehr Goldfäden für ihre neueste Wandstickerei zu benötigen, aber in Wirklichkeit nur, um mit Alexia allein zu sein. Sie ging ohne Umschweife auf das Thema los.

»Es gibt etwas, was du von Jamie wissen mußt, meine liebe Alexia. Es wird mir weh tun, es auszusprechen, und es wird dir weh tun, es zu hören, aber ich muß es dir sagen.«

Alexia zwang sich, der Gräfin in die Augen zu sehen. Sie waren freundlich und voller Mitleid, so daß sich ein Kloß in Alexias Hals bildete. »Ich . . . ich glaube, ich weiß, was Ihr sagen wollt, Mylady.«

»Ja, mag sein, du weißt es.« Sie holte tief Luft und begann dann mit ihrer vorbereiteten Ansprache. »Für die Maxwells steht der Clan an erster Stelle. An erster Stelle vor dem Land und an erster Stelle vor Gott und ganz sicher an erster Stelle vor der Liebe. Es liegt nicht in Jamies Wesen oder seiner Erziehung, dich oder irgend jemand anderes vor seine Pflicht gegenüber dem Clan zu stellen. Ein anderer Mann an seiner Stelle könnte seine Titel und seine Familie aufgeben, auf den Kontinent fliehen, um mit der Frau zusammenzusein, die er liebt. Niemals aber Jamie Maxwell. Bitte ihn nie, seine

Liebe für dich auf diese Weise unter Beweis zu stellen, Alexia, denn er würde es nicht tun, und dir würde es nur das Herz brechen.«

Alexia nickte und schluckte den Kloß herunter, der bei Auntie Mads Rede immer größer geworden war. »Ja. Danke, Mylady. Ich werde ihn nicht darum bitten.«

Auntie Mad nahm Alexias Hände in ihre eigenen, großen, weichen. »Wenn es ein Trost für dich ist, meine Liebe: Er liebt dich wirklich. Ich bin mir ganz sicher.«

Alle sechs Pfeile saßen auf einer Stelle zusammengedrängt, die nicht größer war als die Faust eines Mannes, in einem Viereck im schwarzen Zentrum des Ziels.

Jamie stand hinter ihr, seine Hände unter ihren Brüsten verschlungen. »Die Stunde gehört dir, mein Liebes«, sein Atem blies durch ihr Haar. »Wie lautet dein erster Befehl?«

Alexia lehnte ihren Kopf gegen seine Schulter. »Daß du mir beibringst, wie man einen Mann so wirft, wie du Big Wat damals geworfen hast.«

Er packte sie und drehte sie um, so daß sie ihn ansehen mußte. »Du kleiner Teufel! Du hast mir zu verstehen gegeben... Wieso komme ich mir vor, als hätte man mir eben einen zerzausten Klepper mit einem lahmen Bein verkauft?«

Alexia machte große Augen und schmollte. »O Jamie, wie konntest du jemals denken, daß ich dich reinlegen wollte?«

»Hmm!«

Aber er führte sie gutmütig zu den Ställen, wo sie Stroh auf dem Boden ausbreiten konnten, damit sie weich fallen würden. »Du mußt lernen, richtig zu fallen, ehe du lernen kannst zu werfen«, erklärte ihr Jamie.

Sie betrachtete ihn mit Mißtrauen. »Ich traue dir nicht, Jamie Maxwell. Ich glaube, du willst nur, daß ich Purzelbäume schlage, damit du lüstern nach meinen Beinen schielen kannst.«

Er schielte nach ihren Beinen. »Ja. Das gehört alles zu einem teuflischen Plan, um dich in mein Bett zu schleifen. Ich verführe alle meine Frauen so.«

Als er sich überzeugt hatte, daß sie fallen konnte, ohne sich weh zu tun, lehrte er sie die verschiedenen Methoden, wie man das Gewicht und den Schwung eines Feindes in Hebelkraft umsetzt, um seinen Angriff abzuwehren. Dann fragte er sie, ob sie jetzt bereit sei, die Theorie in der Praxis anzuwenden, und sie nickte begeistert.

Plötzlich torkelte er auf sie zu, bösartig wie ein Kobold und die Zunge heraushängenlassend wie ein Irrer. Er brüllte: »Jetzt komme ich und hooole dich.«

Alexia quietschte, packte ihn am Ellenbogen, hakte ihren Fuß von hinten um sein Knie und schickte ihn breitbeinig mit dem Gesicht voran in das Stroh.

»Es hat geklappt!« rief sie. »Machen wir es noch einmal.«

Jamie lag ganz still auf dem Stallboden.

»Jamie?«

Er stöhnte.

Sie beugte sich über ihn. »Bist du verletzt?«

Sie quietschte wieder, als er seinen Arm hervorstieß, ihn um ihre Beine legte und sie mit einem Ruck umwarf. Sie fiel auf ihn, und er rollte sie auf den Rücken, um sich rittlings auf sie zu setzen. Lachend küßte er sie.

»Jamie!«

Er hob blitzschnell den Kopf und sah sich um. Zuerst konnte Alexia nichts sehen, dann stieg er von ihr herab und kam auf die Beine. Sie sah zwei Gestalten in der Stalltür stehen, aber die helle Sonne draußen blendete sie.

»Mistress Carleton ... geht es Ihnen gut?« fragte eine tiefe, irgendwie bekannte Stimme. Dann trat eine der Figuren einen Schritt in das Halbdunkel des Stalls, und sie sah, daß es Robin Maxwell war. »Hat er Euch weh getan?«

»Sei nicht albern, Robin«, meinte Jamie. Er hielt Alexia die Hand hin, um ihr aufzuhelfen. Sie merkte, daß ihre Röcke hochgeworfen waren bis über ihre Hüften, und zog sie eilig hinunter, ehe sie ungeschickt auf die Füße kam.

»Aber Jamie, ich habe doch gesehen, wie du ... ich hörte sie schreien«, sagte Robin. »Zweimal.«

Alexia fühlte die Hitze in ihre Wange steigen, und sie konnte Jamie nicht ansehen. »Mir geht es gut, wirklich. Es war ein ... Spiel.«

Die andere Gestalt trat auch ein, ein Mädchen. Sie war ganz in Weiß und Gold gekleidet, ein Stück Konfekt mit Zuckerguß aus einer Pralinenschachtel. Selbst mit dem Aufbau ihres silberblonden Haares in festen Locken auf ihrem Kopf reichte sie Alexia nur bis an die Schultern. Sie sah so zart aus wie belgische Spitze und war sicher nicht älter als sechzehn. Alexia war sich sofort bewußt, wie sie sich neben diesem Inbegriff weiblicher Schönheit ausmachen mußte. Braungebrannt wie ein Spanier nach den vielen Stunden im Freien. Schmutzig und zerzaust vom Herumrollen auf dem Stallboden. Und groß, lang und knochig, wie ein hölzerner Spielzeugsoldat.

Alexia schob sich eine lose Haarsträhne aus der Stirn und funkelte das Mädchen an. Sie haßte sie schon beim bloßen Anblick und wußte instinktiv, daß sie hier eine Rivalin hatte, eine nicht zu unterschätzende Rivalin.

»Elspeth«, sagte Jamie. »Was tust du hier?« Er klang nicht böse, nur erstaunt.

»Sie wird unsere Anstandsdame sein«, antwortete Robin.

Jamie warf den Kopf zurück und lachte. »Anstandsdame? Wofür um Gottes willen?«

»Wir, Elspeth und ich, sollen Mistress Carleton nach Stirling begleiten, wo ihr Vater auf sie wartet ...«

»Mein Vater!« rief Alexia. »In Stirling?«

Robin nickte ihr zu. »Ja, Madam.« Er blickte seinen Bruder an. »Ich hatte dich gewarnt, Jamie. Jetzt heißt es, du sollst dich im Schloß des Königs in Stirling melden. Dort wirst du wegen unrechtmäßiger Gefangennahme und Verrat angeklagt werden.«

Verrat. Alexia dachte, das Herz müsse ihr stillstehen. Dann betrachtete sie Jamie, und er lächelte ihr ermutigend zu.

Das Mädchen Elspeth schritt vor und legte ihre Hand auf Jamies Arm. »Es ist alles ein albernes Mißverständnis, Jamie. Du mußt dem König das einfach erklären.« Sie wandte ihre leuchtenden blauen Augen Alexia zu und hielt ihr eine winzige Hand entgegen. »*How do you do*, Mistress Carleton. Sicher hat Jamie von mir gesprochen?«

Robin sah Jamie an, der mit leerem Blick auf ihn zurückstarrte.

Er räusperte sich. »Äh, ich bitte um Verzeihung, Mistress Carleton, darf ich Lady Elspeth Campbell vorstellen?«

Das Mädchen kicherte. »Ich weiß, daß ich nicht wie eine Anstandsdame aussehe, aber ich versichere Euch, daß ich mich sehr dafür eigne, denn seht...«, und sie blickte zu Jamie hinüber, ein Lächeln ließ zwei schillinggroße Grübchen in ihren modisch blassen Wangen erscheinen, »ich werde Jamies Frau.«

»Ehefrau!« Alexia drehte sich um. Sie hatte die Arme fest vor der Brust verschränkt. Sie und Jamie starrten sich über das riesige Bett hinweg an, das jetzt so leer und feindselig aussah wie eine Wüste. »Du hast eine Frau.«

»Zur Hölle, wie oft muß ich es dir noch sagen: Elspeth ist nicht meine Frau!«

»Dann wird sie deine Frau werden. Was ist der Unterschied?«

»Ein großer Unterschied. Wir sind noch nicht einmal verlobt. Es gibt keinen Vertrag, kein Aufgebot.« Jamie machte eine ungewisse Bewegung mit der Hand. »Nur eine Art Vereinbarung...«

»Eine Vereinbarung, daß sie deine Frau wird!«

Er knirschte mit den Zähnen. »Also gut, verdammt noch mal. Ja. Irgendwann. Aber dein Hemd ist auch nicht gerade blütenrein, was das betrifft. In all den Stunden, die wir in den letzten Wochen zusammen verbracht haben, habe ich niemals den Namen Seymour Howard über deine Lippen kommen hören.«

»Du hast von Seymour gewußt. Ich wußte nichts von ihr.«

»Gütiger Himmel.« Er warf die Arme hoch. »Was glaubst du, was ich tun würde, nachdem du nach England zurückgegangen bist? In ein Kloster gehen?«

»Mein Gott, ist sie auch deine Geliebte?«

»Nein!« Er holte tief Luft und versuchte, mit ruhiger Stimme zu sprechen. »Sie ist eine Cousine meiner Mutter, Waise seit ihrer Kindheit, und so wurde mein Vater ihr Vormund. Wir sind zusammen aufgewachsen. Sie ist für mich wie eine Schwester. Eine reiche und politisch mächtige Schwester.«

»Oh, so ist das. Du willst dich um deines kostbaren Clans willen dazu zwingen, sie zu heiraten.«

Alexia lächelte leicht hämisch. »So, wie sie aussieht, kann ich mir vorstellen, was das für ein schreckliches Opfer deinerseits sein wird.«

»Ich liebe Elspeth nicht, ich liebe dich, Alexia... Erinnerst du dich nicht? Wir haben darüber gesprochen, daß es nicht für immer wäre. Ich habe dir nichts von ihr gesagt, weil sie in die Zukunft gehört, wenn du einmal weg bist. Ich wollte dir nicht weh tun...«

»Nein, du wolltest nur mit mir schlafen!« rief sie. Riesige Tränen rollten ihre Wangen herunter und fielen wie Regentropfen auf ihr Satinmieder. »Und du hast ja wohl mit mir geschlafen. Und wie du mit mir geschlafen hast...«

Sie wandte sich ab und versteckte ihr Gesicht in den Händen.

»O Gott, Alexia...« Er trat auf sie zu, hielt dann inne. Seine Arme sehnten sich danach, sie festzuhalten, sie zu trösten, aber er wußte, er hatte nicht mehr das Recht dazu. »Ich werde Auntie Mad bitten heraufzukommen. Wir fahren nach dem Essen nach Stirling.«

Robin wartete auf der Treppe gegen die Wand gelehnt. Er hatte zugehört.

»Es war wohl nicht genug, sie zu entführen?« sagte er und folgte Jamie die Treppen hinunter. »Du mußtest sie auch noch verführen.«

Jamie drehte sich so abrupt um, daß Robin fast über ihn fiel. »Ich habe sie nicht verführt. Ich habe sie vergewaltigt.«

Robin wurde schreckensbleich. Dann sagte er: »Nein... nein, ich glaube das nicht. Aber ich sehe, was du willst, und ich werde dir helfen, denn das schuldest du ihr. Aber, mein Gott, Jamie, wenn du verbreitest, daß du sie vergewaltigt hast, ziehst du dir damit die Schlinge um den Hals.«

»Es ist mein Hals.«

Colin Campbell, der sechste Graf von Argyle, stand am Fenster seiner Kanzlei in Stirling Castle und betrachtete die wogenden grünen Felder von Bannockburn. Dort drüben hatte vor über zweihundertundsiebzig Jahren Robert the Bruce die Engländer geschlagen und Schottlands Unabhängigkeit errungen.

Es war keine Unabhängigkeit, die man leicht aufrechterhalten konnte, und der Graf von Argyle war der Meinung, daß diese Unabhängigkeit seit langem unnötig war.

Mit einundfünfzig würde Englands Königin aus ihrem jungfräulichen Schoß keinen Erben mehr hervorbringen. Der stärkste Thronanwärter und legitimer Nachfolger war ihr Vetter James Stuart, jetzt König von Schottland. Und der Graf von Argyle hatte einen großen, ehrgeizigen Plan: den Hintern seines Königs fest auf Elizabeths Thron zu setzen. Durch James würden die beiden Länder unter einer Krone vereint und, was für den Grafen am wichtigsten war, in einer einzigen Religion, dem wahren christlichen protestantischen Glauben.

Wenn der glorreiche Tag der Vereinigung käme, würde der Graf von Argyle, als einer seiner vertrauten Berater, den königlichen Knaben nach London begleiten. Der Graf würde dann von diesem elenden, rückständigen Schottland befreit sein, diesem von Wilden bewohnten Land, und er würde in eine politische Arena treten, die seinen besonderen Talenten eher entspräche, seiner Fähigkeit zu herrschen. Dann, erst dann, würde sein Schicksal erfüllt. Ein Schicksal, das ihm von Gott verliehen war.

Jemand klopfte an die Tür und störte ihn in seinen erfreulichen Betrachtungen. »Was ist?« bellte der Graf.

Ein Offizier der königlichen Wache trat ein und salutierte. »Der Gefangene ist im Südturm eingeschlossen, Mylord.«

»Ausgezeichnet, ausgezeichnet.« Argyle rieb seine trockenen Hände mit den blau hervortretenden Adern aneinander. Er hatte noch nie einen dieser Maxwell-Vettern gemocht – gottlose Rebellen, alle. Aber Jamie Maxwell haßte er am meisten. Der wilde und verwegene Jamie Maxwell, der dem Grafen seine ehrgeizigen Pläne wie einen Spiegel vorhielt und sich dann über ihn lustig machte. Dessen Lebensweise allein schon die Pläne des Grafen wie die Hirngespinste eines Verrückten erschienen ließen. Oder schlimmer, wie die schwächlichen Darbietungen eines Langweilers.

»Er darf keine Vorzugsbehandlung bekommen, verstehst du. Gleich, was er oder seine Familie zu zahlen bereit sind. Außerdem« – Argyle lächelte kühl und vieldeutig – »du könntest den Beschließer wissen lassen, daß eventuelle Unbequemlichkeiten, die der Gefangene zu erleiden hat, nicht unbelohnt bleiben würden.«

Der Soldat klappte die Hacken zusammen. »Ich verstehe, Mylord.«

Kaum war der Mann weg, klopfte es wieder an die Tür. »Nun, was ist?« schnappte Argyle.

Ein Page öffnete und meldete: »Mylord, der Botschafter am Hofe Seiner Majestät, König James VI. von Schottland, als Gesandter Ihrer Majestät, Königin Elizabeth I. von England.«

Ein kleiner, fast glatzköpfiger Mann unbestimmten Alters und unbestimmter Herkunft, ohne irgendwelche ausgeprägten Merkmale, betrat das Zimmer und schloß die Tür sorgfältig hinter sich. Er lehnte sich dagegen, die Hände noch um den Griff geschlossen und begegnete dem kalten Blick des Grafen von Argyle.

»Dieser Grenzräuber, Lord Maxwell. Ist er festgenommen?«

Ein Lächeln breitete sich langsam auf dem verkniffenen Gesicht des Grafen aus. »Aber natürlich.«

»Und das Mädchen?«

»In Sicherheit. In einem Gasthof nicht weit von hier. Ich habe gerade ihren Vater dorthin geschickt. Es sollte eine rührende Wiedervereinigung werden.«

»Ist sie vergewaltigt worden?«

»Mein lieber Botschafter, ich habe wirklich nicht die geringste Ahnung. Wenn das Euren Zwecken dienlich ist, behauptet es doch auf jeden Fall. Soviel ich weiß, ist sie Witwe, also brauchen wir keine ärztliche Bestätigung des Gegenteils.«

Der Botschafter ließ sich in dem Stuhl vor Argyles riesigem fleckenlosen Schreibtisch nieder. Er saß einen Augenblick still da und rieb sich mit den Knöcheln einer Hand gegen die Zähne. Der Graf betrachtete ihn leicht amüsiert.

»Eine ekelhafte Geschichte, Argyle«, sagte der Botschafter endlich. »Eine sehr unangenehme Geschichte.«

»Dann sagt mir, mein lieber Botschafter, was wünscht unsere Königin?«

Der Gasthof lag versteckt in einer engen Gasse im alten Viertel von Stirling nahe der Burgmauer. Aus ihrem Fenster im obersten Stock konnte Alexia die zwei behäbigen runden Türme des riesigen Burgtors sehen. Die Burg, eine der königlichen Residenzen, war auf vulkanischem Felsen über dem Fluß Forth gebaut. Sie fragte sich, wie wohl die Kerker dort aussehen mochten.

Als sie durch das Stadttor geritten waren, fanden sie sich plötzlich von einer berittenen Abordnung der königlichen Wache umringt, und Lord Jamie Maxwell war im Namen des Königs, James VI. von Schottland, festgenommen worden. Sie hatten ihn in Handschellen gelegt und weggeführt. Erst dann war die Wirklichkeit endlich in ihr Bewußtsein vorgedrungen, und sie hatte vor Wut und Schmerz laut aufgeschrien.

»Nein!« schrie sie und hieb dem Pferd ihre Fersen in die Seite.

Robin Maxwell legte eine Hand auf ihre Zügel und hielt sie zurück.

»Laßt. Ihr könnt jetzt nichts für ihn tun.«

»Jamie!« schrie sie.

Jamie drehte sich im Sattel um und warf ihr das gleiche kecke Lächeln zu, das sie immer dann auf seinem Gesicht bemerkt hatte, wenn er einen besonders teuflischen Plan ausheckte. Einen Augenblick lang war sie fast überzeugt, daß alles in Ordnung kommen würde.

»Robin?« Elspeth hatte ihr Pferd zu ihnen hingetrieben. »Es ist alles nur ein dummer Irrtum, nicht wahr?« Dabei war Alexia in hysterisches Lachen ausgebrochen.

Ein Irrtum, dachte sie jetzt und preßte ihre Stirn an die kühle Scheibe des Gasthoffensters. Nur ein dummer Fehler. Oder ein schlechter Traum, und sie würde in dem großen Bett in Kilchurn Castle aufwachen. Jamie würde seine Arme um sie geschlungen haben und mit seinen lachenden grünen Augen auf sie herabblicken.

An der Tür hörte sie ein Scharren. Dann öffnete sie sich mit leisem Quietschen. Alexia drehte sich um.

»Vater!«

Sie flog Sir Thomas in die Arme, und er drückte sie fest an sich, immer und immer wieder ihren Namen aussprechend.

»Alexia...« Er hielt sie um Armeslänge vor sich. »Laß mich dich anschauen, Mädchen.« Er grinste breit, gab ihr dann einen Kuß auf die Wange, wobei sein Bart an ihrer Haut kratzte. »Du bist ohne Hut in der Sonne geritten.«

Sie legte ihre Hände an die Wangen. »O Vater, sehe ich schrecklich aus?«

»Nein, nein.« Er umarmte sie wieder. »Ach, meine Tochter. Du weißt gar nicht, was ich die letzten Wochen mitgemacht habe. Ich...«

»Bitte Vater, reg dich nicht auf. Wie du siehst, geht es mir gut. Nichts... Schlimmes ist mir zugestoßen.«

Sie sah ihrem Vater ins Gesicht. Er schien gealtert zu sein. Neue und tiefere Falten waren um seinen Mund eingegraben, und seine Augen hatten rote Ränder von ungeweinten Tränen. Ein Schuldgefühl stieg kurz in ihr hoch; in all diesen Wochen, die für sie von Glück erfüllt waren, hatte es Menschen gegeben, die um sie litten. Und sie hatte nicht einen Gedanken an sie verschwendet.

»Ich habe dich vermißt, Vater«, sagte sie und freute sich, daß er lächelte.

»Ja, ich habe dich auch vermißt, mein Mädchen. Und Seymour. Der Junge ist fast verrückt geworden vor Sorge um dich. Ja, und ich weiß, du willst ihn auch unbedingt wiedersehen. Aber darauf müssen wir eine Weile warten. Bis nach dem Prozeß.«

Alexia fühlte, wie der Atem sie verließ. »Prozeß? Vater... Sie haben Lord Maxwell wegen Verrat festgenommen.«

»Ja, der verlogene, diebische, räuberische Schuft. Und er wird als Verräter sterben.«

Alexia wurde bleich und schwankte, so daß Sir Thomas sie am Ellenbogen festhalten mußte, damit sie ihr Gleichgewicht wiedergewann. Sie hatte noch nie gesehen, wie ein Verräter zu Tode kam, hatte aber Beschreibungen gehört. Der Verurteilte wird aufgehängt, nur um noch lebendig wieder abgenommen zu werden, so daß er fast erstickt und um Atem kämpft, dann werden ihm die Geschlechtsteile abgeschnitten und vor seinen Augen verbrannt. Denn wenn er jung und stark ist und der Scharfrichter geschickt, dann wird er noch leben. Und das ist noch nicht alles, denn dann werden seine Gliedmaßen nacheinander abgehackt und Aasgeiern zum Fraß hingeworfen. Man braucht dabei viele Stunden, um zu sterben, und jede Minute ist eine Höllenqual.

»O Gott...«, stöhnte sie und achtete nicht darauf, daß sie jeder im Haus hören konnte. »Das ist lächerlich. Warum sollte meine Entführung als das Verbrechen des Verrats betrachtet werden?«

Sir Thomas sah sie lange und nachdenklich an. »Indem er dich mitgenommen hat, dich, eine englische Untertanin, hat Lord Maxwell das Land in die Gefahr einer bewaffneten Vergeltungsaktion gebracht.«

»Aber du verstehst nicht. Keiner von euch versteht. Es war mehr ein Spiel als alles andere. Er wollte nur das Schwert seines Großvaters zurück und dich und den Rest der Carletons ein wenig austricksen. Er hat mir nicht weh getan, das würde er niemals tun...«

Sir Thomas' knöchrige Hände packten ihre Schultern.

»Alexia, hast du mit Lord Maxwell geschlafen?«

Alexia sank auf einen Schemel. »Ja.«

»Freiwillig?«

Sie hob ihr Kinn. »Ja!«

»Lieber Himmel.« Sir Thomas wandte sich zum Fenster, von wo er die Burgtürme sehen konnte. »Bekommst du ein Kind?«

»Ich... ich glaube nicht«, sagte Alexia, nachdem sie kurz nachgerechnet hatte. Sie hatte ihre Regel kurz nach der Ankunft auf Kilchurn gehabt, seither aber nicht mehr. Nun, sie war nie sehr regelmäßig gewesen. Aber immerhin... könnte sie möglicherweise schwanger sein? Sie wußte, daß sie bei dem Gedanken entsetzt sein müßte, statt dessen geriet sie in Verzückung. Jamies Kind? Sie und Jamie würden sich auf jeden Fall trennen müssen, aber wenn sie sein Kind haben dürfte...

»Ich nehme an, der junge Howard wird dich jetzt nicht mehr wollen«, sagte ihr Vater.

»Ich will Seymour nicht mehr heiraten.«

Er sah sie fest an. »Ich kann nicht glauben, daß du dich so sehr verändert hast, daß du eine Hure geworden bist. Ich nehme also an, du meinst, du müßtest diesen schottischen Bastard lieben. Du kannst keinen Maxwell heiraten, Mädchen. Ich verbiete es.«

»Jamie . . ., Lord Maxwell . . . hat nicht um meine Hand angehalten.«

»Nein, das würde er wohl nicht tun, oder?« Sir Thomas durchmaß den Raum mit drei großen Schritten. Er packte sie an den Oberarmen und riß sie auf die Füße. Dann schüttelte er sie heftig. »Und er kann dich ganz gewiß jetzt nicht heiraten. Selbst wenn er plötzlich ein Gewissen annehmen würde. Er ist in den Kerkern in Stirling, und dort bleibt er bis er zu seiner Hinrichtung. Bis er tot ist, Alexia!«

KAPITEL 7

Der König der Schotten blickte herab auf das rötlich-blonde Haar des Mannes, der zu seinen Füßen kniete.

»Lord Maxwell, wir dachten, Ihr hättet das Rebellieren aufgegeben.«

Jamie hob den Kopf. Er sah dem jungen König in die Augen und konnte darin keine Wut entdecken, nur Verwunderung. Hinter dem König lehnte sich Graf Argyle gegen den Fensterrahmen, die Schadenfreude stand ihm ins Gesicht geschrieben.

Jamie lächelte seinen Souverän an. »Eure Majestät, seit wann bedeutet ein paar Engländern eine Nase zu drehen Rebellion gegen den schottischen König?«

Der Graf von Argyle schnaufte laut und vernehmlich. »Ihr behauptet, die englische Grenze zu überschreiten und das Land zu besetzen, eine englische Garnison zu überfallen und eine englische Untertanin zu entführen, seien...«

»Lord Argyle!« sagte der König mit scharfer Stimme. »Wir erinnern uns nicht, Euch das Wort erteilt zu haben.«

Argyles blasses Gesicht nahm plötzlich Farbe an. »Vergebt mir, Euer Gnaden. Ich wollte nur...«

»Ihr dürft uns verlassen.«

»Aber, Euer Gnaden...«

»Laßt uns allein!«

Der Graf zögerte noch einen Augenblick, dann verbeugte er sich steif und ging rückwärts aus dem Zimmer. Jamie blickte zu Boden, ein Lächeln versteckend.

Nach seines Vaters Ermordung und der erzwungenen Abdankung seiner Mutter hatten die Adligen Schottlands James Stuart untereinander wie einen Ball hin- und hergeschoben. Denn jeder, der des Knaben physisch habhaft wurde, hatte die Macht, in seinem

Namen zu regieren. Mit fast zwanzig Jahren fing James VI. gerade erst an zu erkennen, daß er jetzt die Macht hatte, als König zu regieren, daß sein Königreich jetzt ihm gehörte. Jamie nahm es dem jungen Mann nicht übel, daß er seine ungeübten königlichen Muskeln jetzt einmal genau vor den Männern spielen lassen wollte, die ihn als Kind gebraucht und mißbraucht hatten.

»Wir wünschen Euren Tod nicht, Lord Maxwell«, sagte der König weich, sobald sich die Tür hinter dem Grafen geschlossen hatte.

»Ich bin erleichtert, das zu hören, Sir.«

»Steht auf.«

Jamie stand elegant auf, obwohl er so lange Zeit gekniet hatte. Obwohl fast gleichaltrig, Jamie war nur drei Jahre älter, hätten die zwei jungen Männer nicht unterschiedlicher sein können. Der König, dünn und blaß, ungeschickt wie eine Gliederpuppe in seinen einfachen schwarzen Kleidern, hob sich deutlich gegen Jamie Maxwells vornehme Erscheinung ab. Ein Fremder, der den Raum betreten hätte, wäre unwillkürlich vor dem falschen Mann niedergekniet.

Aber James Stuart hatte keine Selbstzweifel hinsichtlich seiner Königswürde. Er betrachtete seinen rebellierenden Untertanen mit großer Strenge. »Habt Ihr wirklich Carlisle Castle eingenommen?«

»Nein, Euer Gnaden. Ich habe mich einfach nur hinein- und dann wieder hinausgeschlichen.«

»Das hättet Ihr nicht tun dürfen.«

»Nein, Euer Gnaden.«

In des Königs Mundwinkel zuckte es. »Und doch ... mit zehntausend Männern wie Euch, Mylord Maxwell, könnte ich jeden Thron in Europa ins Wanken bringen.« Der König starrte Jamie gedankenverloren an, als träume er tatsächlich von etwas Derartigem. Dann seufzte er.

Er betastete mit seinem dünnen, knochigen Finger die Wunde auf Jamies Wangenknochen. Es war fast wie die Berührung einer Frau, und Jamie mußte gegen den Impuls ankämpfen, ihr auszuweichen.

»Wurdet Ihr geschlagen? Wenn Ihr wollt, werde ich den Beschließer dafür auspeitschen lassen.«

Jamie zuckte mit den Schultern. »Der ist nur ein Werkzeug gewesen.«

Der König hob die Augenbraue. »Und wessen Hand führt dieses Werkzeug?«

»Die Hand meines Vetters, des Grafen von Argyle.«

»Ah ...« Der König lächelte. »Leider kann ich den Grafen von Argyle nicht auspeitschen lassen.«

Jamie lächelte zurück. »Leider.«

Der König wandte sich um. Er blätterte in ein paar amtlich aussehenden Dokumenten, die auf einem einfachen Holztisch vor dem Kamin ausgebreitet lagen. Das Zimmer war schäbig möbliert. Der König der Schotten war um einiges ärmer als seine Untertanen.

»Ihr werdet das Mädchen heiraten«, sagte er mit dem Rücken zu Jamie. Und das Lächeln verschwand aus Jamies Gesicht.

»Euer Gnaden?«

»Ihr werdet dieses englische Mädchen heiraten, das Ihr dem Carlisle weggenommen habt. Ihr habt sie gestohlen und dann entehrt. Und jetzt werdet Ihr sie heiraten. Meine liebe Schwester Elizabeth wünscht das.«

»Ach ... so.«

James Stuart wollte verzweifelt König von England werden, um der Armut und Erniedrigung zu entkommen, die er in Schottland erdulden mußte. Und seine »liebe Schwester« Elizabeth hatte die Macht, ihm diesen Wunsch zu erfüllen. Er würde alles tun, um ihr zu gefallen.

»Warum will sie das?« fragte Jamie den König. »Es wäre eine Ehe, die auf jeden Fall in die Brüche gehen müßte, denn wir kommen nicht nur aus verschiedenen Ländern, sondern auch von rivalisierenden Familien ...«

Der König wehrte ab. »Vielleicht werdet Ihr durch Eure Heirat zwei Familien vereinen. Die Feindschaft wird dann nicht mehr bestehen. Genauso wie Wir eines Tages hoffen, die Vereinigung Unserer beiden Völker unter einer Krone zu erleben. Das ist es, was Unsere gute Schwester im Sinne hat, glaube ich, und sie möchte mit Eurer Ehe einen Versuch starten. Ich bin dafür.«

»Aber Alexia für meine Untaten zu bestrafen ...«

»Bestrafen?« Der König lachte. »Das Mädchen will doch nichts mehr, als Eure Frau werden. Soviel hat sie jedenfalls gesagt.«

»Ihr habt mit ihr gesprochen?«

Ein angewiderter Ausdruck huschte kurz über das Gesicht des Königs. »Nein, natürlich nicht. Argyle sprach mit ihr.« Seine Miene wurde starr. »Wir haben gesagt, Wir wollen Euren Tod nicht, Lord Maxwell, aber wenn Ihr uns in dieser Sache trotzt, laßt Ihr uns nur geringe Wahl.« Plötzlich ließ er die königliche Maske fallen und wurde zu einem jungen Mann, der sich gegen einen anderen jungen Mann behaupten muß. »In Gottes Namen, Maxwell, was kostet es Euch, außer einem bißchen Stolz? Glaubt Ihr, ich könnte mir nicht vorstellen, wie Ihr fühlt? Aber wir müssen alle eines Tages heiraten. Es ist unsere Pflicht, für Euch ebenso wie für mich: zu heiraten und Erben zu zeugen. Ist Euch das Mädchen so zuwider ...«

»Nein!« Jamie holte tief Luft. »Es ist eine Frage des Prinzips, Euer Gnaden. Letztes Jahr, als ich Euch den Kopf des Mörders meines Vaters sandte und wir uns das erstemal trafen, sprachen wir, Ihr und ich, über das göttliche Recht der Könige. Erinnert Ihr Euch? Wir sprachen von der Macht, über eine Nation zu regieren, über Menschen ... als Privileg, nicht als Recht ...«

»Und seither habe ich mir überlegt, daß Ihr im Unrecht seid. Es ist mein göttliches Recht als Euer König, Euch zu befehlen. Ihr werdet dieses Mädchen heiraten oder die Konsequenzen tragen!«

Jamie blickte James Stuart direkt in die Augen, bis der junge König wegschauen mußte. Dann sagte er: »Ihr könnt den Gehorsam eines Untertanen mit Gewalt erzwingen, Euer Gnaden, aber Ihr könnt seine Wertschätzung nicht aufgrund eines Befehls gewinnen.«

Der König sah ihn verächtlich an. »Was kümmert mich sein Respekt, solange er mir gehorcht.«

»Dann habt Ihr einen Untertan verloren und einen Sklaven gewonnen.«

Der junge König sagte im Augenblick nichts. Dann entließ er ihn mit einer Handbewegung. »Geht zu Eurer Braut, Lord Maxwell. Sie wartet auf Euch im Garten.«

Jamie Maxwell schritt ärgerlich den mit den zerstoßenen Muscheln bestreuten Weg hinunter, nahm die herrlich kontrastreichen Farben der Sommernelken, der Löwenmäulchen und grünen Stechpalmenzweige nicht wahr, die die Blumenbeete in geometrischen Mustern auf beiden Seiten des Weges füllten. Alexia sah hinter einer Eibenhecke, durch ein Guckloch, wie er näher kam. Bei seinem Anblick lächelte sie völlig unbewußt.

Dann erinnerte sie sich: Wenn man ihn freigelassen hatte, mußte er die Forderung des Königs erfüllt haben. Plötzlich fürchtete sie sich, auf ihn zuzugehen. Sie kannte seinen heftigen Grenzländerstolz, der verletzt sein mußte, wenn jemand so anmaßend in sein Leben eingegriffen hatte, selbst wenn dieser Jemand sein König war.

Sie wartete, bis er fast vor ihr stand. Dann trat sie hinter der Hecke hervor und verstellte ihm den Weg. Sie machte den Versuch eines Lächelns, aber es geriet mehr zu einer Grimasse.

Er funkelte sie an. »Also, Madam. Mir scheint, wir müssen heiraten.«

»O Jamie, dein Gesicht!« Sie wollte ihn berühren, aber er wandte sich ab. Mußten sie ihn wirklich schlagen, damit er bereit war, sie zu heiraten?

»Ich habe dich unterschätzt, Alexia«, sagte er. »Ich hatte keine Ahnung, daß du soviel Einfluß hast. Es scheint, du brauchst den Fürsten des Reiches nur zu befehlen, und sie gehorchen dir.«

Heiße Wut überkam sie, und sie konnte die Worte nicht zurückhalten. »Glaubst du, ich habe um diese Heirat gebeten?«

»Du hast dem König gesagt, daß du dir nichts Größeres wünschen würdest.«

»Ich habe nur versucht, deinen elenden Hals zu retten. Meinst du, ich möchte mit einem Mann verheiratet sein, der mich nicht haben will? Gezwungen sein, in einem Land zu leben, das ich verabscheue? In einer Familie, die ich verachte...«

»Lieber Himmel, wenn das deine Gefühle sind, würde ich fast lieber hängen. Eine Ehe mit dir, bei dieser Einstellung, wäre ein Tod, bei dem man noch langsamer erstickt als beim Hängen.«

Alexia wischte sich ein paar Tränen ab. In der plötzlichen Stille schienen die bösen Worte zwischen ihnen zu schweben wie ein Miasma. Noch einmal hob sie die Hand, als wolle sie ihn berühren, dann ließ sie sie fallen.

»Oh, Jamie... ich dachte, wir lieben uns.«

Der harte Zug um seinen Mund verschwand langsam. »Ich dachte das auch. Vielleicht lieben wir uns ja noch immer.«

Er sah auf sie herab, seine Augen von einem unaussprechlichen Gefühl erfüllt. »Elspeth und mein Bruder sind hier in unserem Stadthaus in Stirling.« Er hatte seine Stimme fest unter Kontrolle. »Zweifellos wird auch meine Mutter bald ankommen. Du wirst bis zur Hochzeit bei ihnen wohnen.«

»Ich ziehe es vor, da zu bleiben, wo ich bin, danke«, antwortete sie ebenso steif.

»Aha. Und willst du so deine Gehorsamspflicht als Ehefrau erfüllen?«

»Gehorsam!« Sie hatte sich breitbeinig vor ihm aufgestellt, die Hände zu Fäusten geballt. »Du kannst zur Hölle gehen, Jamie Maxwell.«

Er lachte und küßte sie schnell, ehe sie Zeit hatte zu reagieren. »Ja, Gehorsam. Ich werde in einer Stunde jemanden nach dir schicken. Versuche, pünktlich zu sein. Ich liebe Pünktlichkeit bei einer Frau.«

»Also so etwas...! Wie kannst du es wagen! Wenn du meinst, du kannst... Ach verdammt, Jamie Maxwell, ich...«

Aber er lachte nur wieder. Dann drehte er sich auf dem Absatz um und ging zurück, ohne sich noch einmal umzusehen. Sie fühlte noch immer seinen Kuß, als sei sie von einem heißen Eisen gestreift worden.

»Das werde ich nicht tun!« brüllte Sir Thomas. »Mein Gott, Mann, das kann ich nicht tun.«

Der Graf von Argyle legte seine Fingerspitzen aneinander und lehnte sich im Stuhl zurück. »Werde nicht? Kann nicht? Beantwortet man so den Befehl seiner Königin?«

»Ich versichere Euch, Sir Thomas, das ist keine leichtfertige Bitte«, warf der englische Botschafter ein und sah Zustimmung heischend zu Argyle hin.

»Richtig«, sagte der Graf.

Sir Thomas funkelte die beiden Männer über den leeren Schreibtisch des Grafen hinweg an. Er verstand nicht, was da vor sich ging. Er war in dieses gottverlassene Land gekommen, um seine Tochter zurückzuholen und zuzusehen, wie einem diebischen, räuberischen, schottischen Schuft Gerechtigkeit widerfährt. Statt dessen hatten sie ihm mitgeteilt, daß seine Tochter, seine kostbare Alexia, mit diesem Hund verheiratet würde. Was hatte der Botschafter gesagt? Die Königin sähe diese Ehe als Gelegenheit, das Ziel der Vereinigung beider Länder zu symbolisieren. Pah! Sir Thomas glaubte nicht eine Minute daran. Die Wahrheit war, daß der junge Howard ein Liebling von Elizabeth gewesen war, und sie hatte es noch nie ertragen können, einen Favoriten an eine andere Frau zu verlieren. Wenn Alexia aus dem Weg geräumt und in Schottland wäre, könnte die Königin Seymour Howard wieder in ihrem klebrigen Netz einfangen. Und Alexia...

Sie versuchte noch nicht einmal zum Schein gegen die Ehe zu protestieren. Sie liebte den Mann, den diebischen, räuberischen Maxwell-Bastard. Sir Thomas wollte vor Wut und Enttäuschung heulen, aber statt dessen blieb er still und sah zu, wie es geschah, weil er wußte, daß diese Heirat das war, was seine Tochter wirklich wollte. Und er hatte ihr noch nie etwas abschlagen können.

Aber das, was man jetzt von ihm forderte, war zuviel.

»Ich werde es nicht tun«, sagte Sir Thomas wieder. Sein Gesicht war vor Wut und Verzweiflung völlig verzerrt. »Gott im Himmel. Zuerst sagt Ihr mir, meine Tochter müsse den Maxwell-Bastard heiraten, und das ist schon mehr, als man ertragen kann. Und jetzt wollt Ihr, daß sie ihn auch noch ausspioniert!«

Der Graf wollte protestieren, aber der Botschafter kam ihm zuvor. »Spionieren ist gewiß ein viel zu hartes Wort für das, was wir wünschen. Wir bitten sie lediglich, Überbringerin von Berichten über den Zustand in den schottischen Grenzländern für uns zu sein. Papiere weiterzugeben, die unsere Agenten für Euch vorbereiten, und Ihr wiederum werdet sie an Walsingham in London weiterleiten. Für Eure Tochter besteht keinerlei Gefahr...«

»Keinerlei Gefahr!« Sir Thomas schlug sich mit der Faust auf das

Knie. »Es gibt so manchen Mann auf beiden Seiten der Grenze, der seine Frau für weniger als das töten würde.«

»Ihr übertreibt doch sicher«, meinte der Botschafter, seine Stimme war glatt und vertrauensvoll. »Und die Gefahr, wenn es überhaupt eine gibt, ist gering gegenüber der Belohnung, die einem daraus erwächst, daß man seiner Königin und seinem Lande dient.«

»Es gefällt mir nicht«, brummte Sir Thomas, aber die beiden anderen Männer bemerkten, wie er allmählich schwächer wurde. »Irgendwie scheint es nicht richtig.«

Der Graf fixierte Sir Thomas mit seinen schwarzen Augen. »Hier geht es doch einfach darum, daß man seine Pflicht tut...«

»Natürlich gibt es eine Pflicht der Ehefrau gegenüber ihrem Ehemann«, warf der Botschafter schnell ein, als er sah, wie Sir Thomas den Mund aufmachte. »Aber es gibt auch eine höhere Pflicht...«

Der Graf von Argyle stand auf und ging hinüber zum Fenster. Er überließ es dem englischen Botschafter, sein übliches Wunder zu bewirken. Der Mann war ein Genie, wenn es darum ging, Menschen mit Worten zu manipulieren. Argyle lächelte vor sich hin. Sir Thomas, ein einfacher, ungehobelter alter Grenzräuber, hatte keine Chance.

Argyle sah hinunter in die Gärten. Jamie Maxwell lief schnell den Weg entlang. So wie ihm der König erzählte, soll dieser wilde, junge Vetter von ihm sich überhaupt nicht gefreut haben, als er erfuhr, daß der Preis für sein Leben die Ehe mit dieser englischen Maid war. Aber der König kannte Jamie Maxwell nicht so gut wie er. Er kannte Jamies Schauspieltalent nicht. Der Graf verzog das Gesicht. Der Gedanke gefiel ihm gar nicht, daß Jamie sie alle irgendwie ausgetrickst hatte und jetzt bekam, was er die ganze Zeit schon wollte.

Das englische Mädchen trat hinter einer Eibenhecke hervor und stellte sich Jamie in den Weg. Selbst aus der Entfernung konnte der Graf erkennen, daß sie sich stritten. Er fragte sich, was Jamie bewogen haben mochte, das Mädchen überhaupt zu entführen. Der Graf war Alexia Carleton nur einmal kurz begegnet, und das hatte ihm gereicht. Er konnte sich überhaupt nicht vorstellen, wie jemand mit ihr ins Bett gehen wollte. Sie war zu sehr – ja, zu sehr von allem etwas. Der Graf bevorzugte sanfte und stille, selbstlose Frauen.

Alexia Carleton bestand aus lauter scharfen Knochen und noch schärferen Worten. Was noch schlimmer war, sie hatte einen Geist, der wie der eines Mannes funktionierte. Die Ehe mit ihr mußte die reine Hölle sein, dachte der Graf, und über seine schmalen Lippen huschte ein winziges Lächeln. Genau die Art Hölle, die ein Mann wie Jamie Maxwell verdiente.

Alexia Carleton schlenderte durch die Galerie, ihre neuen Schuhe aus weichem Leder glitten mit einem leisen, schleifenden Geräusch über den in schwarz-weißem Schachbrettmuster ausgelegten Steinfußboden. Die warme Maisonne strömte durch die vielen Glasscheiben und heizte die Galerie auf.

Die Galerie lief an einer Seite des in E-Form gebauten Stadthauses entlang. Eine ganze Wand, die Wand zum Innenhof, bestand aus Fenstern, und in der oberen Hälfte eines jeden Fensters aus farbigem Glas befand sich das Bild des Maxwellschen Wappentieres – eines grauen Falken im Flug.

Die Galerie endete am Fuß einer modernen Holztreppe mit viereckigen Endpfosten. Alexia strich mit den Handflächen über das glatte, polierte Holzgeländer, als sie zum ersten Stock hinaufstieg. Dort blieb sie wie immer vor dem Porträtbild einer Frau stehen.

Obwohl niemand Alexia gesagt hatte, wer die Frau auf dem Porträt war, wußte sie, es war Lady Annor Maxwell. Die Frau hatte helles, rotblondes Haar, und ihre Augen waren von einem tiefen Zinngrau. Ihr Gesicht war zu arrogant und streng, als daß man es hätte schön nennen können. Es war ein Gesicht, das eher zu einem Mann gepaßt hätte als zu einer Frau. Es war das Gesicht ihres Sohnes, Lord Jamie Maxwell.

Der Mann, den Alexia bald ihren Ehemann nennen würde.

In den letzten Wochen waren alle Formalitäten geregelt und das Aufgebot bestellt worden. Morgen würde Alexia Carleton Lady Maxwell werden, die Frau von Lord Maxwell, dem Schloßherrn auf den Nithdale-Burgen von Caerlaverock, Lochmaben, Threave und Eigentümer der sie umgebenden Güter. Sie seufzte bei diesem beängstigenden Gedanken. Seit dem Tag in den königlichen Gärten hatte sie Jamie nicht ein einziges Mal wiedergesehen. Er wohnte in einem Gasthaus, und sie mußte hier im Stadthaus der Maxwells leben. Es war ihnen verboten, sich vor dem Hochzeitstag zu sehen, und Jamie gehorchte widerwillig.

Das hatte ihn jedoch nicht daran gehindert, seine eigenen Anordnungen zu treffen. Sein erster Befehl galt Alexia: Sie hatte nicht nur ein Hochzeitskleid, sondern eine ganze Garderobe auf seine Kosten zu kaufen. Weil, so hatte er dies begründet – und seine Worte waren ihr durch seinen Bruder Robin übermittelt worden –, er nicht wolle, daß seine Frau aussähe wie die Braut eines Grenzräubers. Alexia ließ ihm sagen, wiederum durch Robin (der inzwischen ein bißchen mitgenommen aussah), daß sie keine Bettlerin sei und ihre eigenen verdammten Kleider kaufen könne und daß sie sich außerdem anziehen würde, wie es ihr gefiele.

Elspeth Campbell hatte sie begleitet, als sie zu den Anproben für das Hochzeitskleid ging. Alexias Erwartung, daß zwischen Elspeth und ihr eine peinliche Atmosphäre entstehen würde, hatte sich nicht erfüllt. Elspeth plauderte über französische Mode und versuchte, Alexia zu einem Haarteil zu überreden, weil, wie sie meinte, die Haare eines Mädchens niemals voll genug aussehen könnten. Elspeth, so hatte Alexia festgestellt, verbrachte Stunden um Stunden mit ihrem Aussehen. Sie bleichte ihr blondes Haar, damit es noch heller wurde, drehte es mit einem heißen Eisen in Locken und Wellen. Sie legte sich Bleiweiß aufs Gesicht, damit die Haut noch weißer wirkte, zupfte die Augenbrauen und färbte sie dunkler. Sie strich sich mit einem Antimonstift um die Lidränder und färbte ihre Lippen mit einem Saft aus Blasentang rot. Elspeth schnürte ihr Mieder ganz eng und polsterte ihre Hüften, um die ideale weibliche Figur zu erreichen. Sie malte sogar blaue Venen auf ihren weiß geschminkten Busen und tropfte sich mit einer Feder Belladonna in die Augen, damit große, samtige Pupillen entstanden. Das alles tat sie, um die Illusion zerbrechlicher Anmut zu verstärken, die bei Hof so beliebt war.

Alexia fragte sich, ob diese bemalte Porzellanpuppe das war, was Jamie sich als Ehefrau erhofft hatte. Sie ging sogar soweit, sich ein paar von Elspeths Kosmetiktiegeln geben zu lassen, weil sie sehen wollte, ob sie den gleichen Effekt erzielen konnte. Aber was an Elspeth modisch aussah, wirkte an Alexia grell und abstoßend. Sie entschied, Jamie würde sie so nehmen müssen, wie sie war.

Da sich Elspeth immer nur mit den oberflächlichen Dingen des Lebens befaßte, glaubte Alexia zuerst, das Mädchen hätte die Heirat akzeptiert wie eine politische Zweckmäßigkeit, bis sie eines Nachts, als sie an Elspeths Zimmer vorbeiging, gedämpftes Weinen hörte. Da wurde ihr klar, daß Lady Elspeth Campbell Jamies Heirat nur deswegen akzeptierte, weil sie keine andere Wahl hatte.

Alexia sehnte sich in diesen Wochen nach jemand, dem sie sich vor der Hochzeit anvertrauen konnte. Jamie durfte sie natürlich nicht sehen, und in gewisser Weise war sie erleichtert. Die Leichtigkeit, mit der sie auf Kilchurn Castle miteinander intim waren, schien verflogen. In den Augenblicken größter Verzweiflung hatte sie Angst, daß sie dieses Gefühl niemals wiedererlangen könnten. Und Sir Thomas war nach England zurückgeritten. Er wollte versuchen, Lady Edwina und Evie zur Teilnahme an den Hochzeitsfeierlichkeiten zu bewegen. Alexia hatte wenig Hoffnung. Lady Edwina würde keinen Fuß in das barbarische Schottland setzen, und Evie wäre nie in der Lage, einem ganzen Land voller Fremder entgegenzutreten, selbst wenn sie ihre Maske trüge.

Auch war Jamies Mutter, Lady Maxwell, noch nicht aus Nithdale herübergekommen. Aber Robin hatte Alexia gewarnt, daß sie der bevorstehenden Heirat nicht mit Vergnügen entgegensähe.

Sie habe Jamie einen Brief geschrieben, in dem die Wut knisterte und heraussprühte wie Fett aus einer heißen Pfanne, hatte Robin ihr erzählt. Aber er verriet ihr nicht, wie Jamie reagiert hatte.

Sie haßt mich schon jetzt, dachte Alexia. Da lagen so viele Hindernisse auf ihrer beider Weg zu einer glücklichen Ehe. Und eines der größten war sicherlich Lady Annor Maxwell.

Alexia starrte wütend auf das hochmütige Gesicht auf dem Porträt. »Ich werde nicht zulassen, daß du ihn gegen mich aufbringst«, sagte sie laut.

»Vielleicht solltet Ihr versuchen, mit einem Ding zu sprechen, das antworten kann.«

Alexia drehte sich um, und das Blut schoß ihr ins Gesicht. Die Frau aus dem Porträt stand in Fleisch und Blut am Ende der Treppe.

Das rotblonde Haar war eine Perücke, und dünne Falten ließen ihr Gesicht alt erscheinen. Aber sie strahlte mit ihrem ganzen Körper den gleichen brennenden Stolz aus wie alle Maxwells. Zwei riesige Bulldoggen saßen gehorsam rechts und links von ihr, und sie fixierte Alexia, die Lippen süffisant gekräuselt.

Alexia machte einen ungeschickten Knicks. »Mylady, vergebt mir. Darf ich mich vorstellen, ich heiße...«

»Ich weiß sehr wohl, wer Ihr seid.«

Annor Maxwell kam die Treppe herauf. Die Bulldoggen folgten ihr auf dem Fuß. Als sie Alexia gegenüberstand, blieb sie stehen. Alexia mußte sich zwingen, den Blick aus den kalten, grauen Augen der älteren Frau zu ertragen.

»Ihr seid das Mädchen, das sich vorgenommen hat, meinen Sohn zu vernichten.«

»Das stimmt nicht!« Alexia holte tief Luft. »Ich weiß, Ihr seid nicht für diese Heirat, aber...«

»Für diese Heirat? Mein Sohn macht eine Dummheit, und jetzt muß er sein ganzes Leben lang dafür leiden. Unsere ganze Familie muß leiden...«

»Dann macht ihn doch dafür verantwortlich, nicht mich! Ich liebe Euren Sohn, Lady Maxwell, und ich verspreche, daß ich ihm eine gute Frau sein werde. Ich bin in jener Nacht in Carlisle nicht freiwillig mit ihm gegangen. Selbst er wird Euch das sagen.«

»Aber es gibt keinen Zweifel, das Ihr ihn dazu gebracht habt. Jamie ist ein weicher und schwacher Mann und leicht zu verführen.« Sie sah hinauf zu ihrem Bild in Öl. »Er hat das Porträt gemalt, müßt Ihr wissen.«

Der abrupte Themenwechsel brachte Alexia durcheinander. Sie zwang sich zu einem Lächeln. »Jamie ist ein sehr begabter Künstler.«

»So?« Annor drehte sich von dem Porträt weg und ging weiter die Stufen hinauf, die Bulldoggen folgten ihr. Sie hielt einen Augenblick inne und drehte sich um. »Jetzt beschäftigt er sich nicht mehr mit solchen Narreteien. Ich hoffe, Ihr werdet ihn nicht ermutigen.«

Dann durchquerten sie und die Hunde mit steifem Gang die große Halle und verschwanden hinter einer doppelten Eichentür.

Alexia zitterte so sehr vor unterdrückter Wut, daß sie sich auf die Treppe setzen mußte. Warum nannte Jamies Mutter ihn weich und schwach, wenn das doch ganz offensichtlich nicht stimmte? Ihr Herz tat weh vor Mitleid mit ihm. Sie wußte, wie es war, eine Mutter zu haben, die einen ständig kritisierte. Ihre eigene Mutter, Lady Edwina, hatte nichts als Verachtung für ihre jüngere Tochter übrig und es auch nie für nötig gehalten, dieses Gefühl zu verbergen. Alexia hatte darauf so reagiert, daß sie sich immer genau anders benahm, als ihre Mutter es sich gewünscht hätte. War es das, was Jamie die ganze Zeit umgetrieben hatte – einfach nur der Wunsch, sich aufzulehnen?

Alexia hob den Kopf und betrachtete noch einmal das Bild. Die strengen, grauen Augen, die sie von der Leinwand herunter anstarrten, waren ohne Glanz und erbarmungslos. Sie drohte dem Porträt mit der Faust. »Und du wirst ihn in Ruhe lassen!«

Hämisches Gelächter ließ Alexia herumfahren.

»Mach dir nichts daraus«, sagte Malcolm Maxwell. Er stand am Fuß der Treppe und auf seinem finster und sarkastisch dreinblickenden Gesicht zeigte sich auf einmal ein Ausdruck von Belustigung. »Ich habe das gleiche schon oft selbst gemacht. Es ist viel leichter, als mit ihr von Angesicht zu Angesicht zu sprechen. Ich nehme an, du hast gerade die wirkliche Person getroffen?«

Alexia lächelte. »O ja.«

Sie ging hinunter und begleitete Jamies Bruder durch die Galerie. Sie schlenderten zusammen den ganzen Flur hinunter. Sein Humpeln schien schlimmer geworden zu sein. Vielleicht, weil er gerade den langen Weg von Nithdale hergeritten war. Sie betrachtete ihn aus den Augenwinkeln. Von allen Maxwells war er der komplizierteste. Sein Humor hatte oft eine dunkle, bittere Seite.

»Mach dir keine Sorgen um meinen Bruder, den Lord«, meinte Malcolm. »Mutter ist natürlich wütend auf ihn, aber wenn er dich heiraten will, dann will er es.«

»Der König zwingt ihn dazu.«

»Nein. Wenn er es nicht gewollt hätte, wäre auch ihm das nicht gelungen, König oder nicht König. Die eigentliche Frage ist, willst du ihn heiraten?«

»Ich liebe ihn«, sagte sie einfach.

Er hielt inne, zog sie herum und sah sie fest an. »Wenn du klug bist, vergißt du Jamie, vergißt alle und machst dich auf den Weg nach England.«

»Warum? Weil deine Mutter mich haßt?«

»Ja. Zum Teil deswegen. Sie haßt dich, weil du Engländerin bist und eine Carleton. Und sie wird dich nicht so dominieren können, wie sie Elspeth dominiert hätte. Und Robin haßt dich, weil du neben Lord Maxwell die größte Gefahr für ihn bist, wenn du einen jungen Maxwell auf die Welt bringst. Dann wird Robin noch einen Schritt weiter von der Herrschaft entfernt sein. Und Elspeth haßt dich, denn sie ist dazu erzogen worden, nur eine einzige Sache zu wollen, und wegen dir wird sie sie nie bekommen. Was meine beiden jüngeren Brüder, Diccon und Andy, betrifft, die haben dich noch nicht kennengelernt, aber sie hassen dich schon jetzt aus Prinzip und weil Mutter ihnen gesagt hat, sie müßten das.«

»Und du? Warum haßt du mich?«

»Ich?« Sein Mund verzerrte sich zu einem zynischen Lächeln. »Ich hasse dich, weil du mich mit dem Schwert besiegen würdest, warum sonst?« Er hob stolz den Kopf und forschte in ihrem Gesicht. »Geh zurück nach England, Alexia Carleton. Geh zurück nach England, wohin du gehörst.«

Alexia trug ein tief moosgrünes Hochzeitskleid, ihr Unterkleid und ihr Mieder waren mit Goldfiligran und kleinen Perlen bestickt. Sie hielt eine Silberschale voller Rosmarinblüten in der Hand. Die Blüten waren himmelblau und dufteten süß. Lange, grüne Bänder fielen von den Griffen der Schale herab und flatterten im Wind.

Zwei kleine Jungen, die sie nie zuvor gesehen hatte, gingen vor ihr her. Sie waren in Seide gekleidet und hatten ebenfalls Kränze aus Rosmarin an ihren Handgelenken. Hinter ihr folgten die Musikanten, dann kamen die Brautjungfern, ebenfalls Fremde, die den Hochzeitskuchen trugen und vergoldete, zu Sträußen gebundene Weizenähren.

Jamie wartete auf sie vor der Kirchentür.

Auch er war ein Fremder – ein großer, blonder Mann, reich gekleidet in ein mit Edelsteinen besetztes, weißes Wams und weiße Hose. Ein Mann, dessen hübsches Gesicht kalt und fern wirkte. Ein Fremder.

Dann nahm er ihren Arm und sah zu ihr herab. Und sie sah den vertrauten schalkhaften Ausdruck in seinen Augen. Sie lächelte ihn zitternd an.

Die feierlichen Worte schwebten an ihr vorüber wie in einer Ohnmacht. Sie hörte, wie sie die richtigen Antworten gab, hörte Jamies Versprechen, sie zu ehren und zu behüten. Als alles vorbei war, gab er ihr einen kühlen, kurzen Kuß.

Sie tranken aus dem silbernen Brautkelch auf ihre Zukunft. Dann gaben sie ihn an die anderen Gäste weiter, die alle auf ihre Gesundheit tranken, außer Annor Maxwell, die ihn, für alle deutlich zu sehen, ignorierte.

Jamies Brüder bestanden darauf, die Braut zu küssen. Robins Kuß war brüderlich. Malcolms Kuß nicht.

»Nun, Tochter«, sagte Sir Thomas und hielt Alexia fest an sich gepreßt. In seinen Augen standen Tränen.

»Lady Maxwell«, der Bischof rief sie aus der Sakristei. »Ich brauche Eure Unterschrift.«

Annor Maxwells Kopf schnellte herum vor Erstaunen. »Meine Unterschrift? Wofür?«

Es gab eine lange, peinliche Stille. Das letzte Restchen Farbe wich langsam aus Annor Maxwells ohnehin blassem Gesicht, als sie merkte, daß der Bischof nicht sie gemeint hatte, sondern das englische Mädchen. Die neue Lady Maxwell.

Sie drehte sich um und schritt verkrampft durch das Kirchenschiff hinaus. Die schwere Tür mit den Messingbeschlägen schloß sich hinter ihr, und Malcolm lachte. »Offensichtlich haben wir hier eine peinliche Verwechslung von ›Lady Maxwells‹«, gab er mit breitem Lächeln von sich. »Vielleicht könnten wir in Zukunft Nummern verteilen ...«

Robin trat drohend auf seinen jüngeren Bruder zu. »Halt den Mund, bevor ich ihn dir mit der Faust schließe.«

Dann warf er Alexia einen wütenden Blick zu und verließ ebenfalls die Kirche.

Jamie legte seinen Arm um Alexias Taille und drückte sie sanft an sich. »Es wird schon gutgehen«, sagte er.

Aber sie glaubte ihm nicht.

Die Moriskentänzer machten Hüpfsprünge um den Eßtisch im großen Saal herum – Pfeifer, Drachen und andere Gestalten. Der Narr, dachte Alexia, sieht König James seltsam ähnlich.

Er blieb vor Jamie stehen, machte eine alberne Verbeugung und klapperte mit seinen Glocken. Dann holte er aus seiner Tunika eine stachelige Artischocke. Er übergab sie dem Bräutigam mit einer Verbeugung, und alles brach in lautes Lachen aus. Zu Alexias Entzücken errötete Jamie. Artischocken galten als Aphrodisiakum.

Riesige Platten mit einem Eberkopf, einem gerösteten Pfau und Fischreihern, süßen Kartoffeln mit Öl und Essig übergossen, wurden vor Alexias Augen hin und her gereicht, aber sie war zu nervös zum Essen. Sie konnte Jamies Stimmung nicht einschätzen. Er war ihr gegenüber aufmerksam – goß ihr Wein ein, schnitt ihr das Fleisch vor und bezog sie in die Unterhaltungen mit ein, aber sie vermißte sein Lachen.

Von der Galerie der Musiker über dem reichverzierten Eingangstor tönten die würdevollen Klänge einer Pavane.

»Komm«, sagte Jamie und zog sie auf die Füße. »Wir müssen den ersten Tanz anführen.«

Die stolzen Bewegungen eines Pfaus, die in der Pavane enthalten waren, wirkten anmutiger, wenn Jamie sie ausführte. Sie zitterte, als seine Hände leicht über ihre Taille strichen. Sie suchte nach etwas, was sie ihm sagen konnte. Es schien unglaublich, daß sie jetzt mit ihm verheiratet war.

Sie erreichten das Ende des großen Saals. Gerade wollte sie sich umdrehen, als sein Arm sich fester um ihre Taille schloß und er sie zurück hinter die Eingangswand zog. »Jamie, was...«

Er hielt die Hand über ihren Mund. »Still!«

Weiter die Hand über ihren Mund haltend, zog er sie durch eine Seitentür hinaus. Die Nachtluft war ziemlich kühl, verglichen mit der schwülen Wärme in dem überfüllten Saal. Windgepeitschte Wolken zogen an einem dicken, runden Herbstmond vorbei.

Alexia packte seine Hand und versuchte, ihn wegzuziehen.

Jamie ließ sie los und pfiff durchdringend. Man hörte Hufeklappern auf den Steinen, dann brach Jamies Pferd, zum Ausreiten gesattelt, aus dem Schatten und rutschte fast aus, als es plötzlich neben ihnen zum Stehen kam. Jamie sprang auf und hielt Alexia seine Hand hin, um sie hinaufzuziehen.

Sie stand still und starrte ihn an. Silbernes Licht flackerte über sein Gesicht und gab ihm einen geisterhaften, makabren Ausdruck. Seine Augen funkelten.

»Wohin bringst du mich?« fragte sie, aber er antwortete nicht.

In dem Augenblick erkannte sie, daß, obwohl sie ihn von ganzem Herzen liebte, sie ihm dennoch nicht ganz trauen wollte. Und er wußte das. Es war eine Prüfung, vielleicht die erste von vielen, und wenn sie jetzt versagte, würde sie ihn für immer verlieren.

»Nun, Frau...«

Und Alexia hob den Arm und nahm seine Hand.

Kapitel 8

Schwerer Dunst hatte sich wie ein weißes Grabtuch auf den Wald gesenkt, die Äste und Zweige in Hexenklauen und ihre Schatten in umherhuschende Dämonen verwandelt. Sie hörte ganz in der Nähe eine Eule schreien.

Hinter ihr ging quietschend eine Tür auf, und Alexia stand, als sie sich vom Fenster abwandte, plötzlich ihrem Mann gegenüber.

»Wo sind wir hier?«

Sein Haar war feucht vom Nebel, und er versuchte, es mit seinen Händen trockenzureiben, während er umherging und einige Kerzen auslöschte. Das Zimmer war von parfümierten Kerzen in silbernen Kerzenhaltern hell erleuchtet. Den Raum dominierend, stand auf der einen Seite ein massives Bett mit vier Pfosten und einem riesigen, purpurroten Samthimmel. In das Kopfteil war das Wappen des Königs geschnitzt.

Jamie ging auf sie zu. »Das ist des Königs Jagdhütte. Er hat sie uns für diese Nacht geliehen, wahrscheinlich seine Vorstellung von einem Hochzeitsgeschenk.« Er strich sanft über ihre Schultern und hinab zu ihren Brüsten, die sich unter dem tiefen Ausschnitt ihres Hochzeitskleides abzeichneten. »Du warst eine wunderschöne Braut, Alexia.«

Sie hatte vergessen, welche Reaktion seine Berührung stets bei ihr auslöste, wie sie die ganze Kraft aus ihren Muskeln zog und ihre Haut zum Brennen brachte. Sie zitterte deutlich, und er mißverstand die Ursache.

»Verdammt, Alexia, warum hast du plötzlich so viel Angst vor mir?«

Sie gingen hinüber zum Kamin. Auch an der hinteren Kaminwand und auf den Feuerböcken war das königliche Wappen eingeschnitzt. Die Schöpfungsgeschichte schmückte den Sims. Darin war der wollüstige Ausdruck auf Evas Gesicht dem Künstler besonders gut gelungen.

»Hättest du eine Wahl gehabt, du hättest mich sicher nicht geheiratet«, sagte sie.

»Es hat nie eine Wahl gegeben. Was wäre gewesen, wenn ich als Hochlandbauer geboren wäre? Oder als Schmied in Carlisle? Hätte ich dich dann geheiratet? Hätte ich es können?« Er drehte sie an den Schultern herum und sah ihr ins Gesicht. Einen Augenblick ließ er seine Hände auf ihren Schultern ruhen, dann strich er an ihren Armen herunter und ergriff ihre beiden Hände. »Ich habe nie erwartet, in einer Ehe auch Liebe zu finden, aber bei dir habe ich sie gefunden. Was soll ich dir noch sagen? Ich liebe dich, Alexia.«

Sie schüttelte den Kopf. »Nein. Es ist eine rein körperliche Sache. Du willst nur mit mir schlafen.«

»Um Gottes willen. Wenn man dich so hört, könnte man meinen, ich sei nur ein Tier. Ist dir noch nicht eingefallen, daß es mir auch Freude machen könnte, mit dir zu sprechen, mit dir reiten zu gehen oder einfach nur mit dir zusammenzusein? Lieber Himmel, Alexia, manchmal genügt es mir, dich einfach nur anzusehen.«

Er blickte ihr tief in die Augen, bis sie meinte, unter seinem intensiven Blick dahinschmelzen zu müssen. »Habe ich dir nie gesagt, wie sehr ich es liebe, wenn du deine Augenbrauen hochziehst, wenn du wütend bist?« Und er küßte eine nach der anderen. »Oder wie sich deine Nase kräuselt, wenn du lachst.« Er küßte ihre Nase. »Oder wie sich dein Mund mit einem Seufzer öffnet, wenn ich in dich eindringe.«

Er küßte sie leidenschaftlich und schloß sie fest in seine Arme. Sie wandte den Kopf ab und schob ihn von sich.

»Siehst du!« rief sie etwas atemlos aus. »Schon wieder versuchst du, mich zu verführen.«

Jamie stieß einen tiefen Seufzer aus. »Alexia, es ist unsere Hochzeitsnacht. Wollen wir uns nun streiten oder lieben?«

»Du meinst, du brauchst mich nur ins Bett zu locken, und alle unsere Probleme werden gelöst.«

Jamie hob ihr Kinn und sagte zärtlich: »Es wäre zumindest ein Anfang.«

Sie wollte gerade den Mund aufmachen, um zu protestieren, als er ihn mit einem innigen Kuß schloß.

Sie hatten einander schon so oft auf diese Weise geküßt, daß Alexia meinte, sie müßte inzwischen daran gewöhnt sein. Aber jedesmal war sie von der Intensität ihrer Reaktion auf die zärtlichen Bewegungen und den festen Druck seiner Lippen überrascht. Sie vergaß fast jedesmal, Luft zu holen, und wenn er schließlich aufhörte, blieb sie, nach Luft ringend und mit weichen Knien, in seinen Armen. Dann konnte sie ihm nicht mehr widerstehen.

»Nun, gnädige Frau und Gattin«, sagte Jamie, und seine Stimme war rauh, als er langsam die Haken an ihrem Mieder öffnete. »Bist du fertig mit all deinen närrischen Ängsten und lächerlichen Argumenten?«

»Ja, Mylord und Gatte . . . für den Augenblick.«

Sie entzog sich ihm wieder, aber dieses Mal nur, um sich auszuziehen. Er sah ihr zu, mit Blicken voller Leidenschaft. Als sie schon alles weggelegt hatte, bis auf Hemd und Strümpfe, zog er sie wieder in seine Arme und vergrub seinen Kopf an ihrem Hals. Alexia stöhnte und bog sich ihm entgegen, ihre Nägel gruben sich in das steife Material seiner Ärmel.

Sie fingerte verzweifelt an den Schlaufen, mit denen sein Wams zugeschnürt wurde. Sie wollte unbedingt mit ihren Händen über die festen Muskeln seiner Brust fahren dürfen, um sein nacktes Fleisch zu spüren. In der Hast riß sie ein Band von seinem Hemd ab, und er lachte in ihr Haar.

»Noch ein neues Hemd, das du ruiniert hast, meine Liebe. Wenn das so weitergeht, werde ich bald in Lumpen herumlaufen müssen.«

Alexia antwortete nicht. Sie preßte selig ihre Wange gegen seine Schulter und sog tief den warmen, moschusartigen Geruch in sich ein. Dann zog sie ihm Wams und Hemd aus und fuhr mit ihren Handflächen über seine Brust, diese typisch männliche Verbindung aus Muskeln und Haut bewundernd, die gleichzeitig so hart wie der Stahl seines Schwertes und so weich wie die Wolle an einem neugeborenen Schaf war.

Zum Verrücktwerden langsam zog Jamie die Schulterbänder an ihrem Hemd herunter. Mit den Lippen folgte er dem Weg seiner

Finger, hob mit einer Hand ihre Brust und führte die Brustwarze an seine Lippen. Gleichzeitig zog Alexia zielstrebig seinen Hosenlatz beiseite und strich an der ganzen Länge seines Gliedes herab. Es war bereits hart und schien noch mehr anzuschwellen, bis es ihre Hand füllte. Er stöhnte, hob sie hoch und trug sie hinüber zu dem riesigen, königlichen Bett.

Er legte sie jedoch nicht hin, sondern stellte sie neben das Bett und setzte sich selbst auf die Bettkante ihr gegenüber. Seine Hände ruhten leicht auf ihrer Taille. Dann, mit seinen Augen auf ihrem Gesicht, zog er ihr Hemd bis hinunter über ihre Hüften und ließ es zu Boden fallen. Jetzt war sie vollständig nackt, bis auf die Strümpfe, und er ließ seine Augen über ihren ganzen Körper wandern, stolz und besitzergreifend. Er schien sagen zu wollen: ›Du gehörst mir, du bist meine Frau.‹ Und Alexia zitterte unter seinem beherrschenden Blick.

Seine Hände bewegten sich über ihr kleines, festes Gesäß bis zur Mitte ihrer Oberschenkel, wo blaue Satinstrumpfhalter ihre Strümpfe zusammenhielten. Mit seiner vom Schwertkampf schwieligen Hand fuhr er zwischen den Strumpfhalter und ihre Haut. Sie schloß die Augen, lehnte sich auf ihn und zog seinen Kopf zu sich heran.

Sie fühlte, wie seine Lippen über das weiche Dreieck zwischen ihren Oberschenkeln strichen, und hielt den Atem an, als ihre Bauchmuskeln sich in unerträglicher Weise anspannten. Bei seinen Liebkosungen an den Stellen, an denen sie am empfindlichsten war, begann sich das Zimmer um sie zu drehen. Immer schneller und schneller und sandte Körper und Seele hinaus zwischen Himmel und Erde, wo sie zu vergehen meinte.

Als sie die Augen wieder öffnete, lag sie ausgestreckt auf dem Bett und er auf ihr. Auf den Ellenbogen gestützt, betrachtete er sie. Er senkte den Kopf und sah zu, als sie sein hartes Glied in die Hand nahm und ihn führte.

Er hatte keine Eile, bewegte sich mit bewußten, rhythmischen Stößen in ihr, bis sie mit eigenen heftigen Bewegungen unter ihm antwortete. Schließlich übertrafen sie sich gegenseitig in der Wildheit ihrer Leidenschaft, bis sie ihren Rücken zu einem Bogen formte und den Kopf tief in das Kopfkissen preßte und seinen Namen in einem hohen, grellen Schrei ausstieß.

Sie fühlte, wie sein Körper still wurde und sich anspannte, und hörte ihn nach Atem ringen. Sie öffnete die Augen gerade rechtzeitig, um zu sehen, wie die Ekstase sich über seinem Gesicht ausbreitete. Ein seltsames Gefühl überkam sie, das teilweise aus brennender Zärtlichkeit und einer seltsamen Erkenntnis der eigenen Macht bestand. Einer Macht, die aus dem Wissen stammte, daß sie in der Lage war, einen solchen Ausdruck auf das Gesicht eines Mannes zu zaubern, der so stolz und stark war wie Jamie Maxwell.

Die warme Morgensonne lag auf Alexias Augenlidern, und sie bewegte sich träge unter der seidenen Bettdecke. Vertraute Lippen strichen über ihren Mund, der von den tausend Küssen in der Nacht noch immer weich und geschwollen war. »Guten Morgen, Frau.«

Sie spürte, wie die Matratze sich unter ihr bewegte. Kurz darauf hörte sie Wasser spritzen. Sie öffnete die Augen.

Unbefangen stand Jamie nackt vor dem Waschbecken und bürstete seine Zähne mit einem Stück rauhem holländischen Leinen. Sie sah zu, wie er seinen Bart mit der Kante seines Degens abkratzte. Plötzlich mußte sie daran denken, daß sie nunmehr jeden Tag, für den Rest ihres Lebens gemeinsam diese Art morgendlicher Intimität teilen würden. »Warum läßt du dir keinen Bart wachsen wie alle anderen?« fragte sie ihn.

»Weil...«, er spülte seine Gesicht ab, »mein Haar zu hell und fein ist. Es würde kein ordentlicher Bart wachsen, sondern ich würde aussehen wie ein schlecht gerupftes Huhn.«

»Oh, du bist also eitel. Das habe ich mir fast gedacht.«

Er rieb mit einem Handtuch über sein Gesicht und grinste sie dann etwas linkisch an. »Vielleicht bin ich das. Ein bißchen.«

Alexia spürte den überwältigenden Drang, ihn zu küssen. »Komm her«, befahl sie.

»Nein, ich wage es nicht«, sagte er lachend und schlüpfte in sein Hemd. »Du hast mich total ausgelaugt, Frau. Außerdem wartet meine Familie auf uns. Heute müssen wir alle nach Caerlaverock zurück.«

Alexia schauderte bei dem Gedanken daran. »Caerlaverock ist dein Zuhause, nicht das meine.«

Jamie ging zum Bett und setzte sich neben sie. Er packte sie an den Schultern, und seine Miene wurde so ernst, wie sie sie nie zuvor gesehen hatte. Seine Augen waren dunkel und abweisend, wie der Wald vor dem Fenster draußen.

»Du bist meine Frau, Alexia. Du teilst nicht nur meine Ländereien und Burgen, du teilst auch meinen Namen und mein Land. Du bist jetzt eine Maxwell. Eine Maxwell und eine Schottin.«

Alexia schüttelte hartnäckig den Kopf und entzog sich seinem Griff. Sie stützte sich auf die Ellenbogen und schrie ihn an.

»Nein! Bin ich nicht. Ich bin Alexia Carleton. Mein Land ist England, und meine Familie ist englisch. Du wirst das niemals an mir ändern können, Jamie Maxwell. Niemals.«

Jamie sprang auf. Er stellte sich neben sie und funkelte sie an.

»Na gut. Wenn du das so siehst... Aber auf jeden Fall sind wir verheiratet, und unter den Umständen unserer Heirat scheint eine Auflösung dieser Ehe ausgeschlossen. Das einzige, worum ich dich bitte, Alexia, ist ein Erbe. Zwei Söhne müßten ausreichen, um die Erbfolge zu sichern. Wenn du sie mir gegeben hast, kannst du in dein verdammtes Land und zu deinem verdammten Clan zurück. Mit meinem Segen!«

Heiße Tränen stiegen Alexia in die Augen, und sie konnte nur mit Aufbietung all ihrer Willenskräfte verhindern, daß sie weinte. Als sie ihn ansah, merkte sie, daß sein Blick ebensoviel Wut und Verletztheit enthielt wie ihr eigener.

»Ich werde dich beim Wort nehmen, Mylord. Zwei Söhne und dann darf ich heimgehen.«

Er nickte steif. »Das habe ich gesagt, nicht wahr? Du hast mein Wort darauf.«

Jamie sagte nichts mehr. Er zog sich schweigend fertig an und verließ das Zimmer. Nachdem er gegangen war, legte sich Alexia noch einmal zurück und ließ ihren Tränen endlich freien Lauf.

Die süße, freudvolle Liebe, die sie sich in der Nacht gegeben hatten, war von einem Augenblick auf den anderen durch ihre heftigen, unüberlegten Worte ausgelöscht worden. Was machte es also aus, wenn er sie nur um der einen Sache willen wollte? Die Freude, die sie beide bei diesem einen, einzigartigen Akt hatten, würde sicher ausreichen, eine Grundlage für ihre Ehe zu schaffen. Sie sehnte sich danach, ihm das zu sagen, aber ihr unbezwingbarer Carleton-Stolz ließ es nicht zu. Zwei Söhne. Wie lange würde es dauern, ihm zwei Söhne zu gebären?

Sie rieb mit der Hand über ihren Leib, der schon nicht mehr so flach war wie noch vor einem Monat. Sie hatte ihm heute morgen von dem Kind erzählen wollen und würde es noch immer tun müssen. Er würde es jedenfalls bald selbst sehen. Vielleicht würde es ein Mädchen werden. Sie betete, daß es ein Mädchen würde.

Sir Thomas Carleton betrachtete das Gesicht seiner Tochter, und seine eigenen verwitterten Züge nahmen einen sorgenvollen Ausdruck an.

»Alexia ... ich dachte einen Augenblick lang, du wolltest diese Ehe nicht ...«

»Ich wollte diese Ehe, Vater«, sagte sie. »Und ich will sie noch immer.« Jamie will sie nicht, dachte sie bei sich. Sie zwang sich zu einem Lächeln. »Ich glaube, ich habe so etwas wie einen Kater.«

Sir Thomas lachte leise. »Ja. Ich habe mich an dem Morgen, nachdem ich deine Mutter geheiratet hatte, genauso gefühlt. Tatsächlich ... na ja, macht nichts.«

Er blickte hinter sich, wo die Maxwells in einer Gruppe neben ihren unruhigen Pferden beieinanderstanden und mit schlecht verhüllter Ungeduld warteten, daß Alexia mit ihrem Abschiednehmen fertig würde, damit sie sich auf den Weg machen konnten.

Er senkte die Stimme und sagte eilig: »Hör zu. Ich muß dir etwas sagen, Mädchen. Aber versuche, keine Reaktion zu zeigen.« Er erzählte ihr vom Plan des Botschafters, Spionageberichte nach England zu senden. »Einmal im Monat werde ich dir mit Kurier einen Brief schicken. Briefe von einem Vater, der seine geliebte Tochter vermißt, das wird der Wahrheit nahe genug kommen. Gott helfe mir. Du kannst die dir übermittelten Berichte mit deinen Antwortbriefen an mich weitergeben. Kein Mensch wird das je in Frage stellen.«

»In Frage stellen?« Alexia sprach etwas zu laut, senkte aber schnell die Stimme, als sie das angstverzerrte Gesicht ihres Vaters sah. »Willst du mir sagen, ich soll meinen Mann ausspionieren?«

»Ich bitte dich nur, an deine Heimat zu denken.«

Alexia biß sich auf die Lippen. Hatte sie nicht vor kaum zwei Stunden genau die gleichen Worte benutzt? Sie hörte Schritte hinter sich. Sir Thomas' Kopf flog schuldbewußt hoch, und er errötete.

Jamie Maxwell legte einen Arm besitzergreifend um Alexias Taille. »Ihr braucht Euch wegen ihr keine Gedanken zu machen, Sir Thomas, ich werde gut für sie sorgen.«

»Ja«, brummte Sir Thomas. »Nehmt Euch in acht und vergeßt es nicht. Ihr räuberischer, diebischer Maxwell, sonst könnt Ihr was erleben.«

Jamie lachte. Seine Hand glitt von ihrer Taille über ihren Reifrock, und er gab ihr einen Klaps. Alexia sah ihn böse an.

Sir Thomas räusperte sich. »Da ist noch etwas. Alexia hat ihrer Schwester Evie vor Jahren etwas versprochen. Das Mädchen wird niemals heiraten, wißt Ihr, und Alexia versprach Evie, daß sie bei ihr immer ein Zuhause haben würde, selbst nach ihrer eigenen Heirat. Jetzt sind zwar die Umstände hier etwas anders, als wir alle vorhersehen konnten, aber...«

Jamie sah seine Frau an. »Möchtest du noch immer dein Versprechen halten, Alexia?«

»Habt Ihr etwas dagegen, Mylord?«

»Nein. Ich frage nur, weil vorschnell gegebene Versprechen oft später bereut werden.« Er sah sie seltsam an, gleichsam als wolle er sie auf die Probe stellen. In seinen Augen glitzerte der Schalk, aber gleichzeitig lächelte er ihr freundlich zu.

Er wandte sich an Sir Thomas. »Laßt das Mädchen nach Caerlaverock bringen, wenn sie kommen möchte. Sie wird bei uns ein Zuhause finden, solange sie und Alexia es wünschen. Und jetzt, Alexia, es tut mir leid, wir müssen gehen.«

Sie umarmte schnell ihren Vater, und er strich ihr über das Haar. »Ach, Mädchen...«

Sie trat einen Schritt zurück, damit sie ihm in die Augen sehen konnte. »Du wirst mir schreiben, Vater«, sagte sie. »Einmal im Monat?«

Sir Thomas' Gesicht entspannte sich zu einem breiten Lächeln. »Ja, Mädchen, ich werde schreiben. Einmal im Monat.«

Der klare Fluß Nith schlängelte sich mit schnellem Lauf durch das grüne, hügelige Land. Die untergehende Sonne erleuchtete die Felder mit wilder Baumwolle und karminroten Mohnblumen. Alexia seufzte vor Vergnügen angesichts von so viel Schönheit, aber Jamie schien keine Notiz zu nehmen. Er und seine Brüder ritten mit der einen Hand am Schwert, mit den Augen unter den Rändern ihrer stählernen Helme aufmerksam den Horizont absuchend.

Da sie selbst in den Grenzländern geboren und aufgewachsen war, wußte Alexia, daß trotz ihrer natürlichen Schönheit in den schottischen Tälern untergründig die Gefahr wohnte, ebenso wie in den hinterhältigen Gezeiten des Solway Firth. In den Mooren überfielen die gleichen Männer, die tagsüber halbherzig die Felder bestellten und die Herden bewachten, mit Begeisterung in der Nacht das Land. Sie schliefen mit Dolchen unter ihren Kopfkissen und hielten ständig ein Pferd gesattelt, bereit zur Flucht. Heute war Frieden mit England, aber keiner konnte voraussagen, was morgen geschehen würde. Rivalisierende Clans hatten wenig Respekt vor Friedensverträgen und besonders wenig vor Grenzen. Nach dreihundert Jahren kriegerischer Konflikte glaubten die Grenzländer fest daran, daß Sicherheit nur durch das Schwert und den Turm gegeben wäre. Sie lebten von Überfällen, und sie starben dabei.

»Nachtrab!« rief Robin Maxwell aus und schreckte Alexia aus ihren Gedanken. »Die unsrigen?« fragte er seinen Bruder.

Alexia sah in die Richtung, in die Robin gezeigt hatte. Eine Gruppe Pferde war gerade auf der Hügelspitze in einiger Entfernung rechts von ihnen aufgetaucht. Brennende Fackeln, die auf den Spitzen mehrerer Lanzen wie tanzende Glühwürmchen auf und ab hüpften, und tintig-dunkler Rauch kräuselte sich in den düsteren Himmel.

Der »Nachtrab« war eine einzigartige Tradition in den Grenzländern. Er erlaubte den Opfern eines Überfalls ganz legal, selbst Rache zu nehmen und den Räubern zu folgen, um ihr Eigentum mit

Gewalt zurückzuholen. Die einzige Regel war, daß der Nachtrab innerhalb von sechs Tagen nach dem ursprünglichen Überfall zu erfolgen hatte. Die Absicht, einen Nachtrab auszuführen, mußte von den Verfolgern dadurch signalisiert werden, daß sie brennende Torfstücke auf den Lanzenspitzen trugen.

Drei Reiter hatten sich von der Hauptgruppe abgesetzt und galoppierten auf sie zu. Jamie hielt sein Pferd an, und die anderen taten es ihm gleich. »Es ist Big Jock«, sagte er.

Es war Big Jock. Die anderen beiden Reiter waren Knaben, und Alexia nahm an, daß sie in ihnen die zwei jüngsten Maxwell-Brüder kennenlernen sollte, die sie grundsätzlich haßten. Schon weil ihre Mutter ihnen das befohlen hatte.

Einer der Jungen mit blondgelockten Haaren und großen, grünen Maxwell-Augen sah kaum älter aus als sechs. Er ritt ein scheckiges Pferd mit so breitem Bauch, daß er kaum die Beine weit genug spreizen konnte, um auf ihm zu sitzen. In einer grimmig geballten Faust trug er ein gefährlich aussehendes, abgesägtes Schwert.

Er hielt sein Pferd neben Alexia an und fuchtelte wild mit dem Schwert in der Luft herum. »Bist du die englische Dame?« fragte er.

Big Jock grinste einfältig seinen Herrn an und zuckte mit den Schultern. »Ich habe ihm gesagt, er dürfe nicht mitkommen. Er ist aber doch mitgekommen. Wir waren auf Raubzug.«

»Blut und Hölle!« schrie Jamie und ähnelte dabei erstaunlich seinem Vater, dachte Alexia.

»Wann?«

»Die Johnstones-Bastarde griffen unsere Herden beim Morgengrauen an und verschwanden mit gut drei Dutzend Tieren. Sie hatten ein ganz klein wenig Hilfe von den Grahams.«

»Englische Grahams.«

Der ältere Junge hatte gesprochen. Er war wohl vierzehn oder fünfzehn und sah eher aus wie Robin, stämmig und rothaarig. Er funkelte Alexia an, sie funkelte zurück.

Jamie lachte. »Ich wäre vorsichtig, wenn ich du wäre, Diccon. Sie könnte dir das Alphabet mit ihrem Schwert auf deine Brust ritzen, ehe du deines überhaupt aus der Scheide gezogen hättest.« Er lachte wieder, und in seiner Stimme lag ein Ton der Begeisterung, den

Alexia seit Wochen nicht mehr gehört hatte. »Worauf warten wir also? Gehen wir und fangen uns ein paar gottverdammte Johnstones. Nein, du nicht, Andy, mein Junge«, sagte er und zog den großen Schecken an den Zügeln zurück. »Jemand muß dafür sorgen, daß die Damen gesund nach Hause kommen.«

Der kleine Junge reagierte rebellisch, dann aber leuchtete sein Gesicht. Er wedelte mit dem Schwert in der Luft. »Und wenn wir von den gottverdammten Engländern angegriffen werden, werde ich sie totmachen. Ganz allein!«

Alexia sah zornig, wie ihr Mann von zwei Tagen fröhlich davonritt, weil es ihm Spaß machte, mit einem Pack Johnstone-Räubern zu kämpfen. Und mit englischen Grahams. Aber nach ein paar Schritten wendete er sein Pferd und kam zurück. Er lehnte sich im Sattel zu ihr herüber und gab ihr einen kräftigen, schnellen Kuß.

»Willkommen auf Caerlaverock, Frau.«

Big Jock und Jamie Maxwell ritten Schulter an Schulter in die immer düsterer werdende Dämmerung. Ein starker Wind trieb dunkle Wolken an dem blassen, aufgehenden Mond vorbei. In der Ferne öffnete sich die Tür einer Schutzhütte und schlug wieder zu, wobei ein Licht aufblitzte.

»Also hat der König Euch gezwungen, sie zu heiraten?« Big Jock lachte, so daß seine Zähne weiß in seinem schwarzen Bart aufblitzten.

»Ja«, antwortete Jamie mit ausdruckslosem Gesicht.

»Hat Euch wohl geradezu in Ketten vor den Altar gezerrt?«

Jamie lachte leise. »Gut, ich gebe es zu. Ich habe sie gewollt, seit ich sie das erste Mal sah. Oh, ich habe mir eine Zeitlang vorgemacht, daß ich nur mit ihr schlafen wollte, sonst nichts. Aber es war, als wäre ich in das Moor von Solway gefallen. Je mehr ich dagegen ankämpfte, um so tiefer geriet ich hinein. Ich glaube nicht, daß ich jetzt noch ohne sie leben könnte, Jock, aber sie ist ...«

Jamie unterbrach sich. Er wollte nicht über den teuflischen Handel sprechen, den er mit Alexia eingegangen war. Zwei Söhne, und sie wäre frei, nach Hause zu gehen. Er hätte ihr sagen sollen, sie sei seine Frau, verdammt noch mal, und würde seine Frau bleiben, ob es ihr gefiele oder nicht. Aufgrund seines extremen Stolzes hatte er den Gedanken nicht ertragen, daß er sie gegen ihren Willen festhielt. Zumindest hatte er sich etwas Zeit gekauft. Zeit, um sie zu überzeugen, daß sie zu ihm gehörte, in dieses Land und zu seinen Leuten.

»Jedenfalls habt Ihr ein schreckliches Risiko auf Euch genommen«, meinte Big Jock. »Das Mädchen auf diese Weise zu entführen. Sie hätten Euch dafür hängen können.«

Jamie grinste ihn an. »Ich hatte mehr von Alexia zu befürchten als von König James.«

»Es war schrecklich schwer, sie zu zähmen, nicht wahr?«

»Na ja . . . ganz so schwierig war es nicht.«

Big Jock brummte und schüttelte den Kopf. »Ich hätte nie gedacht, daß ich den Tag erleben würde, an dem Jamie Maxwell wegen einer Frau den Verstand verliert.«

Kapitel 9

Zuerst sah Alexia von Caerlaverock Castle nur ein blutrotes Rechteck aus Türmen und Befestigungsanlagen als Silhouette im Dämmerlicht gegen den rosafarben leuchtenden Himmel.

»Die Maxwells haben Caerlaverock vor mehr als dreihundert Jahren gebaut«, erklärte Annor Maxwell und lenkte ihr Pferd neben sie. Annors Zelter versuchte sich mit der Schnauze an Alexias Stute zu reiben. Die Stute schlug mit dem Hinterbein aus, und der Zelter machte einen Schritt zur Seite. »Wir hatten die Burg zweimal an die Engländer verloren, bekamen sie aber immer wieder zurück.«

Alexia streichelte die Stute am Hals, um sie zu beruhigen. Die tief bernsteinfarbenen Sandsteinmauern der Burg sahen großartig und wehrhaft aus. Wenn der Wind über sie hinwegstrich, schienen die Sumpfgräser im Umkreis die Farbe zu wechseln, von stahlgrün nach silber. Unterhalb der Burg spiegelte sich die untergehende Sonne im Solway Firth wider. Die Stille wurde nur vom Rauschen der Flügel eines Uferläufers, der über ihnen schwebte, gestört.

»Es ist wunderschön, Mylady«, sagte sie.

»Meinst du? Jamie verändert innerhalb der Burgmauern alles. Zum Beispiel reißt er alle alten Wohnungen heraus. Dafür hat er irgendeinen aufgeblasenen italienischen Architekten engagiert. Aber selbst Jamie muß die Realität akzeptieren, daß die Außenmauern stark genug bleiben müssen, um einer Invasion zu widerstehen.« Annor gab ihrem Pferd die Sporen. »Komm, es wird bald dunkel.«

Von außen war Caerlaverock tatsächlich eine Festung, die uneinnehmbar wirkte mit ihren dicken Mauern, den beiden riesigen Türmen, die durch ein Torhaus verbunden waren, das den Giebel des Dreiecks bildete. Aber sobald sich Alexia innerhalb der Mauern befand, hielt sie vor Staunen den Atem an. Das neue Wohnhaus wies mehrere Reihen verglaster Fenster auf, so daß die Wände wie aus Glas, nicht wie aus Stein aussahen. Zwischen jedem Fenster waren Ziergiebel eingelassen. Über ihnen standen Steinfalken mit ausgebreiteten Flügeln. Noch während sie in ihren Anblick versunken war, reflektierten die Fenster die Strahlen der untergehenden Sonne, so daß es schien, als ob die roten Sandsteinmauern Feuer gefangen hätten.

Alexia stand im Hof und beobachtete das Spiel von Licht auf Glas, bis die Dunkelheit die letzte Flamme wie eine Kerze ausgeblasen hatte. Dann betrat sie Caerlaverock Castle zum ersten Mal, und sie war allein.

Die Maxwells beschäftigten einen Diener, dessen einzige Aufgabe es war, sich um die Kerzen zu kümmern, die Kandelaber und Wandleuchter regelmäßig nachzufüllen und die Dochte zu trimmen. Er war gerade dabei, die letzte Kerze in dem eisernen Kronleuchter des großen Saals anzuzünden, als Alexia eintrat.

Sie durchmaß den riesigen, leeren Raum in seiner ganzen Länge. Am Ende, vor dem Kamin, stand der Sessel, oder auch Thron, des Hausherrn, auf einem Podest am Kopf des Tisches. Daneben ein kleinerer Stuhl für die Hausherrin.

Alexia zog mit den Fingern das Muster des geflügelten Falken nach, der in den Stuhlrücken geschnitzt war. Wenn sie Gäste hätten, würde sie hier als Hausherrin neben Jamie sitzen. Oder würden jetzt eventuell gar keine Gäste mehr nach Caerlaverock kommen? Würde überhaupt irgendein Schotte, gleich wie niedrig sein Stand war, mit einer Engländerin, noch dazu einer Carleton, dinieren wollen?

Ich werde dafür sorgen, daß sie mich akzeptieren, schwor sie sich. Es soll nie geschehen, daß Jamie Maxwell sich schämen muß, weil er gezwungen worden war, mich zu heiraten.

Ein silbernes Salzfäßchen in der Form eines Schiffes mit gehißten Segeln stand auf dem Tisch vor dem Stuhl des Hausherrn. Der Schiffsrumpf hatte die Form einer Meeresmuschel. Alexia beugte sich herab, um die herrliche Arbeit näher zu betrachten.

»Faß das nicht an!«

Andy Maxwell stapfte auf seinen kräftigen, sechs Jahre alten Beinchen durch den ganzen Saal. Er hatte sein Schwert irgendwo abgelegt, aber seine Fingerchen lagen um den Griff eines kleinen Dolches in seinem Gürtel.

Alexia ging in die Hocke, so daß sie einander auf gleicher Höhe in die Augen sehen konnten. »Ich wollte es nicht stehlen.«

»Doch, du wolltest. Alle Carletons sind Diebe.«

Alexia mußte sich auf die Lippen beißen, um nicht zu lächeln. Sie erinnerte sich, daß auch sie mit Geschichten über die diebischen, räuberischen Maxwell-Schufte aufgezogen worden war.

»Wir könnten einen Friedensvertrag schließen«, sagte sie. »So wie es die Landeshauptmänner am Tag der Grenzland-Versammlung tun.«

Andys kleines Kinn mit den Grübchen wurde vorgeschoben. »Mein Bruder Jamie ist der Landeshauptmann.«

»Ich weiß. Aber wir brauchen ihn doch nicht, um unseren Friedensvertrag zu schließen. Er soll nur zwischen dir und mir gelten.«

Andy dachte darüber nach. »Wir könnten einen Eid schwören«, meinte er. »Mit Blut.«

Er zog seinen Dolch heraus und drückte die Spitze in seinen Daumen. Blut floß aus dem Stich. Er gab Alexia den Dolch.

Sie schnitt in ihren eigenen Daumen und drückte diesen dann gegen den Daumen des Jungen. »Von diesem Augenblick an sind deine Feinde meine Feinde und deine Freunde meine Freunde.«

Er wiederholte die Worte feierlich.

Sie lächelte ihn an. »Jetzt sind wir wahrhaftig Bruder und Schwester.«

Ein Geräusch, als ob jemand tief Luft holte, ließ den Jungen auf dem Absatz kehrtmachen. Annor Maxwell stand genau im Eingangsbereich, ihr Gesicht war weiß vor Wut.

»Wie kannst du es wagen, meinen Sohn so zu manipulieren?«

»Das habe ich nicht ...«

»Laß uns allein«, sagte sie und deutete auf Andy.

Er zögerte einen Augenblick und rannte dann in weitem Bogen um seine Mutter aus dem Raum. Alexia, die erkannte, daß sie im Nachteil war, wenn sie in der Hocke blieb, richtete sich auf. Sie widerstand einem Drang, an ihrem blutenden Daumen zu saugen, und verschränkte statt dessen die Hände hinter ihrem Rücken, als Annor Maxwell auf sie zuging.

Auf der anderen Seite der Empore blieb Annor stehen. Sie starrte Alexia einen Augenblick an und hob dann eine Ecke des türkischen Teppichs, der den ganzen Tisch bedeckte, hoch. Es war einer der schönsten Teppiche, die Alexia je gesehen hatte, in satten indigoblauen und scharlachroten Tönen.

»Sieh her«, befahl Annor.

Alexia trat einen Schritt vor und betrachtete das Holz. Es war ein alter Tisch, und die Oberfläche trug viele jahrhundertalte Narben. Jemand hatte mit tiefen Rillen den Namen CARLETON und das Datum 1513 eingeritzt.

»Wie du sehen kannst, waren schon früher einmal Carletons hier, als Besetzer, aber niemals lange.«

Alexia schaute auf und begegnete ihrem kalten Blick aus den grauen Augen. »So? Ihr hattet also Eure Burg eine Zeitlang verloren. Mein Großvater hatte zwei jüngere Brüder. Sie wurden beide bei einem Überfall der Maxwells getötet.«

Annor klappte den Teppich zurück. »Egal, was du hier erreichen willst, es wird dir nicht gelingen.«

»Ich will nur in Frieden im Hause meines Mannes leben...«

»Caerlaverock gehört nicht Jamie. Er regiert hier, aber nur im Namen des Clans. Und du wirst nie hierher gehören. Es wäre klug, wenn du dir das merken würdest.«

»Ja? Dann wäret Ihr klug, Lady Maxwell, Euch daran zu erinnern, daß eines Tages mein Sohn auf dem Thron sitzen wird. Mein Sohn wird als Lord Maxwell hier regieren.«

Alexia drehte sich um und ging weg. Sie spürte, wie Annor Maxwell ihr nachstarrte. Sie brauchte sich nicht umzusehen, um zu wissen, daß diese Blicke voller Haß waren.

Elspeth stand im Treppenhaus, direkt vor dem Saal. Sie mußte alles gehört haben, aber ihr Gesicht war reglos.

»Ich dachte, Ihr könntet jemand brauchen, der Euch die Zimmer der Herrschaft zeigt.«

Der große Saal befand sich im zweiten Stock. Alexia folgte

Elspeth einen weiteren Treppenabsatz hinauf. Jamies Wohnung bestand aus einem großen Vorzimmer, »Solar« genannt, und einem Schlafzimmer dahinter. An das Schlafzimmer angebaut gab es einen kleinen Ankleideraum, wo er seine Kleider aufbewahrte.

Alexia blieb in der Mitte des Vorraums stehen und sah sich um. Das Zimmer war von Öllampen in Schalen aus allen Ecken hell erleuchtet. Obwohl es sauber und aufgeräumt war, sah das Zimmer bewohnt aus. Musikinstrumente und Berge von Büchern lagen überall herum. Aber es war auch modern und luxuriös eingerichtet, passend zum Rest der Burg. Auf den Böden lagen keine Binsen, noch nicht einmal zu Matten geflochtene Binsen, sondern Orientteppiche mit hellen, geometrischen Mustern. Es stand nicht nur ein Sessel darin, sondern zwei, mit Kissen, die direkt an den Sitzen befestigt zu sein schienen. In der einen Ecke stand etwas, das Alexia noch nie gesehen hatte. Es sah aus wie eine Truhe, hatte aber Schubladen.

Sie ging und nahm das Möbel näher in Augenschein.

Elspeth räusperte sich. »Mylady ...«

»Du mußt mich Alexia nennen, und ich werde dich Elspeth nennen.« Es war tatsächlich eine Kommode. Alexia zog jede Schublade heraus, weil sie sehen wollte, wie das funktioniert.

»Mylady«, sagte Elspeth wieder und zog an ihrem Ärmel. Alexia drehte sich widerwillig um.

»Es tut mir leid. Was ... ?«

»Ihr müßt mit Mylord über mich sprechen, bitte. Ihr müßt ihn fragen, was aus mir werden soll.«

»Warum fragst du ihn nicht selbst?«

Elspeth biß sich auf die Lippe und schüttelte den Kopf. »Nein, nein, das könnte ich nicht. Aber wenn ich noch immer bald verheiratet werden soll, dann müßte ich das wissen, nicht wahr?«

Sie tat Alexia leid. »Ja, natürlich. Ich werde Jamie fragen, wenn du es willst.«

Die sorgenvolle Miene wich aus Elspeths Gesicht. Sie kicherte. »Vielleicht werdet Ihr jetzt meine Anstandsdame.«

Alexia lächelte, und Elspeth lächelte zurück. Aber Alexia meinte, etwas in den Augen des Mädchens entdeckt zu haben, das zu der kindlichen Unschuld auf ihrem Gesicht nicht paßte.

Etwas Unaufrichtiges und Berechnendes. Und Hartes, wie Eis im Winter.

Jamie blieb die ganze Nacht und einen weiteren Tag lang weg, und es war spät, als er schließlich durch das Tor von Caerlaverock ritt.

Er stieg müde die Treppen hinauf und versuchte, so leise wie möglich zu sein, als er das Vorzimmer betrat, denn er erwartete, daß Alexia schon schlief. Doch der Schein einer Öllampe drang durch die Türritze des Schlafzimmers, und er sah ihren Schatten, als sie im Zimmer umherging. Sie summte etwas, natürlich falsch. Er erkannte das Lied, aber die Version, die ihm geläufig war, war ziemlich ordinär. Er fragte sich, ob sie diese Worte kannte.

Er ging auf die Tür zu, etwas widerwillig, und mußte über sich selbst lächeln. Er fühlte sich wie ein kleiner Junge, der unartig gewesen war und jetzt der Bestrafung entgegensah.

Er lehnte sich an den Türpfosten und sah ihr einen Augenblick zu. Sie schob eine Wärmpfanne zwischen die Bettlaken.

»Alexia...«

Der Bettwärmer fiel scheppernd zu Boden, dabei machten sich ein paar glühende Kohlestücke selbständig. Sie warf sich ihm in die Arme. Ein plötzlicher, brennender Schmerz ließ ihn aufstöhnen, aber er hielt sie fest an sich gedrückt.

»Jamie, du bist verletzt!«

»Nein, es ist eigentlich gar nichts. Eine Speerspitze ist an meinen Rippen abgeprallt. Alexia, ich glaube, der Teppich fängt an zu brennen.«

Sie ließ ihn los und rutschte auf Händen und Knien über den Boden. Mit der bloßen Hand versuchte sie die Kohlenstücke aufzusammeln und fluchte, als sie sich die Finger verbrannte.

Jamie nahm die Pfanne und stieß die Kohlen mit seiner Stiefelspitze hinein. Auf dem Teppich waren schwarze Brandflecke zurückgeblieben. Alexia saß da und saugte an ihren Fingern. Ihr dunkles Haar lag wie ein Mantel über ihren Schultern, und ihre bernsteinfarbenen Augen schienen zu glühen wie die Kohlen. Er merkte, daß er nicht mehr müde war.

Sie stand auf. »Habt ihr euer Vieh zurückbekommen?«

»Ja. Wir haben sie auf den Dryfe Sands erreicht.« Er griff nach ihr, aber sie entzog sich ihm.

Sie füllte eine Schale mit Wasser aus dem Hahn über dem Waschbecken. »Und was wurde aus den Räubern?«

Er zog sich vorsichtig die Jacke aus. Sein Hemd starrte vor Blut. Die Schnittwunde war schlimmer, als er gedacht hatte. »Es gab einen kurzen Kampf. Aber sie rannten davon, als sie merkten, daß wir in der Überzahl waren. Niemand wurde getötet, aber wir haben ein paar von ihnen im Kampf verletzt.« Nach dem Gesetz hätte er sie aufhängen oder ihre rechten Hände abschneiden können. Als er den Ausdruck auf ihrem Gesicht sah, war er froh, daß er es nicht getan hatte.

Er stand vor dem Kamin, während sie seine Wunde auswusch.

»Es machte ihnen nichts aus, daß sie das Vieh wieder verloren haben«, sagte er. »Sie waren allein für den Überfall gut genug bezahlt worden. Von Seymour Howard.«

Sie war gerade dabei, ein Stück abgerissenes Bettlaken um seine Brust zu wickeln, hielt dann aber plötzlich inne. Sie errötete. Er hatte nie zuvor daran gedacht, sich zu fragen, ob sie noch etwas für ihren früheren Verlobten empfand. Jetzt tat er das, und seine rechte Hand machte eine Bewegung, als wolle er nach seinem Schwert greifen.

»Woher weißt du das?« fragte sie.

»Ich habe ein ausgedehntes Spionagesystem überall im Moorland. Mein Vater hat es eingerichtet, und ich habe es verbessert.«

»Das klingt genauso, wie man sich eine hinterhältige Tat vorstellt, zu der ein Maxwell so sehr befähigt ist.«

An dem Trällern in ihrer Stimme konnte er erkennen, daß sie ihn neckte. Sie sah durch ihre Haare hindurch zu ihm auf. Ihre Mundwinkel verzogen sich kurz, dann lächelte sie ihn an. Er lachte, zog sie in seine Arme und küßte sie heftig. Er begehrte sie so sehr, daß es weh tat.

»Ach, Alexia«, murmelte er, seinen Mund gegen ihr Haar gedrückt. »Du hast mir so gefehlt.«

Sie rümpfte die Nase. »Du riechst nach Schweiß und heißem Metall.«

»Soll ich mich baden?«

»Nein, es gefällt mir.« Sie setzte kleine Küsse überall um seinen Halsansatz. »Liebe mich, Jamie Maxwell.«

»Die Laken sind voller Blut«, sagte Alexia. »Du warst zu überschwenglich bei der Liebe, Mylord.«

Das Sonnenlicht strömte durch das Fenster. Alexia zog das Bett ab. Jamie versuchte, den Verband, der an seiner Wunde festgeklebt war, aufzuweichen. »Ich habe nicht gehört, wie du dich heute nacht beschwert hast«, meinte er.

»Laß mich das machen.« Sie schob seine Hand weg.

Der alte Verband wurde durch einen neuen ersetzt. Die Schnittwunde war tief. Er würde eine Narbe behalten. Der Körper ihres Vaters war mit Narben übersät. Bei Jamie würde das auch so sein, wenn er fünfzig ist. Wenn er überhaupt fünfzig Jahre alt würde. Wenn er nicht in einem Überfall oder Nachtrab oder in einer Fehde getötet würde. Sie dachte an das Kind. Sie wollte nicht, daß es in ein Leben voller Wunden und Narben und dem Tod an jeder Ecke geboren würde.

Sie beobachtete, wie Jamie sein Hemd anzog.

»Wir bekommen ein Baby«, sagte sie.

»Was? Bist du sicher?«

»Natürlich bin ich sicher!«

»Ein Baby...« Der Ausdruck auf seinem Gesicht verwandelte sich in reine Freude. »Aber das ist ja... Warum bist du wütend?«

Jemand klopfte an die Tür des Vorzimmers. Jamie fluchte leise. »Was ist?«

»Mylord...« Ein Junge in grober Kleidung betrat das Schlafzimmer. »Mylord, Ihr habt mir gesagt, ich soll ihn herbringen, sobald Ihr zurück seid.« In einer Hand trug er einen jungen Falken in einer Socke, einem eng anliegenden Leinensäckchen, an beiden Enden offen, so daß der Kopf des Vogels auf der einen Seite und Füße und Schwanz auf der anderen Seite herausragten. In der anderen Hand trug er eine Sitzstange, an der ein Falkenriemen befestigt war.

Jamie lächelte Alexia an. »Er kommt aus dem Nest auf Ben Cruachen«, sagte er. »Ich dachte, du hättest ihn gern zur Erinnerung.«

»Mylady«, sagte der Falkner und übergab ihr den Socken. »Er ist noch immer ein Ästling und hat kaum mit dem Training angefangen. Er muß besonders behandelt werden, der da. Aber er ist scharf, das schon. Und hat Mut, hat er. Das kann man gleich erkennen, kann man, welche Vögel Mut haben und welche nicht.«

Der Falke zitterte in Alexias Hand. Sie sprach leise auf ihn ein. Der Falkner machte eine ungeschickte Verbeugung und ging rückwärts aus dem Zimmer. Dabei strahlte er über das ganze Gesicht.

Alexia sah zu ihrem Mann auf. »Ich weiß nicht, was ich sagen soll...«

»Du kannst sagen...« Er hielt plötzlich inne und zuckte mit den Schultern. »Du brauchst nichts zu sagen. Es ist mein Hochzeitsgeschenk für dich.«

Sie streichelte den Kopf des Falken. »Er ist wunderschön.«

Jamie war mit dem Zuknöpfen seines Hemdes fertig. »Alexia... ich freue mich so über das Baby.«

»Ich auch, Jamie.«

Er sah aus, als wollte er noch mehr sagen, tat es aber nicht. Statt dessen hob er seine Jacke auf und ging hinaus. Alexia stand da und lauschte seinen Schritten auf der Treppe. War er wirklich glücklich über das Baby? Oder nur froh, daß er sie jetzt um so schneller los sein würde?

Alexia setzte den Falken auf seine Sitzstange und befestigte ihn mit dem Falkenriemen, dann zog sie den Socken ab. Der Vogel schüttelte sein rotes Gefieder. Er blinzelte sie aus seinen gelben Augen an.

»Ich werde dich Apollo nennen«, sagte sie. »Nach dem Gott der Liebe.«

Sie dachte zurück an den Tag auf Ben Cruachen und daran, daß Jamie und sie sich dort zum ersten Mal geliebt hatten. Er liebte sie noch immer, das wußte sie genau. Sie mußte nur dafür sorgen, daß er es auch zugab.

Ein anderer Gedanke quälte sie. Da war etwas, das sie heute tun mußte. Etwas Unangenehmes. Dann erinnerte sie sich.

Heute war der Tag, an dem sie sich versprochen hatte, den Kampf mit Lady Annor Maxwell aufzunehmen.

Aber als sie das Vorzimmer verließ, traf sie Elspeth Campbell, die die Treppen herunterkam. »Oh, es tut mir leid, Elspeth«, rief Alexia und wurde etwas rot. »Ich habe mein Versprechen nicht vergessen, aber gestern abend waren andere Dinge...«

»Es ist nicht mehr nötig, Mylady«, sagte Elspeth tonlos. »Lady Annor hat es mir gerade gesagt. Ich soll meinen Vetter, den Grafen von Argyle heiraten.«

»O nein! Das heißt... möchtest du den Grafen heiraten?« Der Gedanke, daß die lebenslustige Elspeth diesen griesgrämigen Grafen heiraten sollte, erschütterte sie. »Ich bin sicher, Jamie wird dich nicht zwingen, wenn du ihn darum bitten würdest...«

Elspeth zuckte anmutig mit den Schultern. »Ich weiß nicht, ob ich Lord Argyle heiraten möchte oder nicht. Ich habe niemals darüber nachgedacht. Ich erwarte nicht, daß man mich bestimmen läßt, wen ich heiraten möchte. Ebensowenig wie Euch.«

»Aber...«, fing Alexia an, doch Elspeth war bereits an ihr vorbeigeglitten und ging weiter die Treppen hinunter.

Vielleicht machte es ihr wirklich nichts aus, dachte Alexia, als sie Elspeth nachstarrte. Viele Mädchen heirateten Männer, die alt genug waren, ihre Väter zu sein, und waren trotzdem zufrieden. Aber sie erinnerte sich daran, wie der Graf sie mit seinen grausamen, schwarzen Blicken durchbohrt hatte, als sie ihm jenes eine einzige Mal begegnet war. Sie hatte damals den Eindruck gehabt, er würde ihr gerne etwas antun – schreckliche, schmerzhafte Dinge.

In Wahrheit wünschte sich Alexia sehr, daß Elspeth in einer glücklichen Ehe zufrieden würde. Denn sie fühlte sich natürlich schuldig. Schuldig dafür, daß sie Elspeth das Glück verwehrt hatte, das sie vielleicht mit Jamie gefunden hätte.

Seufzend verdrängte Alexia Elspeth und ihre Ehe aus ihren Gedanken und ging schwerfällig die Treppen hinauf zu ihrem selbstauferlegten und gefürchteten Treffen mit Jamie Maxwells Mutter.

Alexia stand vor der geschlossenen Tür zu Lady Maxwells Zimmer, ihre Hand zum Anklopfen erhoben.

Ich werde nicht zulassen, daß sie mich einschüchtert, schwor sie sich, und dann klopfte sie gegen das glattpolierte Holz.

Sie betrat das Zimmer auf Annors »Herein« hin und war erstaunt über das, was sie dort sah. Sie hatte noch nie ein Zimmer gesehen, daß so mit allen möglichen Dingen vollgestopft war. An den Wänden hingen so viele Wandteppiche, daß sie einander überlappten, und alles, was man mit Stickerei bedecken konnte, war verhüllt, sogar die Buchrücken. Auf jeder glatten Oberfläche standen Kästchen, Uhren, Miniaturen, Gewürzkästen und Parfümtiegel. Die Parfümtiegel wurden offensichtlich benutzt, aber jeder enthielt einen anderen Geruch, so daß das ganze Zimmer mit einer Mischung aus Rosen-, Hyazinthen-, Rosmarin- und Thymianduft angefüllt war.

Alexia mußte die Hand heben, um ein Niesen zu unterdrücken.

Annor saß auf einem Hocker vor einem mit Kosmetiktöpfchen gefüllten Tisch. Die beiden Bulldoggen dösten zu ihren Füßen. Sie betrachtete sich in einem Stahlspiegel und bemalte ihre Lippen mit dem dunklen Saft von Blastentang. Alexia versuchte, sich ihren Weg über den mit perlenbestickten Kissen übersäten Fußboden zu bahnen. »Ich möchte nicht stören, Mylady ...«

»Du störst aber. Na ja, macht nichts.« Annor legte den Spiegel hin und suchte einen Becher heraus. »Das ist etwas gegen Sommersprossen, sagt man. Es ist Harz aus Birkenbäumen. Man muß es im März oder April auftragen. Aber vielleicht wirkt es auch im Mai ...« Sie hielt Alexia den Becher hin. »Ich brauche es nicht, aber du. Ich schenke es dir.«

»Mylady, ich komme, um die Schlüssel der Schloßherrin zu holen.«

Annor setzte den Becher mit Harz heftig ab. Einer der Hunde wachte auf und schnaubte. »Ich werde mit Jamie darüber sprechen.«

»Wie Ihr wünscht. Ich werde morgen wiederkommen.«

Annor sprang auf. Sie ging zu einer kleinen Truhe neben ihrem Bett. Darauf stand ein Elfenbeinkästchen mit den Initialen A M aus roten Steinen auf dem Deckel eingelegt. Alexia hätte gern gewußt, ob es Rubine waren. Annor nahm einen Schlüsselring aus dem Kästchen, einen schweren, schwarzen Metallring, vom Alter verrostet. Die Schlüssel klirrten, als sie aneinanderschlugen.

Sie hielt den Ring einen Augenblick an die Brust gepreßt, dann übergab sie ihn langsam Alexia. Es konnte nur eine Herrin auf der Burg geben. Als Jamies Frau war es jetzt Alexias Privileg und ihre Aufgabe.

»Es war einmal ein Lord Maxwell, der dumm genug war, eine Johnstone zu heiraten«, erzählte Annor, und ihre Stimme zitterte vor unterdrückter Wut. »Er wurde ihrer bald überdrüssig, wie das bei Männern so ist. Er schloß sie im Nordturm in ein Zimmer ein. Sie lebte in diesem Zimmer dreißig Jahre und die letzten zwanzig wurde sie ganz verrückt. Mein Sohn wird deiner auch bald überdrüssig sein.«

Alexia wollte gerade die Tür öffnen, drehte sich aber lächelnd um. »Ich hatte einen Urgroßvater, der so etwas ähnliches gemacht hat... mit einer ständig nörgelnden Schwiegermutter.«

Annors Gesicht war vor Wut verzerrt. »Raus hier!«

Alexia schloß leise die Tür hinter sich. Sie lehnte sich dagegen und schlug mit dem Ring gegen ihr Handgelenk. Sobald sie die Worte ausgesprochen hatte, tat es ihr auch schon leid. Sie würde niemals Frieden mit Annor Maxwell machen, wenn sie die Frau weiterhin so quälte. Oder wenn sie sich von ihr quälen ließ. Annor war immerhin die Mutter ihres Mannes und verdiente ihren Respekt. Sie würden hier jahrelang zusammenleben müssen. Vorausgesetzt, daß Jamie mich nicht zwingt, zurück nach England zu gehen, dachte sie. Sie fragte sich, ob Annor von seinem Versprechen wußte. Vertraute sich Jamie seiner Mutter an? Alexia glaubte es nicht. Wenn Annor einen Augenblick lang gemeint hatte, daß...

Andy kam die Treppen hochgerannt und rief etwas mit seiner jungen, hellen Stimme. »Alexia! Alexia, da ist eine Dame... eine Person mit einer Maske...«

»Oh, Andy!« rief Alexia, hob ihn hoch und drehte ihn einmal in der Luft herum. Dann rannte sie die Treppen hinunter, einen aufgeregten Andy an ihre Fersen geheftet.

Evie stand im Hof, Rufus Hall neben ihr. Er hielt die Pferde.

Alexia warf sich ihrer Schwester in die Arme. »Oh, Evie, du hast dich dazu entschließen können, zu mir zu kommen!«

»Ja. Macht es dir etwas aus?«

»Ausmachen! Aber ich bin so einsam ohne dich. Und Vater. Wie geht es Vater?«

»Sir Thomas geht es gut«, antwortete Rufus. »Er hat Euch geschrieben. Er erwartet eine Antwort.«

Alexia ließ Evie los und sah zu Rufus hinüber. Noch immer das gleiche, schüttere mausgraue Haar, der verkniffene Mund und die farblosen Augen.

Sie lächelte ihn an, aber er lächelte nicht zurück. »Hallo, Rufus.«

Er sah sich im Burghof um, betrachtete die Fensterreihen und die Nischen mit den Steinfalken, die Giebel und Kamine und die Steinornamente.

»Ihr habt Euch gut versorgt, Alexia. Es macht nichts, wenn man einen Schotten heiratet. Hauptsache, es geht jetzt ›Mylady hier‹ und ›Mylady da‹, nicht wahr?«

Alexia lachte. »Oh, Rufus. Du hast dich nicht verändert. Du bist noch immer so lächerlich großspurig.«

Jamie kam aus den Ställen. Alexia winkte ihn herüber.

»Jamie, sieh. Meine Schwester Evie ist hier.«

Jamie neigte sich über Evies Hand. Auch wenn er über ihre Maske erschrocken war, zeigte er es nicht.

»Lord Maxwell«, sagte Evie. Ihre Stimme klang fremdartig.

»Ich erinnere mich an Euch«, meinte Rufus sauer. »Ihr habt meinem Bruder Fergie letztes Jahr bei den Langholm-Rennen eine erstklassige Stute gestohlen.«

»Falsche Beschuldigung.« Jamie lächelte. »Ich habe Fergie Hall den Gaul beim Würfeln abgenommen. Ich habe ihn mit meiner zwölf über seiner sechs geschlagen. Aber der arme Teufel hatte einen Wurf mit einer zwei und einem As herausgelegt. Die Stute war erstklassig. Sie hat mir an dem Nachmittag einen Preis eingebracht.«

Ein leises Lachen kam hinter Evies Maske hervor. Alexia war erstaunt. Evie lachte selten.

Ein Stalljunge kam heraus und führte ihre Pferde weg.

Alexia klopfte Rufus auf den Arm. »Vielleicht kannst du sie heute abend zurückgewinnen. Ihr bleibt doch die Nacht über?«

Rufus Gesichtsausdruck wurde etwas weicher. »In Ordnung.«

»Wann wirst du deine Maske abnehmen?« fragte Andy. Er hatte Evie mit unverhüllter Neugier angestarrt.

Jamie rieb seinem Bruder das Köpfchen. »Sei nicht unverschämt. Führe unsere Gäste in den Saal hinauf... und frag nicht so viel!« rief er, als Andy Evies Hand nahm und sie fortzog. Dabei fragte er sie die ganze Zeit aus, ob sie mit einem Schwert so kämpfen könne wie Alexia und ob sie auf dreihundert Fuß Entfernung ins Schwarze treffen könne wie Alexia...

»Ich sehe, daß jetzt du Andys Idol bist«, sagte Jamie. »Das war ich einmal. Ich fühle mich richtig im Stich gelassen.« Er schob seinen Arm um ihre Hüfte und zog sie an sich. Dabei deutete er auf den Eisenring, den sie noch immer ganz vergessen in der Hand hielt. »Und ich sehe, du hast die Schlüssel von Mutter bekommen. Mußtest du dabei mit ihr ringen?«

Alexia lachte und küßte ihn auf die Wange. Er blieb stehen und zog sie in seine Arme, um sie richtig küssen zu können. Als er sie freigab, drehte sie sich um und stellte fest, daß Evie und Rufus am Eingang auf sie warteten. Rufus hatte wieder seinen gewohnt beleidigten Ausdruck angenommen. Was Evie auch denken mochte, es blieb hinter ihrer Maske verborgen.

Normalerweise aß Evie nicht gern mit anderen, auch wenn sie dabei ihre Maske nicht abnehmen mußte, weil Schlitze in die dünne Gaze für Mund, Augen und Nasenlöcher geschnitten waren. Aber Evie mußte wohl beschlossen haben, »Nägel mit Köpfen zu machen« (ein Lieblingsausdruck von Lady Edwina), denn sie ging bereitwillig mit ihnen in den Speisesaal, wo sie zu Alexias Erstaunen zwei Teller gekochten Hasen aß und nicht nur über Jamies neckische Scherze lachte, sondern tatsächlich selbst ein paar komische Erzählungen zum Besten gab. Alexia wurde ein klein wenig eifersüchtig, daß Evie die Aufmerksamkeit ihres Mannes so fesselte, und sie mußte sich selbst befehlen, nicht so albern zu sein.

Also konnte sie erst nach dem Abendessen, als sie Evie in ihr Zimmer hinaufbrachte, die Frage stellen, die ihr schon die ganze Zeit am Herzen lag. »Nun, was meinst du, Evie? Was hältst du von meinem schottischen Lord?«

Evie saß auf einer Truhe neben dem Bett und nahm ihre Maske ab. Sie war so vorsichtig wie immer, die verwüstete Seite ihres Gesichts in den Schatten zu wenden und die schöne Hälfte zu Alexia hin. Wenn Alexia ihre Schwester so sah, konnte sie sich fast vormachen, der Unfall hätte nie stattgefunden.

»Er ist anders als alle Menschen, die ich bisher kennengelernt habe«, sagte Evie.

»Was soll das heißen?«

»Es heißt...«, Evie zuckte mit den Schultern. »Vater sagt, daß du ihn wirklich liebst.«

Alexia setzte sich auf einen Hocker und zog ihre Knie an. »Kannst du dich erinnern, wie ich Vater damals heimlich zu der Grenzland-Versammlung folgte? An diesem Tag habe ich Jamie kennengelernt und ihn von jenem Augenblick an geliebt. Evie, wir werden ein Baby bekommen.«

Evie schnellte herum. Alexia zuckte zusammen wie jedesmal, wenn sie die grausam zugerichtete Haut sah. Sie mußte sich zwingen, nicht wegzusehen.

»Ach, wie aufregend«, sagte Evie. »Ich werde Tante. Ich muß immer daran denken, meine Maske zu tragen. Ich möchte nicht, daß das arme Kind Alpträume bekommt.«

»Oh, Evie...«

Evie sah weg und fingerte an einem Stück Gaze herum. »Es tut mir leid, ich hätte nicht... Oh, ich hasse Selbstmitleid so sehr, besonders bei mir.« Als sie ihr Gesicht wieder bedeckt hatte, drehte sie sich zu Alexia um. »Immerhin... bei all dem gebührt zumindest einem Menschen Mitleid.«

Alexia nickte. »Ich weiß. Der arme Seymour. Aber ich hätte ihn nicht heiraten können. Ich habe ihn niemals wirklich geliebt.«

»Er hat dich geliebt«, sagte Evie.

Seymour Howards Hand schloß sich so fest um den Stuhlrücken, daß seine Knöchel weiß hervortraten. »Hat er sie berührt?«

Sir Thomas seufzte. »Seymour, sie sind verheiratet.« Er hatte sich vor diesem Gespräch gefürchtet. Jetzt wünschte er, er hätte die Nachrichten lieber in einen Brief gepackt.

»Er hat sie vergewaltigt. Ich wußte, daß er das tun würde.« Seymour durchmaß das Zimmer. »Aber ich kann ihr vergeben. Bekommt sie ein Kind?«

»Ich weiß es nicht. Ich glaube nicht. Sie sind verheiratet, Junge.«

Der junge Mann drehte sich erschrocken um, seine schmerzerfüllten Augen lagen auf Sir Thomas. »Aber sie gehört mir.«

»Die Königin...«

Er stieß den Hocker um und schickte ihn wie ein Geschoß durch das Zimmer. »Zum Teufel mit der Königin. Sie gehörte mir. Mir! Und er hat sie mir weggenommen. Ich werde ihn dafür umbringen.«

»Am besten vergißt du es, Junge. Das ist alles, was du jetzt tun kannst.«

»Nein«, sagte Seymour. »Ich kann sie nicht vergessen.«

Kapitel 10

Alexia hielt eine brennende Fackel an das Rad. Das harzgetränkte Holz ging mit einem Zischen in Flammen auf. Jamie gab ihm einen Stoß mit seinem Stiefel, so daß es den Hügel hinunterrollte, und die Zuschauer, Dorfbewohner und freie Bauern, klatschten Beifall.

Es war St. Johannistag, das Mittsommernachtsfest. An dem Tag wurde nach altem Brauch ein Rad angezündet und den nächsten Hügel hinuntergerollt, um zu verkünden, daß die Sonne ihren Zenit erreicht hatte und jetzt rückwärts gehen würde. Normalerweise freute sich Alexia an Festtagen, die den Zyklus des Lebens und der Jahreszeiten markierten. Aber heute hätte sie am liebsten das Rad angehalten, damit ihre Ehe wenigstens so lange hielt, bis zwei Söhne geboren waren.

Ihr bauschiges Unterkleid versteckte noch immer ihre Schwangerschaft, aber nicht mehr lange. Bis zum Lammastag würde es zu sehen sein, und nach Lichtmeß würde das Baby geboren sein. Sie blickte hinauf zu Jamie. Er lächelte sie an und legte seinen Arm um ihre Schulter.

»Eines Tages werden unsere Söhne und Töchter das Johannisrad in Brand setzen«, sagte er. Es schien, als habe er ihre Gedanken gelesen.

»Jamie ...«

»Ja, meine Geliebte.«

»Diccon ist auf dem Turnierplatz. Sollten wir nicht hingehen und ihm zusehen?«

An der Art, wie er sie anschaute, erkannte sie, daß er wußte, daß sie etwas ganz anderes sagen wollte. Aber er blieb still. Statt dessen nahm er ihre Hand, und sie gingen gemeinsam den Hügel hinunter.

Aus Anlaß des Festes hatte man auf den Weiden außerhalb der Stadt einen Jahrmarkt aufgebaut. Die Stadt lag acht Meilen von

Caerlaverock Castle entfernt, nahe der Mündung des schnell dahinströmenden Flusses Nith. Dumfries war immer wieder von den Engländern niedergebrannt und geplündert worden, dennoch war es der Stadt gelungen, eine blühende Webereiindustrie aufzuziehen. Jemand, der an einem sonnigen Tag durch die Stadt ritt, konnte das Klappern der Webstühle aus den offenen Türen der roten Steinhütten hören.

Heute aber standen die Webstühle still, denn alles war auf dem Jahrmarkt. Dessen Mittelpunkt bildete ein Stechpuppenrennen, zu dem jeder Junge im Alter von zehn bis siebzehn angetreten war, um seine Kunstfertigkeit mit der Lanze zu beweisen.

Diccon mußte nach ihnen Ausschau gehalten haben, denn er rief ihnen etwas zu und kam sofort zu ihnen herangaloppiert.

Er begrüßte sie atemlos. »Habt ihr gesehen? Mat Johnstone ist hier.«

Jamie klopfte dem Jungen auf die Schenkel. »Vergiß ihn. Paß auf dich auf, und denke daran, daß du dein Gewicht fest mitten unter deinem Hintern zentriert haben mußt.«

»Ja.« Diccon begann, sein Pferd zu wenden.

»Warte«, rief Alexia. Sie riß eine Rüsche von ihrem Handgelenk und hielt sie ihm hin. »Du wirst den Gunstbeweis einer Dame brauchen, Herr Ritter.«

Diccon zögerte einen Augenblick. Dann nahm er die Rüsche und zog sie über seine Lanzenspitze. Er lächelte Alexia zögernd an, drehte sich dann um und galoppierte bis zum Ende der Bahn, wo die übrigen Jungen versammelt waren.

Das Quintainrennen war ein Sport, der noch aus den Tagen der Turnierkämpfe stammte. Die Jungen griffen mit der Lanze der Reihe nach ein zweiarmiges, hölzernes Ziel an, das ein Loch in der Brust hatte. Die Aufgabe bestand darin, die Lanze durch das Loch in der Stechpuppe zu stoßen. Wenn ein Junge das »Mannekin« an irgendeiner anderen Stelle traf, drehte es sich um die eigene Achse und warf ihn vom Pferd. Das wurde so lange wiederholt, bis nur noch ein Junge auf seinem Pferd saß. Und der würde dann zum Sieger gekrönt werden.

Beim ersten Durchgang waren schon über die Hälfte der Jungen sofort ausgeschieden. Von der allgemeinen Aufregung gepackt, jubelte Alexia Diccon jedesmal heftig zu, wenn er an der Reihe war. Jamie tat so, als käme er um vor Verlegenheit, bis Alexia ihm den Ellenbogen in den Leib stieß und sagte, er solle aufhören, sich so albern zu benehmen.

Bald waren nur noch Diccon und sein Erzrivale Mat Johnstone übrig. Diccon ritt zuerst. Sein Stoß war ungenau, die Stechpuppe wackelte, drehte sich aber nicht. Alexia applaudierte. Mat Johnstone schob sich die Lanze unter und gab seinem Pferd die Sporen. Alexia buhte, und das erste Mal an diesem Tag verfehlte Mat Johnstone das Ziel. Er versuchte, sich zu ducken, aber das Mannekin erwischte ihn an der Schulter und warf ihn in den Staub. Alexia jubelte.

Diccons Preis war eine Lorbeerkrone. Er führte sein müdes Pferd dahin, wo sie standen, und lehnte sich hinüber, um Alexia die Krone auf den Kopf zu setzen. Und dieses Mal jubelte ihr alles zu.

Sie sah ringsum in die lächelnden Gesichter der Dorfbewohner. Es würde natürlich Zeit brauchen, aber bald würden alle sie akzeptieren. Vielleicht allmählich sogar genauso lieben wie Jamie. Sie sah hinüber, wo die übrigen Maxwells sich versammelt hatten: Annor, Malcolm, Robin und Elspeth Campbell. Sie lächelten nicht, außer Malcolm, dessen Lächeln sowieso immer wie ein spöttisches Grinsen wirkte. Diese für mich einzunehmen wird länger dauern, dachte sie. Viel länger.

Nachdem sie einen Imbiß, bestehend aus Bier und Haferflockenkuchen, eingenommen hatten, erklärte Jamie Alexia, er müsse mit einem Mann wegen einer Zuchtstute sprechen. Alexia ging unterdessen einkaufen.

Sie erstand eine Tüte Pfefferminzdrops für Andy und eine Kappe mit einer Wachtelfeder für Diccon. Die Kappe sah derjenigen, die sie an dem Tag der Grenzland-Versammlung vor Jahren getragen hatte, sehr ähnlich. An dem Tag hatte sie Jamie zum ersten Mal gesehen. Und wenn sie daran dachte, spürte sie einen Kloß im Hals. Sie verliebte sich in ein ausgestopftes Lamm, das einen Körper aus weißer Wolle, einen Holzkopf und Blechbeine hatte. Sie kaufte es für das Baby und war sich plötzlich sicher, daß es ein Mädchen würde.

Robin trat an sie heran, als sie einige Spitzenballen betrachtete. Er lächelte sie gewinnend an, und sein Lächeln erinnerte sie an Jamie. »Ich dachte, vielleicht möchtet Ihr ein wenig Gesellschaft. Darf ich Eure Einkäufe für Euch tragen?«

Sie gingen zusammen neben den Zelten und Buden in Richtung Fluß hinunter. Robin sprach zu ihr über die kommende Ernte und über ein Zuchtexperiment, das er und Jamie mit ein paar Kühen vorhatten. Sie hielten neben einer Baumgruppe. In der Ferne versuchten ein paar Jungen vom Pferderücken herab, Lachs mit dem Speer aus dem Fluß zu holen. Alexia dachte, einer von ihnen sähe aus wie Diccon.

»Alexia ... liebst du Jamie?«

Sie mußte plötzlich die Luft anhalten und konnte nicht sprechen.

»Warum ... warum fragst du? Hat er etwas gesagt ...«

Robin stellte die Pakete auf den Boden und packte sie an den Armen. Sie dachte, er wolle sie schütteln. Statt dessen drückte er seine Handflächen gegen ihren Hinterkopf und seine Lippen in einem zermalmenden Kuß auf die ihren.

Sie schob ihn von sich und gab ihm eine schallende Ohrfeige.

Er keuchte schwer und rieb sich die Wange.

»Alles in Ordnung«, sagte er. »Alles in Ordnung. Das war's dann.« Und er stob an ihr vorbei, ohne noch einmal zurückzublikken.

Irgend jemand lachte. Sie wußte, es war Malcolm, noch ehe sie sich umdrehte.

Er kam auf sie zu. Sein nachschleifender Fuß hinterließ eine Rille im Gras. »Was mag er jetzt wohl im Schilde führen?«

Alexia wischte sich den Mund mit dem Handrücken ab. »Ich würde meinen, das sei doch offensichtlich.«

»Du solltest dir nicht schmeicheln, daß er in heißer Liebe zu dir entbrannt ist, Schwester. Robin wünscht sich Frauen, die etwas einfältig sind und ihn anbeten. Mit Mondgesichtern und Grübchen auf ihren Knien. Hast du Grübchen auf deinen Knien?«

»Hör auf! Sei nicht so albern, Malcolm, erzähl bitte Jamie nichts davon.«

Er zog eine Augenbraue hoch. »Um welchen von beiden hast du Angst? Jamie oder Robin?«

»Malcolm, bitte. Meine Ehe ist sowieso schon schwierig genug. Sie kann nie gedeihen inmitten all dieser Verdächtigungen und dem Mißtrauen.«

Er sah sie an. Sie fragte sich, was er wohl denken mochte. »Nun gut«, sagte er plötzlich. »Weil du mich darum bittest, werde ich Jamie nichts sagen.«

Im August, nach Lammas, reifte die wilde Baumwolle, und die Hügel sahen aus wie weiche Daunenkissen. Wildenten und Wildgänse auf ihrem Weg nach Süden blieben eine Weile, um in den Sümpfen rund um den nördlichen Teil des Solway Firth nach Nahrung zu suchen. Alexia spürte, wie sich das Baby bewegte.

Es würde bald Zeit für die Ernte und für das Schlachten eines Teils der Herden für den kommenden Winter sein. Alexia befand sich im Vorratshaus und machte Inventur, als der Landstreicher vorbeikam. Er trug nichts als ein Bündel Lumpen und erschien einfach in der Türöffnung, sein Gesicht unkenntlich durch einen verfilzten, ungepflegten Bart.

»Seid Ihr Carletons Tochter?« fragte er mit einer Stimme, die klang wie das Reiben einer Ahle auf Holz.

Alexia, die gerade nach einem Topf Honig gegriffen hatte, drehte sich um, und der Topf fiel ihr auf den Fuß.

Sie hinkte hinüber zu einem Heringsfaß, setzte sich und massierte ihre Zehen. Sie blinzelte den Landstreicher an. »Wer bist du? Was willst du? Hast du einen Brief von meinem Vater?«

»Ihr seid voller Fragen, seid Ihr. Tatsache ist, meine Aufgabe ist es, Briefe und ähnliches von Euch an ihn weiterzugeben. Nicht umgekehrt.«

»Oh.« Alexia hatte das Ganze fast vergessen. Sie hatte es vergessen wollen.

»Ich treibe mich hier seit Mittsommernacht herum. Habt Ihr mich nicht bemerkt?«

Alexia fragte sich, wie sie ihn hatte übersehen können, wieso sie ihn nicht gerochen hatte.

Der Lumpenmann hustete und spähte über die Schulter. »Ich bin dabei, wichtige Papiere in die Hände zu bekommen. Es liegt Verrat in der Luft. Ihr müßt das dem alten Mann schreiben. Wichtige Papiere.«

Alexias Lippen formten sich zu einer Frage, aber noch ehe sie sprechen konnte, war die Türöffnung plötzlich leer. Sie trat hinaus in den Burghof. Der Mann war verschwunden.

Sie wollte gerade wieder hineingehen, als sie hörte, wie aus dem engen Durchgang, eigentlich eher einem Abflußgraben, der zwischen der Rückseite des Vorratshauses und der Räucherkammer verlief, leise ihr Name gerufen wurde. In der Annahme, daß es der Landstreicher war, der noch weiter sein geheimnisvolles Spiel mit ihr spielen wollte, hatte sie gerade beschlossen, ihn zu ignorieren, als das Wispern wiederkam, diesmal eindringlicher.

In der Hofmauer gab es am Ende des Durchgangs eine Hintertür. Sie führte direkt hinaus in das Moor von Solway und wurde daher selten benutzt. Irgend jemand hatte sie jedoch kürzlich erst benutzt, denn sie stand leicht offen.

Alexia schob die Tür auf. Es war Ebbe, und das morastige Brachland stank nach Schimmel und Fäulnis. Der Dampf stieg in trägen Schwaden auf, während der kühle, nasse Schlamm allmählich in der heißen Augustsonne gebacken wurde.

»Wer ist da?« rief Alexia, hörte aber nur das Zirpen der Heuschrecken.

Sie wollte gerade das Tor zuziehen, als sie wieder ihren Namen hörte. Nur dieses Mal war es kein Wispern, sondern mehr ein dünner, hoher Schrei.

Sie sah etwas Weißes in dem Gewirr von Reetklumpen und Gras am Rande des Firth schimmern. Es sah aus wie ein Arm, der um Hilfe winkte. »Wer ist da?« rief sie wieder, aber keiner antwortete.

Widerwillig ging sie hinüber zum Moor. Der Schlamm stieg um ihre Schuhe herum hoch. Das Gras geriet unter ihre Röcke und streifte über ihre nackten Beine. Als sie die Stelle erreichte, wo sie meinte, einen winkenden Arm gesehen zu haben, war nichts dort. Aber das Gras war stumpf und heruntergedrückt, als ob jemand dort gelegen hätte oder vielleicht heruntergefallen wäre.

Ein Teil des Grases glänzte dunkel und feucht. Sie berührte die Stelle mit den Fingern. Es war Blut.

Plötzlich war sie sicher, daß Jamie hier draußen war; Jamie verletzt und irgendwie unfähig, nach Hause zu kommen. Sie schrie seinen Namen, und der Schrei kam als Echo zu ihr zurück; schließlich verlor er sich in der heißen, schwülen Stille.

Eine Spur von zerbrochenem Schilfrohr und niedergetrampeltem Gras führte von Caerlaverock südlich zum Solway Firth. Sie begann, ihr zu folgen.

Sie war so damit beschäftigt, die Spur zu verfolgen, daß sie zuerst nicht merkte, wie das Wasser über ihre Schuhspitzen und um ihre Knöchel herum stieg. Schließlich würde sie durch die plötzliche Kühle aufmerksam. Die Kühle nach der Wärme des Moores.

Jamie hatte sie vor der gefährlichen steigenden Flut des Solway Firth gewarnt, wie selbst nackter, trockener Boden in einem Augenblick versinken konnte, wie die täuschenden Gezeiten ohne Vorwarnung die ruhigen Sümpfe in gefährliche Moraste verwandeln konnten. Alexia beschloß zurückzugehen.

Aber sie konnte nicht.

Ihre Füße wurden wie in einem Schraubstock festgehalten. Sie griff nach einer Handvoll Schilf und versuchte, sich freizuziehen. Der Schlamm stieg ihr bis an das Schienbein.

Sie befahl sich, nicht in Panik zu geraten, da Panik das Schlimmste wäre. Ich werde nicht schreien, sagte sie sich. Ich werde auf keinen Fall schreien. Und in diesem Augenblick sah sie die Frau.

Sie war groß und dünn und ganz in Schwarz gekleidet. Über den Kopf hatte sie einen Schal gezogen, wie eine Witwe, obwohl Alexia schon in dem Augenblick wußte, daß sie keine Witwe war, nie eine Witwe gewesen war. Ihr Gesicht war blaß, mit scharfen Zügen. Ein ovales Gesicht mit geschwungenen Augenbrauen über aschgrauen Augen, aus denen sie Alexia kalt und gleichgültig betrachtete.

»Ich bin offenbar steckengeblieben«, sagte Alexia und zwang sich zu einem kläglichen Lachen.

Der gleichgültige Ausdruck auf dem Gesicht der Frau änderte sich nicht. Sie stand da, unbeweglich, ganze zehn Sekunden lang. Dann wandte sie sich ab und ging in einem großen Bogen um Alexia herum, bis sie hinter ihr war. Sie kniete auf einem Klumpen Schilf, drei Fuß von ihr entfernt, und streckte ihren Arm aus.

Alexia packte das Handgelenk der Frau. Durch die rauhe Wolle des Ärmels spürte sie die Muskelstränge der Frau. »Vielleicht ziehe ich Euch mit mir hinab.«

»Seid keine Närrin«, sagte die Frau mit dem rauhen Akzent eines guten, cumbrischen Englisch.

Alexia betrachtete zweifelnd die fettige, schlammige Flüssigkeit. Sie nahm einen vorsichtigen Schluck und erstickte fast an dem bitteren Geschmack.

»Was ist das?«

»Ein türkisches Getränk«, meinte die Frau. »Es wird Euch wiederbeleben.«

»Oh. Es schmeckt aber ... seltsam.«

Die Frau zuckte mit den Schultern. »Man braucht eine Weile, bis man sich daran gewöhnt.«

Alexia saß an einem groben Holztisch, die Frau ihr gegenüber beobachtete sie. Seit die Frau sie hereingeführt hatte, in diese tief im Moor versteckte Hütte, hatten sie kaum miteinander gesprochen. Es war eine einfache Hütte aus Lehm und Gitterwerk. Der einzige Raum war primitiv möbliert, bis auf die Regale, die drei Seiten der Wände bedeckten, Regale, auf denen Hunderte von Kästen und Töpfen standen. Alexia überlegte, was wohl darin sein könnte. Sie dachte, die Frau ist wahrscheinlich eine Hexe.

»Ihr habt mein Leben gerettet.«

Die Frau zuckte wieder mit den Schultern. »Ihr seid die Frau des Lords.«

»Ihr kennt Jamie?«

»Jeder kennt den Lord.«

Alexia nahm noch einen Schluck von der schlammigen Flüssigkeit und unterdrückte ein Schaudern. Sie bezweifelte, daß sie sich jemals daran gewöhnen würde.

Unter dem Bett, das an der anderen Wand stand, bewegte sich etwas. Zwei gelbe Augen leuchteten ihr aus dem Schatten entgegen. Es ist nur eine Katze, sagte sich Alexia, und achtete nicht auf die innere Stimme, die ihr sagte, daß diese Augen viel zu weit auseinanderstanden, um zu einer Katze zu gehören. Nun, es war eben eine sehr große Katze.

»Es ist ein Ozelot«, sagte die Frau.

»Oh... natürlich.«

Alexia nickte verständnisvoll. Ein Ozelot. Sie würde in Plinys *Naturgeschichte* nachsehen müssen, wenn sie wieder zu Hause war. Vielleicht war ein Ozelot eine Art Drache. Es war eine bekannte Tatsache, daß Hexen Drachen bei sich aufnahmen. Oder waren das die Zauberer...

»Ich habe ihn aus einer Menagerie gerettet«, sagte die Frau gerade. »Man hatte ihn auf einer spanischen Galeone aus der Neuen Welt herübergebracht. Er ist furchtbar scheu, aber im übrigen nur so etwas wie eine zu groß gewachsene Schmusekatze.«

»Wer seid Ihr?« fragte Alexia.

Die Frau lachte. Es war ein heiseres, erdiges Lachen, das Alexia seltsam beruhigend fand. »Wer glaubt Ihr?«

»Seid Ihr eine... Hexe?«

Die Frau lachte wieder. »Warum? Möchtet Ihr gerne einen Liebestrank? Ich kann Euch einen machen. Tröpfelt ihn auf die in Ingwer eingelegten Birnen Eures Mannes heute abend, und er wird verrückt nach Euch sein.«

Alexia fühlte sich versucht, aber sie sagte: »Nein, danke. Warum mit Ingwer eingelegte Birnen? Ich meine, warum müssen es in Ingwer eingelegte Birnen sein?«

»Warum nicht?« Die Frau stand abrupt auf. »Kommt. Ich führe Euch zurück zur Burg.«

Alexia war erstaunt, wie dunkel es geworden war. Es war ganz gewiß erst früher Nachmittag gewesen, als der Landstreicher das erste Mal in der Tür zum Vorratshaus erschienen war. Sie folgte der Frau, die aufgrund ihrer schwarzen Bekleidung nur noch als dunkler Schatten zwischen den wogenden Schilfrohren und den stacheligen, blätterlosen Büschen zu erkennen war, durch das Moor.

Dann hörte sie, wie Jamie ihren Namen rief.

Sein Pferd brach durch das Buschwerk vor ihr. Die Schatten, die von der Fackel auf sein Gesicht geworfen wurden, ließen es hart und grausam erscheinen.

»Um Gottes willen. Wo zur Hölle bist du gewesen?«

»Ich dachte, du wärst ... das heißt, ich, nun, ich blieb im Moor stecken, und diese Frau ...«

»Welche Frau?«

Alexia sah sich um. Die Frau war weg.

»Da war eine Frau ...«

Jamie warf die Fackel in den Sumpf. Sie ging sofort mit einem lauten Zischen aus. Er beugte sich herunter und zog sie vor sich in den Sattel.

»Du brauchtest nicht wegzulaufen«, sagte er barsch. »Wenn du so verzweifelt nach England zurückwillst, werde ich dich zurückbringen.«

Alexia kämpfte gegen einen lächerlichen Drang zu weinen. »Ich ... ich habe nicht versucht, nach England zurückzugehen.«

Jamie sagte nichts. Dann drehte er ihren Kopf am Kinn herum und küßte sie fest auf den Mund.

»Mach mir nie wieder solche Angst.«

Am Tag darauf wachte Alexia mit einer Gier nach in Ingwer eingelegten Birnen auf.

Sie ging in den Obstgarten der Burg, pflückte ein paar und wollte gerade zur Küche zurückgehen, ihre Schürze voll der dicken, gelben Früchte, als sie Jamie in intensiver Unterhaltung mit Elspeth vor der Eingangstür zum Wohntrakt sah. Als sie stehenblieb, um die beiden zu beobachten, warf Jamie den Kopf zurück und lachte. Und Alexia war irritiert und erstaunt, wie etwas, was Elspeth zu sagen hatte, so interessant für ihn sein konnte.

Sie ging auf die beiden zu und hielt sich dabei im Schatten der Mauer, denn die Sonne war heiß. Als sie einige Meter von ihnen entfernt war, sprach sie seinen Namen aus, und er drehte sich um, eine Spur des Lachens noch immer auf seinem Gesicht. Dann schien alles auf einmal zu geschehen.

Jamie warf sich auf sie, und sie stürzte genau in dem Augenblick zu Boden, als etwas Großes und Schweres so nahe an ihrem Kopf vorbeiflog, daß der Luftzug ihre Haare hochstehen ließ. Die Birnen kullerten fort. Der schwere Gegenstand krachte neben ihr auf die Erde.

Jamie war leichenblaß geworden.

»Oh, Alexia. Das Baby. Bist du in Ordnung?«

»Ich glaube schon...« Sie setzte sich auf und schüttelte Birnenfleisch von ihrem Mieder. »Wahrscheinlich hattest du keine Zeit, mich zu warnen?«

Er lächelte und half ihr auf die Beine. »Nein, es tut mir leid.«

»Oh, Alexia«, jammerte Elspeth. »Du könntest jetzt tot sein.«

Malcolm und Robin klopften an die Tür, einer nach dem anderen.

»Ich habe einen Schrei gehört«, sagten sie beide gleichzeitig.

»Elspeth hat geschrien«, sagte Alexia.

»Ich? Ich kann mich nicht erinnern«, meinte Elspeth.

Alle zusammen untersuchten das große und schwere Etwas, das zerbrochen auf dem Boden lag. Es war einer der Steinfalken aus den Sockeln zwischen den Fenstern.

Jamie sah hinauf. Einer der Sockel, nahe dem Fenster direkt über der Stelle, wo Alexia gestanden hatte, war jetzt leer. »Er muß zu nahe an der Kante gestanden haben und nicht richtig befestigt gewesen sein«, meinte er. »Ich werde den Steinmetz deswegen einen Kopf kürzer machen lassen.«

Evie stolperte aus der Tür und fiel selbst beinahe hin, so daß Jamie sie auffangen mußte.

»Ich habe jemanden schreien hören«, sagte sie.

»Elspeth schrie«, meinte Alexia und starrte das Mädchen an, als wolle sie sie herausfordern, noch einmal zu leugnen.

Jamie legte den Arm um seine Frau und schob sie zu ihrer Schwester. »Sie muß einen Schock gehabt haben und sollte sich jetzt eine Weile hinlegen.«

»Jamie, mach kein Theater. Ich bin in Ordnung.«

Er strich Alexia das Haar aus ihrem Gesicht und rieb einen Staubfleck von der Nase, um sie dann zu küssen. »Keinen Streit, bitte.«

Evie und Elspeth brachten Alexia in ihr Zimmer. Auf dem ganzen Weg dorthin schimpfte Alexia, daß sie nicht die Art Frau sei, die beim kleinsten Unfall gleich schwach würde, und sie lehnte es ab, sich von den beiden ausziehen zu lassen und sich hinzulegen.

»Dann mach dich wenigstens sauber«, meinte Evie. »Siehst du, da ist ein Tropfen Blut auf deinem Ärmel.«

»Oh, Alexia«, rief Elspeth aus. »Du bist verletzt!«

»Unsinn.« Alexia untersuchte sich sorgfältig. »Ich blute nirgends. Vielleicht Jamie. Nein, Elspeth, wie dumm du bist es. Du hast dir irgendwo deine Knöchel aufgerieben.«

»Wie seltsam...« Elspeth betrachtete schaudernd die offene Wunde auf ihren weißen, wohlgeformten Händen. »Oh, ich hoffe, das gibt keine Narbe.«

»Wie ist es passiert?« fragte Evie, und Alexia blickte auf, als sie den anklagenden Ton in der Stimme ihrer Schwester bemerkte.

Elspeth blinzelte. »Ich weiß nicht. Vielleicht der Steinfalke...«

»Aber du warst doch überhaupt nicht in der Nähe«, fuhr Evie fort. »Lord Maxwell und seine Brüder standen alle um Alexia und den Falken, aber du warst auf der anderen Seite der Tür. Ich berührte dich, als ich herausgerannt kam, nachdem Alexia geschrien hatte.«

Alexia seufzte laut. »Hört auf, ich habe nicht geschrien. Ich schreie niemals. Elspeth schrie.«

Plötzlich, ängstlich bemüht, die beiden loszuwerden, behauptete Alexia, sie hätte beschlossen, sich doch hinzulegen und auszuruhen. Aber sobald beide das Zimmer verlassen hatten, sprang sie aus dem Bett und ging hin und her. Sie ließ den beiden genügend Zeit, in ihre eigenen Zimmer zu gelangen, dann schlich sie heimlich die Treppen hinauf bis zu dem Raum, vor dem auf einem Sockel draußen jetzt ein Steinfalke fehlte.

Es war das kleine Zimmer, das selten benutzt wurde, außer wenn in der Burg sehr viele Gäste zu beherbergen waren. Das Zimmer roch modrig. Die wenigen Möbelstücke waren mit alten Bettlaken zugedeckt, das Fenster geschlossen.

Alexia zog an dem Schloß, sie mußte fest rütteln, damit es aufging, und auch das nur unter lautem Quietschen.

Sie lehnte sich hinaus und betrachtete die Kante, wo der Falke gestanden hatte. Im roten Sandstein, wo die Skulptur heruntergefallen war, gab es frische Kratzer und eine breite Schleifspur bis hinunter zur Kante.

»Also war es kein Unfall.«

Alexia drehte sich um. »Oh, Malcolm... du hast mich erschreckt.«

Er warf ihr sein sarkastisches Lächeln zu. »Nein, ich glaube nicht. Du fürchtest dich nicht so leicht, nicht wahr, Alexia Carleton?«

Sie überhörte nicht, daß er ihren Clan-Namen benutzte. Wußte aber nicht genau, was er damit meinte.

»Sage Jamie nichts davon, ich meine, daß es kein Unfall war. Außerdem: Wir können nicht wirklich sicher sein. Und es würde nur noch mehr Schwierigkeiten geben.«

»Noch mehr Geheimnisse vor deinem Mann, liebe Schwester? Kaum die Art, wie man eine Ehe auf Vertrauen aufbaut.« Er lehnte sich aus dem Fenster und fuhr die Kratzspur auf dem Sockel mit seinem langen, dünnen Finger nach. »Findest du es nicht seltsam, daß Jamie nicht selbst heraufgekommen ist, um das hier zu untersuchen?«

»Er... er hat wichtigere Dinge zu tun.«

»Wirklich? Was könnte wichtiger sein als festzustellen, wer versucht, seine Frau zu ermorden? Es sei denn, er wüßte es schon.«

Kapitel 11

Alexia legte ihre Arme sanft um Jamies Taille und drückte ihre Lippen gegen seine nackte Schulter.

»Du bist früh auf, Mylord.«

Jamie verzog den Mund, denn er rasierte sich gerade um das Kinn herum. »Wenn du dein Morgenbier in diesem Winter regelmäßig haben willst, muß jemand die Gerste einbringen.«

Der Lord behielt ein Drittel des Landes um die Burg herum zur eigenen Nutzung, der Rest wurde von den Häuslern und freien Bauern bebaut. Sie zahlten für ihren Anteil mit zwei bis drei Tagen Arbeit pro Woche auf der Domäne des Herrn. Zu jeder Erntezeit mußte zuerst das Land des Herrn abgeerntet werden. Diese Woche waren es die Gerstenfelder.

Alexias Lippen waren den ganzen Weg über Jamies Rücken zu seinem Nacken hinaufgewandert. Sie knabberte an seinen Ohrläppchen, öffnete mit einer Hand seinen Hosengürtel und glitt mit der Hand hinein.

Jamie fluchte und betupfte einen kleinen Schnitt an seinem Hals. »Versuchst du, mich dadurch umzubringen, daß ich mir selbst den Hals durchschneide, Frau?«

Sie streichelte ihn ein bißchen grob. »Ich spiele. Ich spiele mit deinen Gefühlen.«

Er packte sie am Handgelenk und zog ihre Hand weg. »Ich täte nichts lieber, als den ganzen Tag mit solchen ergötzlichen Spielen zu verbringen, meine Süße. Aber ich habe tausend Dinge zu tun.«

Seufzend wandte sich Alexia ab. Sie zog ihr Nachthemd über den Kopf, ging nackt zum Bett hinüber und zog die Strümpfe an. Dabei hob sie den Fuß hoch und streckte die Zehen vor. Obwohl sie spürte, wie er sie ansah, tat sie so, als merke sie nichts. Sie nahm ihre Haarbürste von der Kommode neben dem Bett und fing an, mit langen

Strichen ihr Haar zu bürsten. Mit jeder Bewegung ihres Armes hoben und senkten sich ihre Brüste.

»Um Gottes willen, Alexia!«

Sie sah ihn unschuldig an. »Was ist, Jamie?«

»Wirst du dich endlich anziehen, ehe ich ...«

Sie zuckte mit den Schultern. »Wenn du darauf bestehst.«

Es würde wieder ein heißer Tag werden. Sie beschloß, keine Unterröcke und keine Krinoline anzuziehen, und suchte sich ein loses bäurisches Mieder aus und einen Rock aus rauher Baumwolle. Aber das Hemd, das sie darunter anzog, war von reinster, feinster Seide und mit belgischen Spitzen abgesetzt.

»Kennst du die Stelle am Locker-Fluß, Jamie?« sprach sie ihn über die Schulter an. »Die Stelle, wo er sich zu einem Teich ausbreitet, in der Nähe eines kleinen Nußbaumwäldchens?«

»Ich glaube, ich bin dort ein- oder zweimal in meinem Leben vorbeigeritten.«

»Ich habe mir überlegt, ich werde dort zu Mittag hingehen und meine heißen, schmerzenden Füße etwas eintauchen.«

»Ja? Und was willst du sonst noch dort tun?«

Sie warf ihm durch das Haar, das ihr ins Gesicht gefallen war, einen Blick zu. »Oh ... vielleicht nehme ich einen Korb mit Essen mit und halte ein Mittagsschläfchen im Gras.«

»Allein?«

»Vielleicht nicht. Vielleicht wird mein Liebhaber dort sein. Wenn er die tausend Dinge getan hat, die er unbedingt tun muß.«

»Und während du das alles tust mit deinem Liebhaber, was soll ich ...«, und er zeigte auf einen Buckel in seiner Hose, »in der Zwischenzeit mit dem da machen?«

»Na ja, Mylord. Kann man das nicht aufbewahren?«

Sie schwebte lachend aus dem Zimmer. Nie hätte sie gedacht, daß es soviel Spaß machen würde, den eigenen Ehemann zu verführen.

Sie ging an dem Podest im Vorzimmer vorbei, auf dem Apollo saß. Der Falke ging in diesen Tagen mit Alexia, auf ihrem Handgelenk sitzend, fast überall hin. Am Anfang trug der Vogel eine Haube, damit sich seine Geschmacks-, Gehör- und Tastsinne voll entwickeln konnten, aber in letzter Zeit hatte sich Alexia angewöhnt, die Haube wegzulassen. Bald würde es Zeit für die nächste Phase von Apollos Ausbildung sein. Dann würde er lernen müssen, seine Herrin auf dem Rücken eines Pferdes zu begleiten. Erst dann würde Alexia ihm beibringen können, auf den Lockvogel zu reagieren. Falken waren sehr empfindsame, erregbare Geschöpfe. Man durfte sie nicht hetzen. Ähnlich wie die Schotten, dachte Alexia und lachte hell auf.

Jamie trat aus dem Schlafzimmer. »Was ist so komisch?«

»Nichts«, kicherte Alexia.

»Hmm.«

Jamie ging weg und tat so, als sei er beleidigt. Alexia befestigte den Lederschutz um ihr Handgelenk, der ihre Haut vor Apollos nadelscharfen Krallen schützen sollte. Sie sang dem Vogel etwas vor, während sie ihn aufhob, dann gingen sie gemeinsam hinunter in die Küche, wo sie der Köchin ausrichten mußte, daß zwei weniger beim Mittagessen sein würden. Schließlich wählte sie noch die Delikatessen aus, die sie mit an den Teich nehmen wollte.

Nach sorgfältiger Überlegung und auf Empfehlung der Köchin entschied sich Alexia für gebratenes Hähnchen, geräucherten Aal, Käse und ein Fläschchen Muskatwein. Weil die Köchin darauf bestand, nahm Alexia eine ihrer Spezialitäten mit, einen Gewürzkuchen.

Sie überließ es der Köchin, den Korb zu packen, und ging hinüber in die Backstube, um zu sehen, was an diesem Morgen gebacken wurde. Gerade kamen große Laibe Weißbrot aus dem Ofen, und sie schickte einen davon hinüber zur Küche, um ihn in den Korb packen zu lassen.

Heute morgen war Waschtag, und Alexia ging in die Waschküche, um den Fortgang der Arbeit zu überwachen. Natürlich wäre es ungehörig für die Dame des Hauses, ihre Hände mit so rauher Arbeit zu verderben, aber sie war immer darauf bedacht, sich zu zeigen, damit die Dienerschaft wußte, daß ihre Arbeit anerkannt war, und ganz nebenbei zu sehen, ob sie ordentlich arbeiteten. Und der Waschtag war die beste Gelegenheit, sich über den letzten Klatsch auf dem laufenden zu halten.

Maggie Armstrong, eine Kusine von Big Jock und, was allein die Größe anging, seine Rivalin, saß auf einem Schemel am Waschtrog, und ihre ältere Schwester Mary tat die Arbeit, indem sie einige von Jamies Hemden in einer Lauge hin- und herschwenkte.

»Oh, Mylady«, rief Maggie, als sie Alexias ansichtig wurde. »Ich habe gerade Mary von Mistress Parsons, der Frau des Müllers, erzählt. Sie müßte fünfzig sein, wenn sie einen Tag...«

»Vierzig«, sagte Mary.

»Jedenfalls ist sie gerade von einem Jungen entbunden, wollte ich damit sagen. ›Teufelsbrut‹, sagt ihr Mann. Denn das Baby hat ein Muttermal auf der Wange, der arme Kleine. Es hat die Form von einem Pferdefuß, heißt es und...«

»Maggie, du redest zu viel«, sagte Mary und blickte entschuldigungheischend zu Alexia, die plötzlich unkontrollierbar zittern mußte.

»Mary, kennst du eine Frau, die im Moor wohnt?« fragte Alexia, hauptsächlich um das Thema zu wechseln.

»Ja, die kenn ich«, sagte Maggie schnell, ehe ihre Schwester überhaupt den Mund aufmachen konnte. »Das wäre dann die Hexe von Solway. Aber niemand weiß, wo genau im Moor von Solway sie wohnt. Sie hätte schon lange umgebracht werden sollen, aber manche sagen, sie war von dem alten Lord die...«

»Maggie, halt's Maul!« unterbrach Mary. »Sie ist eine Frau, die einfach gern allein lebt, sonst nichts. Hexe! Du hast so viel Stroh im Kopf, Maggie, daß man eine ganze Herde davon ernähren könnte.«

Alexia lächelte insgeheim. »Wohnt sie denn schon lange dort, die Frau im Moor?«

Maggie schielte zu dem verschlossenen Gesicht ihrer Schwester. Sie zuckte mit der Schulter. »Ja, ziemlich lange. Schon seit vor Lord Jamies Geburt.«

Sosehr sie sich anstrengte, Alexia konnte aus den Armstrong-Schwestern nicht mehr über die Frau im Moor herausbringen. Nach einer Weile überließ sie sie ihrer Wäsche und nahm Apollo mit hinüber zu den Stallungen, wo die übrigen Falken der Burg gehalten wurden. Sie befestigte Apollo an einem der Blöcke außerhalb der Stallungen, damit er die Gesellschaft seiner Artgenossen und gleichzeitig die frische Luft genießen konnte. Dann holte Alexia ihren Essenskorb ab, sattelte die Stute und machte sich auf den Weg zum Teich. Sie wählte den langen Weg über einen der Schafspfade, die sich durch das hügelige Gelände schlängelten.

Es fehlte noch eine halbe Stunde bis Mittag, als sie am Teich ankam. Das Wasser sah einladend kühl aus. Sie warf ihre Schuhe beiseite, zog die Strümpfe aus und ließ sich am Ufer nieder, um auf Jamie zu warten, die Füße im Wasser baumeln lassend.

Alexia blickte sich zu den Hügeln um, die sich wie ein Kranz um diesen Teich reihten. Heiße Luft lag schimmernd über dem braunen Gras. Insektenschwärme summten, und so herrschte eine Art dröhnende Stille. Sie stellte sich vor, wie schön es wäre, den ganzen Körper in so köstlich kühles Wasser zu tauchen. Da zog sie sich auch schon bis aufs Hemd aus und watete hinein.

Das kalte Wasser auf ihrer heißen Haut war wie ein Schock, und sie schnappte laut nach Luft. Sie legte sich flach auf das Wasser und schwamm auf dem Rücken. In dieser Lage starrte sie in das blaue Gewölbe des Himmels. Ihr Haar driftete hinter ihr her und vermischte sich mit dem trüben Wasser.

So fand Jamie sie. Er stieg im Schatten der Walnußbäume ab und sah ihr zu. Sie war wie eine Gestalt aus einer mystischen Sage, diese Frau aus Stahl und Erde und Feuer; ein Geheimnis, diese Frau, die seine Frau war. Er hatte sie kennengelernt, kannte sie im intimsten Sinne seit mehr als hundert Tagen und Nächten, und doch hatte er das Gefühl, daß er sie überhaupt nicht kannte. Alexia, das Geheimnis, das Alexia hieß, blieb ihm verborgen. Auch wenn es ihn zugleich glücklich machte und abstieß. Auch wenn er mit ihr hundertmal hundert Nächte schlafen würde, er würde sie nicht kennen. Und er lebte in der schrecklichen Angst, daß er sie verlieren könnte, noch ehe er ihr Geheimnis ergründet hätte. Er glaubte, wenn er Alexia erst einmal wirklich verstünde, dann würde er nicht nur alle Frauen verstehen, er würde das Geheimnis des Universums selbst begreifen.

Sie mußte gespürt haben, daß jemand sie beobachtete, denn sie stand plötzlich auf, die Augen wegen der blendenden Sonne zusammengekniffen, dabei kreuzte sie die Arme über den Brüsten in dieser uralten, ausschließlich weiblichen Geste der Selbstverteidigung. Dann sah sie ihn und ließ die Arme sinken zu einer einladenden Geste.

Das nasse Seidenhemd klebte glatt an ihrer Haut. Wasser rann aus ihren Haaren herab und verschwand in dem Hohlraum zwischen ihren Brüsten – folgten der gleichen Spur, der seine Lippen so oft nachgingen. Das Wasser strich über ihr Gesäß und floß zwischen ihre Oberschenkel und über die runde Wölbung ihres Leibes, unter der das Baby wuchs. Ihre Beine, lang und schlank, verschwanden im Wasser, endlos.

»Du solltest nicht«, fing er an, und dann mußte er noch einmal ansetzen, denn irgend etwas war mit seiner Stimme passiert. »Du solltest nicht allein schwimmen, halbnackt. Wenn jemand zufällig vorbeikäme ...«

Ein kleiner Dolch flog an seinem Ohr vorbei, und er zuckte zusammen. Die Waffe biß sich tief in den Baumstamm hinter ihm, zitterte noch einen Augenblick und blieb dann ruhig stehen.

»Was beliebten Mylord zu sagen?«

»Um Gottes willen, Alexia! Wenn du daneben geworfen hättest?«

»Ich werfe nie daneben.«

Sie stand im Wasser, die Hände auf den Hüften und sah ihn stolz mit erhobenem Kopf unter halb geschlossenen, schläfrigen Lidern hervor an. Das Sonnenlicht glänzte auf ihrem nassen Hals, und Jamie hätte sie am liebsten so genommen, wie sie war – dort im Teich unter dem heißen, wolkenlosen Himmel.

Er ging auf sie zu und zog dabei seine Jacke und sein Hemd aus. Am Ufer setzte er sich nieder, um seine Stiefel abzustreifen, dann seine Hosen und seine Unterhosen. Als er nackt war, watete er hinein.

Er zog sie an sich, und sie spürte ihn zwischen ihren Schenkeln. Sie bog sich ihm entgegen, das Gesicht zum Himmel gewandt. Er spürte, wie sie in seinen Armen zitterte. Als er sie endlich richtig lieben wollte, rutschten sie auf dem schleimigen Teichboden aus und fielen prustend ins Wasser.

Sie standen auf, spuckten Wasser und lachten, und Jamie meinte:

»Laß uns das noch einmal auf trockenem Boden versuchen.« Er hob sie auf und trug sie an das trockene Ufer. Gras und Moos gaben ein natürliches, weiches Bett ab. Er legte sie hin und streckte sich neben ihr aus, zog sie zu sich herüber und küßte sie lang.

Dann legte er sich etwas zurück und sah tief in ihre Augen. Seine Hände umschlossen ihr Gesicht. Ihre Augen schienen wie von einem inneren Feuer erleuchtet, das ihn anzog, ihn verzehrte. Liebst du mich? fragte er in diese Augen hinein, in diese unglaublichen Augen, mit einem stillen Flehen. Ich liebe dich, antworteten sie. Liebe dich, liebe dich, liebe dich ...

Er rollte auf den Rücken und zog sie auf sich. Sie umschloß ihn vollständig. Ihre inneren Muskeln zogen sich um ihn zusammen, und er hielt ihre Hüften und schob sie auf und ab, bis sie ihren Kopf zurückwarf und ein rosiger Hauch über ihr Gesicht und ihre Brüste glitt. Ihre Sehnen spannten sich an. In diesem Augenblick überließ er sich selbst dem Ansturm der Wollust, die ihn beinah aufschreien ließ.

Er kämpfte, um wieder zu Atem zu kommen. Sie sprach seinen Namen mit einem leisen, glucksenden Lachen und lehnte sich über ihn, um sein Haar zurückzustreichen und einen leichten, neckischen Kuß auf seinen Lippen unterzubringen. Aber ihre Augen ... Noch einen Augenblick zuvor war er sich so sicher gewesen, daß in ihnen die Antwort auf all seine Träume stand. Jetzt waren es die glasigen Augen einer von körperlicher Leidenschaft gesättigten Frau, und das Geheimnis, das Geheimnis, das Alexia hieß, war wieder da.

Weil er nicht sicher sein konnte, die Antwort zu bekommen, die er sich wünschte, fragte er nicht. Statt dessen nahm er Stimme und Ausdruck des Burgherrn an und fragte: »Wo ist mein Mittagessen, Frau?«

»Oh!« Sie zwickte ihn in den Bauch. »Ist das alles, woran du jemals denken kannst?«

Er packte ihr Handgelenk, zog ihre Hand an seine Lippen und küßte sie flüchtig. Dann zog er sie herab neben sich, hielt sie fest an sich gedrückt, rieb seine Wange an ihrem Kopf entlang und genoß das Streicheln ihrer nackten Brüste, die sich an seine Brust schmiegten.

Er strich ihr über den Rücken. »Alexia ...?«

»Ja?«

Er gab ihr einen leichten Klaps auf den Po. »Mein Essen!«

Er mußte lachen, als sie sich mit einem gespielt ärgerlichen Hüftschwung von ihm weg bewegte. Dann stand er auf und folgte. Sie halfen einander beim Anziehen und nahmen dann im Schatten der Nußbäume ihr Mittagessen ein. Er erzählte ihr, wie die Ernte voranging, und sie erzählte ihm von der Müllersfrau, erwähnte aber nicht die Hexe von Solway. Er fragte sie, ob sie im Frühjahr einige Zeit am Hof verbringen wollte, nachdem das Baby geboren wäre, und war erleichtert, als sie sagte, sie fände den Prunk und die Förmlichkeit des höfischen Lebens albern und langweilig.

»Wenn dir der Londoner Hof schon langweilig vorkommt«, erklärte Jamie ihr, indem er sich so hinsetzte, daß er ihren Kopf in den Schoß legen konnte, »dann würde dich der Hof unseres frömmelnden King James bald in Tiefschlaf versetzen.«

Sie glitt mit ihren Fingern durch sein Haar. Die Sonne hatte silberne Strähnen hineingebleicht. »Außerdem möchte ich Caerlaverock im Frühling sehen«, sagte sie.

Er lächelte, sagte aber nichts.

Sie nahm seine Hand und preßte sie gegen ihren Leib. »Fühl, wie sie strampelt. Ich glaube, sie wird schon bei der Geburt schottisch tanzen können. Ich werde sie Madeleine taufen, nach deiner Tante Mad.«

»Du klingst sehr sicher, daß es ein Mädchen wird. Und habe ich kein Mitspracherecht, wenn es um ihren Namen geht?«

»Warum? Wenn ich doch die ganze Arbeit mache? Wenn es ein Junge ist, heißt er John, nach deinem Vater und deinem ...«

»Nein. Nicht John.« Er setzte sich auf und rückte ein wenig von ihr ab.

»Warum nicht?« Als er nicht antwortete, wurde sie dringlicher. »Jamie, ich weiß, du hattest einen älteren Bruder mit Namen John, nach deinem Vater, und daß er starb ...«

»Ich habe ihn getötet.«

Sie hielt einen Augenblick den Atem an und ließ ihn dann langsam heraus. Es geschah die ganze Zeit, natürlich – der Bruder tötete den Bruder wegen des Landes und des Titels und der Macht. Und wenn es um den Clan ging, darum, den Clan zu beschützen, konnte Jamie Maxwell grausam sein. Aber seinen eigenen Bruder ermorden. Nein, sie würde das niemals von ihm glauben. Niemals.

Jamie zupfte eine Handvoll Gras ab und blickte zu ihr auf. Sie sah Schmerz und Schuld auf seinem Gesicht. Eine Schuld, die ihr sehr vertraut war. Und plötzlich verstand sie intuitiv. »Erzähl mir, was geschah«, sagte sie sanft.

Er preßte die Lippen zusammen, dann schüttelte er den Kopf und seufzte. »Ich habe ihn natürlich nicht umgebracht. Nicht im wahren Sinn des Wortes. Aber ich war verantwortlich für seinen Tod. Johnnie war ein Jahr älter, aber langsamer und vorsichtiger, so daß ich bei allen unseren Spielen der Anführer war. In dem Frühjahr, als ich acht und er neun Jahre alt war, nahm uns der Vater mit nach Dumfries. Normalerweise durften wir an einem heißen Tag im Nith schwimmen gehen, während Vater seine Geschäfte in der Schenke erledigte. Aber in dem Winter hatte es sehr viel geschneit, und im Frühjahr waren die Flüsse übers Ufer getreten, und die Strömung ging schnell, und der Pegel stand hoch. Es war uns verboten worden, ins Wasser zu gehen.« Bitterkeit lag um seinen Mund. »Natürlich wollte ich genau das sogleich tun, sobald Vater verschwunden war.«

Er hielt inne, und Alexia meinte, er würde nicht mehr sagen. Aber nach einem tiefen Atemzug fuhr er fort.

»Johnnie wollte nicht. Er fürchtete sich vor der Tracht Prügel, die wir bekommen würden, wenn man uns dabei erwischte. Aber ich verspottete ihn, bis ihm nichts anderes übrig blieb. Und . . . na ja, du kannst dir denken, was geschah. Er ertrank. Ich war der bessere Schwimmer.«

Sie griff nach seiner Hand. Das Schweigen zwischen ihnen dehnte sich aus.

Schließlich sprach Jamie. »Du hast nicht gesagt, daß es meine Schuld war.«

»Soll ich das sagen?«

»Nein. Nur . . . es ist, nehme ich an, die zu erwartende Antwort.«

»Du hast einen schrecklichen Fehler gemacht. Du warst jung, ja, aber nicht so jung, als daß du es nicht hättest besser wissen können.

Und nicht so jung, als daß du dich nicht erinnern könntest und noch immer Schuld empfindest.«

Er lachte kurz und freudlos auf. »Weise Alexia.«

Sie preßte die Lippen zusammen und schüttelte den Kopf. »Nicht weise. Oder wenn ja, dann ist es Weisheit aufgrund bitterer Erfahrung. Jamie, hast du dich nicht gefragt, was mit Evie ist? Warum sie eine Maske tragen muß?«

»Ich weiß, daß sie durch einen Unfall schwer verbrannt wurde.« Er zog sie zwischen seine aufgestellten Knie, und sie lehnte ihren Kopf gegen seine Schulter. Seine gefalteten Hände lagen auf der sanften Wölbung ihres Leibes.

Sie hatte nie zuvor davon gesprochen. Zu niemanden. Aber sobald sie einmal angefangen hatte, strömten die Worte nur so aus ihr heraus. Es schien, als sei die Wunde nie richtig verheilt und jetzt wieder aufgebrochen.

Es war ein bitterkalter Wintertag gewesen, und sie hatten zusammen gespielt, sie und Evie, vor dem riesigen Kamin in der Küche von Thirlwall Castle. Der Tag zuvor war Evies sechster Namenstag gewesen, und Lady Edwina hatte Evie eine italienische Puppe mit einem bemalten Gesicht und echten Damenkleidern geschenkt, bis hin zu den seidenen Spitzenhemden. Alexia, die normalerweise Puppen nicht mochte, hatte noch nie etwas so sehr begehrt wie diese Puppe.

Anfänglich war Evie großzügig gewesen und ließ Alexia mit der Puppe spielen. Aber als sie Alexias ständig schmuddelige Finger sah, die auf den hellblauen Röcken der Puppe ihre braunen Schmutzflecken hinterließen, nahm sie sie ihr wieder ab. Alexia brüllte vor Wut und riß ihrer Schwester die Puppe aus den Armen. Als Evie versuchte, sie zurückzubekommen, warf Alexia sie in den Kamin.

Evie schrie und langte in das Feuer, zerrte die Puppe an einem glühenden Fuß aus dem Feuer und drückte sie gegen ihre Brust. Aber die blauen Satinröcke der Puppe hatten bereits Feuer gefangen, und Evies langes Haar – das Haar, auf das sie so stolz war, weil es ihr bis hinab in die Kniekehlen reichte – brannte lichterloh.

»Sie wäre verbrannt, aber die Köchin erstickte die Flammen, indem sie sie in einen Mehlsack warf und hin und her rollte. Und dabei schrie sie... schrie sie... und ihr Gesicht, o Gott, Jamie, ihr Gesicht...«

Alexia wurde von leisem Schluchzen geschüttelt, als Jamie sie in seinen Armen wiegte. »Ich liebe dich, Alexia«, sagte er. »Ich liebe dich.« Er hielt sie fest, bis sie still war, und nach einer Weile schlief sie ein.

Ihre Hände berührten sich, als sie gleichzeitig nach der leeren Weinflasche griffen. Ihre Blicke trafen sich, und sie lächelten einander schelmisch zu.

Alexia legte die Flasche zurück in den Korb und schnürte ihn zu. Jamie stand auf und streckte sich.

»Ich muß zurück auf die Felder«, sagte er. »Big Jock wird denken, ich sei dem Johnstone-Pack in die Quere gekommen. Gott möge sie ausrotten.«

Alexia stand auf, schüttelte Blätter und Grashalme aus ihrem Rock. »So, wie ich Big Jock kenne, wird er schon einen Nachtrab organisiert haben, damit du gerettet wirst, noch ehe deine Entführer eine Chance haben, das Lösegeld einzufordern.«

Jamie lachte. »Soll ich dich bis Caerlaverock begleiten? Ich weiß, daß du absolut in der Lage bist, für dich selbst zu sorgen, aber sollten da ein oder zwei Johnstones frei herumlaufen...«

Sie küßte ihn auf die Wange. »Nein, Jamie, ich möchte ein wenig über die Hügel reiten und einen klaren Kopf bekommen.«

Sein Arm legte sich fester um ihre Taille. »Alexia... ich meinte, was ich gesagt habe. Ich liebe dich.«

Sie wollte ihm gerade sagen, wie sehr auch sie ihn liebe, als sie von einer lächerlichen Panik ergriffen wurde, die ihr den Hals zuschnürte, so daß die Worte nicht herauskommen konnten.

Jamie wartete, dann wurde seine Miene hart. Er ließ sie los und ging davon.

Es schien, als brauche er nur ein paar Sekunden, um sein Pferd zu besteigen und wegzureiten. Sie wollte ihm etwas nachrufen, besann sich dann aber anders. Aus irgendeinem Grund war es ihr nie leicht gefallen, jene drei einfachen Worte auszusprechen. Auch in den

Wochen voller Liebe auf Kilchurn Castle hatte sie die Worte nur ein einziges Mal ausgesprochen und hatte sie auch damals noch einschränken müssen, indem sie sagte: »Ich glaube, ich liebe dich« und nicht: »Ich liebe dich.« Aber sie versprach sich, daß sie ihm heute abend, wenn sie allein in ihrem Schlafzimmer wären, sagen würde, daß sie ihn liebte. Wenn nötig, würde sie es tausendmal wiederholen, so lange, bis sie sicher sein konnte, daß er von der Wahrheit überzeugt war.

Sie ließ die Stute laufen und galoppierte über die Felder. Der heiße Wind schlug ihr ins Gesicht und hob ihr Haar hoch, so daß es sich wie ein Segel hinter ihr aufblähte. Sie näherten sich einer Steinmauer, und Alexia lehnte sich über den Kopf der Stute und forderte sie zum Sprung auf. Das Tier zog die Beine unter den Bauch und sprang hinüber. Es schien zu fliegen, und Alexia lachte laut auf.

Sie sammelte die Zügel, als sie an den Waldrand kam. Nun stiegen sie zu den Hügeln empor und folgten dem Pfad, der von einem schnellen Bach in die Felsen gegraben worden war. Als sie auf einer kleinen Hügelkuppe angekommen war, hielt sie an und sah zurück in die Richtung, aus der sie gekommen war, hinunter ins Tal.

Sie sah einen einsamen Mann, der so schnell dahinritt, als hinge sein Leben davon ab. Zuerst dachte sie, es sei Jamie, aber das Pferd des Mannes war dunkler als Jamies', und dann sah sie, wie die Sonne von den Helmen einer Meute Reiter reflektiert wurde, die ihm folgte. Sie waren noch zwei Meilen hinter ihm, holten aber auf. Der Anführer saß auf einem Pferd, das sie erkannte – ein falbenfarbener Hengst, der Robin Maxwell gehörte. Und hinter ihm Malcolms kleiner Rotschimmel.

Der Mann, den sie jagten, verschwand hinter einer Reihe von Bäumen. Die verfolgenden Maxwells ritten zwischen die Bäume, wechselten aber die Richtung nach Norden genau in dem Augenblick, in dem der Mann auf einer Lichtung auf der anderen Seite auftauchte, weit südlich von ihnen.

Er wird davonkommen, dachte Alexia und war erstaunt, daß sie sich erleichtert fühlte. Das Pferd des Mannes stolperte, und er fiel zu Boden. Sein Fuß verfing sich in den Steigbügeln, und er wurde mehrere Fuß weit geschleift, ehe das Pferd sich aufbäumte und er mit einem Ruck freikam. Dann rannte es in offensichtlicher Panik davon.

Alexia trieb ihr eigenes Pferd zurück den Hügel hinunter. Das Unterholz versperrte ihr bald die Sicht, aber sie erinnerte sich genau an die Stelle, wo er gefallen war. In einiger Entfernung hörte sie jemanden rufen. Vielleicht Robin, als er entdeckte, daß sie ihre Beute verloren hatten. Sie würden aber eiligst zurückgehen und versuchen, seine Spur wieder aufzunehmen.

Dem Mann war es gelungen, sich an den Rand der Lichtung zu schleppen. Als Alexias Stute aus dem Wald hervorbrach, zog er sein Schwert und versuchte, auf die Beine zu kommen. Er kam nur bis auf die Knie, und sie sah seinen Schreck, als er erkannte, daß sie nicht der war, den er erwartet hatte. Seine Hand, die Hand ohne Schwert, war fest auf seine linke Seite gepreßt, und sein Wams war schwarz von Blut. Er ließ das Schwert fallen und streckte seinen Arm nach ihr aus.

»Hilf mir«, sagte er, dann glitt er langsam zu Boden.

Alexia kniete sich neben ihn und rollte ihn herum. Er war unterhalb der Rippen von einem Pfeil getroffen, und der Schaft war direkt über der Wunde abgebrochen. Sie blutete ungehindert, und Alexia suchte sofort nach dem verdächtigen Zeichen von Luftblasen, was bedeuten würde, daß eine Lunge getroffen war. Aber da waren keine Blasen.

Seine Augenlider flatterten und öffneten sich. Seine Augen waren schwarz und glasig vor Schmerz, und sein dunkler, roter Bart stand in scharfem Gegensatz zu seiner blutlosen Haut. »Wer...«, begann er, dann zog er scharf die Luft ein. »Oh, Gott... es tut so weh.«

Alexia hörte noch einen Ruf, diesmal näher und mit einer Stimme, die zweifellos Robin gehörte.

Sie half ihm aufzusitzen. »Wenn sie Euch finden... werden sie Euch töten?«

Er nickte einmal. Sein Atem kam pfeifend bei der Anstrengung, wieder auf die Beine zu kommen. Alexia trug ihn mehr, als daß sie ihn stützte, und zweimal wäre sie fast gestolpert, als sie ihn halb tragend, halb zerrend zu ihrem Pferd schleppte. Mit einer Kraft, von der sie nicht wußte, daß sie in ihr war, schob sie ihn in den Sattel. Dann stieg sie hinter ihm auf und hielt ihn mit einem Arm um seine Mitte geschlungen fest. Sein Kopf wackelte hin und her, und sein Atem war nicht mehr zu hören. Er war wieder ohnmächtig.

Sie wendete sich in die Richtung, die ihr am besten vertraut war, auf Caerlaverock zu und in das Moor von Solway Firth.

Kapitel 12

»Hebt seinen Kopf an, damit ich sein Gesicht sehen kann«, sagte die Frau.

Der Mann hörte es und hob den Kopf.

»Er ist ein Johnstone«, sagte die Frau.

Der so Bezeichnete versuchte zu lachen, aber als er den Mund aufmachte, kam nur ein Stöhnen heraus.

»Er ist verletzt.« Alexia glitt vom Pferd und half dem Mann herunter. Er fiel kraftlos gegen sie.

»So?« Die Stimme der Frau verriet Wut. »Was erwartet Ihr von mir?«

»Helft ihm. Helft uns.«

Die Frau drehte sich um und verschwand in der Hütte. Alexia hielt ihr Schweigen für Zustimmung und wollte ihr folgen, aber der Mann hielt sie zurück.

»Hexe...«, murmelte er.

»Unsinn«, sagte Alexia. »Sie ist einfach nur eine Frau, die gerne allein lebt.« Allein in einer Hütte mitten im Moor mit seinem todbringenden Morast, in einer Hütte, in der Töpfe und Kästen voller geheimnisvoller Essenzen herumstanden, und mit einer exotischen Kreatur als Haustier. Eine Frau mit einem weißen, alterslosen Gesicht, die sich ganz in Schwarz kleidete, die wenig sprach, und wenn sie sprach, ergab es meist wenig Sinn. Alexia schob den Gedanken weit von sich. »Kommt«, sagte sie und zog den Mann hinter sich her.

Die Frau bedeutete dem Mann, sich auf das einzige Bett in der Hütte zu legen, ein einfaches Möbelstück, kaum breit genug für eine Person. Die Beine des Mannes ragten über das Fußende hinaus. Sie schob sein blutgetränktes Wams und das Hemd beiseite und untersuchte die Wunde.

Die alte Frau deutete auf ein Regal auf der anderen Seite des Zimmers. »Bringt mir diese lange, schmale Schachtel, auf dem unteren Regal links.«

Alexia tat, wie ihr geheißen. Die Frau öffnete die Schachtel und nahm ein seltsames Instrument heraus. Es sah aus wie eine Feuerzange, war aber feiner und schien aus Toledostahl gemacht.

Die Frau betrachtete Alexia von unten. »Haltet ihn fest«, sagte sie.

Alexia legte dem Mann ihre Hände auf die Schultern und drückte ihn fest in den Strohballen, mit dem das Bett gepolstert war. Er riß die Augen weit auf, als er die Zange sah. »Was...«, fing er an, dann stieß er einen lauten Schrei aus, als die Frau seine Wunde mit dem Instrument untersuchte.

Der Schweiß tropfte ihm vom Gesicht und lief in sein Haar. Er unterdrückte einen weiteren Schrei, indem er sich die Lippen blutig biß. Die Frau hatte den abgebrochenen Pfeil gefunden und zog ihn heraus. Es war ein todbringender Pfeil, wie eine dreikantige Speerspitze, und aus dem Loch, das er in das Fleisch des Mannes gerissen hatte, quoll sehr viel Blut. Alexia schluckte und sah weg. Plötzlich spürte sie, wie die Anspannung seiner Muskeln nachließ. Sie stellte mit Erleichterung fest, daß er nur ohnmächtig geworden war.

Die Frau verband die Wunde mit einer Salbe aus einer schlammartigen Substanz und zerstoßenen Blättern, die sie aus verschiedenen Behältern von den Regalen nahm. Alexia hätte gern gewußt, was es war, aber der verschlossene Ausdruck auf dem Gesicht der Frau erlaubte keine Fragen.

Danach saß Alexia an dem groben Holztisch, während die Frau mehr von dem bitteren Gebräu erhitzte, das sie Alexia das erste Mal aufgezwungen hatte. Sie tat das alles schweigend, und Alexia kam ihr Schweigen allmählich selbstverständlich vor.

Alexia nahm die Tasse aus der Hand der Frau entgegen und zwang sich, einen Schluck zu trinken. Dabei schauderte sie nur ein ganz klein wenig. In den blaßgrauen Augen der Frau meinte sie, ein belustigtes Glitzern zu erkennen.

»Wird er es überstehen?« fragte Alexia.

Die Frau zuckte mit den Schultern und setzte sich ihr gegenüber.

»Er ist das Oberhaupt des Johnstone-Clans und ein erbitterter Feind Eures Mannes. Es war ein Maxwell-Pfeil, den ich aus seinem Körper gezogen habe.«

Alexia setzte die Tasse so heftig auf den Tisch, daß etwas von der dunklen Flüssigkeit überlief. »Er ist gejagt worden wie ein Tier.«

Die Frau stand auf. »Man wird Euch hierher verfolgen!«

»Ich bin im Ödland geboren und aufgewachsen. Ich kann eine Spur ebenso gut verwischen wie ein Schotte. Aber wenn Ihr Angst habt, kann ich ihn woanders hinbringen.«

Die Frau lachte. »Ihn wegbringen wohin? Nach Caerlaverock? Oder vielleicht nach England? Und was meint Ihr, würden sie, Euer früherer Verlobter zum Beispiel oder Euer Vater, mit Angus Johnstone anfangen? Oder seid Ihr vielleicht nur darauf aus, Euch an Jamie Maxwell zu rächen, weil er Euch gegen Euren Willen genommen und in diese schottische Ehe gezwungen hat?«

Alexia war überrascht. »Ihr scheint ziemlich viel über mich zu wissen. Und ich kenne nicht einmal Euren Namen.«

»Mein Name ist Katherine«, gab die Frau in schnippischem Ton zurück. »Der Mann kann im Moment weder laufen noch reiten, sonst wird er verbluten. Laßt ihn hier.«

Alexia holte tief Luft. »Danke... Katherine.«

Das Lächeln der Frau war voller Hohn. »Oh, nichts zu danken. Ihr seid jederzeit willkommen, Mylady.«

Es fiel Alexia ein, daß sie die Frau eventuell für ihre Bemühungen bezahlen müsse. Aber sie hatte kein Geld bei sich, und das Versprechen zukünftiger Zahlung würde wohl nur ein weiteres höhnisches Lächeln hervorrufen.

Alexia stand unsicher auf. »Ich sollte... das heißt, ich muß zurück zur Burg, ehe ich vermißt werde.«

»Ja.«

Katherine folgte Alexia nach draußen und sah schweigend zu, wie sie auf ihr Pferd stieg. Alexia war gerade dabei, die Stute zu wenden, als die Frau nach den Zügeln griff.

»Warum tut Ihr das? Warum stellt Ihr Euch gegen Euren Mann?«

Alexia blickte in Richtung Caerlaverock. Von hier konnte sie nicht einmal eine Andeutung der roten Sandsteintürme der Burg sehen, weil die Hütte in einem Gewirr von Weidengeflecht und anderem Buschwerk versteckt lag. Warum hatte sie das getan? Sie wußte es eigentlich selbst nicht genau.

»Wenn ein schottischer Junge getauft wird«, sagte die Frau, »ist sein Schwertarm von der Zeremonie ausgeschlossen, so daß er entheiligende Streiche gegen die Feinde seiner Familie ausführen kann, sobald er ein Mann ist. Ihr könnt Lord Maxwell genauso wenig verändern, wie Ihr den Lauf der Welt verändern könnt.«

»Ich kann versuchen, in meinem Teil der Welt etwas zu verändern.«

Die Wut schoß der Frau ins Gesicht. »Du dummes, närrisches Kind! Was meinst du, was Angus Johnstone mit dir getan hätte, wenn er nicht zu Tode verwundet gewesen wäre? Er hätte dich vergewaltigt, dann hätte er dich seinen Männern überlassen, damit sie sich alle mit dir amüsieren könnten. Anschließend würde er dich deinem Mann für ein Lösegeld zurückverkaufen, das die Maxwells für Generationen in riesige Schulden stürzen würde. Aber Jamie Maxwell hätte gezahlt. Und zwar um seiner Ehre willen, nicht aus Liebe zu dir, denn an der Frau, die man ihm überlassen hätte, wäre nichts mehr zu lieben gewesen. Das ist deine Welt, Lady Maxwell. Und ich sage dir noch einmal, du kannst sie nicht ändern.«

Alexia mußte es sich verbeißen, in Tränen auszubrechen. Sie wollte einfach nur das Leben eines Menschen retten. Warum machte diese verrückte Frau, diese Hexe, so viel Aufhebens darum?

Sie riß der Frau die Zügel aus der Hand und hieb der Stute die Fersen in die Flanken und ritt ins Moor hinaus. Die Frau blieb stehen, bis von Alexias Pferd nichts mehr zu hören war.

Normalerweise hätte die Frau die Stille als freundlichen, alten Freund willkommen geheißen, aber jetzt machte sie ihr angst.

Du kannst die Welt nicht ändern, dachte sie. Aber sie wird dich verändern. Dich verändern oder dich vernichten.

Sie standen im Burghof beisammen und warteten schon auf sie. Jamie mit seinen Brüdern, Annor Maxwell und Elspeth. Sogar Evie war da. Ihre Schwester stand etwas abseits, ihre Hände ruhten auf Andy Maxwells Schultern. Der kleine Junge schien der einzige zu sein, der erleichtert war, sie zu sehen.

Alexia stieg ab und trat vor ihren Mann. Sein Gesichtsausdruck war grimmig, als kenne er keine Gnade. Dies schien unmöglich der gleiche Mann, der sie vor nur ein paar Stunden so sanft geliebt hatte.

»Wo ist er?« forderte Jamie streng.

Alexia mußte sich zwingen, ihm in die Augen zu sehen. »Wo ist wer?«

Robin trat einen Schritt vor, seine Hände an den Seiten zu Fäusten geballt. »Gib dir keine Mühe zu leugnen, du englische Hure. Deine Stute hat kleine Hufe, und sie tritt mit dem linken Vorderfuß etwas heftiger auf. Ihre Spuren und Angus Johnstones Blut waren überall auf der Lichtung. Jetzt wirst du mir sagen, wo du ihn versteckt hast, oder bei Gott, ich werde ...«

Jamie ergriff den Arm seines Bruders und hielt ihn zurück. »Sie ist meine Frau, Robin, ich werde das machen.«

»Ihr gebührt eine ordentliche Tracht Prügel.«

Malcolm lachte höhnisch. »Damit sie danach häßlich aussieht? Sei nicht albern, Robby.«

Sir Thomas hatte einmal ihre Mutter geschlagen. Alexia erinnerte sich an die Flecken, die am ersten Tag noch deutlich zu sehen waren, dann aber bald verblaßten. Doch die Angst war nie aus den Augen ihrer Mutter gewichen.

Als Jamie auf sie zukam, mußte sie sich zwingen, nicht einen Schritt zurückzugehen. Er spuckte die Worte heraus wie Schläge: »Sag mir, wo.«

»Nein.«

Seine Augen verengten sich. »Jock!« brüllte er, und Alexia schrak zusammen.

Big Jock trat aus dem Torhaus. »Mylord?«

»Begleite Lady Maxwell in meine Gemächer, und schließe sie ein. Stell dich dann draußen vor der Tür als Wache auf.«

»Ja, Mylord.«

»Du Narr!« Annor Maxwell ging auf ihren Sohn zu. Ihr Gesicht war voller roter Wutflecken. »Sorge dafür, daß sie die Wahrheit sagt.«

Jamie wandte seiner Mutter den Rücken zu. »Jock...«, sagte er ruhig.

Big Jock nahm Alexia sanft am Arm. »Kommt, Mylady.«

Sie hielt das Haupt erhoben und den Rücken gerade, als sie Big Jock in die Burg folgte.

Hinter ihr sagte Robin: »Du hättest es aus ihr herausprügeln müssen.« Er hielt inne, und sie hörte Jamies gemurmelte Antwort, verstand die Worte aber nicht. »Du bist zu weich, Jamie«, fuhr Robin fort, Verachtung in seiner Stimme. »Mutter hat es immer gesagt. Du bist zu weich.«

Malcolm sagte in seiner hellen, schleppenden Stimme: »Wenn die Spur am Rand des Moors endet, können wir dort anfangen.« Und dann schlug die schwere Holztür hinter ihr zu.

Sie folgte Big Jock die Treppe hinauf. Er zog den Schlüssel aus der Tür zum Vorzimmer und folgte ihr hinein. Er warf ihr ein Lächeln zu, das sie wohl als reumütig ansehen sollte, aber es sah auf Big Jocks rundem haarigen Gesicht eher wie eine Grimasse aus.

»Ihr kennt doch den Lord. Er schließt Euch nur zu Eurem eigenen Schutz ein«, meinte er. »Und ich werde dafür sorgen, daß Euch niemand etwas zuleide tut.«

»Oh... ja, ich verstehe.«

Es war ihr bisher nicht eingefallen, daß die Maxwells ihr in ihrer Wut etwas antun könnten. Jetzt sah sie, daß sie Jamie in eine verzweifelte Lage gebracht hatte. Sie erinnerte sich an Tante Mads Warnung, ihn niemals zur Wahl zwischen ihr und seinem Clan zu zwingen. Er würde sie jetzt sicherlich nach England zurückschikken. Sie hatte ihm keine andere Wahl gelassen.

Sie ging zum Fenster und sah hinunter. Robin kam aus dem Stall und führte Jamies Pferd. Jamie hängte sein Schwert ein. Ein Windstoß hob sein Haar in die Höhe, und über den Hof wirbelte eine Staubwolke.

Er setzte seinen Fuß in den Steigbügel und zog sich in den Sattel.

Dann sah er noch einmal zu ihr hinauf. Aus dieser Entfernung wirkte sein Gesicht, als sei es aus Stein gehauen, wie einer der Caerlaverockschen Falken.

Sie sah zu, wie sie aus dem Hof ritten, Jamie und seine Brüder und ein Großteil der übrigen Clanmitglieder. So viele, um einen einzigen Mann zu jagen.

Alexia dachte an die Frau im Moor. Wenn sie sie fänden, wenn sie ihre Hütte mit Angus Johnstone darin fänden, wäre auch sie des Todes. Sie mußte die Frau irgendwie warnen.

Katherine. Sie mußte daran denken, daß die Frau »Katherine« hieß. Der Name paßte überhaupt nicht zu ihr, das war das Problem. Wer hatte schon von einer Hexe mit Namen Katherine gehört? Hexen wurden verbrannt. Oder man steinigte sie zu Tode. Sie hätte diese ganzen Schwierigkeiten niemals heraufbeschwören dürfen. Nein, sie hatte richtig gehandelt. Sie würde es Jamie erklären, würde ihn überzeugen, daß sie recht hatte. Aber zuerst mußte sie die Frau warnen.

Sie ging zur Kommode und nahm den Eisenring mit den Schlüsseln der Schloßherrin. Sie hatte die Schlüssel zu allen Schlössern auf Caerlaverock, einschließlich den zur Tür des Vorzimmers.

Jetzt mußte sie sich eine List ausdenken, um Big Jock von der Tür wegzulocken. Ihn Jamie nachschicken? Aber wie?

Ihren ersten spontanen Einfall verwarf sie sofort. Aber er kam ihr immer wieder in den Sinn, und sie dachte weiter darüber nach. Der Vorteil war, daß sie nicht nur Big Jock eine Zeitlang los würde, sie würde auch Jamie zurück in die Burg bringen. Der Nachteil war, daß Jamie ihr wahrscheinlich niemals verzeihen würde. Aber schließlich war sie ja sowieso über die Grenzen des Verzeihlichen hinausgegangen. Außerdem, was bedeuteten ihre eigenen persönlichen Sorgen, wenn zwei Menschenleben auf dem Spiel standen?

Sie würde es tun. Sie mußte.

Sie nahm den Dolch aus seiner Scheide an ihrem Gürtel und starrte ihn finster an. Sie hielt ihn gegen ihre linke Handfläche, schloß die Augen und preßte ihn hinein. Die Zähne zusammengebissen, preßte sie noch stärker, bis das Blut richtig floß. Dann drückte sie die Schnittwunde gegen ihren Schoß und sah zu, wie sich das grobe Gewebe des Rockes voller Blut sog und der Fleck immer größer wurde.

Sie ging ins Schlafzimmer, legte sich vorsichtig hin, zog die Knie hoch, und preßte sie an ihren Leib. Sie holte tief Luft.

Dann schrie sie.

Die Tür schlug gegen die Wand, als Big Jock in das Zimmer stürmte. Er sprang durch das Vorzimmer und blieb an der Tür zum Schlafzimmer stehen.

»Mylady, was...«

Alexia stöhnte laut und drehte sich zu ihm um, dabei streckte sie die Beine aus, und er wurde blaß, als er das Blut sah.

»Gott im Himmel...«

»Jock, bitte...«, stöhnte Alexia. »Jamie...«

Die Hintertür quietschte laut, als Alexia sie aufzog, aber es war niemand im Vorratshaus, der es hätte hören können. Jetzt blies der Wind noch stärker. Er drückte das schwankende, zusammengeballte, stachelige Riedgras und die Rohrkolben hin und her und ließ die Weidenbäume ächzen, als hätten sie Schmerzen. Sturmwolken schichteten sich am westlichen Horizont auf, rußgrau und regenschwer.

Als sie die Hütte endlich erreichte, war sie völlig außer Atem. Von der Frau oder von dem verwundeten Johnstone war weit und breit nichts zu sehen. Selbst der Ozelot war verschwunden.

»Katherine?« rief Alexia vorsichtig, dann lauter, sie schrie gegen den Wind an.

Die Hütte wirkte völlig verlassen, wie ein leerer Heuschober. Es hatte sogar den Anschein, als ob dort schon seit Jahren niemand mehr hauste. Sie schauderte. Wäre sie eine dieser häretischen Katholiken gewesen, sie hätte sich bekreuzigt. War die Hexe in die Unterwelt verschwunden und hatte den armen Angus Johnstone mit sich genommen?

Ein Zweig schlug gegen die Rückwand der Hütte, und Alexia fuhr zusammen.

»Was tut Ihr da hinten?«

Sie drehte sich um und war nahe daran loszuschreien. Die Frau stand in der Tür, eine hohe, geisterhafte Erscheinung. Ganz und gar in Schwarz, nur ihr ovales Gesicht war zu sehen, und das glühte von innen heraus, als wäre es erleuchtet.

»Oh! Gott sei Dank, Ihr seid es!« rief Alexia. »Jamies Brüder sind mir bis an den Rand des Moores gefolgt. Sie werden vielleicht hierherfinden. Ich bin gekommen, um Euch zu warnen. Wo ist...« Sie befeuchtete ihre Lippen. »Wo ist Angus Johnstone?«

Die Frau lachte – dieses warme, verhaltene Lachen, das so im Gegensatz zu ihrer übernatürlichen Erscheinung stand. »Was glaubt Ihr denn, wo er ist? In einem Fleischtopf über meinem Herd?«

Alexia mußte ihre ganze Willenskraft zusammennehmen, nicht zum Herd hinüberzuschauen. Sie wußte, dort gab es weder Feuer noch einen Topf.

»Macht Euch keine Sorgen. Euer armer Spatz mit gebrochenen Flügeln ist in Sicherheit.« Als die Frau das sagte, konnte man die Belustigung in ihren Augen deutlich erkennen. »Er ist gut versteckt, aber es wäre nicht ratsam, wenn Eurer Mann Euch hier entdecken würde. Es wäre ziemlich schwierig für mich, Eure Gegenwart zu erklären.«

Alexia zog sich schnell in Richtung Tür zurück und kam sich vor wie eine Närrin. »Nein... ich gehe schon. Es tut mir leid.« Sie drehte sich um und floh ins Moor.

Sie empfand einen heftigen Schmerz in der Seite und ging langsamer. Sie mußte kämpfen, um wieder Atem zu bekommen. Ich muß vorsichtiger sein und mich nicht so überanstrengen, dachte sie, ich könnte dem Baby schaden.

Sie dachte an die scheußliche Szene, die sie Jock vorgespielt hatte. Dabei war alles unnötig gewesen, wie es jetzt schien. Sie stellte sich Jamies Wut vor, wenn er zur Burg zurückkäme und feststellte, daß sie weg war.

Die Hintertür stand noch immer ein wenig offen, genauso, wie sie sie verlassen hatte. Sie spähte um die Ecke des Vorratshauses. Der Hof lag verlassen da. Erste Regentropfen fielen und hinterließen große Abdrücke im Staub. Es war plötzlich dunkel geworden. Durch die Fenster des großen Saals sah sie das flackernde Licht eines

Kerzenanzünders, als sich der Diener aufreckte, um die großen Kronleuchter anzuzünden.

Im Inneren der Burg war es still. Alexia blieb am Fuß der Treppe stehen und lehnte sich gegen die rauhe Steinmauer. Der Stein kühlte ihre Haut. Sie schloß die Augen und holte tief Luft.

Sie würde all ihren Mut zusammennehmen müssen, um die Treppen hinaufzugehen und das Zimmer zu betreten, in dem, das wußte sie, Jamie Maxwell auf sie wartete.

Er stand vor dem Kamin, den Kopf gebeugt, eine Hand ruhte auf dem Kaminsims.

Beim Geräusch ihrer Schritte an der Tür wandte er sich um. Seine schummrig-grünen Augen waren jetzt dunkel und blitzten – nicht vor Wut, aber vor Schmerz. Bitter und untröstlich.

Sie streckte eine Hand nach ihm aus. »O Jamie, es tut mir so leid...«

»So leid!« Seine Faust schlug auf den Kaminsims. »Als Jock mir sagte, du blutest... O Gott, ich dachte, du wärest... Wie kannst du mir das antun? Was bedeutet dir Angus Johnstone, daß du das getan hast? Ist er dein Liebhaber?«

»Aber nicht doch!«

Es sah aus, als ob er ihre Verneinung mit der Hand wegwischen wollte. »Es macht nichts. Ich kann so nicht weitermachen, Alexia. Ich kann nicht mit dir tagaus und tagein zusammenleben, nachts neben dir schlafen und dabei daran denken, daß du mir jeden Augenblick einen Dolch in den Rücken stößt.«

Sie preßte die Augen zusammen, ballte ihre Hände zu Fäusten und grub dabei die Nägel in die Handflächen, als ob ein wirklicher, physischer Schmerz irgendwie diesen anderen, schlimmeren Schmerz auslöschen könnte.

»Wirst du mich nach England zurückschicken?«

Als er nicht antwortete, öffnete sie die Augen. Er hatte ihr den Rücken zugewandt und starrte in den leeren Kamin. Als er schließlich sprach, war seine Stimme hart und unpersönlich.

»Wir haben eine Vereinbarung, nicht wahr? Du hast mir zwei Söhne zu geben.«

»Siehst du es denn nicht, Jamie? Das ist doch der Grund, warum ich es tat. Für unsere Söhne.«

Sie war zu ihm getreten und stand neben ihm, aber um ihn herum war etwas Undurchdringliches, das sie davor warnte, ihn zu berühren.

»Was haben meine ungeborenen Söhne mit deinem Verrat zu tun?«

Alexia zuckte unter den Worten zusammen, aber sie reagierte nicht darauf. Es war wichtig, daß sie ihn dazu brachte, sie zu verstehen.

»Es ist dieses Kämpfen, dieser ständige Tod und diese ständige Zerstörung. O Jamie, sieh doch, wie wir leben. Wir leben in Angst und Schrecken hinter Steinmauern, immer bewaffnet. Wir überfallen und töten. Ist das die Welt, die du deinen Kindern hinterlassen willst?«

Er sah auf, und seine Augen bohrten sich in ihre – forschend, fragend. Als ob sie, nicht er, das Geheimnis wäre.

»Was soll ich denn tun, Alexia, mein Schwert niederlegen? Und wie lange, glaubst du, daß ich und mein Clan überleben würden, gegen Männer wie Johnstone und Seymour Howard? Gegen einen Mann wie dein eigener Vater? Das Überleben ist nur durch Stärke zu sichern.«

»Und ist es denn Stärke, einen Verwundeten zu erledigen, als würdest du einem Wild die Kehle durchschneiden, das du bei der Jagd verwundet hast?«

Seine Augen wurden groß, und er starrte sie erstaunt an. »Hältst du mich für so einen Mann?«

»Aber deine Brüder ... Sie waren ...«

»Ich bestimme hier, nicht meine Brüder!« Seine Stimme wurde tiefer und fast zärtlich. »Und auch du nicht, Alexia ... meine Frau.«

Er stieß sich vom Kamin ab und ging zu dem Stuhl, auf den er seine Jacke und sein Schwert geworfen hatte. Er hob das Schwert auf und begann, es festzumachen. Alexia brauchte einen Augenblick, bis ihr klar wurde, daß er sie verließ.

»Wo ... wo gehst du hin?«

»Sie haben das Korn in Threave schon vor über einer Woche geschnitten. Ich müßte dort sein.« Er zog sich die Jacke an und wandte ihr sein Gesicht zu. Um seine Mundwinkel lag ein bitteres Lächeln. »Aber ich war nicht fähig, meine liebende, treue Ehefrau zu verlassen.«

Sie ging zu ihm hinüber und legte ihren Kopf an seine Brust. Er versteifte sich, obwohl er sie nicht wegstieß.

»Jamie, bitte verlaß mich nicht so«, sagte sie, ihre Stimme durch seine Jacke gedämpft. »Hasse mich nicht. Ich könnte es nicht ertragen, wenn ich denken müßte, daß du mich haßt.«

»Dich hassen?« Er hielt ihren Kopf in seiner Hand und drehte ihr Gesicht zu sich um. »Ich wollte, ich könnte dich hassen. Um meiner Ehre und meines Stolzes willen. Aber, o Gott... selbst jetzt, wo du mich so betrogen und so lächerlich gemacht hast, selbst jetzt spüre ich dieses schreckliche Sehnen nach dir...«

Er brach ab und machte schließlich eine Bewegung, als wolle er sie zurückstoßen, statt dessen schlossen sich seine Hände um ihre Schultern, und er küßte sie heftig auf den Mund.

Es war ein harter, grausamer Kuß, und sie spürte darin seine Wut und seinen Schmerz. Sie schlang ihre Arme um ihn und zog ihn fest an sich. Und seine rauhen, strafenden Lippen wurden über den ihren weicher. Seine Hände begannen, ihren Rücken sanft zu streicheln.

Als der Kuß zu Ende war, drehte sie ihr Gesicht zur Seite und preßte ihre Wange in seine Halsbeuge. Sie fühlte seinen schnellen Pulsschlag, der zu seinem regelmäßigen, beherrschten Atmen in Gegensatz stand.

Er wickelte ihr Haar um seine Hände und zog es zu seinen Lippen. Dann riß er sich los und ging mit großen Schritten zur Tür. Dort hielt er inne, seine Hand auf dem Riegel, und drehte sich um.

»Du solltest verdammt sein«, sagte er sanft, und in seiner Stimme lag etwas ebenso Unerklärliches wie in seinen Augen.

Dann war er weg.

Kapitel 13

Die Sonne wurde vom Helm des näher kommenden Reiters reflektiert.

»Er ist es!« rief Alexia, auf- und abspringend wie ein aufgeregtes Kind. »Es ist Jamie!«

Sie drückte sich die Nase an der Fensterscheibe platt, um besser durch das dicke, unregelmäßige Glas sehen zu können. Dabei hielt sie die Luft an und preßte die Faust auf ihre Brust. Ihr Herz raste so sehr, daß sie meinte, es müsse zerbersten.

Von seinem Posten auf dem Torhausturm rief der Wächter ein Losungswort, und der Reiter, sein Pferd zügelnd, antwortete ihm laut und vernehmlich. Dann nahm er seinen Helm ab und warf den Kopf zurück, so daß ein Büschel dichtes, schwarzes Haar zum Vorschein kam.

Alexia weinte heiße Tränen der Enttäuschung und sackte langsam auf den bestickten Kissen der Fensterbank in sich zusammen.

»Nun?« fragte Evie und sah nicht einmal von ihrem Stickrahmen auf. Sie stickte gerade an einem Bild, auf dem Richard Löwenherz' Belagerung von Akko zu sehen sein würde. Jetzt arbeitete sie bereits seit zwei Jahren daran. Liebevoll betrachtete sie die rechte untere Ecke, wo eine Gruppe tapferer Kreuzritter die Zitadellenmauer erstürmte. Sie ließ ihren Finger über das hübsche, bartlose Gesicht des Ritters gleiten, der den Angriff gegen die Ungläubigen anführte. Er war fertig bis auf das Haar. Sie lehnte sich über den Korb zu ihren Füßen und wählte einen hellgoldenen Faden.

Als ihre Schwester schwieg, sah sie auf: »War es nicht Lord Maxwell?«

Alexia schüttelte den Kopf. »Big Jock.«

»Oh, na ja, vielleicht bringt er eine Nachricht.«

»Vielleicht.« Alexia verzog den Mund. Die Ernte in Threave war bereits seit einer Woche eingebracht, und Jamie war noch nicht zurück. In den vergangenen Tagen waren Alexias Gefühle hin- und hergeschwankt zwischen fürchterlicher Angst, ihn für immer verloren zu haben, und Wut, weil er sie durch eine solche Hölle gehen ließ.

»Das war's dann wohl!« rief sie aus und sprang so heftig auf, daß die Kissen durcheinanderflogen.

Evie fuhr von ihrem Schemel auf und wollte sich ihrer Schwester in den Weg stellen. »Was willst du tun?«

»Ich reite nach Threave. Wenn Jamie denkt, er kann mir immer und ewig aus dem Wege gehen, dann irrt er sich. Ich werde ihn zwingen, mich anzuhören. Ich werde ihn dazu zwingen.«

»O Alexia, wie kannst du nur? Hast du keinen Stolz?« Evie packte sie am Arm, als könne sie sie mit Gewalt zurückhalten. »Ist dir noch nicht eingefallen, daß er Grund genug hat wegzubleiben? Und ist es etwa ein Wunder? Eine verräterische Frau, die dem schlimmsten Feind ihres Mannes geholfen hat?«

Alexia befreite sich aus Evies Griff. »Ich habe Jamie nicht verraten!«

»Aber du ...«

Alexia warf die Arme hoch. »Was hat es für einen Zweck, etwas zu erklären, wenn niemand zuhört?« Sie wandte sich um und lehnte sich gegen den Fensterrahmen. »Bitte geh weg, Evie. Ich bin müde und möchte allein sein.«

Evie packte Alexia bei den Schultern und drehte sie um. Wie gewöhnlich versteckte die Gazemaske Evies Gesichtsausdruck, aber Alexia spürte die Wut der Schwester in ihrem festen Griff.

»Es gibt keine Rechtfertigung für das, was du getan hast. Lord Maxwell hat dich immer mit größter Liebe und äußerst respektvoll behandelt. Und du ... du hast ihn vor seiner Familie und seinem Clan blamiert. Er ist der liebenswürdigste, tapferste aller Ehemänner. Und du ...«

Evie brach ab und preßte die Finger auf die Maske und gegen ihre Lippen.

»Und du meinst, du hättest alles besser gemacht als ich?« Alexia war zu wütend, um an Evies narbiges Gesicht und ehelose Zukunft zu denken. »Wärst du vielleicht eine bessere Ehefrau für Jamie Maxwell gewesen?«

Evie senkte den Kopf und schüttelte ihn schwach. »Ich... ich meinte doch nur, daß jede Frau, die so viel Glück hat, das Herz eines Mannes wie Lord Maxwell zu gewinnen, alles in ihrer Macht Stehende tun sollte, um sein hohes Ansehen zu bewahren.«

»Du wärst dann also eine pflichtbewußte und gehorsame Ehefrau? Sanftmütig und in allen Dingen ihm zu Gefallen?«

Evie reckte sich. »Na gut, jawohl! Wenn du mich schon fragst. Wenn er nach einem anstrengenden Tag von der Ernte zurückkäme, würde er mich in seinem Zimmer wartend vorfinden. Ich hätte einen kühlen Trunk Bier für ihn bereit, und ich würde nicht mit seinen Brüdern auf dem Stallboden kämpfen. Er würde mich mit ordentlich frisierten Haaren vorfinden, wie es sich für die Frau eines Gentleman gehört, nicht mit um den Kopf fliegenden Zotteln wie eine Bäuerin. Er würde mich mit einem Hemd in den Händen antreffen, das ich ihm in den Stunden der Trennung genäht hätte, und nicht bei Übungen zur Vervollkommnung meiner Schießkünste mit Pfeil und Bogen.«

Alexia spürte, wie sie rot wurde. War sie wirklich eine so schreckliche Ehefrau?

»Du bemühst dich noch nicht einmal, dich für ihn schön zu machen«, fuhr Evie unerbittlich fort. »Na, sieh dir doch bloß einmal den Zustand deiner Hände an.«

Alexia betrachtete die braune Haut und die abgebrochenen Nägel. Sie ballte ihre Hände zu Fäusten.

»Ich kann nicht etwas darstellen, was ich nicht bin«, sagte sie, Verzweiflung und Dickköpfigkeit in der Stimme. »Nicht einmal für Jamie.«

Am frühen Morgen des nächsten Tages kletterte Alexia auf die Spitze des Südturms. Sie mußte sich bücken, um unter einem niedrigen Türsturz durchzukommen, und betrat ein Erkertürmchen. Es war ein enger, überhängender Anbau, der als Aussichtsturm bei Überfällen diente. In der einen Richtung konnte sie von hier oben in luftiger Höhe meilenweit über die windgepeitschten, salzigen

Sümpfe des Solway Firth, bis zu den roten Sandsteinklippen von Cumberland blicken. Aber heute wandte sie ihren Rücken England zu, nach Westen über die welligen Hügel mit ihrer lila blühenden Heide und den goldenen Herbstblättern. Nach Westen, durch den Morgendunst, den die aufgehende Sonne in Rauch zu verwandeln schien. Nach Westen, wo der zweihundert Jahre alte graue Steinturm von Threave mitten in dem breiten, flachen Dee-Fluß aufragte, mehr als vierzig Meilen entfernt.

Und sie konnte sich Jamie vorstellen, wie er am Fenster stand, sein Blick hinüber nach Caerlaverock gerichtet, und wartete. Aber worauf wartete er?

Unter ihr im Hof erwachte die Burg zu Leben. Ein Maultier schleppte Wassereimer, die an einem Joch über seinen Schultern hingen, und trottete von der Zisterne hinüber zu den Küchen. Die Eimer schwangen hin und her und hinterließen eine Wasserspur. Durch das offene Scheunentor sah sie ein halbes Dutzend freier Bauern, die mit Dreschflegeln die neue Ernte droschen. Sie sangen bei der Arbeit eine Grenzballade von Verrat und Tod in einer kalten, mondlosen Winternacht. In einer Ecke neben dem Taubenschlag versuchte Diccon seinem Bruder Andy die Kunst des Fechtens beizubringen. Durch seine Begeisterung glich Andy das aus, was ihm mit seinen sechs Jahren an Koordinationsfähigkeit fehlte. Ihre nackten Füße hinterließen Muster im Staub, und das Klirren ihrer stumpfen Schwerter hatte die Tauben zu einem girrenden Chorgesang animiert.

Noch während sie zusah, hielt Diccon mit einemmal inne und blickte zu Alexia hinauf. Er starrte sie einen Augenblick an, die Arme steif herunterhängend. Und Alexia konnte sich vorstellen, wie sein rotes Haar sich sträubte in dem Haßgefühl, das er jetzt gegen sie hegte. Alle Männer der Maxwell-Familie, hatte sie inzwischen erkannt, waren schnell in Wut zu bringen und langsam im Vergeben.

Dann hob Diccon zu ihrer Überraschung eine Hand und winkte ihr zu. Alexia winkte zurück.

Andy ließ sein Schwert fallen und rief ihr, seine Hände um den Mund zu einem Trichter formend, etwas zu. Der Sinn der Worte ging verloren, aber Alexia konnte den einladenden Ton nicht überhören.

Zum ersten Mal seit Jamies Fortgang lächelte sie. Dann winkte sie noch einmal, und Diccon bedeutete ihr, sie möge zu ihnen herunterkommen.

Sie verließ leichtfüßig den Erkerturm. Als sie durch das Turmzimmer ging, bemerkte sie einen Schatten im Treppenhaus und hörte leichtes Kratzen von Metall auf Stein.

»Du bist ungefähr so leise wie ein Kesselflicker mit einem Wagen voller Blech, Jock Armstrong«, rief sie mit leisem Lachen. »Hör auf, dich zu verstecken, und zeige dich.«

Big Jocks Kopf erschien an der Tür, mit vor Erstaunen übergroßen Augen in seinem dunklen, haarigen Gesicht.

»Komm, komm hier herein, und stell dich mir wie ein Mann«, forderte Alexia. »Warum hast du mir nachspioniert?«

Big Jock schlurfte herein. Er betrachtete die Spitzen seiner abgeschabten Stiefel. »Mylady ... ich wurde von Seiner Lordschaft ausgesandt, um zu sehen, wie es Euch geht.«

»Also, von allen arroganten ...« Alexia stemmte die Fäuste in die Hüften. »Und sehe ich so aus, als ob ich vor Sehnsucht nach ihm verschmachte?«

Big Jock schüttelte heftig den Kopf. »Nein, das tut Ihr nicht. Wenn mich einer fragen würde, könnte ich nur sagen: Beim Anblick von jemand, der so fröhlich aussieht wie Ihr, würden die Vögel in den Bäumen anfangen zu zwitschern.«

»Und würdest du das auch Seiner Lordschaft sagen, wenn er danach fragt?«

Der große Mann grinste breit. »Wohl, wohl. Das hier gefällt mir auch nicht, aber ich habe meine Befehle.«

»Dann wirst du auch Jamie Maxwell von mir ausrichten, wenn es ihm beliebt, sich von seiner Burg zu absentieren, dann ist es seine Sache. Aber wir haben eine Absprache, er und ich, und ich beabsichtige, hier auf Caerlaverock zu bleiben, bis die Vereinbarung erfüllt ist. Wenn er wünscht, daß ich schon früher gehe, dann muß er hierher zurückkommen und mich mit Gewalt wegtragen. Ich habe nicht die Absicht, ihm das leichtzumachen.«

»Ach, der arme Junge.« Big Jock lachte stillvergnügt in sich hinein. »Er wußte nicht, was er tat an dem Tag, als er Euch von Carlisle weggetragen hat.« Er imitierte eine Verbeugung und wandte sich zum Gehen, drehte sich dann aber noch mal um: »Mylady,... wenn Ihr meint, er leidet nicht, dann irrt Ihr Euch.«

Ein festes Band, das sich um Alexias Herz gelegt hatte, lockerte sich etwas. »Oh, Jock. Sag ihm... sag ihm, daß auch ich leide.«

Big Jock sah sich im Zimmer um, dann holte er ganz tief Luft. »Ihr müßt verstehen, Mylady, er ist... zerrissen.« Von Natur ein eher stiller Mann, kam ihr Big Jock jetzt ganz nahe, als könnte er sie mit der Kraft seiner Worte überzeugen.

»Schon einmal habe ich das erlebt. Als sein Vater die Rebellion gegen den König anführte. Er glaubte nicht, daß das gerecht war, und trotzdem stand er zu ihm und kämpfte neben dem alten Lord. Und als der König seine Männer und den Meuchler unter ihnen sandte, erschlug er den Mörder seines Vaters und zwang den König, die Herrschaft der Maxwells im westlichen Moorland zu akzeptieren. Er erschlug seines Vaters Mörder kaltblütig, müßt Ihr wissen, obwohl es ihn fast dabei zerriß. Aber wenn er es nicht getan hätte, und zwar schnell, hätte der Clan niemals überlebt. Ihr seid seine Frau, aber Ihr seid keine Maxwell und... Vielleicht versteht Ihr, was ich sagen will, Mylady?«

Alexia verstand. Jamie würde alles tun, was nötig ist, um sicherzustellen, daß die Maxwells über jeden Feind triumphierten. Ob nun dieser Feind sein König oder die Frau ist, die er liebt.

Aber sie hatte ihren eigenen Stolz und ihre eigenen Kämpfe auszutragen und zu gewinnen.

Sie sah in Jocks ernste, braune Augen. »Sag ihm, ich liebe ihn, Jock. Aber sag ihm auch das: Ich mußte tun, was ich tat. Und ich würde es wieder tun.«

Alexia verbrachte den Morgen damit, die Klinge mit Jamies Brüdern zu kreuzen. Und als es dann Zeit zum Mittagessen war, konnte sie annehmen, daß zumindest die jüngsten Maxwells bereit waren, ihr das Vergehen gegen den Clan nachzusehen.

Sie jagte die Jungen ins Haus und rief ihnen zu, sie sollten sich ordentlich waschen »bis hinauf zu den Ellenbogen«. Dann stieg sie hinter ihnen die Treppe hoch.

Sie stand im Eingangsbereich zum großen Saal und wusch ihre Hände unter dem Wasserrinnsal, das aus dem Hahn in dem Kupferlöwen über dem Waschbecken tropfte, als sie Robin Maxwells helles Lachen hörte und die kalte, trockene Stimme seiner Mutter, die Jamies Namen aussprach. Ohne irgendwelche Skrupel drehte sie den Hahn zu, um zu lauschen.

»Ich bezweifle, daß er jetzt zurückkommt. Er wird erst nach der Geburt kommen«, sagte Annor. »Wenn es ein Junge ist, kann er sie ihrem Vater nach England zurückschicken, und wir sind sie los.«

»Und wenn es ein Mädchen ist?« spöttelte Robin. »Auf jeden Fall muß man hoffen, daß Jamie nichts mehr mit ihr zu tun haben will. Und doch sollten wir uns nicht darauf verlassen, daß er vernünftig wird, Mutter. Nicht, was Alexia betrifft. Und dann ist da noch diese Kleinigkeit, daß er dem König etwas versprochen hat. Wir andererseits sind in keiner Weise verpflichtet.«

»Aber ein Erbe muß her.«

»Es gibt doch einen Erben. Wir sind sogar vier. Warum muß der neunte Lord Maxwell ein Sohn von Jamie sein? Immerhin, wenn Johnnie am Leben geblieben wäre ...«

Annor seufzte. »Wenn Johnnie am Leben geblieben wäre ..., aber er ist es nicht, und Jamie ist der Lord. Zumindest scheint es so, als ob er aus der Dummheit dieser Heirat gelernt hätte und vernünftig geworden wäre.«

»Verdammt noch mal, es ist wirklich schade, daß sie die Nonnenklöster abgeschafft haben. Das waren außerordentlich praktische Einrichtungen, in denen man unerwünschte Ehefrauen loswerden konnte.«

»Oh, Robin, schäm dich!« rief Annor und lachte böse. »Aber immerhin, vielleicht hast du recht. Wenn Jamie nicht das Rückgrat hat, sich von einer verräterischen Ehefrau zu befreien, sollten vielleicht wir das übernehmen.«

Alexia trat aus dem Eingangsbereich in den Saal. Robin saß auf Jamies Platz auf der Empore. Ein Bein lag lässig über der Armlehne. Er stocherte mit einem silbernen Zahnstocher in seinem Gebiß. Annor stand vor dem Kamin und streckte ihre Hände über den Flammen aus.

Als Robin Alexia bemerkte, setzte er seinen Fuß stampfend auf den Boden und wurde rot. Annor drehte sich langsam um und nahm ihre Ambrakugel, die sie an einer Kette um den Hals trug. Sie hielt sie an ihre Nase, als ob ein zweifelhafter Geruch durch das Zimmer zöge.

Alexia stellte sich direkt vor ihnen auf. Sie begegneten ihren feindseligen Blicken ebenso feindselig, so lange, bis beide wegschauen mußten.

Schweigend nahm sie ihren rechtmäßigen Platz am Kopf der Tafel auf der Empore ein. Sie klingelte nach einem Diener, der sofort aus der Vorratskammer herbeieilte. Zweifellos hatte auch er gelauscht, dachte sie. Bis morgen würde ganz Schottland wissen, daß die Familie ihres Mannes sich verschworen hatte, Alexia zu beseitigen. Und Jamie war in Threave. Wenn er davon hörte, würde er nach Caerlaverock zurückkommen? Oder würde er in seiner Steinfestung am Dee-Fluß warten, bis seine geheimsten Wünsche von anderen erfüllt würden?

Ob er kommt oder nicht, schwor sich Alexia, ich werde Caerlaverock nur unter Zwang verlassen. Ich bin noch immer Jamies Ehefrau, ich trage sein Kind, und ich werde mich nicht aus meinem eigenen Heim vertreiben lassen.

Aber der Entschluß, so leicht am Nachmittag gefaßt, schien später in der Nacht sinnlos, als sie mit der Einsamkeit des leeren Schlafzimmers konfrontiert war.

Mit dem Kopf gegen die hohe Rückenlehne des Kastenbettes gelehnt, starrte Alexia in die bläulich flackernden Flammen des Kaminfeuers. Ein so kleines, schwaches Feuer, dachte sie. Es würde nie die Kälte vertreiben können, die sie tief in sich spürte. Sie vermißte Jamie mit beinahe physischem Schmerz, und das Stechen in ihrer Brust wollte und wollte nicht aufhören.

Vom Leuchtturm her hörte sie die Glocke Mitternacht schlagen. Ein Tag endete, ein neuer begann. Einst hatte sie darauf gezählt, daß mit der Zeit eine Grundlage für ihre Ehe entstehen würde. Statt dessen verbrachten sie jetzt nicht nur ihre Tage, sondern sogar ihre Nächte getrennt voneinander, geschieden durch einen sinnlosen Stolz und eine Wut, so alt und sinnlos wie die Asche eines Feuers, das vor langer Zeit erloschen war.

»Warum kommt er nicht?« fragte sie das leere Zimmer. »Warum? Warum?«

Ein heftiges Klopfen an der Tür ließ sie aufspringen. Einen Augenblick blieb Alexia fast das Herz stehen.

Es klopfte noch einmal.

»Wer ist da?« brachte sie schwach hervor.

Ein Dienstmädchen drückte die Tür auf und balancierte ein silbernes Tablett auf einer Hand. Auf dem Tablett stand ein Krug mit heißem Wein.

Alexia seufzte tief und setzte sich in den Sessel. »Was ist das, Molly?« fragte sie matt.

»Der Wein, den Ihr verlangt habt, Mylady.«

»Ich habe keinen Wein verlangt.«

Einen Augenblick lang schien das Mädchen verwirrt. »Ach, dieser Andy, der kleine Teufel. Er hat mir wahrscheinlich wieder einen seiner Streiche gespielt. Er hat mir gesagt, Ihr könntet nicht schlafen und brauchtet ein Glas warmen, gewürzten Wein, damit es Euch bessergeht.«

»Macht nichts, Molly. Laß ihn hier, bitte. Vielleicht macht er mich wirklich müde.« Alexia lächelte gezwungen. »Und solltest du nicht im Bett sein? Du mußt dich doch ausruhen.«

Molly setzte das Tablett auf den Tisch neben ihrem Sessel. »Nicht mehr als Ihr, Mylady, wenn Ihr mir erlaubt, das zu sagen.«

Wie Alexia war Molly Bell jung verheiratet. Es war zwei Wochen her, als Molly ihrer Herrin gestanden hatte, daß sie in acht Monaten ihr erstes Kind erwartete. Seither hatten die zwei jungen Frauen viele Stunden damit verbracht, sich über Babys und die Freuden und Leiden der bevorstehenden Mutterschaft zu unterhalten.

»Es wäre nicht gut, wenn Seine Lordschaft Euch krank vorfinden würde, wenn er von Threave zurückkommt«, meinte Molly.

»Nein... nein, das wäre nicht gut. Danke, Molly.«

Molly räusperte sich. »Nun ja... gute Nacht, Mylady«, sagte sie und ging rückwärts hinaus.

Alexia seufzte und streckte ihre Hand nach dem schlanken, langstieligen Glas aus. Sie umfaßte es mit beiden Händen, spürte die Wärme des glatten, venezianischen Glases und starrte in die schimmernde, rubinrote Flüssigkeit. Wolken würzigen Dampfes stiegen auf und kitzelten ihre Nase. Noch einmal seufzend stellte sie das Glas zurück auf das Tablett. Sie hatte keinen Durst und auch keine Lust, schlafen zu gehen.

Sie starrte in das Feuer. Die Flammen begannen, Muster und Formen anzunehmen. Sie und Jamie zusammen, Hand in Hand laufend, eine Horde Johnstones an ihre Fersen geheftet. Jamie auf einer Laute klimpernd, von Liebe singend, und mit Blicken nur für sie. Jamie, wie er den Mantel auf dem Boden ausbreitete und sie unter dem weiten, blauen schottischen Himmel liebte.

Die Tür wurde aufgerissen und schlug gegen die Wand. Alexia sprang auf, eine Hand am offenen Kragen ihres Nachthemds. Das Weinglas schwankte, fiel um und rollte auf den Boden. Aber Alexia hatte nur Augen für den Mann, der im Türrahmen stand. Ihre Lippen formten seinen Namen, obwohl sie keinen Ton herausbrachte.

Jamie Maxwell stand groß und schweigend vor ihr. Seine feinen Gesichtszüge waren gespannt und seine Augen tiefgrün wie ein Highland-Loch, das einem nichts zeigt außer dem eigenen Gesicht.

Er stand unbeweglich, sein Stülphelm baumelte am Arm. Dann warf er ihn in die Zimmerecke und breitete die Arme aus, als habe er alles, was zwischen ihnen in letzter Zeit vorgefallen war, weggeworfen. So standen sie und sahen einander an.

Er tat einen Schritt vor, dann noch einen, und dann lag sie in seinen Armen.

Sie schmiegte sich eng an ihn, als versuche sie, ihren Körper mit seinem verschmelzen zu lassen, um auf diese Weise alles auszulöschen, was trennend zwischen ihnen lag. Einmal schien er zu erschauern, und sie dachte, er hätte ihren Namen gewispert. Dann spielte er mit seinen Fingern in ihrem Haar und bog ihren Kopf zu einem Kuß zurück.

Sein Mund lag fest auf ihren Lippen. In diesem Kuß lag noch ein Rest von Wut, aber sie war überlagert von dem Sehnen und der Verzweiflung, die genauso groß waren wie ihre. Sie schlang ihre Arme um seinen Hals und hing an ihm wie eine Ertrinkende. Die Lippen weiter auf ihren Mund gepreßt, trug er sie hinüber zu dem großen Himmelbett.

Sie hatte nur ein Nachthemd an. Er packte den Stoff am Halsausschnitt und riß es herunter. Dann zerrte er mit der gleichen Wildheit an seinen Hosenbändern. Er setzte sich sofort auf sie, und sie hob ihm ihre Hüften entgegen. Die Freude und die Begierde ihrer beiden Körper trafen sich, und sie schienen in eins zu verschmelzen.

Jamie lag auf dem Rücken, ein Knie aufgestellt, seine Arme locker an beiden Seiten. Der Schweiß ließ das Hemd auf seiner Haut kleben, und seine Brust hob und senkte sich; er atmete schwer. Alexia drehte sich zur Seite und betrachtete ihn. Ihr Herz war so weit, es füllte ihre ganze Brust.

Sie zog seine Gesichtszüge mit ihren Fingerspitzen nach. »Jamie...«

»Nicht, Alexia.« Er drehte den Kopf weg, entfernte aber nicht die Hand, die besitzergreifend auf ihrem Schenkel ruhte. »Big Jock brachte mir die Nachricht. Die ganze Nachricht.«

»Ich wollte nur sagen, daß...« Sie schluckte und drückte die Augen zu. »Ich liebe dich wirklich.«

Er war lange Zeit still, dann seufzte er. »Liebe? Nein, ich glaube nicht. Du hattest damals recht. Es ist etwas Körperliches, diese Kraft, die uns gegen alle Vernunft zueinander hinzieht.« Er stützte sich auf die Ellenbogen und sah auf sie herab. Er schien in Gedanken weit weg. Sein Gesichtsausdruck war schmerzerfüllt

»Oh, Jamie, nein. Ich hatte unrecht...« Sie hielt inne und konnte nicht weitersprechen. Sein Gesicht verschwamm vor ihren Augen, die sich mit Tränen füllten.

»Ich brauche dich, Alexia«, sagte er. »Ich brauche dich so sehr, wie ich Luft und Essen und Wasser brauche, um zu überleben. Aber ich kann dir niemals wieder vertrauen. Und ich werde niemals wieder den Fehler machen zu vergessen, daß du Engländerin und eine Carleton bist.«

Eine einzelne, verlorene Träne rollte an ihrer Wange herunter. Er strich sie mit dem Daumen weg.

»Aber, o Gott, ich brauche dich... und ich will dich.« Und dann preßte er seinen Mund auf den ihren.

Alexia saß an dem groben Holztisch, der Ozelot schnurrte zu ihren Füßen, während sie den nachtschwarzen, türkischen Trank schlürfte. Sie mußte noch immer ein Schaudern unterdrücken, wenn sie das scheußliche Zeug herunterschluckte. Aber aus irgendeinem Grund konnte sie nicht aufhören, davon zu trinken.

Genauso erging es ihr mit der Frau namens Katherine. Sie ängstigte und ärgerte Alexia zugleich, und doch konnte sie der Hütte im Moor nicht fernbleiben.

Die Frau saß ihr gegenüber und starrte sie mit Augen an, in denen ein heimliches Lachen lag. »Wenn Ihr hier seid, um nach Eurem verwundeten Spatz zu fragen«, meinte sie, »er ist schon lange weggeflogen, hinauf auf seine Burg in Lochwood, und zweifellos ist er schon wieder stark damit beschäftigt, seine nächsten Überfälle auf die Maxwell-Herden zu planen.«

Alexia konnte nicht umhin zu lächeln. »Zweifellos tut er das.«

Sie betrachtete die Regale an den Wänden, die vielen geheimnisvollen Kästen und Töpfe. »Ich will Euch etwas zeigen.«

Katherine winkte, wie als Einladung weiterzusprechen.

Alexia langte zwischen ihre Füße und hob ein Bündel Lumpen hoch. In dem Bewußtsein, endlich einmal die Neugier der Frau geweckt zu haben, entfernte sie vorsichtig die Lappen, und zum Vorschein kam ein venezianisches Glas. Ein haarfeiner Riß lief über den Stiel, und der Rand war abgesplittert. Es war leer bis auf eine weiche Substanz, die sich am Glasboden abgesetzt hatte, und einige Weinflecken. Alexia gab der Frau das Glas.

Katherine hielt es an die Nase und roch daran, dann rührte sie mit ihrer Fingerspitze durch den Rückstand. Sie zögerte einen Augenblick, berührte ihren Finger mit der Zunge, sah auf und fixierte Alexia mit ihren kühlen, grauen Augen. »Wer auf Caerlaverock wünscht Euren Tod?«

»Dann ist es Gift?«

»Alraunewurzel. Nur ein wenig davon klug angewandt kann Schmerzen lindern und zu Schlaf verhelfen. Wenn man mehr nimmt, schläft man für immer ein. Wahrscheinlich, da Ihr hier seid, habt Ihr den Wein nicht getrunken, der in diesem Glas war. Ihr habt Glück gehabt, daß Ihr so vorsichtig wart.«

»Es war keine Vorsicht«, verbesserte sie Alexia. »Ich habe das Glas umgeworfen, bevor ich etwas trinken konnte.«

Und der Wein war ausdrücklich für sie bestimmt gewesen. Sie hatte bereits Molly und Andy verhört. Molly glaubte fest, daß es ein kindischer Scherz von Andy war, aber Andy hatte entrüstet seine Unschuld beteuert.

»Du warst es«, hatte er immer wieder behauptet und schmollend seinen sinnlichen Maxwell-Mund verzogen. »Du hast mich doch darum gebeten.«

»Aber ich war's nicht.« Sie drehte ihn zu sich herum. »Wie kommst du darauf, daß ich es war?«

Er riß sich von ihr los. »Du warst es! Ich stand im Treppenhaus, und du warst im großen Saal. Und du hast gerufen, du könntest nicht einschlafen, und hast mich gebeten, etwas gewürzten Wein aus der Küche zu holen. Also bin ich in die Küche gelaufen und habe Molly das gesagt. Dann ging ich hinauf zu Mama und sagte ihr gute Nacht. Mama küßte mich und sang mir etwas vor.«

»Andy, warum bist du so sicher, daß du mich gehört hast? Hast du mich gesehen?«

Andy strengte sich an und dachte konzentriert nach. Aber schließlich, da er sich nicht erinnern konnte, die Person gesehen zu haben, die ihm das zugerufen hatte, war er überzeugt, daß es Alexia selbst gewesen war.

Was Molly betraf, so hatte Alexia durch sorgfältige, eingehende Befragung herausgefunden, daß jemand genügend Zeit gehabt hatte, das Gift in den Wein zu tun, denn sie hatte ihn einige Minuten auf einem Regal in der Speisekammer stehenlassen und war auf Lady Annors Befehl zu dieser hinaufgegangen.

Alexia spürte, wie Katherines Blicke jetzt auf ihr ruhten, und sie wußte, daß Katherine ihren Gesichtsausdruck zu deuten verstand.

»Das ist nicht der erste Anschlag auf Euer Leben«, sagte Katherine.

Alexia biß auf einem ihrer abgerissenen Nägel herum. »Es hat ... Unfälle gegeben.«

»Welche Art Unfälle?«

Alexia erzählte ihr von dem heruntergefallenen Steinfalken und den Kratzspuren auf dem Sockel, was darauf hinwies, daß er über die Kante gestoßen worden war. »Und ich glaube, an dem Tag, an dem wir uns kennenlernten, bin ich in das Moor gelockt worden«, endete sie, »ich sollte wohl jener Spur folgen, und zwar genau zu der Tageszeit, wenn der Gezeitenwechsel am gefährlichsten ist.«

»Hat Lord Maxwell...«

»Es war nicht Jamie!« protestierte Alexia heftig. Zu heftig.

Katherines schön geschwungene Augenbrauen schnellten hoch. »Ich wollte nur fragen, ob Lord Maxwell von diesen Unfällen weiß.«

Alexia wurde rot und schüttelte den Kopf. »Er würde es nicht verstehen. Er denkt, daß ich...« Sie zögerte. Wie konnte sie erklären, daß Jamie ihre Anschuldigungen nur als weiteren Beweis sehen würde, wie sehr sie seine Familie und alles Schottische haßte? Und wen genau sollte sie anklagen? In der Burg gab es so viele Menschen, die sich zweifellos über ihren Tod freuen würden. Elspeth Campbell, die Jamies Frau werden sollte und immer noch werden konnte, wenn Alexia beseitigt wäre. Und Annor natürlich, die nie ein Geheimnis aus ihrer Ablehnung Alexias gemacht hatte noch aus ihrem Haß auf alle Carletons insbesondere und die Engländer im allgemeinen. Und Robin Maxwell? Jedermann wußte, daß er nach dem Titel strebte. Wenn das Kind, das sie jetzt trug, ein Junge würde... Selbst Malcolm, dessen sarkastischer Humor seine Bitterkeit zu verstecken schien. Es konnte jeder von ihnen sein.

Außer Jamie. Jamie, verheiratet mit einer Frau, der er nicht traute, ohne die er aber nicht leben konnte. Jamie, der Treue und Pflichterfüllung gegenüber seinem Clan über alles stellte. Jamie, der fähig war, ihr so viel Freude zu bereiten und so viel Schmerz. Nein, wenn sie wirklich glauben würde, daß der Mann, den sie mehr liebte als ihr Leben, ihren Tod wünschte, dann könnte sie sich gleich selbst umbringen und ihm die Mühe sparen.

»Ich muß erst feststellen, wer es ist«, sagte sie laut zu Katherine. »Ich muß einen Beweis haben. Dann werde ich es Jamie sagen.«

»Ach so. Dann müßt Ihr Euch in der Zwischenzeit vorsehen. Eßt und trinkt nichts, was die übrigen Familienmitglieder nicht auch essen und trinken. Und umgebt Euch so viel wie möglich mit anderen Menschen. Vermeidet es, allein zu sein.« Katherine lächelte. »Für die meisten Gifte gibt es Gegengifte. Aber gegen einen gespaltenen Schädel kann man wenig tun. Und ich gehe nicht immer durch das Moor spazieren, in der Annahme, daß gerade jemand gerettet werden muß.«

Alexia trank den Rest des schwarzen Zeugs in ihrer Tasse aus. Sie stand auf, um zu gehen, und störte den Ozelot, der mit beleidigtem Schwanzschlagen vor ihr aus der Tür sprang.

»Habt Ihr viele Gifte hier? Und Gegengifte?«

»Vieles ist giftig, wenn man es im Übermaß nimmt. Alraune ist nur ein Beispiel. Und nicht für jedes Gift existiert ein Gegengift.«

Alexia deutete auf eine Blechdose. »Was enthält die?«

»Lungenkraut. Wenn man es auf der Brust hat.«

Katherine führte Alexia durch das Zimmer und erklärte den Inhalt der verschiedenen Töpfe und Schachteln und ihren Zweck. Da war Anissamen und Bergminze gegen Kopfschmerzen, Weißer Andorn gegen Husten, Wermut gegen Magenschmerzen. Es gab Mittel gegen die alltäglichsten, aber ärgerlichen Heimsuchungen des Lebens, wie zum Beispiel eine Salbe, aus Lorbeer und Quecksilber, von der Katherine versicherte, daß es genau das richtige gegen Übelkeit sei.

Es gab Mineralien, die Gefühle beeinflussen konnten. Granat, den man um den Hals trug oder in ein Getränk tat, wies Sorgen ab, Hyazinth erleichterte Wut und Leid. Topas kurierte Verrücktheit.

Alexia hörte mit wachsender Faszination zu. Bis jetzt hatte sie von Heilkünsten keine Ahnung gehabt. In den Grenzländern schickte man nicht nach einem Heiler, wenn man krank wurde. Außer, wenn man schon alle Hoffnung auf natürliche Heilung verloren hatte.

»Wie kommt es, daß Ihr all das hier gelernt habt?« fragte Alexia.

»Die Frau, die mich aufgezogen hat, war eine gute Heilerin«, sagte Katherine. »Ich war, das heißt, ich bin die uneheliche Tochter des Bischofs von Carlisle. Aber ich wurde betreut und geliebt von Nana, der Hebamme, die meiner Mutter bei der Geburt half. Meine Mutter hat die Qual nicht überlebt, so sagte man mir. Sie war aus einer guten Familie, hatte aber wenig Verstand.«

»Aber das bedeutet ja, daß Ihr Engländerin seid«, rief Alexia aufgeregt. Sie hatte das bereits geahnt, denn Katherine sprach in dem rauhen Ton und mit den deutlichen Vokalen, die typisch für den Cumberland-Dialekt waren. »Wie kommt es, daß Ihr hier in Schottland lebt?« Und in dieser Hütte, versteckt im Moor, dachte sie, aber stellte die Frage nicht.

Katherine lächelte. »Aha, ich habe mich schon gefragt, wann die Neugier über Eure Angst vor mir siegen würde.«

Alexia widersprach. »Ich habe keine Angst vor Euch.« Dann grinste sie. »Jedenfalls nicht viel.«

»Und Ihr glaubt nicht mehr, daß ich eine Hexe bin?«

Alexia errötete und stotterte eine Entschuldigung.

Die Frau lachte ihr rauhes Lachen. »Macht Euch nichts draus, Ihr seid nicht die erste, die solche Schlüsse zieht.«

»Seid Ihr schon früher der Hexerei beschuldigt worden?« Alexia unterdrückte ein Schaudern. Wenn man bloß leugnete, eine Hexe zu sein, war das schon ein Beweis für Komplizenschaft, und die Wahrheit mußte durch Folter aus einem herausgepreßt werden. Die arme Unglückliche mußte sich auf dem Boden ausstrecken, dann wurden schwere Gewichte auf ihre Brust gelegt, bis sie entweder gestand oder starb. Der Tod bewies die Unschuld der Angeklagten, aber Alexia hatte nie verstanden, was dieser Beweis der Angeschuldigten nützte.

»Da war eine Zeit«, sagte Katherine, »ich war gerade sechzehn, als geheimnisvolle Dinge in und um Carlisle geschahen. Das Bier der Brauerei wurde aus keinem ersichtlichen Grund sauer. Die Ernten wurden schlecht. Der Blitz schlug in Bäume ein. Der Bäcker wurde eines Abends verrückt, nahm eine Axt und erschlug seine Frau und seine fünf Kinder. Die Leute in der Stadt gingen zu meinem Vater, dem Bischof, und baten ihn, beim Allmächtigen für sie um Beistand zu bitten. Der meinte, er könne nichts tun, denn Carlisle sei verflucht, weil jemand seine Seele dem Teufel für die Übertragung der Hexenkunst verkauft habe. Man sagte ihnen, daß die Hexe gefunden und verbrannt werden müßte, bevor der Fluch aufgehoben würde.«

Katherine schluckte heftig und senkte den Blick. »Die arme Nana mit ihren Kräutern, ihren Liebestränken und ihrem albernen, dummen Geschwätz. Sie hatte sogar eine winzige Warze auf der Nase, als ob das bedeutete...« Sie brach ab und biß sich auf die Lippen. »Sie wurde gefoltert und gestand. Kurz bevor sie starb, nannte sie mich noch als Helferin.«

Alexias Augen wurden vor Schreck riesengroß. »Aber das hieße... Ihr solltet verbrannt werden.«

Die Stimmung der Frau schlug um, und sie lachte. »O ja, die Reisigbündel und der Scheiterhaufen waren schon aufgeschichtet, und ich sollte dorthin geschleppt werden zu meinem vorzeitigen und sehr schmerzhaften Tod, als ein Riese von einem Mann mit flammend rotem Haar über den Marktplatz stob. Er hob mich auf sein Pferd, schlug den Mob mit seinem großen Schwert zurück und führte mich weg.« Sie starrte in die Ferne und ihr Augen leuchteten. »Oh, er war so ein herrlicher Mann! So groß und breitschultrig. So voller Leben und Lachen. Er führte mich auf seinem Pferd weg und machte mich noch in der gleichen Nacht zu seiner Geliebten.«

Alexia dachte, das war die romantischste Geschichte, die sie je gehört hatte, viel besser als ein italienischer Roman. »Der Mann... es war Jamies Vater, nicht wahr?«

Katherine lächelte, aber sie sah Alexia dabei nicht an. Sie schwelgte in ihren Erinnerungen. »Ja. Bis zu diesem Augenblick hatte ich ihn noch nie gesehen. Ich erfuhr erst später, daß er ein schottischer Lord war, daß er an diesem Tag unter dem Schutz der Friedensflagge in Carlisle gewesen war, um Geiseln mit dem englischen Landeshauptmann auszutauschen.«

»Und Ihr seid mit ihm nach Schottland zurückgekommen, in diese Hütte in dem Moor von Solway, damit Ihr bei ihm sein konntet?«

Katherine sah Alexia fest in die Augen, und diesmal wußte Alexia ganz genau, was die Frau fühlte – Stolz und Scham, Ekstase und Verzweiflung.

»Wir haben uns geliebt«, sagte sie trotzig. »Aber er mußte... ich war Engländerin, wie Ihr wißt. Und ich hatte keinen Namen, keine Familie. Er heiratete Lady Annor Campbell, und sie brachte ihm reinrassige, blaublütige Söhne zur Welt. Aber er liebte nur mich. Zu mir kam er, um zu lachen und um sich trösten zu lassen. Und wegen der Leidenschaft.«

Und eines Tages kam er nicht wieder, dachte Alexia. Und würde auch niemals wiederkommen.

Und Alexia, zwanzig Jahre jung und das Leben noch vor sich, verstand zum ersten Mal, wie schrecklich der Tod ist. Nicht, weil er so unvermeidlich ist, sondern so andauernd.

Kapitel 14

Die Sommertage schwanden dahin, und der Herbst kam ins Land.

Zum Erntedankfest war auf Caerlaverock, an Michaelsmeß, dem neunundzwanzigsten September, eine besondere Feier geplant.

Alle Nachbarn aus dem ganzen Umkreis, waren eingeladen worden: die Maxwells der anderen Linien, die Armstrongs, die Bells, die Chrichtons, die Douglas, diejenigen aus dem Irvin-Clan, die sich im Johnstone-Maxwell-Streit nicht mit der falschen Seite verbündet hatten. Am Vortag war eine Wildschweinjagd angesetzt, und hinter der Küche hatte man schon eine Grube gegraben, in der der Eberkopf geröstet werden sollte. Auf drei Feuerstellen würden sich die Spieße mit den drei Dutzend Gänsen drehen, die mit Gerste von den Stoppelfeldern nach der Ernte gemästet worden waren. Es waren ausreichend viele Brotlaibe für alle gebacken worden, und Butter war auch vorhanden, um die dicken weißen Scheiben zu bestreichen. Alle Sorten Fisch würden aufgetragen: Stör, Flußaal und Karpfen; ebenso wie das feinste Geflügel: Schwäne, Wachteln und Tauben. Und kein Michaelsmeßfest wäre komplett ohne gebratene Kürbisse, Minzekuchen und Dutzende von verschiedenen Pasteten. Schließlich würde man so seltene Köstlichkeiten wie Pudding, Kompott und Konfekt mit der Würze jener dunkelbraunen Samen genießen können, die aus der Neuen Welt herübergebracht worden waren, und die man Kakao nannte. Zur Unterhaltung würden Madrigale gesungen, und es würde getanzt werden. Malcolm plante eine geheimnisvolle Überraschung, zu deren Vorbereitung er stundenlang verschwunden war.

Besonders Alexia freute sich auf den Tag, denn an Michaelsmeß war es Tradition, die Haushaltsbücher abzuschließen. Sie würde stolz sein, Jamie zeigen zu können, wie gut sie seit ihrer Hochzeit die Bücher geführt hatte, denn sie hatte alle Eintragungen selbst vorgenommen, anders als Annor, die weder schreiben noch lesen konnte. Sie hatte sich auf den Haushofmeister verlassen müssen, der, wie Alexia entdeckt hatte, den Burghaushalt jahrelang regelmäßig um Summen betrogen haben mußte, die fast den Preis von drei Rassepferden ausmachten.

Am Festtag wachten sie auf und stellten fest, daß Rauhreif über dem Boden lag und die Pfützen auf den Misthaufen mit einer dünnen Eiskruste überzogen waren.

»Die Nächte werden kälter und länger«, bemerkte Jamie, als er sich aufs Bett setzte und seine Stiefel anzog. »In dieser Jahreszeit werden die Überfälle bald wieder zunehmen. Himmelherrgott, Alexia, was machst du da? Du wirst dir den Hals brechen!«

Sie hatte sich aus dem Fenster gelehnt und dem Stalljungen zugerufen, daß er Jamies Pferd satteln soll. Sie zog ihren Oberkörper wieder zurück und wandte sich ihm zu. »O Jamie, du wirst doch nicht...«

»Habe ich das gesagt?« Er stand auf und stampfte auf den Boden, um seine Fersen fest in die Stiefel zu drücken. Er machte ein verdrießliches Gesicht. »Aber du kannst dich darauf verlassen: Jeder Hurensohn von Johnstone und ein gewisser Engländer werden noch vor Ende der Woche auf Raubzug sein.«

Alexia rieb ihren vorstehenden Leib. »Ich will, daß dieses Kind sich an einen Vater aus Fleisch und Blut erinnert, wenn es aufwächst, nicht nur an einen Namen, der in die Wand einer Gruft gemeißelt ist.«

Jamies Gesicht nahm einen sanften Ausdruck an. Er kam zu ihr herüber und nahm ihre Hand, streichelte sie und küßte sie zärtlich. »Ich werde kein unnötiges Risiko auf mich nehmen, mein Liebes. Ich verspreche es dir.«

Sie entzog sich ihm und ging auf die Tür zu. Die Hand auf dem Riegel, drehte sie sich noch einmal um, lächelte ihn an und löste so die Spannung zwischen ihnen.

»Ich werde an dem Papageienschießen heute nachmittag teilnehmen. Werdet Ihr auf mich setzen, Mylord?«

Jamie lachte. »Und mein schwerverdientes Geld verlieren? Ich denke nicht daran.«

Alexia streckte ihm statt einer Antwort die Zunge heraus, dann war sie draußen. Leichtfüßig eilte sie die engen, gewundenen Treppen hinunter zu den Küchen; das Festmahl sollte um elf beginnen, und sie hatte noch viel zu tun. Irgendwo mußte sie genügend Krüge und Becher auftreiben, um die fünfzig Faß Bier und Apfelmost auszuschenken, die jetzt in den Burgkellern noch kühl gelagert waren. Und dann, erst gestern abend, hatte Andy ein Schaf, das als Haustier gehalten wurde, vor dem Schlachtermesser bewahrt, indem er es hinter den Außengebäuden losgebunden hatte. Das Schaf hatte die Tür zur Speisekammer offenstehend vorgefunden und sich an zwei Dutzend Pasteten gütlich getan, die dort zum Auskühlen auf den Regalen lagen; jetzt schwor der Koch, sich im Solway Firth zu ertränken. Und Annor verkomplizierte die Situation, indem sie darauf bestand, daß kein Michaelsmeß-Festessen ohne Marzipantorte vollständig wäre, und natürlich mußte Alexia ausgerechnet die Mandelpaste vergessen haben.

Alexia hatte noch nicht einmal bemerkt, wie die Tür geöffnet wurde, als sie ihr ins Gesicht schlug. Sie schlug ihr so fest auf die Nase, daß der Schmerz ihr Tränen in die Augen trieb. Die Hand vor der Nase, fragte sie: »Esspesth! Was wisst du denn hii?«

Lady Elspeth Campbell hielt sich an der Tür fest, weil sie leicht wankte. Ihr Mund war geschwollen, ihr Gesicht schamrot. Tatsächlich sah sie so aus, als sei sie eben gründlich abgeküßt worden.

Sie betrachtete Alexia geistesabwesend. »Was?«

Alexia nahm die Hand von ihrer Nase, die sie massiert hatte. Sie versuchte, hinter die Tür zu spähen. »Ich fragte, was du hier tust.«

Elspeth schob die Tür zu und lehnte sich dagegen. Der Ausdruck in ihrem Gesicht ließ deutlich erkennen, daß nicht einmal die vereinten Armeen Europas sie von der Stelle brächten.

Alexia riß die Augen auf, denn plötzlich hatte sie verstanden. Die Tür führte zu dem Teil der Burg, in dem sich die Junggesellenzimmer befanden. Wenn Elspeth einen Liebhaber hatte, der sich dort herumtrieb, dann war es sicher einer, der einer Erbin und Tochter eines Herzogs nicht würdig war.

Sie wollte etwas sagen, ließ es dann aber bleiben. Die Verhandlungen zwischen den Maxwells und dem Grafen von Argyle wegen seiner Heirat mit Elspeth gingen nur langsam voran. Versuchsweise war aber schon ein Termin für nächsten Mai angesetzt worden. Wie konnte sie Elspeth ein paar Augenblicke gestohlenen Glücks jetzt mißgönnen, wenn sie so wenig davon bekommen würde, sobald sie Colin Campbells Frau wäre?

Sie sah sich hastig im Treppenhaus um. »Lady Maxwell ist im Musikzimmer«, warnte sie. »Ich würde empfehlen, daß du hinten herum in dein Zimmer zurückgehst. Du siehst etwas mitgenommen aus.«

Elspeth errötete noch mehr. »Mylady, werdet Ihr?« fing sie an, hielt dann aber inne.

»Elspeth, ich habe dich den ganzen Morgen nicht gesehen.« Alexia lächelte und klopfte der jungen Frau ermutigend auf den Arm, als sie an ihr vorbei die Treppen hinunterrauschte. Elspeth starrte ihr völlig verwirrt nach.

Alexia legte den Kopf zurück und konzentrierte sich auf das Ziel, einen grüngefiederten Papagei, der an einer Querlatte auf einem hohen Pfosten festgebunden war.

»Man muß so stark sein wie ein Mann, wenn man beim Papageienschießen mithalten will.«

Sie drehte sich nach dem Mann um, der plötzlich neben ihr aufgetaucht war. »Tag, Robin, ich freue mich, daß du es dir überlegt hast und zu Michaelsmeß zurückgekommen bist.«

Sie hatte Robin in den letzten Wochen selten gesehen. Bei Jamies Rückkehr wieder in den Schatten gedrängt, hatte sich Robin angewöhnt, mehr Zeit auf Lochmaben und Threave zu verbringen.

»Ich bin nur wegen des Wettschießens hier«, erklärte er. »Ich habe gehört, Jamie spendiert als Preis das Fohlen von Satans Steed.« Jamies schwarzer Hengst hatte sieben Silbermedaillen auf einmal bei den Langholm-Rennen gewonnen – etwas, was es bis dahin noch nie gegeben hatte. Und bei Rennen zu melden und zu wetten, war Robin Maxwells Hauptzeitvertreib. Außerdem war es seine Haupteinkommensquelle.

Er wies hinüber zur Stange. »Du willst doch nicht wirklich bei dem Wettbewerb antreten?« Das sagte er in einem Ton, daß Alexia die Zähne zusammenbeißen mußte.

»Ich habe auch die Absicht zu gewinnen.«

Robin machte ein verdrossenes Gesicht, starrte sie kurz an und schlenderte dann davon.

Jeder Wettbewerber hatte drei Schüsse mit dem Bogen frei, um den Papagei von seinem Pfahl zu holen, und der Bogenschütze, dem es zuerst gelang, bekam den Preis. Für die Zuschauer waren Bänke aufgestellt worden, denn wenn die Wettbewerber ungeübt waren, konnte das Spiel stundenlang dauern.

Die Reihenfolge wurde ausgelost. Alexia zog den fünften Platz, Robin den Platz vor ihr.

Die ersten drei Bogenschützen nahmen mehr zum Spaß teil, als in der Hoffnung zu gewinnen, und es dauerte nicht lange, bis Jamie, der das Spiel leitete, Robin aufrief.

Robins erster Pfeil ging weit daneben, aber sein zweiter Schuß war nahe genug, um den Papagei auf seinem Pfahl in helle Aufregung zu versetzen, so daß er heftig mit den Flügeln schlug und laut vor Entrüstung kreischte. Robin warf einen triumphierenden Blick hinüber zu Alexia und schoß den letzten und dritten Pfeil ab.

Er traf den Pfahl, aber der Papagei überlebte.

Alexia nahm den Platz an der Schußlinie ein. Ein plötzlicher Windstoß drückte ihre Röcke platt gegen ihre Beine und sandte eine Staubwolke zu den Zuschauern hinüber. Hinter sich hörte sie, wie die Leinwandvordächer, die für die Tische mit dem Essen Schatten spenden sollten, im Wind flatterten.

Sie stemmte den Holzschaft des Kreuzbogens in den Boden und drehte die Kurbel an der Winde. Gleichzeitig lud sie den Bolzen, zielte und drückte ab. Sie hatte den Wind zu stark eingeschätzt und zu hoch gezielt.

Robin sagte etwas zu dem Mann neben ihm, und beide lachten. Alexia blinzelte zu Jamie hinüber, und er winkte ihr zu. Sie warf ihm ein strahlendes Lächeln zu und setzte zum zweiten Schuß an.

Das Geschoß surrte, als es durch die Rinne strich, und in dem Moment wußte sie, daß sie gut gezielt hatte. Die Menge hielt wie ein Mann den Atem an. Dann brach Jubel los, als der Papagei in tausend Stücke gerissen wurde und ein Durcheinander von Knochen und Federn herunterfiel.

»Gut gemacht!« rief Jamie aus und kam auf sie zu. Er lachte, als er sie um die Taille faßte und durch die Luft wirbelte. Dann nahm Diccon seinen Platz ein, der ihr einen schmatzenden Kuß auf die Wange drückte. »Ich habe gerade fünf Golddukaten gewonnen!«

»Du hast was?« brüllte Jamie. »Woher hast du das Geld für einen so hohen Einsatz?«

»Oh, ich hatte keins«, strahlte er sie an. »Aber ich wußte, daß du gewinnen würdest, Alexia, denn du schießt nie daneben.«

Alexia ließ sich entkräftet auf die nächste Bank nieder. »O Gott, ich glaube, ich falle in Ohnmacht.«

Die Miene seines Bruders veranlaßte Diccon, schleunigst zu verschwinden.

Jamie blickte finster hinter ihm her. »Fünf Dukaten! Ich werde ihm die Haut abziehen.»

Alexia entdeckte Robin, der sich zu Pferde seinen Weg durch die Menge bahnte.

»Robin, warte!«

Er wendete sein Pferd, während sie auf ihn zulief. »Ich wollte dir sagen... ich möchte dir Satans Fohlen schenken.«

Robin schäumte vor Wut. »Ihn mir schenken! Also, du, du kannst... ich würde keinen Tropfen Wasser von dir annehmen und wenn ich verdursten müßte!«

Malcolm Maxwell stand gegen die Hofmauer gelehnt und beobachtete die Tänzer, die sich im Dreivierteltakt einer französischen Galliard bewegten. Es war dunkel geworden, aber die Musiker und die herumwirbelnden Paare waren in den Lichtkegel der auf Pfähle gesteckten Fackeln getaucht. Er runzelte die Stirn, als die Frau seines Bruders vor seinen Augen vorbeiwirbelte mit flatternden Haaren und lachendem Mund.

»Warum tanzt du nicht mit ihr?« flüsterte eine Stimme in sein Ohr.

»Warum nimmst du nicht deine Maske ab?« Er bekam einen Seidenärmel zu fassen. »O nein, nicht weglaufen, liebe Schwägerin. Es ist wenig fair, einen so niederträchtigen Seitenhieb auszuteilen und sich dann zu beschweren, wenn der Gegner beschließt, sich zu wehren.«

Sie stemmte sich gegen ihn. »Laß mich los.«

»Du kannst wohl den Gedanken nicht ertragen, daß ich deine Schwester gern haben könnte, nicht wahr, Evie Carleton?«

»Warum sollte mir das was ausmachen?«

»Warum? Weil du gern sehen würdest, wie man Alexia aus Caerlaverock wegjagt. Aber du hast dir das Ganze nicht gut überlegt, meine Liebe. Denn wenn Alexia geht, gehst auch du.»

Sie lachte und lehnte sich entspannt an ihn. »Ich habe keine Ahnung, wovon du redest.«

Er ließ ihren Arm los, weil er sie neugierig gemacht hatte und jetzt sicher war, daß sie bleiben würde. Sie betrachteten schweigend die Tänzer. Die Musik war langsamer geworden. Sie tanzten gerade eine feierliche Allemande, und Jamie nahm die Gelegenheit wahr, seiner Frau in den tiefen Ausschnitt zu sehen.

»Sie sind vollkommen in jeder Weise, nicht wahr?« fing Malcolm an. »Mein Bruder und deine Schwester. Schönheit, Anmut und Witz, aber vor allem Schönheit. Wir Armen, wie könnten wir sie nicht lieben?«

Die Gaze ihrer weißen Maske bauschte sich auf, als sie sich heftig zu ihm umwandte. »Du bist verrückt, verrückt, wenn du denkst ...« Sie preßte die Hand auf den Mund.

Er seufzte. »O Gott, denkst du, ich verstünde nicht? Ich, Malcolm der Bucklige, der nicht einmal eine häßliche, von Seuchen geplagte Hure bezahlen kann, sein Bett zu teilen?«

Sie stieß ein leises triumphierendes Lachen aus. »Das ist es also, du denkst, ich bin so verzweifelt auf Liebe aus, daß ich tun würde, was nicht einmal Huren tun wollen?«

Einen Augenblick blieb er still, dann sagte er ruhig: »Ich würde dich nicht haben wollen, meine Liebe, aber nicht aus dem Grund, den du meinst. Aber deine Schwester: Wenn sie morgen die Blattern bekäme und pockennarbig und glatzköpfig überleben würde, ich wäre noch immer froh, sie auch nur eine Freundin nennen zu dürfen ...«

Er schwieg, als er feststellte, daß Evie sich nicht mehr neben ihm befand. Lange blieb er noch stehen und dachte nach. Dann, er wollte gerade weitergehen, tauchte aus den Schatten eine zerlumpte Figur mit langem Bart auf.

»Unsere kleinen Lieblinge sind fertig zum Hochgehen, Meister«, sagte der Mann mit kratziger Stimme.

Malcolm wandte den Kopf ab, denn von dem Mann ging ein entsetzlicher Gestank aus. »Ach, ja. Wie konnte ich meine Überraschung vergessen?« lachte er. »Es ist jetzt dunkel genug, um den Effekt zu erzeugen, den wir uns wünschen, meinst du nicht?«

Aber der Mann nahm keine Notiz von ihm. Statt dessen hatte er seine Blicke auf Alexia geheftet, die sich unter den anderen Tänzern bewegte. Und der Ausdruck auf dem Gesicht des Mannes ließ Malcolm amüsiert spekulierend aufschauen.

Malcolms Überraschung erwies sich als besonders spektakuläres Feuerwerk, das sich mit allem messen konnte, was Alexia am Hofe von Königin Elizabeth gesehen hatte. Sie lehnte sich in Jamies Armen zurück und rief bei jeder dumpfen Explosion und jedem Sternenschauer, der herunterkam, begeistert »Ah!« und »Oh!«

Zum Finale war ein hölzernes Gestell in der Form eines Falken hochgeschoßen worden und als Bildnis in weiße gleißende Flammen aufgegangen, die einen hellen Schein über die Menge warfen. Alexia erschrak, als sie den Landstreicher zwischen den Raketen hin und her springen sah.

Jamie neigte den Kopf und strich mit seinen Lippen über ihr Ohr. »Was ist mein Liebes?«

»Nichts«, aber sie schauderte und fühlte, wie sich Kälte und Übelkeit in ihr ausbreiteten.

Sie hatte den Landstreicher seit dem Tag nicht mehr gesehen, an dem sie in das Solway-Moor gelockt worden war, und hatte gedacht, sie sei ihn für immer los. Bedeutete sein erneutes Erscheinen hier, daß er endlich jener »wichtigen Papiere« habhaft geworden war, die er gesucht hatte? Papiere, aus denen sich der Beweis ergeben würde, daß jemand Verrat plante. Aber wessen Verrat? Schottischer oder englischer?

Wenn er sie hatte, würde sie, Lady Maxwell, geborene Alexia Carleton, sich entscheiden müssen, ob sie die Papiere nach England weitergeben sollte. Sie würde sich zwischen Jamies Land und ihrem eigenen entscheiden und von da an mit ihrer Entscheidung leben müssen.

Bereits eine Stunde vor Morgengrauen erwachte das Leben in der Burg, weil die Glocke des Clans zu läuten begonnen hatte. Jamie sprang nackt aus dem großen Bett und suchte fluchend in dem dunklen Zimmer nach seiner Hose und seinem Schwert.

Alexia zündete eine Öllampe an und zog sich schnell ein Kleid über. Dann folgte sie Jamie die Treppen hinunter in den Hof, wo der Rest der Familie bereits versammelt war. Ein feiner Dunst bedeckte alles mit silbernem Glanz, und die Luft war still und schwer.

Eine Gruppe von Männern, angeführt von Robin Maxwell, ritt durch das Tor. Die Hufe ihrer Pferde klapperten laut auf der Zugbrücke. Robin hielt sein Pferd neben Jamie an und sprang ab. Weißer Schaum bedeckte die Seiten des Pferdes.

»Threaves ist überfallen worden«, meldete er keuchend. »Seymour Howard und der Bastard von Engländer. Sie haben alles mitgenommen, was vier Beine hatte.«

Jamie starrte auf die Gruppe Männer und Pferde, die sich im Hof ansammelten. »Wenn du hier bist, wer ist ihnen dann nachgeritten?«

»Niemand.« Big Jock kam vor und trocknete dabei seine Axt. »Sie hatten einen Hinterhalt für uns auf ihrer Seite des Esk-Flusses vorbereitet und hatten eine Art Arkebuse. Nickie Bell ist tot.«

Jamie fluchte. »Jetzt werden inzwischen alle hinter den Mauern von Carlisle in Sicherheit sein.«

Big Jock räusperte sich und spuckte aus. »Ja. Es besteht keine Hoffnung, die Tiere zurückzukriegen.«

»Warum unternehmen wir nicht einen Rachezug gegen seine Herden auf Rose Castle?« schlug Robin vor.

»Nein!« Alexia trat vor und war sich völlig bewußt, daß die Augen sämtlicher Maxwells wütend auf sie gerichtet waren. »Wollt ihr schon wieder eine neue Fehde hervorrufen?«

»Hört nicht auf sie!« rief Annor Maxwell. »Ihr wißt genau, wem sie treu ist.«

»Ja, Jamie«, schnaubte Robin. »Sie will Howards Haut retten. Immerhin waren sie einmal ein Liebespaar, nicht wahr?«

Alexia ignorierte sie. Sie sprach allein zu Jamie, und er betrachtete sie, als könne er nicht glauben, daß sie ihn wieder betrügen wolle.

»Als Landeshauptmann bist du verpflichtet, dich an Recht und Gesetz zu halten. Und Rachezüge sind nach dem Gesetz der Moore verboten. Warum nutzt du nicht statt dessen das Gesetz zu deinem Vorteil? Klage Seymour beim nächsten Treffen der Räuberei an.«

Robin prustete. »Wir werden uns vor dem ganzen Westmoor lächerlich machen!«

»Ich glaube, sie hat nicht ganz unrecht«, sagte Malcolm.

Alexia warf ihm einen kurzen Dankesblick zu, dann konzentrierte sie sich auf Jamie und zwang ihn mit ihrer Willenskraft, ihr zuzuhören. Denn nur ihn mußte sie überzeugen.

»Klage Seymour des Verbrechens bei der nächsten Grenzland-Versammlung an«, erklärte sie. »Als englischer Landeshauptmann wird er sich einem Verfahren stellen müssen. Und du kannst den Prozeß gewinnen, Jamie. Du weißt, daß du ihn gewinnen kannst. Warum nicht das Gesetz als Rache verwenden?«

»Du weißt nicht, was du verlangst«, erwiderte er steif.

»Ich werde dir zur Seite stehen, Jamie. Vertrau mir...«

»Dir vertrauen!« fiel ihr Robin schreiend ins Wort. »Du verräterische englische Hure!« Und er hob die Hand, um sie zu schlagen.

Jamie fing den Schlag ab, als er niedergehen wollte, und schob Robin mit solcher Kraft zurück, daß dieser das Gleichgewicht verlor, auf dem festgetrampelten Dreck landete und die Beine von sich streckte.

Jamie lächelte ihn finster an. »Wenn du dich an einer Frau vergreifen willst, Robin, dann sieh dich nach jemand anderem um.«

Robin rappelte sich auf, dabei langte er nach seinem Schwertgriff. Jamie trat einen Schritt zurück und zog sein eigenes Schwert mit einer schnellen, eleganten Bewegung aus der Scheide. So schnell, daß Alexia es kaum wahrnahm.

Robin nahm seine Hand vom Schwertgriff. Er lächelte gezwungen. »Warum sollten wir unsere Schwerter in Maxwell-Blut tauchen? Howard und die übrigen Engländer müssen bekämpft werden.«

»Es wird kein Überfall auf Rose Castle stattfinden«, verkündete Jamie und wiederholte es noch einmal lauter für den Rest des Clans. »Es wird keinen Überfall geben.«

Robin schnellte herum. »Bei Gott, ich werde den Clan ohne dich anführen!«

Jamie steckte sein Schwert ein. »Sie werden dir nicht folgen.«

Robin schaute in die Runde, und er erkannte an den ausweichenden Blicken und den gesenkten Köpfen, daß Jamie recht hatte.

Annor Maxwell schob Alexia zur Seite und baute sich vor ihrem Sohn auf.

»Es war ein trauriger Tag für die Maxwells«, zischte sie. »Wirklich ein trauriger Tag, der Tag an dem Johnnie starb und du der Erbe wurdest. Ich hätte dich bei deiner Geburt erdrosseln sollen.«

Jamie wurde blaß, sagte aber nichts. Alexia griff nach seiner Hand, aber er nahm eine steife Haltung an und wandte sich ab.

Allein ging er hinüber zu Big Jock und den anderen Familienmitgliedern, die ihm mit unsicheren Blicken entgegensahen. Als sie ihn befragten, klangen in ihren Stimmen die ersten Anzeichen von Mißtrauen durch.

Tiefhängende, dunkle Regenwolken gaben dem Moor ein schauerliches, abweisendes Aussehen an diesem späten Oktobermorgen. Alexia stand auf einem Hügel, verdeckt von dem knorrigen Stamm einer einsamen Ulme. Sie beobachtete das Burgtor. Als der letzte Mann hindurchgeritten war und die Eisenstäbe sich gesenkt hatten, saß sie auf, nahm die Zügel fest in die Hände und ließ ihr Pferd im leichten Galopp zur Gruppe der Reiter gehen, um ihnen den Weg zu verstellen.

Als Jamie Maxwell ihrer ansichtig wurde, hob er die Hand und hielt die Gruppe hinter ihm an. Er trabte ihr allein entgegen.

»Ich hätte wissen sollen, daß du so etwas versuchen würdest.« Er funkelte sie an, in seiner Miene spiegelte sich strenger Widerstand.

»Ich nehme an, ich verschwende meinen Atem, wenn ich dir befehle, nach Caerlaverock zurückzureiten.«

Alexia blickte schüchtern auf ihre Handschuhe aus weichem Ziegenleder. »Im Gegenteil, mein Herr und Gemahl. Ich habe geschworen, dir in jeder Weise gehorsam zu sein.«

Er zog seine sonnengebleichten Augenbrauen hoch. »Tatsächlich? Ich bin versucht, deinen Entschluß auf die Probe zu stellen, Alexia, aber ich fürchte, wir werden beide enttäuscht sein.«

Er sah sie prüfend an. Sie trug einen weiten, wollenen Umhang mit einer Kapuze und Silberfuchsbesatz. Ihr breitrandiger Filzhut war mit einer großen Feder geschmückt und mit einer edelsteinbesetzten Nadel an ihrem Kopf befestigt. Die frische Herbstluft hatte einen leicht rosigen Schein auf ihre Wangen gezaubert.

»Du siehst ganz anders aus als das letzte Mal, als wir uns auf einer Grenzland-Versammlung sahen«, bemerkte er. Seine Stimme klang milder.

Sie sah zu ihm auf und schenkte ihm ihr süßestes Lächeln. »Ich habe mich erinnert und meinen Dolch mitgebracht, falls du ihn wieder brauchst.«

Dann lachte er und wandte sein Pferd in Richtung England. »Also dann komm, Frau. Da diese Konfrontation deine Idee war, kannst du zusehen, wie alles durcheinandergeraten wird.«

Dieses Mal sollte die Grenzland-Versammlung auf der englischen Seite der Grenze nahe der Festung Rockcliffe stattfinden. Lord Jamie Maxwell hatte ordnungsgemäß beim Amt des Landeshauptmanns der englischen, westlichen Grenzländer eine Beschwerde eingereicht und Seymour Howard von Carlisle und Rose Castle angeklagt, fünfunddreißig Stück Vieh, genauer gesagt, zweiundzwanzig Schafe und sieben Pferde geraubt zu haben. Da Seymour Howard selbst der englische Landeshauptmann war, hatte Jamies Eingabe eine Menge Kopfschütteln und Gekicher auf beiden Seiten hervorgerufen.

Nur ein Mensch hatte nicht gelacht.

Während ihrer ganzen Kindheit hatte Elizabeth Tudor, Königin von England, ihren Vater, den König, beobachtet, wie er das Gesetz mißbrauchte, um sich einer Reihe von Frauen zu entledigen, die ihm nichts anderes als Mädchen zu gebären schienen. Später, von ihrer Halbschwester, Königin Mary, gefangengehalten und fast auf das Schafott gebracht, schwor Elizabeth, daß sie überleben, den Thron besteigen und niemals die Macht dieses Throns und das Gesetz mißbrauchen würde. Und wenn die Königin das Gesetz des Landes ehrte, dann hätten es auch ihre Adeligen zu tun.

Als Elizabeth von den Anschuldigungen des schottischen Lords hörte, sandte sie per Kurier ein Schreiben nach Carlisle und befahl dem Landeshauptmann der englischen Westgrenze in steifer Amtssprache, Seymour Howard zu laden, damit er sich der Rechtsprechung der Grenzbehörden auf einer Grenzland-Versammlung stelle, die »so schnell wie möglich und so wirksam wie möglich« einberufen werden müsse.

So geschah es, daß Seymour Howard in die peinliche und lächerliche Situation kam, in der er einen Landfrieden ausrufen, eine öffentliche Schiedsverhandlung abhalten, sich selbst anklagen und aburteilen mußte.

Nachdem er seine Wut an den Möbeln ausgelassen hatte, setzte sich Seymour an seinen Schreibtisch, dem man ansehen konnte, daß er ihn vorher mit seinen Stiefeln bearbeitet hatte. Er zog ein leeres Blatt Pergament hervor und saß eine Weile still auf seiner Feder kauend da. Dann fing er an, mit der gespitzen Feder eifrig zu schreiben. Als er schließlich fertig war, hallte der Raum von seinen Flüchen wider, und das Pergament war übersät von kleinen Rissen und Tintenflecken. Aber er hatte diese Botschaft keinem Schreiber diktieren wollen.

Er faltete das Schreiben und versiegelte es, dann klingelte er nach seinem Stellvertreter. »Laß dies hier unter einer Friedensflagge an Angus Johnstone von Lochwood aushändigen«, befahl er dem Eintretenden.

Der Stellvertreter war ganz erstaunt, aber er wußte aus Erfahrung, daß er solche Anordnungen nicht zu hinterfragen hatte.

Jetzt, als er auf der englischen Seite des Esk-Flusses stand, suchte Seymour Howard unter den versammelten Schotten nach Angus Johnstone mit seinem hellroten Bart. Als er ihn entdeckte, lächelte er zufrieden.

Jamie Maxwell aber lächelte nicht. »Verfluchte Johnstones«, brummte er. »Wer zum Teufel hat die da eingeladen?« Er wandte sich in scharfem Ton an Alexia: »Alexia, bei Gott, du hast schon wieder...«

Sie tätschelte seinen Arm. »Sei nicht albern, Jamie. Alle sind hier. Sieh mal, ist das nicht Sir Wat Scott, der den ganzen Weg von Hermitage hierher gemacht hat?«

»Ja, und ich werde ihn mir mal vorknöpfen. Er und seine Männer sind gesehen worden, wie sie in der Gegend von Lochmaben geräubert haben. Es ist schlimm genug, von den Irvins und den Johnstones ausgeblutet zu werden, da brauchen wir uns nicht auch noch von Schotten zum Gespött machen zu lassen.« Er zeigte mit dem Finger auf sie. »Und was dich betrifft, versuche ein einziges Mal, keine Schwierigkeiten zu bereiten.«

»Ja, Vater.«

Jamie, der schon weggehen wollte, drehte sich noch einmal um. »Was hast du gesagt?«

Sie lachte und scheuchte ihn weg. »Schon gut. Ich werde brav sein, ich verspreche es.«

Als einzige Frau zog Alexia viele Blicke und Tuscheleien auf sich. Aber sobald sie jemand ansah, mußte derjenige dringend etwas auf dem Boden, am Himmel oder in der englischen Versammlung drüben untersuchen. Besonders gern hätte sie kurz mit Angus Johnstone gesprochen, aber sie hatte Angst, daß das unter »Schwierigkeiten bereiten« fallen würde.

Auf der englischen Seite blies jemand ein Horn, und auf einmal wurde alles still im Moor. Alexia sah aufmerksam hinüber, und ihr Magen verkrampfte sich, als ihr Mann aufstieg und sein Pferd ins Wasser trieb, so daß das Wasser aufspritzte.

Drüben angekommen, saß Jamie ab und ging seinem Kontrahenten, dem englischen Landeshauptmann, entgegen.

Alexia betrachtete Seymour Howard mit unverhohlener Neugier. Als sie ihren ehemaligen Verlobten das letzte Mal gesehen hatte, lag er gefesselt und geknebelt zu ihren Füßen, und Jamie hatte die Spitze seines Schwertes auf ihre Brust gerichtet. Aber jetzt trafen sich die beiden Männer unter ganz anderen Umständen. Umstände, unter denen Verstand viel wichtiger sein würde als eine Stahlklinge. Seymour war in blendend weißen Brokat gekleidet, eine unkluge Kleiderwahl in Anbetracht des schlechten Wetters. Seit mehr als einer Stunde ging beständiger Regen hernieder, und schon jetzt war seine Hose bis über die Knie mit Schlamm bespritzt. Der dünne Stoff klebte an seinem Körper und enthüllte die Form seiner Beine, die auf Alexia inzwischen ziemlich dürr wirkten. Besonders wenn man sie mit Jamies schlanker, muskulöser Eleganz verglich...

Sie lächelte voller Stolz. Jamie war bescheidener gekleidet: einfache Wollreithosen in hohen Lederstiefeln und eine Lederjacke über einem weißen Hemd. Er hatte keinen Hut auf, und seine blonden Haare leuchteten hell, selbst unter diesem düsteren Himmel. Im Gegensatz dazu trug Seymour eine weiße Samtkappe, deren regennasse Feder schlaff herunterhing.

Schweigend musterten sich die Männer eine Weile. Dann sprach Jamie.

»Diese Versammlung des Westlichen Moorlandes wurde mit gemeinsamer Zustimmung der Vertreter ihrer Majestäten von Schottland und England einberufen. Die Versammlung wird von jetzt an nach den strengen Regeln abgehalten, die das Gesetz der Moore vorschreibt. Verpflichtet Ihr Euch, bis zum morgigen Sonnenaufgang den Frieden einzuhalten?«

»Jawohl«, anwortete Seymour.

Jamie streckte Seymour seine Hand entgegen, der sie ansah wie einen Klumpen madiges Fleisch.

»Ihr habt meine Zusicherung, den Frieden zu halten«, schnaubte Seymour. »Und mehr bekommt Ihr nicht.«

Jamie zog die Hand zurück, sein Gesicht blieb ausdruckslos. Er wandte sich um und gab seinen schottischen Landsleuten das Zeichen, ihm zu folgen und den Fluß nach England zu überqueren.

Das Treffen fand nicht in der Burg selbst statt, sondern auf einem nahen Feld. Zu viele Schotten waren in den Verliesen von Rockcliffe umgekommen, als daß ihre Verwandten freiwillig durch die Burgtore gegangen wären. Wegen des Regens hatte Seymour ein großes Zelt im Schatten der Mauerreste des Hadrianswalls aufstellen lassen. Der Wall war von den Römern vor über tausend Jahren errichtet worden. Die Schotten waren besonders stolz, daß Rom, obwohl es England erobert hatte, so viel Angst vor den grimmigen Männern des Nordens gehabt hatte, daß es eine Mauer quer durch das Land bauen ließ, um die kämpferischen Schotten in Schach zu halten.

Die Männer drängten sich in das Zelt, Alexia unter ihnen. Sie blieb so weit wie möglich im Hintergrund. Sie wollte außer Sichtweite von Jamie bleiben, aber immer noch nahe genug, um beobachten und hören zu können, was vor sich ging. Einmal blickte Seymour Howard in ihre Richtung, aber er verzog keine Miene.

Als Gastgeber bei dem Treffen durfte England die Tagesordnung bestimmen, das hieß, in welcher Reihenfolge die Beschwerden vorgebracht werden sollten. Seymour hielt Jamies Antrag absichtlich zurück, weil er ihn nervös machen wollte. Aber als der Augenblick kam, die Beschwerde aufzurufen, war es Seymour, der trotz der kühlen Luft im Zelt in seinem steifen Wams heftig schwitzte. Dann bemerkte er mit großem Ärger, daß seine Hand zitterte, als er aufstand und die gegen ihn erhobenen Vorwürfe verlas.

Traditionell wurden für jede Entscheidung über eine Beschwerde zwölf Geschworene ausgewählt, sechs Schotten, vom englischen Landeshauptmann bestimmt, sechs Engländer vom schottischen. Jamie wählte zuerst und nahm willkürlich einige Männer seiner Umgebung. Dann war Seymour an der Reihe.

»Ich ernenne Angus Johnstone«, rief er, unfähig sein Triumphgefühl zu verstecken. Schnell, noch ehe jemand reagieren konnte, leierte er fünf weitere Namen herunter – alles Johnstones.

Alexia bedeckte ihren Mund mit der Hand, damit man ihr Stöhnen nicht hörte, auch wenn das kaum möglich gewesen wäre, denn unter den Anwesenden erhob sich sowieso ein vernehmliches Gemurmel nach Seymours Wahl. Der unbewegte Ausdruck auf Jamies Miene änderte sich in keiner Weise, aber alle wußten, daß der Engländer aus dieser Verhandlung als Sieger hervorgehen würde, denn es gab nicht einen Johnstone auf der Welt, der ein Urteil zugunsten eines Maxwell fällen würde.

Alexia biß sich auf die Lippen und unterdrückte einen lächerlichen und sinnlosen Weinkrampf. Welch eine Närrin sie gewesen war mit ihrem Geschwätz von Recht und Gesetz! Ihretwegen hatte Jamie auf unmittelbare, gewalttätige Rache verzichtet, und nun kam das. Jetzt war nicht nur das Vieh unwiederbringlich verloren, er würde sogar den Respekt seiner Landsleute verlieren. Robin hatte recht gehabt: Die Maxwells würden sich lächerlich machen, und alles war ihre Schuld.

Obwohl es sinnlos erschien, benannte Jamie seinen Bruder Robin und Jock Armstrong als Zeugen. Die beiden Männer schworen, daß es Seymour Howard war, den sie als Anführer des Überfalls auf Threave in jener Nacht von Michaelsmeß gesehen hatten.

Seymour seinerseits rief seinen Stellvertreter auf, der beschwören sollte, daß der englische Landeshauptmann zu der Zeit, als der Überfall stattgefunden haben sollte, fest in seinem Bett geschlafen habe. Er rief keinen weiteren Zeugen auf, weil er meinte, keinen zu brauchen.

Die Geschworenen zogen sich zurück, um ihr Urteil zu fällen. Nach einer geflüsterten Unterhaltung von kaum drei Minuten trat Angus Johnstone vor und verkündete, daß sie zu einem Urteilsspruch gekommen seien.

Seymour ordnete die Rüschen an seinem Ärmelbündchen und unterdrückte ein Lächeln. »Also, dann laßt hören, heraus damit, Mann.«

Angus Johnstone räusperte sich. »Wir halten Seymour Howard von Carlisle für schuldig, den Überfall auf Threave in der Nacht von Michaelsmeß letztes Jahr angeführt zu haben.« Seine Stimme schallte laut durch das ansonsten mucksmäuschenstille Zelt. »Wir fordern nach den Gesetzen der Moorländer, daß Seymour Howard eine Entschädigung zu zahlen hat, die von dem Landeshauptmann der Westlichen Moore von Schottland zu bestimmen ist. Dies ist unser Urteil, ergangen an diesem einundzwanzigsten Oktober im Jahre unseres Herrn, 1585.«

Die Schotten brachen in lauten Jubel aus, die Engländer murrten und fummelten an ihren Schwertern herum. Aber niemand konnte behaupten, die Verhandlung sei nicht mehr als gerecht gewesen, und kurz darauf löste sich die Spannung.

Die Wut hatte Seymours Blut zum Kochen gebracht, so daß sein

Gesicht sich purpurrot verfärbte. Die Beschwerdevorlage, die er immer noch in der Hand hielt, zerknüllte er zu einer Pergamentkugel. »Du verdammter verräterischer Schotte«, dabei wollte er fast ersticken und warf Angus Johnstone die Pergamentkugel an den Kopf.

Johnstone ließ ein Löwengebrüll los und wollte sich auf Seymour stürzen, aber Big Jock trat zwischen sie. »S war wohl n' Unfall«, meinte er. »Das Ding rutschte ihm vom Kopf, nicht wahr?«

Johnstone holte tief Luft: »... Aye... aye...«

Seymour ordnete seine Kleidung. Einmal blinzelte er hinüber zum offenen Eingang des Zeltes. Er wußte, es gab für ihn kein Entrinnen durch den Pulk der schweigend lauernden Männer, die ihn umstanden. Also drehte er sich um und sah seinem Feind ins Angesicht. »Welche Entschädigung fordert Ihr?«

»Daß mir das Vieh, das Ihr mir gestohlen habt, gesund zurückgegeben wird«, erwiderte Jamie gleichmütig.

Seymour nickte steif. »Gut, ist das alles?«

»Nein.« Jamie ließ seinen Blick durch das Zelt schweifen und gewahrte seine Frau. »Es ist eher eine Aufforderung als eine Forderung: Ich fordere Euch auf, mit mir gemeinsam auf Treu und Glauben alles zu tun, um unsere Differenzen zu beseitigen, damit wir zusammen als Landeshauptmänner Ordnung und Frieden zu den Menschen in den Westlichen Mooren bringen mögen.«

Seymours erstaunter Blick wurde gefolgt von brüllendem Gelächter. »Ordnung und Frieden! Das ziemt sich vielleicht für zivilisierte Nationen. Was weiß ein Schotte von solchen Dingen? Nein, wenn Ihr Ordnung und Frieden wollt, mein lieber Lord Maxwell, sucht auf Eurer Seite der Grenze.« Dann lachte er noch einmal laut und verächtlich.

Er machte einen Schritt nach vorn, blieb stehen und sah Alexia stolz und begehrlich an. Dann drehte er sich auf dem Absatz um und verließ das Zelt. Die Menge machte ihm den Weg frei.

Alexia kämpfte sich zu Jamie durch. Sie wollte ihn nicht blamieren, indem sie ihn in der Öffentlichkeit umarmte, ließ aber auf ihrem Gesicht deutlich die Liebe und den Stolz erkennen, die sie für ihn empfand.

»Nun, Madam, es scheint, ich habe Euch wieder enttäuscht, es tut mir leid.«

»Ihr habt mich nicht enttäuscht, Mylord, ich...«

Jemand berührte sie am Arm. Widerwillig drehte sie sich um. Vor ihr stand Angus Johnstone mit seinem mächtigen Bart und seinen schwarzen Augen, an die sie sich gut erinnern konnte.

»Ich hoffe, Mylady, daß ich Euch heute auf bescheidene Weise vergelten konnte, daß Ihr mein Leben gerettet habt.«

»Wir sind es, die Euch zu danken haben, Master Johnstone.« Sie lächelte schüchtern zu ihm auf. »Obwohl Ihr uns ganz schön erschreckt habt. Als Seymour Euch benannte, schien für mich unsere Sache verloren.«

Angus Johnstone wurde so rot wie sein Bart. »Na ja, ich wollte, ich könnte das ganze Verdienst in Anspruch nehmen, aber das Ganze war die Idee Eures Lords. Er sagte, na ja, er sagte, der Erfolg dieses Tages sei für Euch wichtig.« Alexia wandte sich vorwurfsvoll zu ihrem Mann um. »Ihr habt das alles gemeinsam geplant?«

»Ich dachte, Howard wäre versucht, das Gesetz in die eigene Hand zu nehmen.« Jamie zog sie zu sich herüber und legte den Arm um sie. »Leider kann so was auch zugunsten der anderen Seite ausgehen, mein Liebes. Also sprach ich mit Angus hier, und wir beschlossen, daß Schottland keinen Schaden nähme, wenn man einem gewissen Engländer eine kleine Lektion erteilt.«

Angus Johnstone lachte unmerklich in sich hinein. »Aye, es gibt nur eins, was ein Schotte mehr haßt als einen anderen Schotten, merkt Euch das, und das ist ein gottverdammter Engländer. Nichts für ungut, Mylady.«

»Macht nichts, Master Johnstone.« Sie lehnte sich an Jamie und schenkte beiden Männern ihr freundlichstes Lächeln. »Zumindest heute hat Schottland meine ganze Sympathie.«

Die drei begaben sich nach draußen. Es fing an dunkel zu werden, und der Regen war jetzt in ein kaltes, ununterbrochenes Schütten übergegangen. Jamie setzte seinen Helm auf und bog den Rücken bei dem vergeblichen Versuch, dem Wasser auszuweichen, das ihm den Rücken hinunterlief.

Er bot dem anderen Mann die Hand. »Nun, Johnstone, du verdammter Räuber, ich wette, daß ich dich über kurz oder lang in einer finsteren Nacht antreffen werde, wie du eine Herde vor dir hertreibst, die das Maxwellsche Brandzeichen trägt.«

Angus Johnstone lachte brüllend und drückte Jamies Hand so fest, daß dieser beinahe aufschrie. »Paß bloß auf, daß du deine verdammten, alles abgrasenden Biester von meinem Land fernhältst, du verdammter, gieriger, verfressener Schuft.«

»Man kann sehen, daß Ihr Euch gut leiden könnt«, kommentierte Alexia den Dialog und sah zu, wie Angus und die übrigen Johnstones aufstiegen und davonritten. Schnell verschwanden sie hinter einem Regenvorhang.

Jamie hob sie in den Sattel. »Häme steht dir nicht, Alexia.«

Sie lächelte in sich hinein und zog ihren warmen Umhang fest um den Hals; mit den Knien trieb sie sanft ihr Pferd an.

In Sichtweite anderer schottischer Familien ritten sie an die Grenze. Dabei wurde wachsam nach Anzeichen englischer Verräterei Ausschau gehalten. Obwohl der Waffenstillstand vor dem nächsten Sonnenaufgang nicht gebrochen werden sollte, waren schon früher solche Vereinbarungen mißachtet worden, und bevor sie nicht alle hinter ihren eigenen Burgmauern in Sicherheit waren, gab es keine Entspannung.

Sobald sie über den Esk-Fluß waren, löste sich die Maxwell-Gruppe von den anderen und wandte sich nach Westen, in Richtung Caerlaverock. Zumindest im Augenblick hatte der Sturm sich gelegt, und sie ritten schweigend durch die trostlosen regennassen Hügel und Erosionsrinnen. Ihre Gedanken flogen ihnen voraus in die Wärme und Bequemlichkeit, die sie erwarteten.

Alexia stellte sich vor, wie sie langsam in eine Wanne mit brühend heißem Wasser glitt, die vor ein bullerndes Kaminfeuer gestellt worden war. Vielleicht würde Jamie zu ihr in die Wanne kommen. Er hatte das schon einmal gemacht. Aber als sie schließlich fertig waren, stand mehr Wasser auf dem Fußboden, als in der Wanne übrig geblieben war, und sie hatte Seife in den Augen, und Jamie hatte...

Jamie ließ auf einmal sein Pferd nach der Seite ausbrechen und das ihre berühren. Ein feuriger Blitz kam von einem fünfzig Meter entfernten Felshügel vor ihnen auf sie zu, gefolgt von einer donnernden Explosion, wie sie Malcolms Raketen produziert hatten.

Jamies Pferd bäumte sich auf und warf ihn zu Boden.

Sie kämpfte mit aller Kraft, um ihr Pferd unter Kontrolle zu bekommen, so daß sie nicht sah, wie Jamie herunterfiel, bis die Hufe ihres Pferdes ihn beinahe zertrampelt hätten. Sie schrie seinen Namen und wollte aus dem Sattel springen, als sie von hinten heruntergezogen und auf den Widerrist eines anderen, größeren Pferdes gehoben wurde.

Der Mann, der sie festhielt, war stark; sein Arm lag wie ein Eisenband um ihre Brust und drückte ihr die Luft ab. Sie fingerte verzweifelt nach ihrem Dolch, aber die Falten ihres weiten Umhangs und der harte Griff des Mannes behinderten sie. Sie hieb ihre Nägel in den Arm des Mannes, rutschte aber an dem nassen Leder seine Jacke ab. Jetzt regnete es wieder stark.

Da ihre Sicht verschwommen war, sah sie nur den Rauch der Explosion und die Regenschwaden. Sie hörte Wutgebrüll und Schmerzensschreie. Big Jock schwang seine Jedburgh-Axt, und Jamie ... Jamie lag auf dem Boden, sein Gesicht in Blut gebadet.

Schließlich schlossen sich ihre Finger um den Griff ihres Dolchs.

Sie bekam ihn frei und stieß ihn nach rückwärts. Es gab ein widerliches kratzendes Geräusch auf den Metallplatten der Jacke des Mannes. Der Mann murmelte einen Fluch. Eine Faust in dickem Handschuh ging auf Alexias Auge nieder, dann wurde alles dunkel.

Kapitel 15

Rufus Hall hatte sich erst vor einer Stunde hinter den Felsen aufgestellt, als es zu regnen begann.

Der Regen machte ihm Sorgen. Feuchtigkeit verdarb das Pulver. Er versuchte, es trocken aufzubewahren, indem er es in sein Hemd und unter das Wams direkt auf seine Haut legte. Aber der Regen war beständig und durchdringend, sogar seine Haut fühlte sich ein bißchen feucht an. Außerdem machte er sich Sorgen wegen des Kampfes. Im Augenblick ruhte die Hakenbüchse auf ihrer Gabel und war mit Ölzeug abgedeckt. Aber wenn der Augenblick käme, sie abzufeuern, müßte er das Tuch abnehmen. Er sollte einen Hebel betätigen, wodurch eine Zündschnur auf einem Stift zum Drehen gebracht würde und mit einem Schlagbolzen in Berührung käme – so etwas war bei Dauerregen nicht möglich.

Rufus Hall verfluchte das Wetter. Er verfluchte Schottland und alles, was schottisch war, und am Ende verfluchte er den Mann, der ihm die Feuerwaffe in die Hände gelegt und ihn hinausgeschickt hatte, um sie zu benutzen. Er verfluchte Seymour Howard, verfluchte aber nicht die tausend Pfund, die Howard ihm bezahlt hatte.

Sein Problem war, daß er, wenn er hier so sitzen und warten mußte, zu viel Zeit zum Nachdenken hatte. Und Rufus dachte nicht gerne nach. Er dachte insbesondere nicht gern über das nach, was er zu tun im Begriff war. Denn wenn er es tat, mußte er sich am Ende für immer selbst hassen. Er erinnerte sich daran, daß er als jüngster von sieben Söhnen einer verarmten Familie geboren wurde. Daß er ohne Geld wenig Aussichten und keine Hoffnung auf eine bessere Zukunft hatte. Er würde immer für andere arbeiten müssen. Daß er zu einfältig, zu wenig gutaussehend war, um das Herz einer reichen Erbin zu erobern, brauchte ihm keiner zu sagen, aber er konnte nicht die andauernd mahnende Stimme in sich ersticken, die ihm sagte, er sei lediglich ein Werkzeug. Ein Werkzeug, um einen dreckigen, widerlichen Auftrag auszuführen, der ein bißchen zu dreckig war und ein bißchen zu häßlich für den feinen, verwöhnten Gentleman, der ihn angeheuert hatte.

Es fing an, dunkel zu werden, und zumindest im Augenblick hatte es aufgehört zu regnen. Rufus wurde unruhig. Wo waren sie? Vielleicht war etwas bei dem Treffen geschehen. Vielleicht gingen sie auf einem anderen Weg nach Hause. Vielleicht – Er hörte einen gedämpften Fluch, das Klirren von Zaumzeug und das dumpfe Aufschlagen von Hufen auf dem aufgeweichten Boden.

In der Hast ließ er fast das Pulver fallen. Ein Geräusch. Er war zu laut. O Gott, wenn sie ihn fangen würden...

Er hatte die Büchse in dem Augenblick bereit, in dem sein Ziel in Sicht kam. Und dann sah er Alexia Carleton und sein Finger erstarrte am Abzug.

Howard hatte nichts davon gesagt, daß sie hier sein würde. Wie typisch für das verdammte Mädchen, immer dort aufzutauchen, wo man sie nicht vermutete. Er hatte stets ehrgeizige Gefühle für Alexia gehegt. Als Kind war sie ein lästiges, verzogenes Balg gewesen. Als Frau aber war sie Symbol seines Ehrgeizes. Sie war Thirlwall Castle. Er hätte sie gern zur Frau gehabt wegen dem, was sie ihm einbringen konnte, ja. Aber auch aus einem tieferen, dunkleren Grund: Er wollte sie beherrschen. Er wollte, daß sie vor ihm auf den Knien läge und zugeben würde, daß er der Stärkere war.

Jetzt, während er sie so beobachtete und Alexias Ehemann in seinen Blickwinkel trat, fragte er sich, was der Tod des Mannes für sie bedeuten würde. Würde er sie vernichten oder freimachen? Und dann sah er ein, daß ihm das nichts ausmachen sollte, daß er an sich denken mußte.

Er richtete die Büchse auf Jamie Maxwells Brust und zog den Hebel.

Das Krachen der Feuerwaffe war ohrenbetäubend, und der Rückschlag warf ihn auf seinen Hintern. Rauch hing in der Luft und stach in seine Augen. Er sah nicht, daß er daneben gezielt hatte, bemerkte nicht, daß er auch daneben geschossen hätte, wenn etwas – eine Bewegung oder rein animalischer Instinkt – Jamie nicht veranlaßt hätte, sein Pferd zu Alexias hinüberzulenken, um sie vor irgendeiner unbekannten Gefahr zu schützen. Er hatte nicht gesehen, daß der Schuß trotzdem daneben gegangen wäre, wenn Jamies Pferd sich bei dieser unerwarteten, plötzlichen Bewegung nicht aufgebäumt und Jamies Kopf direkt in den Weg des heißen, schnellen Geschosses gestoßen hätte.

Rufus sah nicht, daß die Büchsenkugel an der Seitenkante von Jamies Helm abgelenkt worden war und eine Scharte über seine Stirn gerissen hatte. Rufus sah nur das Ergebnis. Er sah Jamie mit blutigem Gesicht und mit leblosem Körper am Boden liegen. Mehr meinte er nicht sehen zu müssen.

Er kroch mühselig auf Händen und Knien den Hügel hinauf. Fluchend tastete er in der Dunkelheit nach seinem Pferd und wäre beinah von einem der Hufe am Kopf getroffen worden. Er knüpfte die Zügel, die er um einen Ginsterbusch gewickelt hatte, auf und setzte den Fuß in den Steigbügel. Hinter ihm brüllte ein wütender Schotte, und er hörte, wie Schwerter aufeinanderklirrten.

Zuerst dachte er, die Reiter, die von hinten herangaloppiert kamen, seien Schotten, die zu Hilfe eilten. Dann hörte er ihre Rufe und sah, daß es Engländer und keine Schotten waren. Es waren Howards Männer. Plötzlich hatte er einen bitteren Geschmack von Betrug im Mund. Nach dem Plan sollte er Lord Maxwell töten und dann in der Verwirrung allein im Moor verschwinden. Es war keine Rede von einem Massaker an dem gesamten Maxwell-Clan gewesen.

Der Tod eines einzelnen Mannes würde sich in diesem gewalttätigen Land der Überfälle und Fehden wie das Kräuseln einer Wasseroberfläche ausnehmen, in die ein Stein geworfen wurde. Nicht aber der Tod einer ganzen Familie. Dieser Vorfall würde genügen, um wieder einen Krieg zwischen Schottland und England entbrennen zu lassen. Und er, Rufus Hall, würde dafür verantwortlich gemacht werden. Was würden dann tausend Pfund einem Mann helfen, der als Gesetzloser und Verräter gebrandmarkt war?

Dann erinnerte er sich, daß er die tausend Pfund noch nicht einmal hatte. Er stand da, einen Fuß noch immer im Steigbügel, unentschlossen, ob er zu Howards Männern reiten sollte, als er ein Pferd aus dem Kampf ausbrechen sah. Der Reiter kämpfte verzweifelt darum, das Gewicht der ohnmächtigen Alexia Carleton zu halten.

Rufus Hall stieg auf und folgte dem Pferd mit seiner doppelten Last, denn es bedurfte keines Genies, um zu wissen, daß man das Mädchen zu Seymour Howard bringen wollte. Und Seymour Howard schuldete ihm eintausend Pfund.

Alexia öffnete die Augen. Ein verschwommenes, gelbes Glühen kam von einem Leuchter an der Holzwand. Sie blinzelte verwirrt, und die Flamme begann, sich vor ihren Augen zu drehen. Sie schloß die Augen wieder und glaubte, sie sei krank.

Als sie das nächste Mal wieder aufwachte, waren die Übelkeit und das Schwindelgefühl vergangen. Geblieben war die Verwirrung. Sie sah sich um, suchte nach einem Hinweis darauf, wo sie sich eigentlich befand.

Als Grenzlandkind konnte sie fast sofort erkennen, wo sie war: In einem befestigten Unterstand von Räubern, einer runden Hütte mit Wänden aus Eichenstämmen, deren Ritzen mit Torf verstopft und die mit einem niedrigen Strohdach gedeckt war. Sie lag auf einem Strohbündel, wo man sie ohnmächtig abgelegt haben mußte. In dem Raum war sonst nichts als ein wurmstichiger Hocker vor einer gewöhnlichen, leeren Feuerstelle. Der Fußboden war mit einer dünnen Schicht verrottender Binsen ausgelegt.

Sie versuchte, sich zu erinnern, wie sie hierhergekommen sein könnte. Sie war geritten ... Ja, sie war geritten, und es war kalt und naß gewesen, und sie hatte sich vorgestellt, wie sie in einer Wanne voller heißem Wasser gemeinsam mit Jamie baden würde.

Der Raum verschwand vor ihrem geistigen Auge, und statt dessen sah sie Jamie auf dem Boden liegen, sein Gesicht voller Blut.

Sie vergrub den Kopf in den Händen, um das Bild zu vertreiben. Grauenhafter Schmerz drohte sie zu überwältigen. Ein Schmerz, so riesig, daß sie verrückt werden müßte, wenn sie ihm nachgeben würde. Einen Augenblick schien sie verloren, verloren in einem schwarzen Loch, und dann kämpfte sie sich aus der Verzweiflung zurück und klammerte sich an den Glauben, an die absolute Überzeugung, daß Jamie nicht tot war. Einfach deswegen, weil er nicht tot sein durfte.

Ihr Gesicht schmerzte. Sie berührte ihre linke Wange. Die war geschwollen und so weich, daß die bloße Berührung mit ihren Fingerspitzen sie fast zum Weinen brachte.

Sie setzte sich auf und erstarrte, als sie plötzlich das Getrampel von Füßen und Stimmen hörte. Die Tür ging auf und Seymour Howard stand im Rahmen, mit dem Rücken zu ihr gewandt. Alexia war von seiner Gegenwart hier nicht überrascht. Sie hatte schon immer gewußt, daß sie eines Tages ihr Verhältnis zu dem Mann würde regeln müssen, den sie geheiratet hätte, wäre Jamie nicht gewesen.

Er trug jetzt einen hüftlangen Ledermantel über seinem weißen Brokatanzug und hatte keinen Hut mehr auf. Er sprach ärgerlich mit dem Mann, der noch vor der Tür stand. Dieser antwortete ihm in dem weinerlichen Ton eines Menschen, der ihm völlig ausgeliefert war. Alexia konnte nicht sehen, wer es war, aber die Stimme kam ihr sehr bekannt vor.

»Ich habe dich nicht absichtlich betrogen«, hörte sie Seymour sagen. »Die Umstände zwangen mich zu einer Änderung meiner Pläne.«

»... mit Lady Maxwell?« hörte sie den anderen fragen.

»Was ich mit ihr vorhabe, geht dich gar nichts an, verdammt noch mal. Du bekommst deine tausend Pfund dafür, daß du Maxwell umgebracht hast. Das ist alles, womit du dich zu befassen hast.«

»... Familie?«

»Die? Die werden viel zu beschäftigt sein, ihre Wunden zu lekken, als sich darum zu kümmern, was mit ihr geschieht.« Seymour wandte sich um und kam in den Raum.

Alexia stand zitternd auf. Seymour blieb stehen, als er sie sah. »Alexia...« Seine Augen waren auf ihr verletztes Gesicht gerichtet, dann sah er weg. »Man sollte dir nicht weh tun, glaube mir...«

»Dir glauben! So wie Jamie an dein Versprechen, den Landfrieden einzuhalten, geglaubt hat?«

Der Mann, dem die andere Stimme draußen gehörte, zögerte

noch einen Augenblick und folgte dann Seymour ins Zimmer. Alexia erkannte erschrocken Rufus Hall.

Sie sah ihn haßerfüllt an. »Und du, Rufus. Wie ich sehe, hast du deine wahre Berufung im Leben erkannt: die eines bezahlten Mörders.«

Er wurde glutrot und wollte etwas sagen, aber Seymour unterbrach ihn.

»Laß uns allein. Geh raus und sieh nach, ob die Beobachter alle auf ihren Posten sind.«

Rufus hielt sofort den Mund. Er warf Alexia einen verstohlenen, flehenden Blick zu und ging hinaus, die Tür vorsichtig hinter sich schließend.

Seymour stand vor ihr, in ihrem Anblick schwelgend. Ihre Kapuze war zurückgefallen und hatte ihr dunkel schimmerndes, herabfallendes Haar freigegeben, in dem Strähnen golden und rot wie Feuer leuchteten. In ihren Augen blitzte es, und sie lächelte ihn verächtlich an.

»Wie wenig du dich verändert hast«, sagte er sanft.

»Und wie sehr du«, antwortete sie mit schneidender Stimme. »Du bist ein Feigling und ein Lügner geworden. Oder vielleicht warst du es immer, und ich war zu dumm, es zu merken?«

Er wandte sich ab. »Du konntest schon immer mit Worten Wunden schlagen... konntest verletzen und gleichzeitig liebkosen. Es gab einmal eine Zeit, in der du sagtest, daß du mich liebst.«

Der verächtliche Zug um ihren Mund ließ etwas nach, aber er hatte ihr den Rücken zugewandt und konnte es nicht sehen. »Es gab eine Zeit, als ich das glaubte«, antwortete sie sanft. »Aber die Ereignisse waren gegen uns und haben uns getrennt.«

»Nicht die Ereignisse.« Er drehte sich um, und die Wut stand auf seinem Gesicht geschrieben. »Nicht die Ereignisse. Es war Jamie Maxwell, der uns getrennt hat. Du hättest ihm wenigstens ein bißchen widerstehen können, meine Liebe.«

Alexia lachte beinahe hysterisch. »Mit wieviel Widerstand wärst du zufrieden gewesen, Seymour? Einmal schreien? Zweimal schreien? Wäre es genug gewesen, mich umzubringen?«

»Zumindest hättest du deine Ehre bewahrt.«

»Oh, meine Ehre. Und wie viele Tränen würdest du für mich vergossen haben, für deine reine, aber leider tote Liebe? Wie viele Nächte hättest du um mich geweint, bevor du dir eine andere geeignete Bewerberin für dein Bett gesucht hättest?«

»Das ist unfair«, sagte er. Er näherte sich ihr und trat auf ihren langen Mantel, ohne daß einer von ihnen es bemerkte. »Nicht ich habe eine andere geheiratet.«

Alexia preßte ihre zitternde Hand an die Stirn. »Ich weiß. Ich... ich wollte dir nicht weh tun, Seymour. Das mußt du mir glauben. Wie kann ich das mit Jamie und mir erklären? Er ist mein...«

»Still.« Er nahm ihre Hand und hielt sie fest, drückte sie einen Augenblick, dann schob er seine Finger unter den Ärmelbund auf ihrem nackten Arm. »Das macht nichts mehr. Er ist tot, und du bist frei. Du bist wieder mein, und ich...«

»Nein!« Sie machte sich los. Ihr Mantel unter seinem Stiefel öffnete sich, und Seymour erkannte mit Entsetzen vor sich eine Frau, die im sechsten Monat schwanger war.

Ihm wurde schwarz vor Augen. Einen Augenblick dachte er, daß ihn die Wut ersticken würde. Was vorher nur ein abstrakter Gedanke für ihn war, wurde jetzt auf einmal bittere Wirklichkeit. Sie hatte mit ihm geschlafen. Mit diesem bartlosen, mädchengesichtigen Jungen. Sie hatte sich ihm hingegeben, ihm ihren weichen, nackten Körper gegeben. Sie hatte ihn in sich eindringen lassen, seinen Samen aufgenommen.

»Du Hure!« schrie er. »Was hast du getan?«

Er machte einen Sprung auf sie zu, aber sie war schneller, hob die Röcke und rannte zur Tür. Sie war schnell gewesen und hatte ihn überrascht, aber das Schloß klemmte, und er konnte sie von hinten am Mantel erwischen. Er stemmte fest die Füße in den Boden und drehte sie auf die Seite, bis sie zu Boden fiel.

Schwer atmend stand er über ihr. Sie warf den Kopf zurück, so daß er die nackte Haut an ihrem Hals und auf ihrer Brust sehen konnte, wie sie in den flackernden Binsenlichtern goldrosa schimmerte. Ihr langes, wirres Haar schleifte auf dem Boden. Sie hatte ihren durchdringenden Blick auf ihn gerichtet. Ihre Augen verengten sich, und ihre Nasenflügel bebten vor Wut und Angst. Sie sah jetzt aus wie die Hure, als die er sie bezeichnet hatte, und er hatte sie nie heißer begehrt.

Er zog an seinem Hosenlatz. Jetzt würde er ihr zeigen, wie es ist, einen richtigen Mann zu haben.

Rufus Hall brach in wilder Panik durch die Tür.

»Er ist gekommen, um sie zu holen! Maxwell – er ist hier!«

»Du sagtest, er sei tot!«

Rufus schluckte und schüttelte den Kopf. »Nicht tot...«

Seymour knirschte mit den Zähnen. Was zur Hölle ist mit den Beobachtern geschehen? Er zerrte Alexia an ihren Haaren auf die Füße und zog sein Schwert aus der Scheide. Er riß sie heftig an sich, und schritt langsam, die nackte Klinge seines Schwertes gegen ihren Hals haltend, zurück ins Zimmer, als Jamie Maxwell mit dem Schwert in der Hand durch die Tür trat.

Licht blitzte über die Schwertklinge, die an Alexias Hals gepreßt war. Sie stieß einen kleinen, erstickten Schrei aus, und ein Blutrinnsal lief an ihrem Hals herunter.

Jamie blieb stehen und packte den Schwertgriff fester. Sein Lächeln war jetzt kalt und grausam. »Ihr habt verloren, Howard. Nicht einmal der Tod kann Euch jetzt die Ehre zurückgeben. Laßt sie los.«

»Im Gegenteil, mein lieber Lord Maxwell. Wir werden jetzt die Sache mit meiner Ehre zwischen uns regeln. Schließt die Tür und verriegelt sie.«

Rufus, der sich langsam seinen Weg zur Tür gebahnt hatte, rannte durch und schlug sie hinter sich zu.

Seymour lachte kurz. »Einzelkampf, Ihr und ich«, sagte er. »Einzelkampf oder Alexia stirbt. Ich werde ihr den Hals durchschneiden wie ein Koch einer Taube. Das ist Eure Wahl. Verriegelt die Tür.«

Jamie langte hinter sich und schob den Riegel vor. »Ich habe getan, wie Ihr wünscht, Howard«, sagte er. »Jetzt wird uns niemand stören.«

Seymour lachte wieder und warf Alexia von sich. Dabei brachte er sein Schwert in die *en garde*-Position. »Alexia, meine Liebe, ich bin dabei, dich heute nacht zum zweiten Mal zur Witwe zu machen.«

»Seymour, nein!« schrie Alexia. »Du kannst nicht mit einem verwundeten Mann kämpfen. Siehst du nicht, daß er kaum stehen kann?«

Dies war nur allzu wahr, obwohl Jamie entsetzt und verzweifelt war, daß man es so offensichtlich erkennen konnte. Seine Glieder waren schwach und schwer von dem Blutverlust. Das tiefe Loch in seiner Stirn hämmerte und fühlte sich an, als ob erfinderische Folterknechte Nägel durch seine Schädeldecke trieben.

Er hob sein Schwert gerade rechtzeitig, um Seymours erstem Hieb zu begegnen. Sein Arm bewegte sich, als ob er durch Sirup hindurchschneiden müßte. Die Wunde öffnete sich wieder und nasses, klebriges Blut rann ihm in die Augen.

Jahre der Übung, in denen seine Bewegungen sich so eingeschliffen hatten, daß sie allein von Reflexen kontrolliert wurden, retteten ihn vor dem sofortigen Tod. Aber alle trainierten Sehnen seines Körpers zusammengenommen konnten den Blutverlust und seine schnell schwindende Sehfähigkeit nicht ausgleichen. Das Klicken und Krachen der Klingen aneinander schien von irgendwo weit her zu kommen, als er von Seymours Schwert immer weiter gegen die Wand gedrängt wurde. Jamie wußte, er würde schnell ein Ende machen müssen oder Seymour würde es für ihn tun. Und er bereitete sich vor, in einer einzigen, verzweifelten Attacke alles zu wagen.

Dann geschah etwas mit seiner Sicht. Der Mann mit dem Schwert wackelte und tanzte vor ihm, spaltete sich und wurde zu zwei Männern und zwei Schwertern. Er war bereits mitten im Ausfall, und jetzt war es zu spät, sich zurückzuziehen. Die flachen Seiten ihrer Klingen kamen mit solcher Wucht aufeinander, daß Jamie die Vibration bis in seine Zähne spürte. Ein schrilles Kreischen von Stahl gegen Stahl war zu hören, als Seymours Schwert an dem seinen vorbeistrich.

Schwarze Wellen der Ohnmacht nahmen ihn gefangen und seine Knie fingen an einzuknicken. Es war einfach zu blöd und albern, dachte Jamie, so zu sterben – auseinandergespalten wie ein gemästetes Schwein, als er schmählich zu Boden ging und in einer Ohnmacht versank.

Seymour sah, wie die Augen seines Feindes glasig wurden, und lachte triumphierend. Er entlastete und bereitete sich zum endgültigen, tödlichen Hieb vor.

Aber er hatte Alexia vergessen. Sie warf sich gegen seinen Arm und lenkte den Stoß ab, so daß die Klinge an dem steifen Leder von Jamies Jacke abrutschte, als er ohnmächtig zu Boden fiel. Seymour brüllte vor Wut und stolperte rückwärts. Seine Füße verhedderten sich in Alexias langem Mantel.

Er holte mit dem Schwert aus und hätte Alexia mit einem Hieb in zwei Hälften geschnitten, als die Tür hinter ihm aufgebrochen wurde. Seymour drehte sich überrascht um und lief in Angus Johnstones ausgestrecktes Schwert.

Angus starrte überrascht auf Seymours Kopf und bog sich zurück. Einen Augenblick dachte er, der Mann verbeuge sich vor ihm, dann stieß er einen halberstickten Ton des Ekels aus und drehte sein Schwert aus dem Körper, um es frei zu bekommen. Seymour brach langsam in der zersplitterten Tür zusammen und rollte auf den Rücken. Seine blinden Augen starrten zur Decke.

Angus schritt über ihn hinweg und fiel neben Jamie Maxwells Körper auf die Knie. Der Mann sah tot aus, obwohl seine Frau ihm sanft ein abgerissenes Stück Unterrock auf die Kopfwunde legte.

»Mylady ... seid Ihr sicher, daß er nicht ...«

Sie preßte die Lippen fest zusammen und schüttelte den Kopf.

Alexia rief seinen Namen, riß ihn aus der Dunkelheit zurück. Es war eine süße, sanfte Dunkelheit, und er wollte sie eigentlich nicht verlassen. Aber sie bestand darauf und war richtig wütend.

Ich bin wach, versuchte er ihr zu sagen. Laß mich, ich bin wach. Er dachte, wenn er die Augen öffnete, dann könnte sie sehen, daß er wach war, aber sein Kopf schmerzte zu sehr.

Sie krallte ihre Finger in seine Schultern und schüttelte ihn. »Jamie Maxwell, wenn du mir stirbst, werde ich dich mit meinen nackten Händen erdrosseln.«

Die Widersinnigkeit dieser Erklärung kam Jamie so komisch vor, daß er die Augen öffnete, um ihr das zu sagen.

Alexias Gesicht schwankte hin und her und nahm dann Form an. Sie war tatsächlich wütend. Ihre Augen spien Feuer, ihr kleines spitzes Kinn war auf ihn gerichtet. Er hatte keine Schwierigkeiten, diesen Ausdruck zu interpretieren, denn er war nur allzu gut mit ihm vertraut.

Er grinste sie an. »Ich werde nicht sterben«, flüsterte er. »Ich verspreche es.« Und zu seiner Überraschung brach seine starke, tapfere Alexia in Tränen aus.

Er versuchte, die Hand zu heben und sie zu trösten, überrascht, wie schwer sie sich anfühlte. Alexia packte sie und brachte sie an ihre Lippen, küßte den Handrücken und dann immer wieder die Handflächen. »Dumme Frau«, seufzte er und glitt zurück in die Dunkelheit.

Alexia fühlte eine Hand auf ihrer Schulter.

»Wir haben eine Trage für ihn vorbereitet«, sagte Angus Johnstone.

Sie nickte, stand auf und folgte ihm in die Nacht.

Der Sturm war vorüber und hatte einen Himmel voller Sterne hinterlassen. Die Johnstones und die Maxwells standen gemischt in verschiedenen Gruppen draußen. Sie entdeckte Robin und Big Jock, die sich um die Trage herumbewegten, als man sie hinaustrug. Robin hatte einen blutigen Verband an einem Arm und ein schwarzer Fleck hatte Big Jocks Jacke verunstaltet. Alexia fragte sich, ob das sein Blut war. Sie glaubte es nicht.

Sie erschauerte, als sie nachträglich alles noch einmal an sich vorbeiziehen sah, und blickte Angus an. »Wie habt Ihr . . . ?«

Er zuckte mit den Schultern und betrachtete den Himmel. »Ich hatte ein Gefühl im Bauch, als ob Howard den Landfrieden brechen würde. Es lief alles zu glatt. Also dachte ich, wir sollten Euch vorsichtshalber eine Weile folgen.«

Alexia versuchte zu lächeln, obwohl ihr das kaum gelang. »Ihr habt meinem Gemahl das Leben gerettet.«

»Nein, er war schon wieder aufgestanden und kämpfte, als wir ankamen.« Er kicherte leise. »Gütiger Himmel, wenn ich an all das Blut denke, das schwarz an seinem Gesicht klebte. Er sah aus wie ein Dämon, der direkt aus der Hölle gekommen war. Er hätte sich durch die ganze Hölle gekämpft, um Euch zurückzubekommen. Er war so in Sorge.«

Jemand rief nach Angus, und er brüllte eine Antwort. Rufus Hall wurde herbeigezerrt, seine gefesselten Arme im harten Griff eines rotschopfigen Johnstone.

»Was sollen wir mit dem hier machen, Sir?«

»Hängt ihn auf«, brummte Angus.

Alexia trat vor und stellte sich vor Rufus. Er versuchte, ihrem Blick auszuweichen. »Laßt ihn laufen«, sagte sie.

»Mylady, seid Ihr sicher...«

»Ja. Sein Leben gehört mir, mir und meinem Gemahl. Und ich schenke es ihm in seinem Namen.«

Rufus' Rücken krümmte sich, und er hielt ein Schluchzen zurück. Er hob den Kopf, und sein Gesicht war naß von Tränen. »Mylady... wenn Ihr eines Tages das Herz hättet, zu vergeben...«

»Nein. Niemals. Ich will dein Gesicht nie wiedersehen. Und du wirst auch nicht nach Thirlwall Castle zurückkehren, denn ich werde meinem Vater von deinen Untaten heute nacht berichten.«

Sie wandte ihm den Rücken zu und ging weg. Obwohl Rufus nach ihr rief, blickte sie nicht zurück.

Kapitel 16

Alexia formte den Schnee zu einem festen Ball in ihrer Hand. »Das müßte genügen«, meinte sie. »Ich glaube, wir haben jetzt genug für alle Eventualitäten.«

»Ja. So, wer greift jetzt zuerst an?« fragte Andy Maxwell genüßlich. Er betrachtete den hochaufgetürmten Haufen von Schneebällen. Wie es mit allen Kriegswaffen war, wenn man sie einmal erworben hatte, war die Versuchung, sie zu benutzen, unwiderstehlich.

Alexia spähte hinter der Wand von Andys Festung hervor, die in weniger gefährlichen Zeiten aus einem Stapel Fässer bestand. Der Schnee, der erste in diesem Winter, hatte der Burg und der umliegenden Landschaft ein frisches, sauberes Aussehen verliehen und das schmutzige Grau der letzten Herbstblätter verdeckt.

Die Nachmittagssonne war warm und ließ den gefallenen Schnee bereits wieder schmelzen. Aber der kalte Wind trug das Versprechen weiterer Schneefälle mit sich.

Maggie Armstrong segelte auf ihrem Weg vom Vorratslager zur Küche an ihr vorbei. Sie trug einen Korb, in dem verschrumpelte Holzäpfel hoch aufgeschichtet lagen. Einer fiel zu Boden und rollte weg. Sie fluchte laut und sah sich dann schuldbewußt um. Den Korb unter einen Arm geklemmt, beugte sie sich nieder.

Alexia nahm einen Schneeball auf und wog ihn in der Hand.

»Tu es«, wisperte Andy, und Alexia ließ ihn fliegen.

Das Geschoß landete mit einem ordentlichen Knall. Maggie quietschte, drehte sich um und bekam Alexias zweiten Schneeball direkt ins Gesicht.

Alexia und Andy verschwanden kichernd hinter den Fässern, wo sie in Sicherheit waren. Alexia war die erste, die wieder Haltung annahm. »Das hätten wir nicht tun sollen«, sagte sie selbstkritisch.

»Nein«, antwortete Andy feierlich. »Das hätten wir nicht tun sollen.«

Dann bekamen sie noch einen Lachanfall.

Lady Annor Maxwell ging aus Richtung der Bienenstöcke um das Siebhaus herum. Die Honigproduktion der Burg war ihr eigenes Spezialgebiet, und sie war gerade draußen gewesen, um sich zu vergewissern, daß die Stöcke den Schneefall überstanden hatten. Alle paar Schritte hielt sie an, pfiff und rief den Namen ihrer Lieblingsbulldogge. Der Hund wurde schon seit zwei Wochen vermißt, und jeder außer Annor glaubte, das Tier sei wahrscheinlich hinaus ins Moor gelaufen und von der Flut überrascht worden.

Andy, der auf seinen Fersen gehockt hatte, verlegte sein Gewicht und strich an dem Stapel vorbei, so daß ein Schneehaufen losgetreten wurde. Die Bewegung weckte Annors Aufmerksamkeit. Sie hielt inne, hob den Kopf, pfiff noch einmal und ging dann einen Schritt in ihre Richtung.

Wie Alexia später zu erklären versuchte, war Annors Hut schuld. Er war aus Frankreich und hatte die Form eines umgekehrten Kegels. Nach oben zu einer zweigeteilten Spitze auslaufend, gab er ein herrliches Ziel ab.

Andy und Alexia drehten sich um und sahen einander an, und in diesem Augenblick war ihr Schicksal besiegelt.

Andy bekam kein Abendbrot und mußte früh zu Bett. Alexia mußte eine Mahlzeit in eiskaltem Schweigen im großen Saal ertragen. Sie fand, seine Bestrafung sei bei weitem die leichtere.

»Dein Vater hat dich nicht oft genug übers Knie gelegt, als du klein warst«, tadelte Jamie sie später, als sie ins Bett gehen wollten. »Wenn du nicht so viel schwerer wärst als ich, würde ich dich direkt jetzt übers Knie legen und diese Nachlässigkeit ausgleichen.«

»Schwerer als du!« kreischte Alexia. Sie sah sich nach etwas um, das sie auf ihn werfen konnte. Sie hob eine Parfümflasche auf, beschloß, der Schaden sei zu groß, und nahm statt dessen ein Kissen.

»Leg das hin und komm her«, befahl Jamie.

Sie legte das Kissen weg und kam zu ihm ans Bett. Er saß auf dem Rand, und sie stellte sich vor ihm auf. Sie studierte das Teppichmuster und versuchte, schüchtern und reumütig zu wirken.

»Sieh mich an.«

Sie sah ihn an. Sein Gesicht war ernst, aber sie meinte, ein winziges Zucken in seinem Mundwinkel zu erkennen.

Er hob zu einem riesigen Seufzer an. »Was soll ich nur mit dir tun, Alexia? Es ist zum Verzweifeln, du wirst niemals lernen, dich wie eine ordentliche Ehefrau zu benehmen.«

»Ich werde mich dem Studium dieses Gegenstandes widmen, Mylord. Vielleicht könntest du deine gnädige Frau Mutter überreden, mir Unterricht zu geben.«

Jamie lachte, packte sie an der Hand, legte sich auf dem Bett zurück und zog sie zu sich herab. Er streichelte ihren Rücken, wobei die Schwielen an seinen Fingern die feine Seide ihres Nachthemdes aufkratzten. Er küßte sie lange und innig, dann setzte er sich zurück und betrachtete ihr Gesicht.

Er rieb mit den Knöcheln an ihrer Wange entlang. »Du bist das Leben für mich«, sagte er heiser. »Die Sonne und der Mond und die Sterne. Versprich mir, daß du dich nie ändern wirst.«

Sie stand auf und lehnte sich über ihn. Ihre Augen, rauchig-golden, glühten vor Verlangen. Irgend etwas, ein unerträgliches Gefühl erfüllte ihn, und er spürte, wie sich seine Augen mit Tränen füllten.

Er hauchte ihren Namen. Sie senkte den Kopf und küßte ihn auf den Mund, aber nur kurz und mit der Zunge neckend. Sie schob sein Hemd zurück, leckte und küßte seine Brust, spielte mit seinen Brustwarzen und fuhr dann weiter hinunter über seinen flachen Bauch. Haut und Muskeln zuckten und schauderten unkontrollierbar, und sein Herz schlug schneller und lauter, als ihre Lippen weiter nach unten glitten, Eis und Feuer mit sich führend. Ihr Haar fiel wie ein Vorhang über seine Hüften, und er hielt in köstlichem Erschrecken den Atem an, als ihr Mund sich um ihn schloß...

Viel später legte er sich auf die Seite und preßte seine Lippen gegen ihren geschwollenen Leib.

»Ich bin jetzt so häßlich und fett. Es ist ein Wunder, daß du es ertragen kannst, mit mir zu leben«, sagte Alexia mit dem Selbstvertrauen einer Frau, die soeben gut und gründlich geliebt worden war.

Er hielt seine Hände um ihre geschwollenen Brüste und grub

seine Nase in das Tal zwischen ihnen. »Mehr zu lieben an dir«, murmelte er. »Und alles so schön.«

Alexia lächelte und fuhr mit den Fingern durch sein Haar. Sie fühlte den Rand der fast verheilten Narbe – eine dauerhafte Erinnerung an Seymour Howard und seine Rache.

»Du bist ein schamloser Lügner, Jamie Maxwell.«

Er murmelte etwas von einem »schamlosen Nimmersatt« und streckte sich neben ihr aus. Sie schob ihr schweres Gewicht hin und her, um eine bequeme Stellung zu finden. Oh, ich werde froh sein, wenn das Baby geboren ist, dachte sie. Und doch auch wieder nicht. Denn wenn es ein Junge ist... Obwohl jetzt, nach allem, was zwischen ihnen geschehen war, würde Jamie nicht mehr darauf bestehen, daß sie sich an ihre Verabredung hielten. Vielleicht sollte sie eine raffinierte Andeutung machen, daß zwei Söhne nicht genug sein könnten, um den Titel zu sichern. Sie könnte es als Witz hinstellen und sehen, was er sagen würde.

Sie schloß die Augen und versuchte sich vorzustellen, wie sie ein Baby in den Armen hielt. Sie berührte ihre Brustwarzen, die jetzt nach ihrem Lieben weich waren. Das Baby würde dort saugen. Wie seltsam und wunderbar das schien. Sie hatte sich immer vor den Babys anderer Frauen gefürchtet. Sie waren so furchtbar winzig, so sehr abhängig von ihren Müttern...

»Frierst du, mein Liebes?« Jamie zog die Bettdecke fester um sie.

»Nein. Ich habe nur manchmal Angst, Jamie. Ich weiß überhaupt nichts über das Muttersein.«

»Du wirst das schon können«, sagte er schläfrig, dann lachte er leise. »Sieh doch nur, wie gut du mit Andy zurechtkommst.«

Alexia vermied es, ihn darauf hinzuweisen, daß ein Sechsjähriger kaum mit einem ewig schreienden Kleinkind zu vergleichen sei, das an beiden Enden undicht war.

»Vielleicht werde ich feststellen, daß ich talentiert bin. Dann könnte ich sie zu Dutzenden produzieren, wie ein Bäcker. Jamie? Jamie?«

Aber er war eingeschlafen.

Drei der Maxwell-Brüder – Malcolm, Diccon und Andy – gingen auf die Jagd. Bogen, Köcher, Pfeile, Steinschleudern, Speere und Messer lagen verstreut am Boden. Es war ein kalter, aber klarer Tag, und der Atem verließ ihre Münder in Dampfwolken, während sie miteinander scherzten und lachten und ihre Pferde sattelten. Vier Paar Jagdhunde kläfften und jagten einander, liefen zwischen den Pferdebeinen herum und stifteten allgemein Verwirrung.

Es war November, der Blutmonat, und die Burg bereitete sich auf den Winter vor. Ein Teil der Herden war bereits geschlachtet, das Fleisch gepökelt und geräuchert und im Vorratshaus aufgestapelt. Auch große Mengen Fisch und Aal waren geräuchert oder in Ingwer und Zimt eingelegt worden. Winterweizen und Roggen waren ausgesät, der Weizen zu Mehl gemahlen, das Bier zur Gärung tief in den Burgkellern angesetzt. Die Knaben hatten beschlossen, an diesem Tag ihren Beitrag zu leisten und eine Hirschkuh und Hasen zu den Vorräten beizusteuern.

Alexia kam zu ihnen gerannt, gerade als sie aufsteigen wollten. Sie trug Reitkleidung und einen Falken auf ihrem behandschuhten Handgelenk. Der Falkner folgte bescheiden in einiger Entfernung.

»Geht ihr jagen?« fragte sie und streichelte Apollos aufgeplustertes Federkleid. »Wir würden gerne mit euch kommen.«

Drei Paar grüne Maxwell-Augen starrten sie unsicher an.

»Was ist denn los? Warum seht ihr mich alle so an?«

»Och...« Andy schluckte und starrte auf seine Stiefelspitzen. Diccon spitzte die Lippen und pfiff in den Himmel.

Malcolm räusperte sich. »Es ist so, wir haben Befehle. Von Mutter, nicht von Jamie«, setzte er hastig hinzu, als Alexia die Brauen hob und ihr Kinn wütend vorstreckte. »Wir sollten an deinen Zustand denken und dich nicht ermutigen.«

Alexias Lächeln wurde täuschend süß. »Mich ermutigen zu was, bitte?«

»Zu Exzessen.«

Sie schnaubte undamenhaft. »Seid nicht albern. Ihr geht doch nur jagen und führt keinen Überfall auf Carlisle an. Andy, geh und sag einem Jungen, er solle mein Pferd satteln.«

Andy grinste und rannte zu den Ställen.

»Aber das Ba...« fing Malcolm an.

»Das Baby wird erst in mehr als zwei Monaten geboren. Liebste Brüder«, und sie klopfte Malcolm auf die Wange, »ich bin nicht so unförmig, als daß ich nicht auf einem Pferd sitzen könnte.«

Sie lächelte die Brüder freundlich an, und sie grinsten zurück, insgeheim froh, daß sie mitkam. Wenn Alexia dabei war, passierte immer etwas. Schon jetzt schien der Aufbruch zur Jagd weniger eine lästige Pflicht als ein Abenteuer.

Zuerst jagten sie am Rande der Sümpfe, wo Alexia den Falken gegen seine natürlichen Opfer, Enten und Reiher, fliegen lassen konnte. Apollo saß ruhig auf dem Handgelenk seiner Herrin und trug eine Haube, die mit Gold durchwirkt war, mit Perlen bestickt und mit hellen Federn geschmückt. Jamies Hochzeitsgeschenk für sie hatte sich zu einem prächtigen Exemplar seiner Gattung entwikkelt. Gemeinsam mit dem Falkner hatte Alexia ihn gut ausgebildet.

Sie entdeckten einen Reiher, der tief unten über der Grasnarbe dahinflog. Alexia nahm Apollo den Fußring ab und zog ihm die Haube vom Kopf. Der Falke flog mit einem schnellen Schlag seiner Flügel davon, stieg höher und höher und tauchte dann herab, um seine Klauen in das Opfer zu schlagen.

Er ließ die Beute los und schwebte aufwärts. Alexia stieß einen schrillen Pfiff aus und lockte mit dem Köder, einem roten Tuch in der Form eines Vogels, an dem ein bißchen Fleisch klebte. Der Falke reagierte sofort, stieß herab und glitt elegant um Alexias Kopf, bis er sich auf ihrem ausgestreckten Handgelenk niederließ.

Nachdem sie diese Art Sport ein paar Stunden betrieben hatten, gab Alexia Apollo dem Falkner, der ihn zur Burg zurücktrug. Dann wurden die Hunde freigelassen, und sie ritten der bellenden Meute hinterher, hinauf in die bewaldeten Hügel. Diccon und Andy erwischten je zwei Hirschkühe, und Malcolm erlegte einen Rothirsch. Alexia, die ihren Bogen nicht mitgebracht hatte, war es zufrieden, nur so mit ihnen zu reiten. Sie genoß das Gefühl des Pferdes zwischen ihren Beinen und den belebenden Wind auf ihrem Gesicht.

Das Wild wurde auf Pferde gepackt und von Bediensteten zur Burg zurückgebracht, während die Jäger langsamer folgten, ihre Pferde schnaufen ließen und selbst Atem holten. Sie teilten sich in

Paare auf. Diccon und Andy übernahmen die Führung, Alexia und Malcolm folgten.

Alexia studierte das Profil des jungen Mannes, der neben ihr ritt. Er saß aufrecht im Sattel, so daß die Deformation seiner Wirbelsäule kaum zu sehen war. Obwohl er dunkles Haar hatte und mager aussah, war sein Gesicht dem Jamies sehr ähnlich – hohe, wie gemeißelt wirkende Wangenknochen, eine lange, schmale Nase, weit auseinanderstehende Augen mit schweren Lidern. Nur sein Mund war anders, er trug einen harten, bitteren Zug, den Jamie nicht hatte.

Malcolm spürte ihre Augen auf sich. Er drehte sich um und lächelte sie schief an. »Bist du dazu übergegangen, Gesichter lesen zu wollen, liebe Schwester? Versuchst du, Schatten und Nuancen zu erforschen, so wie es ein Zigeuner mit den Tarotkarten tut?«

»Ich habe mich gefragt, wie alt du bist.«

»Ich bin siebzehn.«

»So jung? Irgendwie dachte ich, du seist älter.«

»Manche von uns werden alt geboren. Die Welt ist kein toleranter Platz für Krüppel.«

»Das ist nur so, weil jemand anders ist«, sagte Alexia. »Selbst die geringsten Abweichungen werden von allen anderen mit Mißtrauen betrachtet. Sie bedrohen und ängstigen uns, weil sie die Ordnung der Dinge umkehren.«

Er betrachtete sie mit Erstaunen und lachte dann. »Vorsicht, Alexia. Solche Gedanken im Kopf einer Frau sind in der Tat bedrohlich.«

Sie lächelte. Aber nach einem kurzen Schweigen sagte sie: »Jamie hat nichts mehr gezeichnet, seit wir nach Caerlaverock gekommen sind.«

»Ah, das ist also das Ziel dieser Konversation. Ich hätte es mir denken können. Wenn du auf eine Erklärung aus bist, kann ich dir vielleicht eine geben. Vater, weißt du, war viel toleranter mir gegenüber, dem Krüppel, als Jamie gegenüber mit seinen Büchern, seinen Zeichnungen und seiner Musik. Jetzt, wo er Vaters Platz eingenommen hat, wirst du feststellen, daß Jamie zu sich selbst weniger tolerant ist, was diese sanfteren Bestrebungen betrifft.«

»Aber Jamie ist nicht wie...«

»Der typische Grenzlandbaron? Lärmend und angeberisch, ewig streitend, mit Überfällen beschäftigt sein ganzes Leben lang? Nein, jetzt noch nicht. Und vielleicht wird er es mit dir als seiner Ehefrau niemals werden.«

Er schwieg einen Augenblick und sagte dann abrupt: »Du liebst meinen Bruder sehr, nicht wahr?«

»Ja«, antwortete Alexia einfach und fragte sich, warum es ihr so leichtfiel, ihre Liebe zu Jamie anderen gegenüber zu gestehen, und so schwierig, ihm selbst diese Worte zu sagen.

Malcolm betrachtete seine Hände, die sich um die Zügel spannten. »Mein Bruder ist ein sehr glücklicher Mann«, sagte er. Aber er sagte diese Worte so leise, daß Alexia nicht wußte, ob sie überhaupt für ihre Ohren bestimmt waren.

Diccon und Andy hatten ihre Pferde gewendet und kamen zu ihnen zurückgetrabt.

»Alexia!« schrie Diccon. »Reite schnell zurück zum Burgtor!« Ohne eine Antwort abzuwarten, gab er seinem Pferd die Sporen zu einem Galopp, und Andy folgte ihm mit lautem Rufen.

Sie rasten über Hecken und Gräben und kämpften sich durch Steinbrüche. Als sie auf das offene Feld kamen, ließ Alexia, die bis dahin vorsichtig gewesen war, die Zügel schleifen und lehnte sich über den Pferdenacken, so daß das Pferd loslegen konnte. Sie und Andy ritten Seite an Seite, die Hufe klopften im gleichen Rhythmus auf dem weichen Boden und warfen Brocken nasser Erde auf. Die anderen zwei waren ihnen mehrere Längen voraus.

Alexia kam allmählich an Andy vorbei und schloß die Lücke zwischen ihnen und den Anführern. Vor ihnen waren die Bediensteten, die die Packpferde führten, der Burg schon ganz nahe. Das Fallgitter war bereits hochgezogen und das hölzerne Tor schwang auf. Malcolm hatte seinem Pferd Auslauf gegeben und wurde jetzt langsamer. Alexia ritt an ihm mit einem triumphierenden Schrei vorbei. Nur Diccon war jetzt zwischen ihr und dem Sieg.

Diccon kam etwa hundert Meter vor der Zugbrücke auf gleiche Höhe mit den Packpferden. Er rief den Bediensteten warnend zu, daß sie zur Seite gehen sollten. Alexia wußte, sie mußte an ihm vorbeikommen, bevor er die Zugbrücke erreichte, oder sie würde das Rennen verlieren. Sie schloß ihre Schenkel fester um das Pferd und stieß ihm ihren Stiefelabsatz in die Seite. Sie überholte die Packpferde...

Sie sah die Bulldogge erst, als sie bei ihr war. Dann dachte sie, das Tier wolle sie anspringen und nicht das frische Fleisch auf den Packpferden, und sie straffte, in den Steigbügeln stehend, die Zügel. Ihr Pferd bäumte sich auf. Es warf den Kopf zurück und traf Alexias Schulter, so daß sie zu Boden fiel.

Sie landete so hart, daß ihr die Luft wegblieb. In ihren Ohren rauschte und klingelte es, so daß ein Gewirr anderer Geräusche nicht zu ihr vordrang. Wutgebrüll, das ängstliche Wiehern eines Pferdes, ein wütendes Knurren und dann ein letzter, hoher Schrei. Sie hustete, holte tief Luft und kämpfte, um aufzusitzen.

Die Bulldogge lag auf der Straße, und das Blut breitete sich wie eine Pfütze um ihren Kopf aus. Er war ein trauriger Sack Haut und Knochen, aber das edelsteinbesetzte Halsband um ihren Nacken glitzerte in der Abendsonne.

Malcolm kniete sich neben Alexia, ein blutbeschmierter Dolch lag vergessen in seiner Hand. Sein Gesicht war weiß vor Schreck. »Mutters Bulldogge war hinter dem Wild her. Das Tier war halb verhungert. Bis du in Ordnung?«

Sie nickte und begann aufzustehen. In diesem Augenblick spürte sie den ersten fürchterlichen Schmerz.

Jamie setzte sich erschöpft auf das Feldbett, wo er die letzten sechs Wochen geschlafen hatte, legte das Gesicht in die Hände und preßte die Handballen gegen die Augen. Er saß so einen Augenblick schweigend da, dann stand er auf und ging ins Schlafzimmer.

Er blieb im Türrahmen stehen, denn er fühlte sich wie ein Eindringling. Alexia saß in einem Stuhl mit hoher Rückenlehne vor dem Feuer. Ihre Hände lagen untätig im Schoß. Ihr Gesicht war eine Maske der Gleichgültigkeit.

Er nahm sein Schwert und seinen Gürtel ab und legte sie auf den Tisch. Er machte genügend Lärm, um sich bemerkbar zu machen, aber sie drehte sich nicht um und grüßte ihn auch nicht.

Er ging um ihren Stuhl herum und stand vor dem Feuer, mit dem Rücken zu den Flammen. Das Zimmer war entsetzlich heiß und voller schlechter Luft. Er spürte, wie der Schweiß unter seinen Armen und zwischen seinen Schulterblättern anfing zu laufen.

»Ich dachte, ich könnte heute nach Dumfries reiten«, meinte er und zwang sich zu einem fröhlichen Klang in der Stimme. »Auf den Markt gehen. Vielleicht möchtest du mitkommen?«

Sie schüttelte den Kopf.

Er kniete sich neben sie und nahm ihre Hand. Sie war kalt und sehr dünn. »Mein Liebes, du brauchst frische Luft und Bewegung. Du kannst deine Tage nicht hier eingeschlossen verbringen, nur dasitzen und...« Er unterbrach sich selbst, aber das unausgesprochene Wort schien im Raum widerzuhallen. Trauernd.

Sie entzog ihm ihre Hand und drehte sich schließlich um. Er wollte, sie hätte es nicht getan.

»Du verstehst nicht«, sagte sie, ihre Stimme war bitter und anklagend. »Meine Tochter ist tot!«

Jamie seufzte und stand auf. »Sie war auch meine Tochter. Glaubst du, ich trauere nicht um sie?«

Das stimmte natürlich, auch wenn es am Anfang anders schien. Aber deswegen, weil der Schmerz, den er vielleicht bei dem Verlust des Kindes empfunden hatte, von seiner schrecklichen Angst, daß Alexia sterben könnte, vertrieben wurde. Stundenlang hatte sie im Delirium in dem großen Bett gelegen, war fast ausgeblutet, bis er schließlich in seiner Verzweiflung und gegen die hysterischen Einwände seiner Mutter zu Katherine, der Hexe von Solway, der Geliebten seines Vaters, gelaufen war und sie gebeten hatte, zu kommen und alles zu tun, um Alexias Leben zu retten.

Die Frau war schweigend, aber willig gekommen, hatte ihre Salben und Tränke mitgebracht. Und nur ihr war es zu verdanken, daß Alexia am Leben geblieben war.

Annor hatte Jamie angeklagt, Alexias Leben gegen ihre Seele eingetauscht zu haben. Es war ihm egal. Er würde seine eigene Seele dem Teufel tausendmal und öfter verkauft haben, um Alexia zu retten. Statt dessen gab er Katherine eine Geldbörse.

Die Frau hatte seltsam gelächelt und sie ihm zurückgegeben.

»Wir sind Schwestern im Geist, Eure Dame und ich«, hatte sie gesagt. »Ich lasse mich nicht dafür belohnen, daß ich ihr Leben gerettet habe.«

Als er an die Frau dachte, kam ihm eine Idee.

»Alexia, wenn ich Katherine herbrächte, würdest du sie sehen wollen?«

»Nein.«

»Alexia...«

»Geh weg, Jamie. Laß mich allein. Ich möchte jetzt allein sein.«

Seine Miene wurde kalt. »Sehr wohl, Madam. Mit Eurer Erlaubnis.« Er verbeugte sich steif und tat, worum sie ihn bat.

Aber an der Tür hielt er an und drehte sich zu ihr um, Schmerz und Verlangen in den Augen.

Alexia hörte nicht, wie er wegging. Sie war zurückgegangen in die Zeit vor sechs Wochen. Sie wollte jede Minute noch einmal durchleben, als würde dann alles anders kommen. Manchmal rannte sie über den Hof, den Falken auf dem Handgelenk, und Jamie rief nach ihr, sie blieb stehen und redete mit ihm, und als sie sich zu den Jungen umdrehte, waren sie schon weg und der Hof leer. Andere Male war sie doch mit den Jungen auf die Jagd gegangen, aber es gab kein Wettrennen zurück zum Burgtor, und statt dessen trabten sie auf ihren Pferden langsam über die Felder und beobachteten den Sonnenuntergang hinter den Burgwällen.

»Sieh mich an.«

Jemand grub seine Finger in ihren Arm, die Nägel schnitten in ihr Fleisch. »Sieh mich an.«

Alexia hob den Kopf und sah in stahlgraue Augen.

»Glaubst du, du bist die erste Frau, die ein Kind verliert?« sagte Annor Maxwell. »Ich hatte einen Sohn, der ertrunken ist, und drei Töchter wurden tot geboren.« Alexia drückte den Rücken zurück in den Stuhl. Sie schloß die Augen, um die Worte zu vertreiben. Aber Annor fuhr unbarmherzig fort.

»Ich habe über sie geweint und sie dann beerdigt, und dann habe ich meinen Mann wieder in meinem Bett begrüßt. Wenn nicht mit Freude, dann doch mit Geduld. Alexia Carleton, du hast dich jetzt lange genug deinem Schmerz hingegeben.«

Heiße, brennende Wut brach durch den Schleier der Dumpfheit, in den sie sich gehüllt hatte. »Wie kannst du es wagen!« schrie Alexia. »Wie kannst du es wagen, das zu mir zu sagen, wo ihr beide selber, du und dein Sohn, meine Tochter umgebracht habt!«

Annor reckte sich auf und ging einen Schritt zurück. Sie stand vor Alexia, großartig in ihrer rotblonden Perücke und den reich bestickten Kleidern. »Du weißt nicht, was du sagst. Deine Krankheit hat dich um den Verstand gebracht.«

»Dreimal, dreimal haben du und dein Sohn versucht, mich umzubringen, und dreimal ist es euch mißlungen.« Alexia zog sich aus dem Stuhl hoch. »Also habt ihr deinen Hund angekettet und hungern lassen, und als du gesehen hast, wie wir von der Jagd zurückkamen, hast du ihn losgelassen, weil du wußtest, er würde, wenn er das frische Blut roch, sich heißhungrig auf die Packpferde werfen. Oh, wie müßt ihr euch gefreut haben, du und Robin, denn dieses Mal schien eure Methode zum Erfolg zu führen. Obwohl vielleicht nicht ganz so, wie ihr gehofft hattet.«

Annor starrte sie einen Augenblick verwundert an und lachte dann kurz auf. »Mein liebes Kind, wenn ich deinen Tod geplant hätte, kannst du sicher sein, ich wäre in der traditionellen Art vorgegangen und weniger dilettantisch. Einen Hund hungern zu lassen, ihn dann genau in jenem Augenblick loszulassen, wenn er vielleicht dein Pferd angreifen und dich aus dem Sattel werfen könnte, um eventuell deinen Hals zu brechen, ist kaum der Plan, der zum Erfolg führt. Nein, der Hund wurde aus Versehen in einem der Keller eingeschlossen. Den Rest hast du dir ausgedacht.«

Alexia rieb sich die Stirn. »Nein ... nein ... ich habe mir das andere nicht ausgedacht ...« Sie ballte die Hand zur Faust. »Aber du kannst nicht leugnen, daß du mich gern aus Caerlaverock weg hättest.«

»Das habe ich nie geleugnet«, antwortete Annor hochmütig. »Aber Jamie ist mein Sohn, und du bist, jedenfalls für den Augenblick, seine Frau. Ob es mir gefällt oder nicht, er braucht dich.«

Alexia schüttelte den Kopf.

»Er braucht mich nicht. Er wollte mich nicht einmal haben, außer, um mit mir im Bett seinen Spaß zu haben, und später, als uns der König zwang zu heiraten, wegen des Kindes, das er von mir haben konnte. Nein, wenn er mich wirklich brauchen würde, würde er...«

»Würde er was? Auf seine Knie fallen und dir ewige Liebe gestehen? Halte dich an die Bedürfnisse eines Mannes, nicht an seine Worte, Mädchen. Denn darin findest du, was sein Herz verlangt.«

Sie ging an Alexia vorbei, blieb dann aber stehen und legte ganz kurz eine Hand auf die Schulter der jungen Frau. »Du hattest eine Tochter. Sie war tot geboren, und das ist tragisch. Aber du mußt ihr jetzt ihre Ruhe gönnen. Lege sie zur Ruhe, und führe dein Leben weiter.«

»Um meine Pflicht als Jamies Frau zu tun?« sagte Alexia verächtlich und voller Wut in der Stimme.

Annor, die gerade den Raum verlassen wollte, blieb stehen und drehte sich langsam zu Alexia um.

»Tu deine Pflicht als Lady Maxwell.«

Vor langer Zeit hatte man in der südwestlichen Ecke der äußeren Burgmauer eine kleine Kirche gebaut. In dieser Kirche war früher die Familie zusammengekommen, um an besonderen Festen die Messe zu hören. Hier wurden die Neugeborenen der Maxwells zu dem großen marmornen Taufstein gebracht, und hier beerdigte man auch die Toten der Maxwells, in der Krypta unter dem Steingewölbe.

In der Kirche gab es keine Messe mehr, denn die katholischen Riten waren vor mehr als zwanzig Jahren vom schottischen Parlament verboten worden. Wenn Maxwell-Kinder überhaupt getauft wurden, dann in einer Zeremonie vor der protestantischen Gemeinde in Dumfries. Aber die Toten der Maxwells wurden noch immer in der Krypta zu Caerlaverock beerdigt.

Alexia, die den Weg zur Kirche hinunterging, wehte der bitterkalte Wind um den Kopf. Sie trug nur Schuhe mit Korksohlen, die nun knirschend das gefrorene Gras niedertraten. Die Hände, um ihren Mantelausschnitt geklammert, waren rot vor Kälte und rissig. Nach Wochen der Krankheit und Untätigkeit war sie von der Bewegung ermüdet, und sie hielt einen Moment inne, um Atem zu schöpfen.

Aus dem gleichen wertvollen gebrannten Stein erbaut wie die Burg, sah die Kirche seltsam einladend aus, trotz ihres vernachlässigten Äußeren. Der größte Teil ihrer kleinen Fenster war zerbrochen, und durch die Risse wuchs das Unkraut in den Steinstufen. Aber die schwere Holztür mit ihren geölten Scharnieren schwang leicht auf, als Alexia sie berührte.

Im Inneren waren das Holzgestühl und die Betschemel wurmstichig, der Steinaltar war nackt. Die Nischen in den Wänden hatten einst die Heiligenfiguren beherbergt, und jetzt wohnten dort nur Käfer und Spinnen.

Sie hatte eine Kerze mitgebracht, brauchte sie aber nicht, denn eine Öllampe brannte am Treppeneingang hinunter zur Krypta, und sie sah weiter unten noch eine Lampe mit flackerndem Licht.

Leise ging sie die Stufen hinunter und hielt sich an dem schmiedeeisernen Geländer, das in den Stein eingelassen war, fest.

Die Krypta war überfüllt. Fünfzehn Generationen von Maxwells ruhten unter den Steinplatten auf dem unebenen Fußboden vor den gebogenen Mauern oder lagen in Särgen mit reichen Schnitzereien, die willkürlich verteilt herumstanden. Unter ihnen, stark und jung und lebendig, stand Jamie, der achte Lord Maxwell.

Er stand mit gebeugtem Haupt vor einer kleinen Platte, die erst kürzlich vor der hinteren Wand eingelassen war. Während sie ihn betrachtete, hob er eine Hand und fuhr mit seinen Fingern über das Wort MADELEINE, das frisch in den Stein gehauen war.

Sie hielt sich die Faust vor den Mund, als wolle sie einen Schrei oder ein Schluchzen unterdrücken, obwohl sie eigentlich nichts empfand. Weder Trauer noch Mitleid, nicht einmal Wut. Sie griff nach dem Geländer, wollte sich hochziehen und hinaus, wollte fliehen, aber sie wurde plötzlich von einem überwältigenden Bedürfnis nach Trost und Umarmung erfaßt. Und vielleicht auch nach Vergebung.

Weil sie eine kleine Bewegung machte oder vielleicht, weil er ihre Gegenwart nur gespürt hatte, drehte er sich erschrocken um, und dieses eine Mal konnte er nicht mehr alle seine Gefühle aus dem

Gesicht verbannen. Sie sah alles, was er empfand, all den schrecklichen Schmerz und die Einsamkeit, und sie wußte, daß es all das widerspiegelte, was in ihrem eigenen Herz tief verborgen war.

Er trat einen Schritt auf sie zu. Einen Augenblick hielt sie sich zurück, hatte plötzlich Angst. Und dann ging sie auf ihn zu und in seine geöffneten Arme.

Kapitel 17

Es war der Heilige Abend und Schwärme von Bediensteten gingen im großen Saal ein und aus, die Arme mit Efeu und Stechpalmenzweigen beladen. Dazu noch Rosmarin und Mistelzweige. Alexia stand auf einem Hocker mitten in der Halle und überwachte die Arbeiten in einer Art und Weise, daß selbst der griesgrämigste Stallknecht sich beeilen würde, alles richtig zu machen.

Draußen bedeckte der Schnee in zwei Fuß hohen Wehen den Boden, und der Wind warf winzige Eisstückchen klopfend an die Fenster. Doch der grüne Schmuck gab dem Saal einen warmen, festlichen Glanz und erinnerte an den Sommer. Später am Vormittag würde das Weihnachtsscheit hereingetragen und in den großen Kamin gelegt werden. Am Nachmittag, im Laufe des Festmahls, würde Jamie es anzünden. Ein zehn Fuß großes Stück, aus einem riesigen Baumstamm herausgeschnitten, würde das Weihnachtsscheit den ganzen Kamin füllen und zwölf Tage und Nächte bis Epiphanias brennen.

Als sie sich an das Weihnachtsscheit erinnerte, sprang Alexia vom Hocker herab und ging zum Kamin hinüber. Er sah genauso aus, wie sie es erwartet hatte.

»Molly«, rief sie einem Mädchen zu, das gerade aus der Speisekammer kam und Tabletts mit Essen trug, die sie auf die Anrichten stellen wollte. »Bitte einen der Männer, den Kamin auszukehren. Er sieht aus, als wäre er seit Wochen nicht mehr sauber gemacht worden.«

Als das getan war, sah sie sich um, die Hände auf dem Rücken, und inspizierte gerade die Länge der Kerzen in den Leuchtern, als ihr ein seltsam scheußlicher Geruch um die Nase strich. Sie wandte sich um und stand plötzlich dem Landstreicher mit seinem verfilzten Bart und zerschlissenen Wams gegenüber.

Er hatte den Besen in der Hand. »Muß hier was gekehrt werden, Mylady?«

Sie erschrak und sah sich schuldbewußt um. »Was tust du hier?« zischte sie ihn an.

»Ich kehre, Mylady.« Er grinste, rieb sich mit dem Ärmel über die Nase und schlurfte dann davon.

»Wer ist der Mann?« rief sie laut.

Malcolm, der gegen einen Stuhl gelehnt stand, sich wichtig machte, aber nichts beizutragen hatte, fragte: »Welcher Mann?«

Alexia deutete mit dem Kinn in die Richtung: »Dieser Mann, du Dummkopf. Der den Kamin ausfegt.«

»Ach der. Das ist der neue Schmied.«

»Der was?«

»Der Schmied«, betonte Malcolm die Worte. »Du weißt doch, der Mann, der die Pferde beschlägt.«

Sie fuhr ihn an: »Malcolm Maxwell, ich habe keine Zeit, hier zu stehen und mir deine lächerlichen Witze anzuhören. Wenn du nichts zu tun hast, schlage ich vor, daß du dich nützlich machst und Robin mit dem Wein hilfst.«

Dann stapfte Alexia aus dem Raum und ließ Malcolm hinter ihr herstarrend und gekränkt zurück.

Alexia begab sich zu den Küchen, beschloß dann aber, in der Vorratskammer nachzusehen, ob sich Robin tatsächlich, wie versprochen, um das Abfüllen des Weins gekümmert hatte. Über die allgemeine Nutzlosigkeit der Männer vor sich hinschimpfend, ging sie zurück zur Treppe hinter der Eingangswand und durch die Mauerpassage an der Großen Halle.

Sie hatte bereits die Hand an der Klinke der Tür zur Vorratskammer, als sie leise Stimmen im Inneren hörte. Nachdem sie einen Augenblick mit ihrem Gewissen gekämpft hatte, das ihr sagte, daß sie ihre Nase und Ohren da herauszuhalten habe, öffnete Alexia die Tür einen Spalt weit und spähte hinein.

Robin Maxwell stand halb von ihr abgewandt und sprach mit jemand, den sie nicht sehen konnte. Er war wütend, oder zumindest ungeduldig, und die Spitze seines roten Bartes war streitlustig vorgestreckt.

»Die Dichter singen zu ihrer Harfe immer davon, daß man von der Liebe leben kann«, ereiferte er sich gerade. »Du kannst aber von der Liebe nicht abbeißen wie von einem Stück Fleisch.«

Das Rascheln von Röcken war zu hören, und eine Frau trat in Alexias Blickwinkel. »Wir können doch von meiner Erbschaft leben.«

Alexia konnte sich kaum noch rechtzeitig beherrschen, um nicht laut herauszuplatzen, denn die Frau, die da sprach, war Elspeth Campbell.

Robin fluchte und schlug eine Faust in seinen Handteller. »Lieber Himmel, Elspeth, kannst du denn nicht einsehen, daß es genau deine Erbschaft ist, die trennend zwischen uns steht? Ein zweiter Sohn ist nicht gut genug für dich.«

»Wer sagt, daß du nicht gut genug für mich bist, Robby? Wer macht diese Regeln?« Sie legte ihren Kopf an seine Brust. »Wir wollen Lord Maxwell sagen, daß wir uns lieben. Er wird einer Heirat zustimmen. Ich weiß, daß er es tun wird.«

»Ja, das ist genau die Art von weichherziger, romantischer Geste, der mein Bruder Jamie nicht widerstehen könnte.« Robin packte sie an den Schultern, strich dann aber zärtlich an ihr herunter. »Ich bin aber nicht die Art Mann, die sich von einer Frau aushalten läßt. Ich werde nicht ohne Titel und als Bettler zu dir kommen, Elspeth. Ich kann es nicht.«

»Und würdest du zusehen, wie ich mit Argyle verheiratet werde, nur um deines Stolzes willen?«

Robin knirschte mit den Zähnen. »Beim gütigen Himmel. Ich werde den Mann umbringen, der es wagt, dich zu berühren!«

Elspeth seufzte. »Ich will nicht mehr darüber sprechen, Robby. Küß mich lieber.«

Er hob ihr Kinn, bog ihren Kopf zurück, und sie reckte sich auf ihre Zehenspitzen. Er hielt den Kopf gesenkt, und als sich ihre Lippen trafen, sah Alexia etwas auf Robin Maxwells Gesicht, das sie nie dort zu sehen erwartet hatte. Sie sah Liebe und eine sanfte, hingebungsvolle Zärtlichkeit.

Sie zog die Tür zu und lehnte sich gegen die rohe Holzlatte. Sollte sie Jamie von der Szene erzählen, die sie gerade beobachtet hatte?

Sie würde sicherlich wenig Dank von Robin dafür ernten, wenn sie sich in seine Liebesangelegenheiten einmischte. Und als Elspeth' Vormund und Treuhänder ihres Vermögens wäre es Jamies Pflicht, die beiden Liebenden zu trennen, sobald er davon wußte. Arme Elspeth. Verdammter Robin und sein verdammter Maxwell-Stolz.

Sie ging gebückt und leise den Korridor entlang und tauchte vor dem Eingang auf, wo sie Malcolm anrempelte, der gerade den großen Saal verließ.

Er packte sie an den Schultern, damit sie wieder gerade stehen konnte, und ihre Augen trafen sich einen Augenblick. Er sagte nichts, ließ sie los und wollte davongehen.

»Malcolm.«

»Was ist?«

Sie lächelte über seinen Schmollmund. »Es tut mir leid, daß ich dich vorhin so angeblafft habe. Ich weiß, ich kann schon eine furchtbare Xanthippe sein. Ich wollte dir nur sagen, daß du mir von allen Brüdern Jamies der liebste bist.«

Er betrachtete sie mißtrauisch, um festzustellen, ob sie das auch so meinte, dann grinste er. »Nun, von allen Ehefrauen Jamies bist du mir die liebste.«

Die Maxwell-Brüder standen beisammen, tranken und warfen hungrige Blicke auf die riesige Schweinskopfsülze in der Mitte der Tafel. Es war ein besonderes Weihnachtsgericht aus einem zahmen Eber, den man mit Hafer und Erbsen gefüttert hatte. Das Fleisch wurde dann in Bier eingelegt und gepökelt, später in einer Soße gekocht, die so scharf gewürzt war, daß sich der herbe Duft über den ganzen Raum verbreitete.

Diccon wurde ungeduldig. »Wo bleiben sie? Ich schwöre, wenn sie nicht gleich kommen, werde ich die ganze Platte allein leer essen.«

»Hab lieber wenigstens noch eine Stunde Geduld, kleiner Bruder«, gab Malcolm in seiner gedehnten Sprechweise von sich. »Wenn eine Frau ein Uhr sagt, meint sie zwei Uhr. Stimmt das nicht, Jamie?«

Jamie gab keine Antwort. Er sah zur Tür, und der Ausdruck auf seinem Gesicht ließ Malcolm leicht erraten, wer gerade den Raum betreten hatte.

Alexia gestaltete einen perfekten Auftritt. Sie hielt einen kurzen Augenblick inne, bevor hinter ihr Annor und Elspeth zusammen und dann Evie auftraten.

Alexia trug Grün und Gold. Ihr Gürtel war aus smaragdfarbenem Satin mit goldenen und silbernen Fäden durchwirkt. Ihre gerafften und geschlitzten Ärmel waren sehr blaß zitronengelb und ihr Mieder mit Edelsteinen und Perlen bestickt. Ihr Gesicht war eingerahmt von einem steifen Kragen mit Spitzenrand in einem Drahtrahmen, der hinter ihrem Kopf in der Form von Flügeln aufragte. Unter allem trug sie ein Hemd, das so reich mit Spitzen besetzt war, daß sie den Ausschnitt ihres Mieders absichtlich tiefer gesetzt hatte, damit man es sah.

Sie hatte Dutzende von Perlen zwischen ihren Haarlocken befestigt, und Jamies Gedanken sprangen sofort weiter zu dem Augenblick, wenn er später das Vergnügen haben würde, eine nach der anderen herauszulösen.

»Du siehst wunderschön aus«, sagte er, zog ihre Hand zu seinen Lippen und küßte ihre Fingerspitzen.

»Du auch«, lächelte sie ihn an, dann wurde ihr Lächeln breit, und sie bezog alle seine Brüder ein. »Und ihr alle auch.«

Die Brüder hatten sich herausgeputzt. Sie trugen bestickte Hosen, und jedes Wams war mit Edelsteinen verziert. Sie standen den Frauen in ihrer weihnachtlichen Festtagskleidung in nichts nach.

Man aß *en famille* in der unteren Halle, denn der lange Tisch im großen Saal war für die Festlichkeiten am späten Nachmittag hergerichtet worden. Alexia war erstaunt, einen Fremden in ihrer Mitte zu sehen, denn man hatte ihr nicht gesagt, daß ein Gast erwartet wurde.

Er hielt sich im Hintergrund in der Nähe des Kamins auf, als zögere er, sich den anderen anzuschließen. Seine Kleidung war einfach. Obwohl er ein schmuckloses schwarzes Wams trug, war seine Erscheinung doch ganz die eines Edelmannes. Er hatte ein schmales, ästhetisches Gesicht und kalte, blaue Augen.

»Und wer ist das?« wisperte Alexia Jamie zu, als er ihr ein Glas süßen, weißen Wein reichte.

»Ach... nur ein alter Freund von Mutter«, sagte er beiläufig, nahm ihre Hand und zog sie vorwärts, um sie vorzustellen.

Der Mann, der ihr als Geoffrey Peale vorgestellt wurde, führte während der ganzen Mahlzeit eine lebhafte, aber leise Unterhaltung mit Annor Maxwell. Alexia wurde allmählich ärgerlich über den Mann, denn seine Gegenwart schien der Laune der jüngeren Brüder einen Dämpfer verliehen zu haben, die ausnahmsweise einmal eine ganze Mahlzeit lang ohne die üblichen Neckereien und Albernheiten auskamen. Was noch schlimmer war: Sein Blick wanderte immer wieder hinüber zu Evie, auf die Maske, die Evies Gesicht bedeckte, woraufhin sich diese so unbehaglich fühlte, daß sie mit dem Essen aufhören mußte.

Elspeth und Robin ignorierten einander so übertrieben, daß Alexia lächeln mußte, als sie sich an die Szene in der Vorratskammer am Nachmittag erinnerte. Jamie aß ebenfalls schweigend mit einem nachdenklichen Ausdruck, der im Gegensatz zu dem stand, mit dem er sie sehnsüchtig anstarrte, wann immer sein Blick auf sie fiel. Alexia fing Malcolms Blick auf. Er wies auf sie und lehnte sich zu dem Mann hinüber, dem er etwas sagte, wobei er seine Mutter mitten im Satz unterbrach.

»Es gibt immer eine Wahl«, antwortete der Mann auf Malcolms Frage. Seine Stimme übertönte die anderen Unterhaltungen am Tisch. Er wandte sich an Jamie. »Und Ihr, Lord Maxwell? Würdet Ihr nicht die Familie über Schottland stellen?«

Jamie lehnte sich in seinem Stuhl zurück. Er drehte mit der einen Hand an dem Stiel seines Weinglases, mit der anderen tastete er unter dem Tisch nach Alexia. »Ich glaube, es kommt auf die Umstände an, aber normalerweise ja. Ich würde meine Frau und meine Familie immer an die erste Stelle setzen.«

»Und Gott? Hat die Treue zu Gott keinen Platz in Eurer Ordnung der Dinge?«

»Gott ist allgegenwärtig, oder nicht? Also ist es wahrscheinlich doch so: Gleich, was ich wähle, Familie oder Land, er würde immer seinen Anteil bekommen.«

Der Mann wurde blaß. Er öffnete den Mund und wollte sprechen, aber Annor stand abrupt auf, schob den Stuhl mit soviel Kraft zurück, daß er wackelte und fast umfiel.

»Bitte...«, sagte sie, ihre Stimme zitterte leicht. »Ich möchte nicht unterbrechen, aber unsere Dienerschaft und die Mitglieder des Clans erwarten uns im großen Saal. Wir haben ihnen Tanz und Musik versprochen, und ich möchte sie nicht enttäuschen.«

Der Fremde bedachte Jamie mit einem letzten, durchdringenden Blick, aber er hatte keine andere Wahl, er mußte ihnen allen die Treppen hinauf in den großen Saal folgen.

Die Diener und Lakaien, die Schafhirten und Bauern, die Maxwells Güter bearbeiteten – sie warteten tatsächlich alle und jubelten ihrem Herrn und seiner Gemahlin zu, als sie eintraten. Jamie hielt eine kurze Ansprache voller Doppeldeutigkeiten und sexueller Anspielungen, bei denen die Frauen erröteten und die Männer feixten und sich gegenseitig in die Seite stießen. Als er fertig war, gab Alexia Anweisung, den Apfelwein und das Bier hereinzubringen.

Jamie setzte sich vor die Harfe, die aus dem Musikzimmer hereingebracht worden war, und fing an, muntere Weisen zu spielen.

Diccon forderte Elspeth sofort zum Tanz auf. Robin konnte den Anblick genau zwei Minuten ertragen, dann unterbrach er die beiden und sagte seinem Bruder rüde, er möge abhauen und seinen Kopf in einen Pferdetrog stecken. Verdutzt stand Diccon zwischen den umherwirbelnden Tänzern und starrte ihnen nach.

Alexia klopfte ihm auf die Schulter. »Ich habe scheinbar keinen Partner, Sir Diccon. Ob mir wohl ein galanter Ritter zu Hilfe kommen könnte?«

Malcolm blickte hinüber zu Evie, die gegen eine Wand gelehnt stand, und deren Fuß im Takt der Musik schlug. Er verbeugte sich tief. »Madam, würde es Euch etwas ausmachen, ein Tänzchen zu wagen?« Er lächelte sie verschmitzt an. »Ich werde versuchen, unsere Füße nicht allzusehr zu verwechseln.« Sie zögerte einen Augenblick, nickte dann und gab ihm ihre Hand.

Niemand bemerkte, daß Annor und der Fremde verschwunden waren.

Später, während einer Tanzpause, saß Alexia auf der Wandbank und versuchte Atem zu schöpfen, als Elspeth kam, ihre Schulter anfaßte und sie zur Eingangstür hindrehte. Ein provisorischer Vorhang war an diesem Ende des Saals von einer Seite zur anderen gespannt, und dahinter waren Schläge und Lachen zu hören.

»Sieh, Alexia!« rief Elspeth aus. »Das Spiel beginnt.«

»Ich wußte nicht, daß wir Komödianten hier haben. Wann sind sie angekommen?«

»Keine Schauspieler, Dummchen. Es sind Lord Maxwell und seine Brüder. Sie tun das jedes Jahr am Heiligen Abend. Das ist eine Tradition. Letztes Jahr war Robin ein Türke.«

Dieses Jahr war Robin ein König. Er kam als erster auf die Bühne und trug einen falschen Bart, eine Perücke aus grauem Garn, einen Nachttopf als Krone, und als Zepter trug er einen Topfhenkel vor sich her. Er setzte sich auf seinen Thron – Jamies Hochsitz – und kündigte mit Stentorstimme an, daß er seine Tochter, die Prinzessin, mit dem Mann verheiraten würde, der es wagte, den bösen Drachen zu töten.

Die Prinzessin trippelte auf die Bühne. Es war Malcolm. Er hatte eines von Annors abgelegten Gewändern an. Sein Gesicht war mit viel Schminke zugedeckt, die Lippen mit Lippenstift nachgezogen, und er hatte Kohlestriche um die Augen. Er hätte sehr schön ausgesehen, dachte Alexia, wenn er sich nicht so albern benommen hätte, herumhüpfend, mit den Augenwimpern klimpernd und Küsse in das Publikum werfend.

Andy war der tapfere Prinz, komplett ausgestattet mit Schwert und Schild, und Diccon war sein treuer Gaul. Andy vergaß immer wieder seinen Text. Diccon, der einen Pferdekopf aus Papier trug, hatte ihn verkehrt herum aufgesetzt, so daß schwer festzustellen war, ob er kam oder ging.

Plötzlich kam der Drache brüllend auf die Bühne. Alles schrie – sogar Alexia. Er hatte einen riesigen Kopf mit grünen Schuppen, roten Nasenflügeln, die richtigen Rauch herausbliesen. Dadurch sah er so lebensecht aus, daß selbst Alexia kaum glauben konnte, daß Jamie wirklich in dem monströsen Kopf steckte.

Das ist mein schönstes Weihnachtsfest, dachte Alexia, sogar besser als alle auf Thirlwall Castle. Sie sah verschwommen durch ihre tränengefüllten Augen, wie die Figuren auf der Bühne herumsprangen. Andy, der sein Schwert um sich schwang, Malcolm fast auf dem Boden liegend wie in einer mädchenhaften Ohnmacht, Jamie, der Feuer spie und kämpfen mußte, um zwischen seinem Gebrüll nicht immer wieder zu lachen. Das ist meine Familie, dachte sie. Wie konnte ich glauben, daß einer von ihnen meinen Tod gewollt hätte? Die Maxwells sind jetzt meine Familie. Ich gehöre hierher zu ihnen, zu Jamie, in diese Burg, in dieses Land.

Später in der Nacht, als sie in ihrem Schlafgemach allein waren, wollte sie Jamie etwas von ihren Gefühlen erzählen.

»Jamie«, begann sie und wandte sich ihm zu, aber sie vergaß alles, was sie ihm sagen wollte, als ihre Blicke sich trafen, die seinen lebhaft grün schillernd im flackernden Kerzenlicht.

Er lag auf dem Bett, die Schultern auf dem Polster, seine Hände hinter dem Kopf verschränkt. »Leg deine Kleider ab«, befahl er mit rauher Stimme.

Sie drehte sich zu ihm um. Erst zog sie den hohen steifen Kragen aus und warf ihn auf den Boden. Die Rüschen am Handgelenk kamen als nächstes, dann die Ärmel. Sie legte jedes Kleidungsstück langsam und mit erotischem Schweigen ab. Und nicht einen Augenblick lang wandte sie ihre Augen von seinem Gesicht. Als sie vollständig nackt war, hob sie die Hand, um ihre Haare herabfallen zu lassen.

»Nein«, sagte Jamie. »Laß dein Haar in Ruhe.«

Sie ließ die Hände herabfallen.

»Schließ die Augen«, sagte er.

Sie schloß die Augen, hörte, wie die Matratze sich unter seinem Gewicht bewegte, und spürte, wie er in der Dunkelheit aufstand. Sie hob ein Augenlid leicht an. Er nahm etwas aus der Kommode.

»Hör auf zu blinzeln.«

»Ich blinzele nicht«, sagte sie entrüstet und kniff zum Beweis die Augen zusammen.

Sie spürte, wie seine Finger über ihren Nacken strichen, dann legte sich etwas Kaltes und Schweres auf ihre Brust. Sie öffnete die Augen. Er stand hinter ihr und hielt ihr einen Spiegel vor das Gesicht.

Ein Feuerkreis fing das Licht auf und reflektierte es. Um ihren Hals lag eine Kette aus fein geschmiedetem Gold, und in jedem Glied war ein einzelner, makelloser Brillant gefaßt. Von der Mitte der Kette hing ein Anhänger herab, ein Saphir, der wiederum in glitzernden Brillanten gefaßt war.

Ihre Hände flogen hinauf zur Kette, obwohl sie es nicht wagte, sie anzufassen, voller Angst, daß sie nicht wirklich war, sondern nur eine Spiegelung des Lichts. »O Jamie...«

»Gefällt sie dir?«

»O Jamie...«

Jamie lachte und warf den Spiegel weg. Er beugte sich zu ihr und küßte sie auf den Nacken. Sie lehnte sich an ihn, schob ihre Arme unter seinen Armen durch, dabei wanderten seine Lippen über ihren Nacken und an ihren Schultern herab. Sie fing seine Hände auf und brachte sie tiefer an sich herunter. Er seufzte glücklich, nahm sie in die Arme und trug sie zu dem großen Bett hinüber.

Alexia wurde plötzlich wach.

Der Mond, der vom Schnee draußen reflektiert wurde, tauchte das Zimmer in silbernes Licht. Alles war still. Sie seufzte schläfrig und bewegte sich, suchte Jamie mit den Beinen. Er war nicht da.

Sie setzte sich auf und rief leise nach ihm, weil sie dachte, er sei aus irgendeinem Grund in das Vorzimmer gegangen. Als sie keine Antwort bekam, stand sie auf und suchte ihn. Aber das Vorzimmer war leer.

Die Tür zum Treppenhaus stand etwas offen. Alexia ging zurück ins Schlafzimmer, um ihren Morgenmantel zu holen, fand die Feuersteine und die Kerze neben dem Bett. Im letzten Moment ging sie noch einmal zurück, um ihre Hausschuhe anzuziehen; die Steinstufen würden kalt sein.

Einige Binsenlichter ließ man die ganze Nacht im Treppenhaus und vor dem Eingangsbereich zur Großen Halle brennen. Die Flammen warfen unheimliche Schatten an die Wände, so daß sie an brennende Hexen denken mußte und an Höllenfeuer. Ein kalter Luftzug fuhr unter ihren Mantel und wölbte ihn um ihre nackten Beine. Ein Schauer lief ihr den Rücken herab. Es war niemand da.

Sie schlüpfte durch die Eingangstür und in die Große Halle. Die eisernen Läden waren dort über die Fenster geklappt, aber das Weihnachtsscheit brannte im Kamin am anderen Ende des Raums und verbreitete einen roten Glanz. Sie zündete die Kerze an und ärgerte sich, daß ihre Hände dabei zitterten. Wovor fürchtete sie sich? Geister?

Sei nicht albern, sagte sie zu sich selbst.

»Jamie«, rief sie. »Bist du da?«

Der Klang ihrer eigenen Stimme gab ihr Sicherheit. Sie hielt die Kerze hoch und spähte in die schattigen Ecken der Halle. Abfälle von der Weihnachtsfeier lagen überall auf dem Boden verstreut. Die Bediensteten würden morgen viel Arbeit haben, dachte sie.

Ein Wehklagen drang aus der Mauer. Nein, es war nicht die Mauer, es war jemand oder etwas, das hinter der Mauer wehklagte.

Sie trat einen Schritt zurück, dann noch einen. Und dann faßte sie Mut. Sie biß die Zähne zusammen und schritt entschlossen in die Richtung, aus der das Geräusch kam. Das Stöhnen hörte auf.

Sie betrachtete diesen Teil der Mauer. Es war direkt rechts neben dem Kamin. Sie stellte sich im Geiste vor, wie die Serviceräume um die Halle angeordnet waren. Soviel sie wußte, gab es dort kein Zimmer – und das war seltsam, denn dort mußte ein Zimmer sein, denn die Speisekammer lag auf der anderen Seite.

Die Mauer war mit bemalten Gipsreliefs geschmückt, die die Sternzeichen darstellten, sechs auf jeder Seite des Kamins. Der Widder befand sich direkt in Augenhöhe. Alexia hob die Hand und drückte auf seine Nase. Nichts geschah.

Sie mußte sich das Ganze eingebildet haben, dachte sie. Wahrscheinlich war Jamie nur kurz hinausgegangen. Er würde jetzt wieder im Bett liegen und sich wundern, wo sie blieb. Und wenn sie nicht bald zurückginge, würde er die ganze Burg aufwecken und nach ihr suchen lassen. Sie drehte sich um und...

Der Löwe blinkte sie an.

Alexias Schrei drang nur bis zu ihrer vorgehaltenen Hand. Die Kerze fiel ihr aus der Hand und ging aus. Die Augen des Löwen glühten gelb in der Dunkelheit, und sie erkannte, daß der Löwe nur scheinbar gewunken hatte, weil das Licht, das durch die Löcher drang, unruhig flackerte.

Sie konnte das Relief, das den Kopf des Löwen darstellte, nicht erreichen. Also zog sie eine Bank an die Wand und stellte sich darauf. Sie reckte sich hoch und drückte ihre eigenen Augen gegen die Öffnungen, die die Augen des Löwen in dem Bildnis darstellten.

Sie sah hinunter in eine kleine, mit Kerzen erleuchtete Kapelle, die voller Menschen war. Ein Priester in rotem Talar stand mit dem Gesicht zum Altar. Er hielt einen goldenen Kelch in beiden Händen, hob ihn hoch über seinen Kopf und fing an, in Latein zu singen. Das war das Wehklagen, was sie vorhin für Stöhnen gehalten hatte. Ein kleiner Junge in einem weißen Gewand mit rotem Überwurf kniete neben ihm. Der Junge hob eine Messingkugel vom Boden auf und fing an, sie in weitem Bogen um sich herumzuschwingen. Der Geruch des Weihrauchs füllte die Luft. Er drehte etwas den Kopf und warf einen kurzen Blick über die Schulter, und Alexia sah sein Gesicht. Es war Andy.

Sie waren Papisten. Die Maxwells waren Papisten. Sie hätte es nie für möglich gehalten, wenn sie es nicht mit eigenen Augen sehen würde. Und doch hatte sie von solchen Dingen gehört. Priester, die in Verkleidung durch das Land reisten und in den Heimen der Katholiken die Beichten abnahmen und die Messe zelebrierten. Die katholischen Riten waren verboten worden, aber diejenigen, die die alten Gebräuche nicht aufgeben wollten, waren in den Untergrund gegangen, um ihre Religion in Kellern und geheimen Räumen zu praktizieren. Die Strafen, wenn man sie fing, waren schwer. Konfiszierung aller ihrer Besitztümer, Exil oder Tod.

Der Priester hatte seine Stimme zu einem letzten, traurigen Amen erhoben. Er knickste und wandte sich um, breitete die Arme segnend aus, und über dem roten Gewand sah Alexia das schmale, dunkle Gesicht Geoffrey Peales.

Ein fester Arm packte Alexia um die Hüften und hob sie von der Bank. Sie strampelte und wollte schreien; da preßte sich eine schwielige Hand auf ihren Mund. Das Weihnachtsscheit brach in sich zusammen und spuckte noch einen Funkenschauer aus, so daß Alexia Jamies goldglänzendes Haar erkannte.

Sie hörte auf zu strampeln, obwohl er sie nicht losließ. Er zog sie aus dem Saal und die Treppen hinauf, seine Hand noch immer fest über ihren Mund gepreßt. Erst als er die Tür zu ihrem Schlafzimmer mit seinem Stiefelabsatz zugeschlagen hatte, ließ er sie los.

Sie entfernte sich rückwärtsgehend von ihm und wischte sich den Mund mit dem Handrücken. »Du brauchtest nicht so grob zu sein.«

Seine Lippen wurden schmal, verzogen sich zu einem kalten Lächeln, und in seiner Wange zuckte es. Sie hatte diesen Ausdruck schon zweimal auf seinem Gesicht gesehen, diese Weißglut, so intensiv, so wild, daß er sie nur mit enormer Anstrengung unter Kontrolle halten konnte. Aber bis jetzt war diese Wut niemals gegen sie gerichtet gewesen, und zum erstenmal hatte sie wirkliche Angst vor ihm.

Seine Stimme peitschte durch die Luft. »Was wolltest du dort?«

Sie strich sich das Haar aus dem Gesicht. »Ich ... ich bin aufgewacht, sah, daß du weg warst, und dachte, irgend etwas mußte passiert sein. Ich hatte nicht die Absicht, dir nachzuspionieren.«

»Ach nein? Aber von der Stelle, wo ich gestanden habe, sah es ganz so aus, als ob du spioniertest.«

Alexias eigene Wut entflammte. »Und was ist dabei? Habe ich nicht das Recht zu wissen, was unter meinem Dach passiert? Insbesondere daß das, was passiert, mein eigenes Leben in Gefahr bringt?«

Er sagte nichts. Aber das Zucken in seinem Gesicht ließ nach und sein Mund entspannte sich.

»Hättest du mir nicht sagen müssen, daß du katholisch bist?« fragte sie. »Es ist keine Kleinigkeit, und ich bin deine Frau. Ich hätte es wissen müssen.«

Er seufzte und kam ins Zimmer. »Wir haben von solchen Dingen wie Gott und Religion bisher nicht gesprochen. Vielleicht habe ich mich gescheut.« Er lächelte gezwungen. »Es gab schon eine so lange Liste von Dingen, über die wir aneinandergeraten konnten. Ich wollte nicht noch einen Punkt hinzufügen.«

Er saß in einem Stuhl vor dem Kaminfeuer und hatte seine Ellenbogen auf die Knie gestützt. »Ich bin nicht katholisch. Aber meine Mutter und meine Brüder sind es. Wie kann ich ihnen den Trost ihres Glaubens verweigern? Ich habe dir schon einmal gesagt, daß du nicht für gesetzlos erklären kannst, was ein Mann oder eine Frau glauben. Die Maxwells waren über dreihundert Jahre lang treue Katholiken. So etwas liegt im Blut.«

»Und doch scheint es nicht in deinem zu liegen.«

Er zuckte mit den Schultern. »Ich finde Gott in anderen Dingen, nicht in Ritualen.«

Sie kam und kniete sich neben ihn, eine Hand legte sie leicht auf seinen Oberschenkel. Er hob die Augen und betrachtete sie intensiv.

»In Schottland gibt es Gesetze gegen solche, die Menschen katholischen Glaubens Unterschlupf gewähren. Jetzt, wo du von der Kapelle hinter der Halle weißt, was wirst du tun?«

»O Jamie. Wie kannst du das auch nur fragen? Du weißt, ich würde dich niemals verraten.«

Er streichelte ihre Wange und hob dann ihren Kopf. »Weiß ich das, Alexia? Wie kannst du erwarten, daß ich deine Gedanken lesen kann, wenn du sie selbst nicht kennst?«

Kapitel 18

Alexia spähte hinauf zu den Tupfern aus blaßrosa Blüten und lanzenförmigen Blättern. Sie schüttelte zweifelnd den Kopf. »Ich weiß nicht, Cobie. Ich fürchte, das ist nicht logisch.«

»Nein, Mylady, es kann nicht anders sein. Ich sage es Euch!« Cobie, der Gärtner, hüpfte vor Aufregung auf und ab, denn er glaubte, er hätte gerade eine Möglichkeit gefunden, einen Pfirsichbaum dazu zu bringen, daß er Granatäpfel hervorbringt, indem er die Blüten mit Ziegenmilch besprüht hatte. Granatäpfel mußten sonst importiert werden, waren teuer, und andererseits hatte die Burg einen Obstgarten voller Pfirsichbäume.

»Ich habe es direkt von Master Collier: Er ist Verwalter da unten am Lochwood Tower, und der hat es von dem Herboristen am Königshof. Er sagt, es gelingt immer.«

Alexia überließ Cobie seinem Experiment und ging weiter, um den übrigen Garten zu inspizieren. Sie ging durch die Blumenbeete, wo Veilchen, Klatschmohn, Bartnelken und Narzissen lebhafte, kontrastreiche Muster bildeten. Dieses Jahr hatte sie den Kräutergarten erweitert, hatte echte Kapernsträucher und Schwarzwurzel zu den Minze- und Petersilienbeeten, zu Koreander und zu Fenchel gepflanzt. Sie kniete einen Augenblick nieder, zog ein Minzeblatt aus und zerrieb es zwischen ihren Fingern, um den scharfen, frischen Geruch einzuatmen.

Schnurgerade Reihen von Gemüse, wie die Garde des Königs im Gänsemarsch, breiteten sich links von ihr aus. Gurken, Rote Bete, Kohl und Gelbe Rüben. Ein kleines Feld von Senfpflanzen stand gerade in Blüte, prächtige, tiefgelbe Blumen, die so hell leuchteten, daß sie das Auge blendeten. Vielleicht sollte sie den Koch bitten, für morgen eine Seezunge in Senfsoße zum Abendessen zuzubereiten. Es war eines von Jamies Lieblingsgerichten.

Sie setzte sich auf eine Bank vor dem Laubengang, lehnte sich zurück und ließ sich das Gesicht von der warmen Sonne bescheinen. Sie hieß den Frühling willkommen, obwohl sie sich nicht untätig durch die Wintermonate gequält hatte. Jamie war wie ein eingeschlossenes Tier durch die Räume der Burg getappt und hatte viele Stunden beim Fechten mit seinen Brüdern in der Großen Halle verbracht. Gelegentlich war er ein paar Tage verschwunden, und sie wußte, daß er auf Raubzügen war. Einmal waren sie selbst überfallen worden, von diesen Grahams von der anderen Seite der Grenze. Die Erregung auf seinem Gesicht und der gewisse Ton in seiner Stimme, wenn er sein Schwert gürtete und sich anschickte, den Nachtrab anzuführen, überzeugte sie, daß er sich in manchen Dingen niemals ändern würde. Die gleichen Finger, die die Saiten einer Laute schlagen konnten oder Kohlezeichnungen anfertigten, führten mit ebensoviel Geschicklichkeit Schwert und Degen, wenn nicht noch geschickter. Er war ein echter Sohn der Grenzländer, erzogen zum Kämpfen und zum Räubern. Und obwohl er auch eine sanfte Seite hatte, die ihn in Gegensatz brachte zu diesem Ort und zu seiner Zeit, waren dies doch Eigenschaften, die in Jamie Maxwell immer miteinander kämpften, der Lord, Häuptling und Anführer eines harten und gewalttätigen Volkes war.

Etwas Schweres landete mit einem weichen Plumps in ihrem Schoß.

Alexia betrachtete das viereckige Lederpaket, das auf ihren Schenkeln ruhte, dann das abgetragene, staubige Wollwams und schließlich das verwilderte Gesicht des Landstreichers. Sie wollte ihn gerade ausschimpfen, als er sich auf die Bank neben sie setzte, so nah, daß seine befleckte Hose an ihren Röcken vorbeistrich.

»Wie kannst du es wagen!« zischte sie ihn an. »Wer bist du ...«

»Seid still. Ich habe gehört, daß Ihr für eine Frau recht vernünftig seid, aber ich kann nicht sagen, daß ich etwas davon gemerkt hätte. Diese Papiere müssen sofort in Carletons Hände kommen. Die Sicherheit Englands und das Leben der Königin hängen davon ab. Was ich gar nicht brauchen kann, ist, daß Ihr hysterisch werdet und mich so hochnäsig behandelt.«

Sie bemerkte, daß ihr Mund weit offenstand und schloß ihn langsam. Der Landstreicher hatte seine grobe, bäurische Redeweise aufgegeben und sprach jetzt zu ihr in der sorgfältig modulierten Stimme eines, wenn nicht Gentleman, dann zumindest eines Handwerkersohns. Es gab noch etwas an ihm, das ganz anders war, obwohl sein Haar und Bart verfilzt waren und seine Kleider genauso zerlumpt und dreckig.

Alexia schluckte und blickte auf das Paket. Die Sicherheit Englands und das Leben der Königin ... Ihre Hände schlossen sich um das Leder, sie konnte die steifen Papiere darunter spüren.

»Ihr könnt sie lesen, wenn Ihr wollt«, sagte er. »Seht nur zu, daß sie nicht in falsche Hände geraten. Ihr werdet erfreut sein zu sehen, daß die Maxwells bis zu ihren eleganten Hälsen in landesverräterischen Machenschaften stecken.«

Alexia fand ihre Stimme wieder. »Wieso glaubst du, ich wäre erfreut?«

»Nun, es geht das Gerücht, daß seine hohe und mächtige Lordschaft Euch aus Carlisle entführt, mißbraucht und dann geheiratet hat, um den Skandal zu vermeiden. Es scheint, als würdet Ihr gern von ihm weg und auch von dem Rest der Familie, und nun habt Ihr die Möglichkeit dazu. Er wird aufs Schafott gehen und Schlimmeres für das, was er tut. Aber wenn Ihr Angst habt, diese Papiere weiterzugeben, sollte ich sie lieber zurücknehmen.«

»Nein!« Alexia drückte das Paket an ihre Brust und sprang auf, dabei entfernte sie sich von ihm. »Du hast recht, ich möchte meine Rache an Lord Maxwell nehmen für das, was er mir angetan hat.«

Er schnaubte und lachte. »Das habe ich mir gedacht. Manche Leute tun es aus Liebe, manche aus Haß. Was mich betrifft, ich tue es für Geld.«

Er stand auf, ging einen Schritt auf sie zu und stellte sich so nah vor ihr auf, daß sie den Dreck sehen konnte, der in den Falten seines Gesichts eingegraben war. Dann erkannte sie, was so anders an ihm war. Der Gestank, der über ihm hing wie eine miasmische Wolke, war heute weniger stark, das heißt kaum wahrnehmbar. Vielleicht badete er sich alle zehn Jahre einmal, und dieses Jahr war wieder gekommen.

Er nickte mit dem Kopf in Richtung auf das Paket in ihrer Hand.

»Ihr werdet sehen, was ich mit Wichtigkeit der Papiere meine. Am besten bringt Ihr sie ohne Zögern zu Eurem Vater.« Sein Mund öffnete sich zu einem Grinsen und ließ eine Reihe Zahnlücken sehen. »Und laßt Seine Lordschaft wissen, daß er jetzt einen neuen Schmied braucht. Ich war lang genug in dieser Ecke Schottlands und muß dringend einmal nach Paris.«

Dann ging er davon, direkt durch den Garten, machte sich aber nicht die Mühe, auf den Wegen zu gehen, sondern trampelte über die sorgfältig gepflegten Blumen- und Gemüsebeete. Aber Alexia bemerkte es nicht. Sie hatte das Lederpaket unter ihr Mieder geschoben und eilte zur Burg zurück. Ihr Herz klopfte in der Brust wie das Tamburin eines Zigeuners.

Sie schlug die Tür zum Schlafzimmer hinter sich zu und warf sich auf das große Bett. Alexia riß das Paket auf und legte den Inhalt in ihren Schoß. Es waren mehrere Blätter Papier, die auf beiden Seiten mit feiner, spinnenartiger Schrift bedeckt waren. Sie hob ein Blatt hoch. Es war ein Brief an Ihre Majestät, Mary Stuart von Schottland, Chartley Castle, Staffordshire, adressiert, und sie konnte kaum lesen, so sehr zitterten ihre Hände.

Der Landstreicher hatte nicht übertrieben, als er die Papiere wichtig nannte. Hier, vor ihren Augen in präzisen, schrecklichen Details ausgebreitet, war von einem Komplott die Rede, das ihre Welt zerstören würde. Eine Gruppe Grenzlandschotten und englische Adelige hatten sich zusammengerottet, um Mary Stuart aus ihrem Gefängnis in England zu befreien. Die Schotten sollten sich am letzten Apriltag am Wehrturm, den man Liddleskeep nannte, in den Cheviot-Hügeln versammeln. Am nächsten Tag würden sie die Grenze nach England überschreiten, sich mit den englischen Rebellen vereinen und Chartley Castle überfallen, um die alte Königin zu befreien. Mary, die abgesetzte Mutter von König James, würde zur Königin von Schottland und England erklärt. Dann würden sie nach London marschieren, um einen Aufstand der katholischen Untertanen beider Länder anzuführen. Alle protestantischen Sekten würden aufgelöst, der katholische Glaube als einzig legitimer wieder eingesetzt. Der Erfolg des Aufstands wäre garantiert, hieß es in dem Brief, denn an dem Tag, dem ersten Maitag, würde Elizabeth Tudor von einem Mörder getötet, der bereits in ihren privaten Haushalt eingeschleust worden sei. Der Brief endete mit dem Gruß »Für Königin Mary und den wahren Glauben«, dahinter ein Name, der ihr nichts sagte.

Dann folgte eine Liste der beteiligten Adeligen. Alexia erkannte die Namen der Engländer, alles Katholiken, obwohl sie keinen von ihnen persönlich kannte. Die schottischen Namen kannte sie überhaupt nicht ... außer einem.

Hier war der Beweis für Jamie Maxwells Doppelzüngigkeit. Die Erkenntnis ging wie ein Riß durch ihren Körper, ließ das schwache Fundament ihrer Ehe, den Turm ihrer Liebe und den Glauben an sich selbst zusammenbrechen.

Am hervorragendsten unter den schottischen Verfechtern des wahren Glaubens und der Sache Euer Gnaden, so hieß es in dem Papier, sind der junge Lord Maxwell und seine gnädige Frau Mutter. Sie haben sehr viel dazu beigetragen, daß unsere leeren Kassen nun wieder gefüllt sind, und an dem Tag, den wir alle sehnsüchtig erwarten, wird der junge Maxwell das Feld in Schottland anführen für die Sache Euer Gnaden. Als Anerkennung für die Dienste Eurer größten und glühendsten Untertanen habe ich dafür plädiert, daß die Baronie der Maxwells zu vergrößern sei und zur Grafschaft erhoben werde und den Ländereien der Maxwells sollen die englischen Domänen Penrith, Cockermouth, Thirlwall –

Thirlwall! Alexias Hände zitterten so stark, daß sie fast das Papier zerriß. Dieser lügnerische, räuberische Maxwell-Schuft! Konnte noch nicht einmal warten, bis Vater tot war, um seine gierigen Hände auf ihr Erbe zu legen. Er und seine Mitketzer schnitten England auf wie eine geröstete Gans, planten den Mord, um eine katholische Königin auf den Thron zu heben. Und sie hatte an ihn geglaubt, während er die ganze Zeit gelogen, konspiriert, Landesverrat und Mord geplant hatte.

Sie warf die Papiere zur Seite und bedeckte ihr Gesicht mit den Händen, preßte sie fest auf den Mund, damit man ihr Schluchzen nicht hörte, das aus ihr herausbrechen wollte, wie Wasser durch einen Deich.

Sie wollte ihn töten, so groß war ihre Wut auf ihn wegen seiner

Lügen und auf sich selbst, weil sie ihm geglaubt hatte. Und sie wollte ihn festhalten, fest an sich drücken in ihren Armen, so daß er diese schreckliche Sache nicht tun könnte, die sie alle zerstören würde.

Jamie ging ans Licht zum Fenster und lehnte sich an den Rahmen. Seine Augen wanderten schnell über die Dokumente, und sein Mund verzog sich grimmig.

»Es ist nicht schlimmer, als du erwartet hattest«, sagte Malcolm aus seinem Stuhl vor dem Schreibtisch seines Bruders in dessen privatem Arbeitszimmer. Er streckte seine Beine aus und legte sie übereinander. »Konspirative Zusammenkünfte in der Nacht, Mörder, die in den Küchen lauern . . . Das liest sich wie ein Weihnachtsstück.«

Jamie sah kurz auf und las dann weiter. »Es mag dir amüsant vorkommen, Malcolm, aber für jene, die damit befaßt sind, fürchte ich, ist es tödlicher Ernst. Jock, hat Nad gesagt, er hätte Kopien davon Alexia gegeben?«

Big Jock, der seine breiten Schultern gegen die Tür gelehnt hatte, seufzte und machte sich gerade. »Ja.« Er warf Seiner Lordschaft einen tadelnden Blick zu. »Und dabei ist etwas komisch. Er sagte, es seien Eure Befehle.«

Malcolm sah von Big Jock zu Jamie. »Was spielt ihr jetzt für ein Spiel? Ihr glaubt doch nicht wirklich, daß Alexia diese Papiere nach England weiterschickt?«

Jamie lächelte ihn seltsam an. »Ich habe vor langer Zeit schon gelernt, nicht erraten zu wollen, was die gnädige Frau, meine Gattin, tun oder nicht tun wird. Immerhin korrespondiert sie ziemlich regelmäßig mit ihrem Vater.«

»Aber jeder, der die Tatsachen nicht kennt, würde meinen, du wärst an dem Komplott beteiligt. Einer dieser Briefe erwähnt insbesondere einen Lord Maxwell als Anführer der schottischen Seite in dem Aufstand.«

»Ja . . . Und da ist wirklich etwas seltsam, wie Jock sagen würde.« Jamie machte sich nicht die Mühe, die Bitterkeit in seiner Stimme zu verstecken.

»Aber du glaubst doch sicher nicht... ich meine, sicherlich würde er nicht...« Malcolm sagte nichts mehr. Es gab tatsächlich nur zwei Erklärungen für den Inhalt dieses Briefes. Denn wenn, wie sie annahmen, ihr Bruder Robin beteiligt war, dann sollten die anderen Konspirateure, was seine Identität betraf, tatsächlich irregeführt werden, oder aber Robin erwartete, daß er selbst am Tage der Rebellion Lord Maxwell sein würde. Was bedeuten würde, daß...

»Nein«, sagte Malcolm laut und schüttelte den Kopf. »Ich würde meinen Seelenfrieden verpfänden, daß Robin niemals absichtlich deinen Tod herbeiführen würde. Ich kann auch nicht glauben, daß Alexia diese Papiere ihrem Vater schicken wird. Nicht, wenn sie annimmt, sie würde deinen hübschen Kopf in eine häßliche Schlinge legen. Mein Gott, Jamie, sie ist deine Frau.«

»Sie ist auch Engländerin. Und eine Carleton.«

»Aber sie liebt dich«, sagte Malcolm.

»Tut sie das?« schoß Jamie zurück.

Malcolm antwortete nicht. Wenn Jamie darauf bestand, der Wahrheit gegenüber dickköpfig und blind zu sein, konnte er nichts dagegen tun. »Sie würde uns nicht verraten«, sagte er statt dessen.

»Ich habe dir gesagt, daß ich niemals sicher sein kann, was Alexia tun wird, obwohl es immerhin interessant wäre, das herauszufinden.« Jamie faltete die Papiere und schlug sie lässig gegen seine Handflächen. »Nein, es ist wohl besser, wenn ich sie selbst nach Stirling bringe. Und es ist besser, wenn ich heute nachmittag noch abreise, denn es bleibt nicht viel Zeit. Jock, du wirst mit mir kommen.« Er ging zur Tür.

Malcolm sah auf. »Du wirst doch nicht wirklich hiermit zum König gehen? Ich will nicht unbedingt deinen Heldenmut vereiteln, lieber Bruder, aber was ist mit Robin und mit Mutter? Was ist, wenn sie wirklich damit zu tun haben?«

Jamie drehte sich zu seinem Bruder um. Sein Miene war hart. »Was mit ihnen ist? Ich werde versuchen, James ihr Leben abzuringen als Gegenleistung für Einzelheiten des Komplotts. Aber für nichts in der Welt und für niemanden in der Welt werde ich danebenstehen und zusehen, wie dieses Land in einen Bürgerkrieg gezerrt wird, in einen Krieg, der solche Ströme von Blut hervorbringen würde, daß sie noch hundert Jahre durch das Land fließen würden!«

Malcolm dachte an Mary Stuart, die diese letzten achtzehn Jahre im Gefängnis saß, länger gefangen, als er selbst lebte. An den Tag, an dem sie ihre Krone den adeligen Wölfen zugeworfen hatte, die kläffend an ihren Fersen hingen, und in ein Gefängnis nach England geflohen war. Geflohen, um achtzehn Jahre lang Verschwörungen anzuzetteln, zur Rückeroberung ihrer Freiheit und ihres Thrones. Jetzt war sie eine alte Frau. Eine arme, dumme, närrische Frau. Ein Pfand für Männer wie seinen Bruder Robin, der ein gefährliches und verzweifeltes Spiel um einen Titel spielte und um ein Land kämpfte, das ihm nicht gehörte.

Er merkte, daß Jamie etwas gesagt hatte und ungeduldig auf eine Antwort wartete.

Er stand ungeschickt auf. »Entschuldige, was hast du gesagt?«

»Ich sagte, du solltest hier und jetzt entscheiden, Malcolm, wo du stehst.«

Hinter Jamie trat Big Jock einen vorsichtigen Schritt zur Seite. Seine Hand wanderte zu dem Degen an seiner Seite.

Malcolms Mund verzog sich zu einem bitteren Lächeln. »Und wenn dir die Antwort nicht gefällt, mein Lord Bruder, was wirst du dann tun?«

Jamie lachte, und Malcolm errötete bei diesem Lachen, denn in ihm war keinerlei Böswilligkeit noch Wut. Nur echtes Amüsement.

»Ich werde dich fesseln, knebeln und in einen der Keller sperren. Und wenn ich von Stirling zurückkomme, werde ich dir die Haut in Streifen abziehen, weil du mir solche Schwierigkeiten gemacht hast. Nun?«

Malcolm lachte auf, erleichtert, aber voller Schmerz. »Gütiger Himmel, Jamie. Ich bin für dich. Und Schottland und König James. Was hast du denn erwartet?« Er hinkte hinüber zum Tisch, nahm ein Holzkästchen und hielt es Jamie hin. »Da du darauf bestehst, das Königreich mutterseelenallein zu retten, könnte dir dies nützlich sein.«

»Was ist es?« Jamie nahm den Kasten und öffnete ihn. Auf einem Kissen aus rotem Samt lag ein Paar neuer Luntenschloßpistolen.

Sie waren schön und sahen doch todbringend aus. Aber in Wirklichkeit waren sie langsam zu laden, schwierig genau abzufeuern und hatten eine sehr kurze Reichweite. Jamie hatte immer abgelehnt, sie im Kampf oder bei einem Überfall zu verwenden. Er nahm an, als Waffe könnten in einem Angriff Mann gegen Mann die Pistolen furchterregend sein. Aber wenn man die Absicht hatte, einen Menschen mit einem Paar Pistolen direkt zu töten, sollte man dafür sorgen, daß die zwei Kugeln ausreichten, um den anderen zu erledigen. Denn wenn man danebenschoß, würde der Feind Zeit genug haben, einem mit dem Schwert den Kopf mitten durchzuhauen, ehe man wieder laden konnte.

»Es ist ein Geschenk, das ich mir selbst mit dem Geld gekauft habe, das ich letzten Sonntag in Langholm durch deinen Gaul gewonnen habe. Wenn du willst, kannst du sie mit nach Stirling nehmen«, bot Malcolm an.

Jamie lächelte über den Jungen und umarmte ihn kurz. »Es ist lieb von dir, mir das anzubieten, Malcolm. Aber ich gehe dorthin, um den König zu sprechen, nicht um ihn totzuschießen.«

Jamie kam bis zur Tür, ehe er sich noch einmal umdrehte. »Und, Malcolm, du weißt natürlich, daß, bis ich den König gesprochen habe, keiner außerhalb dieses Zimmers wissen darf, daß ich diese Papiere habe.«

»Ja, natürlich. Aber was ist mit Alexia?«

»Alexia soll selbst entscheiden, was sie mit den Kopien macht, nicht wahr? Ich bezweifle, daß wir befürchten müssen, sie würde ihre Existenz Robin oder Mutter gegenüber erwähnen.«

Alexia hörte die Schritte ihres Mannes auf der Treppe und wie die Tür zum Vorzimmer aufgeklinkt wurde. Sie schnappte sich die brisanten Papiere und schob sie eilig unter das Kopfpolster. Sich vom Bett entfernend, verschränkte sie die Hände hinter ihrem Rücken und versuchte, ihrem Gesicht einen gleichgültigen Ausdruck zu geben.

Jamie sah sie erstaunt an, als er das Schlafzimmer betrat. »Ist was?« fragte er. »Du siehst aus, als hättest du zum Frühstück Zitronen gekaut.«

Ohne auf eine Antwort zu warten, ging er zu einer Kommode und nahm kniend seine Satteltasche heraus.

Alexia fächelte sich Luft zu. »Ich ... ich war ein bißchen im Garten. Es ist warm für April, nicht wahr, Mylord?«

»Hmm.« Er stopfte mehrere Hemden in die Satteltasche.

»Wo reitest du hin?«

»Nach Stirling.«

Lügner, dachte sie. Du wirst Mord und Verrat begehen. »Und hast du nicht genügend Hemden in deinem Stadthaus in Stirling?«

Die Schärfe in ihrer Stimme ließ ihn aufblicken, aber er sagte nichts, sondern verschnürte die Riemen und stand auf.

Er warf die Tasche aufs Bett, kam herüber zu ihr und nahm sie in die Arme. »Ich kann noch eine Weile bleiben«, sagte er mit belegter Stimme.

Es war unmißverständlich, in seiner Stimme lag dieser besondere Ton. Und die leichten, neckischen Küsse, mit denen er ihre Lippen bedeckte, brachten sie völlig durcheinander. Ein Verlangen, verräterisch und unbeherrschbar, ließ ihr Blut schneller fließen und nahm ihr den Atem. Sie konnte sich selbst, sooft sie wollte, sagen, daß sie ihn haßte, aber ihr Körper hatte noch immer nicht verstanden.

Er hob ihre Arme hoch über den Kopf und küßte sie auf Hals und Schulter. Dann strich er ihre Haare zurück und küßte den Puls, der unter dem Ohr am heftigsten schlug.

Alexia holte Luft, und es gelang ihr, den Kopf abzuwenden. »Jamie, bitte. Es ist mitten am Vormittag.«

Er lachte leise, und sein Atem strich zärtlich über ihre empfindliche Haut. »Und was? Es gibt keine einzige der vierundzwanzig Stunden des Tages, in der wir es nicht wenigstens einmal gemacht haben.«

Er preßte sich mit der ganzen Länge seines Körpers eng an den ihren und hob sie etwas hoch, indem er mit beiden Händen ihr Gesäß anhob. Sein Kuß war grob und fordernd, seine Zunge bewegte sich tief in ihrem Mund. Sie lehnte sich fest an ihn, und jeder Nerv reagierte auf seine Berührung, auf sein heftiges, forderndes Verlangen.

Er wollte gerade die Haken an ihrem Mieder lösen, als sie ihn von sich stieß. »Hör auf!«

»Was ist, mein Liebes?« Er war einen Schritt zurückgetreten, hatte aber seine Hände noch leicht auf ihren Armen.

»Es ist . . . es ist, ich habe meine Regel. Sie hat wieder angefangen.«

Sie wußte, wenn sie ihm ins Gesicht sah, würde er die Lüge in ihren Augen lesen können. Er würde sowieso wissen, daß sie log, denn er konnte genauso Tage zählen wie sie.

Er ließ sie sofort los und ging einen Schritt zurück. »Ein einfaches Nein hätte genügt«, sagte er steif. »Ich würde mich dir nie aufdrängen.«

Er hängte sein Schwert am Gürtel ein und hob seine Jacke und die Satteltasche auf. An der Tür blieb er einen Moment stehen, die Hand auf dem Riegel. Dann zog er sie zurück und wandte sich um. Er nahm sie fest in den Blick, und sie wußte, daß er alles in ihrem Gesicht lesen konnte. Die Existenz der Papiere, ihre Kenntnis von ihnen, sogar, was sie mit ihnen tun würde, obwohl sie das selbst nicht einmal genau wußte.

»Möchtest du mir etwas sagen?« fragte er.

Sie hob den Kopf. »Nein, nichts. Warum?«

Er hob die Schultern. »Nur so.«

Er öffnete die Tür.

»Jamie?«

Er drehte sich um.

»Sei vorsichtig«, flüsterte sie.

Er sagte nichts, sah sie nur einen Augenblick länger an und ging dann.

Alexia baute ein Feuer im Kamin auf. Sie sorgte dafür, daß es groß und sehr heiß wurde, so daß die Flammen bis zum Sims hinaufleckten und das Geräusch von knisterndem Holz den ganzen Raum füllte. Ohne die furchtbare Hitze wahrzunehmen, kniete sie sich hin, das Paket Papiere in der Hand.

»Gott vergib mir, aber ich kann es nicht tun«, sagte sie laut. »Ich liebe ihn so sehr, ich kann ihn nicht betrügen. Nicht einmal, um das Königreich zu retten, werde ich ihn betrügen.«

Sie fütterte die Flammen mit den Papieren, eins nach dem anderen warf sie hinein. Und während das Feuer die Papiere auffraß, schien etwas tief in ihr auch zu vergehen. Denn Liebe wie die, die sie für Jamie Maxwell empfand, war nicht in einem Augenblick zu töten. Sie konnte sterben, aber langsam, aus Enttäuschung, Desillusionierung und Verzweiflung.

Es pochte heftig an der Schlafzimmertür. Alexia sprang schuldbewußt auf die Füße.

»Wer ist da?«

Niemand antwortete, aber einen Augenblick später öffnete sich die Tür, und Malcolm hinkte herein.

Er blieb auf der Türschwelle stehen und schreckte übertrieben zurück. »Hier ist es ja so heiß wie im Boudoir des Teufels!«

»Ich ... ich hatte so ein komisches Gefühl, als ob ich mich erkältet hätte, also machte ich ein Feuer.« Alexia schlug die Arme um sich und produzierte ein heftiges Zittern. »Jamie ist nicht hier. Und ich fühle mich noch immer nicht wohl, Malcolm ...« Sie hoffte, er würde den Hinweis verstehen und sich entfernen.

Aber das tat er nicht. Statt dessen ging er hinüber zum Kamin. Er stand davor, die Hände auf dem Rücken verschränkt. Jetzt fielen die Flammen in sich zusammen. Er rührte mit seiner Stiefelspitze an der Kante eines besonders dicken Haufens Asche.

»Hast du etwas verbrannt?« Er drehte sich um und lächelte sie schelmisch an. »Ein geheimes Tagebuch vielleicht?«

Alexia zwang sich zu einem Lachen. »Nein, nur ein paar alte ... Briefe von meinem Vater.« Sie merkte, daß sie rot wurde, und hoffte, er würde das der Hitze zuschreiben. Oder ihrer angeblichen Krankheit.

Malcolm hatte sich vom Kamin abgewandt. Er ging ziellos im Zimmer umher, hob hier eine Miniatur auf, strich dort über ein Seidenkissen. Er hob Jamies Laute auf und spielte ein paar Takte. »Ich habe mich gefragt, ob Jamie mit dir gesprochen hat, bevor er ging?«

»Nur um mir zu sagen, daß er nach Stirling reitet.«

»Oh ...« Er zupfte noch einen Takt. »Und hat er dir gesagt, warum?«

»Warum?«

»Warum er nach Stirling reitet.«

Alexia suchte verzweifelt in ihrem Gedächtnis. Hatte Jamie sich die Mühe gemacht, seine offensichtliche Lüge weiter auszubauen?

»Er war in Eile«, wich sie aus.

Sie hätte gerne gewußt, welche Rolle Malcolm in dieser ganzen Sache übernommen hatte. Der Landstreicher hatte angedeutet, daß alle Maxwells damit zu tun hatten. War Malcolm von Jamie hier heraufgeschickt worden, um festzustellen, wieviel sie wußte? Oder erraten hatte?

Einen Augenblick lang überlegte sie, ob sie ihm alles sagen konnte, ihm von dem Landstreicher berichten konnte und von den Papieren. Aber dann erinnerte sie sich an die starke Clantreue der Maxwells. In Anbetracht ihrer früheren Handlungen konnten sie auf ihre Treue jetzt niemals mehr zählen. Und wenn sie dachten, sie wäre eine Bedrohung für ihre Pläne, würden sie sicher nicht zögern, sie auszuschalten.

Sie merkte plötzlich, daß Malcolm sie seltsam ansah. »Alexia...«, fing er an, dann hielt er inne. Er lachte unverschämt. »Nun gut«, sagte er und verließ ohne ein weiteres Wort das Zimmer.

Jamie übergab sein erschöpftes Pferd einem Stalljungen und machte sich auf den Weg zu den Wohngebäuden auf der anderen Seite des Hofes. In der Ferne grollte Donner, und er sah in Richtung Westen, wo dunkle Wolken sich über die untergehende Sonne schoben. Er hoffte, dieser Sturm würde nicht über das Land hinweggehen wie die anderen. Die neugepflanzten Setzlinge würden das Wasser brauchen, denn es war bereits Ende April, und der Frühling hatte wenig Regen gebracht.

Sein Kopf begann zu schmerzen, ein dumpfer Schmerz hinter den Augen. Er war direkt von Stirling hergeritten, eine Nacht und einen Tag, und jetzt war er müde.

König James war erwartungsgemäß entsetzt, von dem Komplott zu hören, das seinen Thron und seine Hoffnung auf die Erbfolge in England gefährdete. Und er war erwartungsgemäß dem Manne dankbar, der ihn gewarnt hatte. Aber nicht dankbar genug, um das Leben irgendeines Menschen zu schonen, der beim Verrat erwischt wurde. Am Ende hatte Jamie seinen Stolz aufgeben müssen und war zu seinem Vetter, dem Grafen von Argyle, gegangen. Er hatte ihn angefleht, sich beim König für die Maxwells einzusetzen. Argyle hatte ihn sich winden und erniedrigen lassen, nur um dann lediglich einzuräumen, daß er sehen würde, was sich machen ließe. Und weil er wußte, daß er mit wenig gutem Willen und noch weniger offener Hilfe von seinem kriecherischen Vetter rechnen konnte, traf Jamie seine eigenen illegalen und teuren Vorkehrungen.

Dann hatte der König, plötzlich mißtrauisch geworden, Jamie nach Caerlaverock zurückgeschickt, er möge in den Mauern seiner Burg verharren, bis die Rebellen sicher festgenommen wären, oder warten, bis er selbst des Verrats angeklagt würde. Erleichtert hatte Jamie getan, wie ihm befohlen wurde.

Er hatte ein schiefes Lächeln für sich selbst auf den Lippen, denn nicht einmal jetzt war er sich sicher, ob seine Motive rein waren. König James wäre nicht der einzige, der einen Titel verlöre, wenn Robins Aufruhr Erfolg hätte. Obwohl ich immer behauptet habe, mein Erbe nicht haben zu wollen, dachte er, habe ich natürlich wie ein wütender Keiler mit Hörnern gekämpft, um es zu behalten.

»Mylord!« Einer der Diener kam herbeigerannt, seine spärlichen, karottenfarbenen Haare waren gesträubt. »Es ist meine Frau Molly, Mylord. Sie liegt ganz schlimm in den Wehen.« Er keuchte, dann schien er dem Ersticken nahe und bekam keine Luft. »Mylord, ich glaube, sie stirbt.«

Jamie stand auf und legte eine Hand auf die Schulter des jungen Mannes. Er beruhigte ihn, wie man ein ängstliches Pferd beruhigt. »Was ist denn mit der Hebamme? Hat man nicht nach ihr geschickt?«

»Ja, Mylord. Aber sie ist in Dumfries beschäftigt. Zwei andere Babys sollen heute abend kommen. Molly sagt, irgend etwas muß in der Luft liegen.« Sein Lachen zerbrach an seiner panischen Angst. »Aber das ist schon eine Weile her. Sie war nicht in der richtigen Stimmung zu ...«

»Wo ist die gnädige Frau?« unterbrach ihn Jamie und ging auf den Turm zu, wo die Dienerschaft wohnte.

»Ich weiß es nicht, Mylord. Ich habe nach ihr geschickt, aber...«

»Und meine Mutter, Lady Annor?«

Der Mann zuckte mit den Schultern. »Mylord, es ist niemand da außer den Bediensteten.«

Jamie betrat das Zimmer, wo Molly in den Wehen lag. Man hatte sie auf einen Heuballen gelegt, ihre Knie waren gebogen und weit auseinandergespreizt, ihr Leib ein riesiger Berg unter dem Bettlaken. Neben ihr stand eine Frau. Ihre Mutter, dachte Jamie, obwohl er sich nicht sicher war. Mollys Mund war weit aufgerissen, sie schrie und klammerte sich an die Handgelenke der Frau.

Er war froh, daß so viele Frauen im Zimmer waren, bis sich alle zu ihm umwandten und ihn hilflos ansahen.

»Mylord, was sollen wir tun?« sagte eine. »Sie liegt jetzt seit Stunden in den Wehen. Das Baby will nicht kommen.«

Jamie spürte, wie der Schweiß an seinem Hals herunterlief. Sie starrten ihn alle an, die Gesichter voller Vertrauen und in der Erwartung, von ihm zu hören, was sie tun sollten. Sie zählten auf ihren Herrn, daß er für sie sorgte, wie er es immer getan hatte.

Jamie sah auf den schmerzverzerrten Körper der jungen Frau auf dem Bett. Er war bei der Geburt von Dutzenden von Kälbern und Fohlen dabeigewesen, und viele waren schwierige Geburten gewesen. Aber dies hier war etwas anderes. Oder nicht?

Er zog sich die Jacke aus und rollte seine Ärmel hoch. Er sah sich nach dem Waschbecken um. »Wir brauchen mehr Licht hier drin«, sagte er. »Und schickt noch einmal jemand zur gnädigen Frau. Und, um Gottes willen, schnell.«

Am Ende, als es sich entschlossen hatte, sich doch aus dem Schoß zu lösen, kam das Baby leicht, eilte in die Welt mit einem lauten, lustvollen Schrei. Jamie hatte den Knaben seiner weinenden Großmutter gereicht und wandte sich jetzt nach dem um, was er für die Nachgeburt hielt, als er hörte, wie sich die Tür hinter ihm öffnete.

»Nun, Frau«, sagte er, konnte sich aber nicht nach ihr umdrehen. »Du bist spät, aber trotzdem willkommen... wir haben hier ein winziges Problem. Es scheint zwei von ihnen zu geben.«

Er hörte ein Schnauben und eiliges Schlurfen, und die Tür schlug zu. Jamie sah auf.

»Es war nur Master Malcolm, Mylord«, sagte die frischgebackene Großmutter, aber Jamie hörte nicht zu, denn der zweite Junge war auf dem Weg.

Malcolm lehnte sich gegen die Wand und wartete auf Jamie, als er aus dem Zimmer kam, sich die Hände mit einem Handtuch trocknend.

Malcolm sprang ihm entgegen. »Jamie . . .«

Jamie warf dem Jungen einen Blick zu, der absichtlich sein Blut zum Erstarren bringen sollte. »Wenn du es wagst, nur ein Wort von dem weiterzusagen, was du da drin gesehen hast, mein lieber Bruder, werde ich dir mit dem größten Vergnügen den Hals umdrehen.«

Er schauderte unfreiwillig, wenn er daran dachte, was Männer wie Angus Johnstone oder Wat Scott sagen würden, wenn sie erführen, daß der Lord Maxwell persönlich ein Dienstmädchen nicht nur von einem Baby, sondern sogar von zweien entbunden hatte . . . Guter Gott, das Gelächter würde man von einem Ende des Moors bis zum anderen hören können.

»Jamie. Alexia ist weg.«

Er fuhr herum. »Weg? Und wo, zum Teufel, bist du gewesen? Du solltest doch auf sie aufpassen.«

Malcolm sah ihn groß an. »Laß deine Wut nicht an mir aus, Mylord. Du hast gesagt, ich solle auf sie aufpassen, nicht mir ihr schlafen. Sie sagte, sie wolle sich hinlegen und sich etwas ausruhen. Ich habe nicht gedacht, daß ich ihr ins Schlafzimmer folgen sollte.«

»Malcolm . . .«, warnte Jamie.

»Sie ging direkt nach dem Essen weg. Reisefertig angezogen und hatte Essen und Wasser bei sich. Und ein Schwert. Das ist das, was mir der Stalljunge sagte. Er hat versucht, sie zurückzuhalten. Natürlich vergebens. Und sie muß ihn zu Tode erschreckt haben, denn ich mußte ihn praktisch bewußtlos schlagen, damit er mir die Wahrheit sagte.«

Jamie knirschte mit den Zähnen und brachte ein besonders übles Schimpfwort hervor, dann flog er die Treppen hinunter. »Du weißt, wohin sie geritten ist, nicht wahr? Verdammt noch mal. Sie meint, sie kann England eigenhändig retten. Die kleine Närrin. Wenn ich sie zu fassen kriege, werde ich...«

Malcolm packte seinen Bruder am Arm und drehte ihn zu sich um. »Was ist, wenn sie nicht England retten will, sondern dich? Du warst so schlau, lieber Bruder, daß du dich selbst überlistet hast. Sie hat diese Papiere niemals an ihren Vater weitergeleitet, sie hat sie verbrannt. Aber sie denkt natürlich noch immer, daß du die Rebellion anführen wirst, denn du hast dir nie die Mühe gemacht, ihr etwas anderes zu erklären. Und da ich Alexia kenne und weiß, was sie für dich empfindet, kann ich dir sagen, wohin sie gegangen ist. Sie will dich aufhalten... oder bei dir sein.«

Jamie starrte seinen Bruder an und konnte es nicht glauben, wußte aber, daß es stimmte. Er wollte herausfinden, was sie tun würde, und jetzt wußte er es.

Wegen ihm ritt jetzt Alexia, seine geliebte Frau, allein mitten in die Schlacht um einen Thron.

Kapitel 19

Alexia ließ sich aus dem Sattel gleiten und hielt die Steigbügel so lange fest, bis sie ihre zitternden Beine wieder unter Kontrolle hatte. Ihr Pferd wandte den Kopf, um sich nach ihr umzusehen, dabei schnaubte es laut und vernehmlich.

Der Klang wurde durch den Morgennebel zurückgeworfen, und sie bedeckte die Nasenflügel des Tieres mit der Hand. »Scht«, sagte sie.

Wind kam auf und kühlte den Schweiß auf ihrer Stirn. Er brach den frühen Morgennebel auf. Um sie herum streckten sich die Cheviot-Hügel aus, kahle, zerfurchte Gipfel. Hier und da gab es Ginsterbüsche, die sich wie gelbe Tupfer gegen die Abhänge aus rotbraunem Gras abhoben, über das kleine Felsbrocken verstreut lagen.

Sie befestigte die Zügel an einem Büschel Adlerfarn, den Rest des Weges würde sie zu Fuß gehen müssen.

Sie kletterte auf einen steilen, baumlosen Kamm. Das Schwert, das sie um ihre Taille gegürtet trug, schlug gegen ihre Unterschenkel, und ihre Stiefel – ein altes Paar von Jamie – schlappten um ihre Füße, so daß sie zweimal stolperte und ihre Handflächen an der steinigen Erde zerkratzte. Trotzdem war sie jetzt froh, daß sie, sobald Caerlaverock hinter ihr lag, sich die Zeit genommen hatte, anzuhalten und Jamies Reithosen und sein Hemd anzuziehen. Seine Kleider gaben ihr die Möglichkeit, sich freier zu bewegen, als es in einem langen Unterkleid und Reifrock möglich gewesen wäre.

Sobald sie nahe dem Gipfel war, legte sie sich auf den Bauch und schlitterte wie eine Schlange den Rest des Weges. Sie spähte über den Rand des Gipfels hinunter in eine kleine Mulde weit unten – dem Treffpunkt einer Bande verräterischer, aufrührerischer Schotten.

Ein rechteckiger Wehrturm, verwittert und grau, schmiegte sich an den Fuß eines zerklüfteten Hügels. Der Turm sah bewohnt aus. Der Rauch von verbranntem Torf kräuselte sich in die Luft, der Wind fing ihn auf und trug ihn davon. Bewaffnete Männer patrouillierten über den Wehrgang des Wachturms. Und irgendwo da drin war der Mann, den sie liebte, und der eine Verschwörung anzettelte, um gegen ihr Land und ihre Königin aufzustehen.

Das erste Mal im Leben spürte Alexia Mitleid und Verständnis für jene andere Königin, Mary Stuart, die wie in einem Kloster als Gefangene in jener Burg in England lebte. Denn sexuelle Leidenschaft hatte Mary Stuart ruiniert. Eine sexuelle Leidenschaft, die einen dazu trieb, Risiken auf sich zu nehmen, die jeder Vernunft entgegenstanden. Eine sexuelle Leidenschaft, die Alexia nur zu gut kennengelernt hatte.

Als junge Witwe des impotenten Thronfolgers von Frankreich hatte Mary ihren zweiten Mann, Lord Darnley, wegen seines hübschen Gesichts geheiratet – nur um festzustellen, daß er nichtssagend und degeneriert war. Von Darnley enttäuscht, verliebte sie sich in James Hepburn, Graf Bothwell. Bothwell, der ungeheuer anziehend war, ein Mann von ungezügelten Lüsten und einem allesverzehrenden Hunger nach dem Thron von Schottland, hatte Mary dazu angestiftet, sich ihres geckenhaften Ehemannes zu entledigen, ganz gleich wie. Also wurde Darnley aus Liebe ermordet, und Bothwell nahm seinen Platz als Ehemann und Prinzgemahl der Königin ein. Aber die anderen schottischen Adeligen konnten es nicht ertragen, von einem arroganten Emporkömmling wie Bothwell regiert zu werden. Ein Kästchen mit Liebesbriefen, die Marys Schuld bewiesen, fiel in die falschen Hände und gab den Adeligen die Waffe in die Hand, die sie brauchten. Mary konnte wählen – abdanken oder sich einem Mordprozeß stellen. Aus Liebe und für Bothwell hatte sie den Kampf mit ihm gewagt. Aber sie versagte auf dem Schlachtfeld genauso, wie sie in jeder anderen Arena ihres Lebens versagt hatte.

Aus Liebe hatte Mary Stuart eine Krone eingesetzt und verspielt. Aus Liebe würde Alexia jetzt reiten, um eine Bande bewaffneter Rebellen aufzuhalten und Lord Jamie Maxwell davor zu bewahren, daß er zum Verräter wurde. Und wenn man ihn nicht aufhalten konnte, dann würde sie aus Liebe mit ihm gehen. Mit ihm gehen in seinem Verbrechen und in sein Schicksal.

Ein Ruf hallte vom Wehrturm nieder, und das Tor in der Befestigungsmauer schwang auf. Eine Kolonne Männer, vier voraus, ritten aus. Ihre Helme aus Stahl blitzten silbrig, als sie die ersten Strahlen der aufgehenden Sonne reflektierten. Ein Fahnenträger führte sie an. Die Fahne, die er trug, flatterte im Wind – grauer Falke auf rotem Feld, die Standarte des Hauses Maxwell.

Alexia schlitterte den Hügel weiter hinab, eine kleine Staub- und Steinlawine folgte ihr. Sie griff nach den Zügeln und zog sich wieder in den Sattel. Bei der Kraftanstrengung knirschte sie ein wenig mit den Zähnen. Dann ließ sie ihr Pferd den Schafsweg hinauftraben. Bis sie entscheiden konnte, wie sie sich am besten Jamie nähern würde, wollte sie über den Kamm da oben reiten, parallel zu der Straße, auf der die Männer ritten, und die sich durch die Mulde schlängelte.

Die Rebellen, ganz auf den Konflikt, der ihnen bevorstand, konzentriert, bemerkten das Pferd und den Reiter nicht, die auf dem weit über ihnen liegenden Kamm gingen und parallel zu ihnen blieben. Eine Reihe von Silhouetten zeichnete sich gegen die niedrigstehende Morgensonne ab. Die Bande schlängelte sich durch das breite, trockene Flußbett und verteilte sich danach auf einem Feld mit groben Grasnarben.

Alexia zog die Zügel fester, schützte ihre Augen mit den Händen vor der grellen Sonne und versuchte auszumachen, welcher der Anführer Jamie war, denn sie sahen in ihren Stülphelmen und Lederjacken alle gleich aus. Sie hatte sich schon fast für eine hohe, schlanke Figur entschieden, die wie angegossen auf dem Pferd saß, als der Mann, der neben ihm ritt, seine Hände in die Luft warf und über den Sattelrücken fiel.

Einen Augenblick blieb alles ruhig und still, als ob nichts geschehen sei. Und dann hörte man ein zischendes Geräusch, wie das Knistern von Seide gegen rauhen Stein, und die Luft war mit Pfeilen gefüllt.

Männer und Pferde schienen aus dem Dunst hervorzutreiben, als ob sie von einem Magier aus einer Kristallkugel herausgezaubert würden. Die Rebellen gruppierten sich und versuchten, ihre Pfeile und Bogen zusammenzubringen, ihre Lanzen zum Angriff zu balancieren, aber die Soldaten des Königs kamen zu schnell über sie. Dann gab es ein lautes, klirrendes Geräusch, als ein Schwert und eine Lanze aufeinandertrafen, und danach konnte man des Königs Soldaten und die Rebellen nicht mehr voneinander unterscheiden. Das Feld wurde zu einer schäumenden Masse aus Hufen und Fleisch und Stahl, und die Grasnarben wurden rot vom Blut.

Alexia beobachtete den Hinterhalt vom Kamm aus, starr vor Schreck und Angst, als ihr das ganze Ausmaß dessen, was hier geschah, bewußt wurde. »Jamie!« schrie sie und gab dem Pferd die Sporen, um hinunter in die Mulde zu reiten.

Sie hörte einen Ruf hinter sich, sah über die Schulter und fing kurz den Anblick eines Mannes auf einem Pferd ein, der sich auf sie stürzen wollte. Sie preßte ihre Absätze in die Seiten ihres eigenen Pferdes und gab seinen Hals frei. Dadurch wurde sie immer schneller.

Ihr Pferd sprang über einen kleinen, trockenen Graben und landete hart auf den Knien, kam hoch und drängte Alexia halb aus dem Sattel. Sie verlor einen Steigbügel und wurde seitwärts nach unten geschleudert. Sie konnte sich nur vor dem Herunterfallen bewahren, indem sie die Mähne des Pferdes packte und sich mit den Fingern festkrallte. Es kam ihr einen kurzen Augenblick lang so vor, als ob der Boden in unglaublicher Geschwindigkeit an ihr vorbeiraste, bevor sie sich wieder hochziehen konnte.

Sie tastete nach dem losen Steigbügel und konnte ihn nicht finden. Das Lederband, mit dem sie ihr Haar zusammengebunden hatte, war längst abgegangen, und der Wind blies ihr Haar in wirren Locken um das Gesicht, so daß sie nichts mehr sehen konnte. Aber sie hörte den Kampfeslärm, die Wut- und Schmerzensschreie, das Aneinanderschlagen von Lanzen und Schwertern, das Krachen von Feuerwaffen und das Zischen der Pfeile.

Ihr Pferd versuchte, einen Hügel zu erklimmen, glitt dann aber auf seinen Schenkeln abwärts. Es gab nur noch eine Wasserrinne zu überqueren, dann würde sie...

Ihr Pferd bekam einen Schlag, so daß es in die Knie ging. Sie zog verzweifelt an den Zügeln und wollte es durch bloße Willensanstrengung hochziehen. Aus dem Augenwinkel sah sie den Arm eines Mannes in einer Lederjacke und den hochgebogenen Rand seines Helms, dann warf er sich auf sie, und sie fiel aus dem Sattel.

Sie rollten zusammen, die Arme ineinander verschlungen wie Liebende, über den rauhen, felsigen Boden. Ihre Hand, einen Augenblick zwischen ihrem Bauch und den harten Stahlplatten seiner Jacke eingequetscht, langte hinunter zum Degengriff. Sie packte ihn fest, zog ihn heraus und fuhr mit der Klinge aufwärts, so wie sie als Kind einst Fische ausgenommen hatte.

Sie fühlte, wie die Klinge durch Fleisch schnitt und hörte, wie der Mann zischend einatmete. Sie kämpften um das Messer. Er quetschte ihr Handgelenk, so daß sie laut aufschluchzte, aber sie ließ nicht los.

»Um Gottes willen, Alexia! Willst du uns beide umbringen?« keuchte Jamie Maxwell.

Sie erstarrte unter ihm. Sie hörten einen schrillen Schrei, gefolgt von einem gebellten Befehl. Jamie war in einer schnellen Bewegung sofort auf den Füßen und zog sie hinter sich her, als er zu seinem Pferd lief, das am Abhang graste, als wäre es auf der Weide zu Hause in Caerlaverock. Ihr eigenes Pferd jammerte und kämpfte, um mit einem gebrochenen Bein aufzustehen. Sie hatte seine Schreie in dem Höllenlärm um sie herum nicht einmal vernommen.

Jamie warf sie in den Sattel und sprang hinter ihr auf. Das Pferd sprang vorwärts und warf sie zurück gegen seine Brust.

»Bete«, sagte er, und seine Atem wehte heiß über ihre Wange. »Bete, wie du nie zuvor gebetet hast, denn ob ich nun Mann des Königs oder schottischer Rebell bin, es gibt keine Erklärung dafür, warum ich hier bin.«

Die Sonne stand hoch am Himmel, als sie in die kleine Ansammlung von Hirtenhütten ritten. Es war der Ort, wohin er sie einst gebracht hatte, nachdem er sie aus Carlisle entführt hatte. Aber im Herd brannte diesmal kein Feuer, und auf dem Tisch standen weder Bier noch Brot für sie bereit.

Sie sprang vom Pferd, ohne auf seine Hilfe zu warten, und rannte vor ihm durch den niedrigen Türeingang. Aus der steifen Art, wie sie ihren Kopf hielt, konnte er erkennen, daß sie wütend war. Fast hätte er sich lieber den spitzen Lanzen der königlichen Wache gegenüber gesehen als Alexia in ihrer Wut.

Er zog seinen Helm ab, warf ihn auf den Tisch und wischte sich Schmutz und Schweiß mit seinem Ärmelaufschlag ab. Seine Seite, wo sie ihn gestochen hatte, brannte, als würde sie mit einem heißen Eisen versengt. Er biß vor Schmerzen die Zähne aufeinander, als er gegen die Hüttentür gelehnt stand und seine Jacke auszog. Sein Hemd war von Blut durchweicht, aber der Schnitt, obwohl tief, hatte keine lebenswichtigen Organe berührt. Er würde noch eine schöne Narbe zurückbehalten.

»Mein Gott«, sagte er. »Du hast auf mich eingestochen, als wäre ich ein Wildhuhn, das du am Spieß braten wolltest. Ich wußte, das würde eines Tages passieren. Du warst immer zu schnell mit dem Messer.«

Alexia ging wütend auf und ab. Er stellte ganz nebenbei fest, daß die weiche Wolle seiner Reithosen sich eng um ihre langen, geschmeidigen Schenkel schmiegte und sich verführerisch um ihren frechen, kleinen Po spannte. Ihr Haar lag wie eine dunkle Wolke um ihr Gesicht, so daß sie wie eine Furie aussah.

Sie trat auf ihn zu, nahe genug, daß er sie hätte küssen können. Aber obwohl er daran dachte, machte er klugerweise keine Anstalten, sie zu berühren.

»Auf welcher Seite stehst du, Jamie Maxwell?«

»Auf König James' Seite. Und auf der Schottlands. Und Englands auch, wenn du es so sehen willst.«

»Aber ich habe deine Fahne gesehen, die Maxwell-Fahne... und in diesen Papieren...« Ungeduldig strich sie sich das Haar aus dem Gesicht, starrte ihn an und wollte die Wahrheit finden. »Ich habe einen Brief gesehen, der dich als Verräter benannte. War das eine Lüge?«

»Der Brief, den du gesehen hast, war zweideutig. Mein Bruder Robin ist der Verräter.«

Er beobachtete, wie sich ihr Gesichtsausdruck änderte – von Verwirrung bis zu Erleichterung und schließlich zu heftiger Wut, als ihr langsam die Wahrheit dämmerte.

»Du wußtest...«, sagte sie sanft. »Du wußtest es die ganze Zeit. Der Landstreicher... das war dein Mann.«

Jamie zuckte die Schultern. »Sagen wir, er dient mehreren Herren.«

»Aber du wolltest, daß ich diese Papiere bekomme. Es war eine Probe. Eine Prüfung, damit du sehen konntest, was ich tun würde.«

Er seufzte matt und zog sich hoch. »Ich mußte es wissen, Alexia. Ich mußte es endlich einmal wirklich wissen, wem deine Treue gehört. Was ich nicht erwartete, war, daß du...«

»Du Bastard!« schrie sie und schlug ihm mit der geballten Faust ins Gesicht. Sie schlug so hart zu, daß sein Kopf nach hinten flog und seine Haut aufriß. Dann zog sie die Faust zurück, um ihn nochmals zu schlagen.

Er packte ein Handgelenk, dann das andere, als sie mit der anderen Faust auf ihn einschlagen wollte, hielt ihre Hände hinter ihrem Rücken fest und zog sie an sich. Sie wollte sich freikämpfen und rieb sich dabei an ihm zu seiner Begeisterung, und zu seinem Leidwesen spürte er ein Ziehen in seinen Lenden.

»Laß mich los«, forderte sie.

Er wandte seinen Kopf zur Seite und spuckte einen Mundvoll Blut aus. Sie hatte ihn so geschlagen, daß seine Wange innen von einem Zahn aufgerissen worden war. »Wirst du mir gefälligst zuhören?«

»Laß mich los!«

Er ließ sie müde los. Als sie keine Anstalten mehr machte, ihn zu schlagen, dachte er, sie sei bereit, ihm zuzuhören. Er irrte sich.

»Ich kann erklären...«

»Erklären! Warum sollte ich nur ein Wort von dir glauben? Ein Mann wie du würde immer wieder lügen, nur um nicht aus der Übung zu kommen.«

»Und was habe ich jemals getan, daß du glauben konntest, ich sei die Art Mann, der seinen König und sein Land für einen Titel und ein Stück Land verraten würde?« fragte er sie und wurde allmählich selbst wütend. »Verrat, Mord. Wie konntest du mich dieser Taten für fähig halten?«

»Du hast mich dazu gebracht, absichtlich hast du mich dazu gebracht zu glauben, daß es so ist.«

»Du hättest mir zumindest soviel vertrauen können, um...«

»Vertrauen!« schrie sie ihn an. »Wie kannst du es wagen, das Wort vor mir auszusprechen? Wenn du mir vertraut hättest, hättest du es nicht für nötig gehalten, dieses doppelte Spiel mit mir zu treiben.«

Sie wischte sich mit ihrem Handrücken wütende Tränen aus dem Gesicht. »Und ich, närrisch wie ich war, war bereit, alles zu vergessen, was ich sonst für gut und anständig hielt, und nur aus Liebe zu dir!«

»Lieber Himmel, Alexia, bitte nicht... es tut mir leid.« Sie weinte so selten, daß er jetzt, wo sie es tat, das Gefühl hatte, als ob jemand ein Messer in seinem Bauch herumdrehte. Er konnte es nicht ertragen.

»Ich hätte nie gedacht, daß du so etwas tun würdest. Ich erwartete, daß du entweder diese Papiere deinem Vater weitergeben oder mich mit deinem angenommenen Beweis meiner Sünden konfrontieren würdest. Ich konnte nicht... Wie konnte ich wissen, daß du mich so sehr liebst?« Und er wollte ihre Tränen abwischen.

Sie schauderte und trat einige Schritte zurück. »Wage es nicht, mich anzufassen, Jamie Maxwell.« Sie spuckte seinen Namen aus, als ob er ihren Mund beschmutzte. »Du sollst mich niemals wieder berühren.«

Sie ritten die paar Meilen in verbittertem Schweigen nach Caerlaverock zurück, obwohl es so nah beieinander auf einem Pferd schwierig war, den körperlichen Kontakt vollständig zu vermeiden. Sie ritt vor ihm auf dem Sattelknopf, und bei jeder heftigen Bewegung des Pferdes wurde sie dagegen geschleudert. Dann versteifte sie sich, als hätte sie gerade einen Leprakranken berührt.

Einmal wollte er ihre Entschlußkraft testen und legte seine freie Hand auf ihre Taille. »Weg da«, sagte sie in eiskaltem Ton.

Ein Windstoß blies eine Locke ihres losen Haares über seine Wange, streichelte ihn und trieb den Geruch von Rosenknospen und Sommerregen in seine Nase. Das Pferd stolperte, er mußte die

Zügel fester halten, und dabei streifte sein Arm kurz ihre Brüste. Sein Mund wurde trocken, und die Muskeln in seinem Bauch spannten sich an. Jamie fluchte leise und biß die Zähne zusammen. Typisch für die menschliche Natur, dachte er verärgert. Nur weil sie ihm gesagt hatte, er dürfe sie nicht anfassen, brannte er plötzlich vor Verlangen nach ihr.

Die Dämmerung war hereingebrochen, als sie schließlich in die Nähe des Burgtores kamen. Binsenlichter leuchteten von den Trägern in den Steinmauern herunter und warfen helle und anheimelnde Lichtflecken über den leeren Hof. Jamie stieg vorsichtig ab, wobei er ein Stöhnen unterdrückte. Die Wunde an seiner Seite klopfte heftig, und er spürte die vertrauten Zeichen hohen Blutverlustes – Benommenheit im Kopf und Durst.

Big Jock trat schließlich leibhaftig aus dem Schatten hervor. »Mylord... Mylady.«

Alexia rannte an ihm vorbei, ohne ihn zur Kenntnis zu nehmen. Jamie starrte einen Augenblick hinter ihr her und sah dann zu Big Jock auf. Ein Schwertstreich über einer Augenbraue leuchtete schwarz vor vertrocknetem Blut, und sein riesiges, haariges Gesicht war grau vom Staub und von der Müdigkeit. Jamie hatte Big Jock dahin geschickt, wo er, wie man ihm geheißen hatte, nicht sein durfte – in den Hinterhalt an die Seite der Männer des Königs.

Big Jock grinste. »Der Kampf war schlimm. Ich hab gedacht, ich sehe schon Gespenster. Ich hatte nämlich so ein komisches Gefühl, als würde ich Euch und die gnädige Frau auf einem Ritt durch die Gegend da unten sehen.«

Jamie grinste zurück. »Das ist aber komisch. Das muß wohl von der Schnittwunde an deinem Kopf gekommen sein.«

Jock ließ ein kehliges Lachen ertönen und wurde dann wieder ernst. »Ich habe nach Eurem Bruder ausgeschaut, Mylord, wie Ihr mir aufgetragen hattet, aber ich habe ihn nicht gesehen. Weder tot noch gefangengenommen. Aber ich konnte nicht überall zugleich sein. Einige der Rebellen flohen über die Grenze. Vielleicht war er bei ihnen.«

»Vielleicht ist er aber auch allein geflüchtet.«

Big Jock zuckte mit den Schultern. »Sie wurden sofort verfolgt.«

Jamie wankte leicht, und Big Jock hielt ihm die Hand hin. Gerade rechtzeitig, denn Jamie brach langsam in seinen Armen zusammen, wie ein kleines Kind, wenn es einschläft.

Big Jock sah herab auf das gebogene, blonde Haupt, und sein Gesicht wurde ganz sanft. »Och, Jüngelchen, du närrischer . . .«, sagte er zärtlich. »Was hast du jetzt wieder angestellt? Du läufst ja aus wie eine Blase, in die man lauter Nadeln gesteckt hat.«

Elspeth rieb sich mit ihrem Ärmelaufschlag ein Stück Glas am Fenster sauber und spähte hinunter in den Hof. Sie sah, wie zwei Männer auf einem Pferd durch das Tor ritten, und sie hielt die Luft an. Aber als die beiden Reiter abstiegen, bemerkte sie, daß der andere Mann, obwohl der eine zweifellos Lord Maxwell war, überhaupt kein Mann war. Es war Alexia, die aus irgendeinem ihr unbekannten Grund mit Hose und Hemd bekleidet war. Elspeth biß sich auf die Lippen und versuchte angestrengt zu erraten, was diese seltsame Entwicklung bedeuten könnte.

O Robin, rief sie leise, als ob sie die Meilen zwischen ihnen mit ihrem Herzen überbrücken könnte. Warum mußte er so etwas Schlimmes tun? Denn es war schlimm, das wußte sie. Er tat es natürlich für sie, damit er mit ihr vor dem Altar stehen und sie zur Frau nehmen konnte, weil er dann einen Titel vor seinem Namen haben würde, mit Burgen und Ländern, die er ihr zu Füßen legen wollte. Wo doch alles, was sie je von ihm wollte, seine Liebe war.

Sie hörte das Rascheln von Röcken hinter sich und Evies fliegenden Atem gegen die Gaze über ihrem Gesicht. Sie trat zur Seite, und Evie nahm ihren Platz am Fenster ein.

»Aber er ist ja verwundet!« rief Evie.

Elspeth sank auf einen Stuhl vor dem Kamin. Sie breitete ihre Hände über den Flammen aus. »Was?«

»Lord Maxwell. Er ist verwundet. Man erkennt es daran, wie er den Kopf hält, steif und ein wenig zur Seite geneigt. Das macht er immer so, wenn er Schmerzen hat.«

»Oh!«

Robin hatte Elspeth zuerst nichts von seinen Plänen sagen wollen, aber dann hatte sie ihm das Ganze entlockt. Er konnte ihr nichts verweigern, wenn sie in seinen Armen lag. Es war eine Macht, die sie gleichzeitig erregte und ängstigte. Aber sie mußte sie nutzen, wenn es nötig war, um ihn an sich zu binden.

Sie preßte ihre Handfläche gegen den Leib. Hatte sie da eben eine Bewegung gespürt? Nein, es war noch zu früh. Aber die Tage vergingen, ob man wollte oder nicht. Und Babys klammern sich ans Leben, auch wenn sie nichts von der Welt wissen, in die sie hineingeboren werden, wenn sie aus dem Schoß kommen. Bald würde sie schwer und dick sein, und ihr Geheimnis wäre nicht länger ein Geheimnis. Würde Robin überleben, um zu ihr zurückzukommen? Wenn er bei diesem Kampf unterläge, würde er sie trotzdem heiraten? Er war so stolz.

Evie wandte sich mit einem Ausruf des Ekels vom Fenster ab. »Es wird sich herausstellen, daß das alles wieder ihre Schuld war«, sagte sie. »Denk an meine Worte.«

Elspeth sah überrascht auf. »Wessen Schuld?«

»Alexias natürlich. Sie quält ihn täglich mit ihrem Eigensinn und ihrem Ungehorsam.«

Elspeth kicherte. »Nein, da irrst du dich. Jeder kann sehen, daß sie verrückt nacheinander sind. Ihr Geplänkel macht ihre Liebe nur noch süßer.«

»Er hat sie nur geheiratet, weil ihn der König dazu gezwungen hat.«

Elspeth machte den Mund auf und wollte dazu etwas sagen, als sie den Schrei von jemand hörte, der Einlaß begehrte, und das Quietschen des Tors, als es wieder aufgestoßen wurde.

Sie rannte zum Fenster, und wenn es nicht das Schlimmste war, was sie befürchtet hatte, so war es doch fast so schlimm. Der Mann, der durch das Tor ritt, war staubbedeckt, und an den Flanken seines Pferdes stand Schaum. Sie erkannte das Gesicht, es war Robins Diener, der Mann, der an Robins Seite ausgeritten war, als er sie verließ, um eine Königin zu befreien und einen Thron zu erobern. Selbst aus dieser Entfernung konnte sie sehen, daß Mann und Tier in großer Panik waren.

Annor Maxwell trat aus der unteren Tür, und der Diener stolperte auf sie zu. Elspeth konnte nicht hören, was er sagte, aber der

Sinn seiner Worte war offensichtlich. Der Aufstand war fehlgeschlagen.

Sie schlug die Hand vor den Mund, um ein Schluchzen zu unterdrücken. Sie stellte sich vor, wie ein Mann an einem Galgen hing und vorwärts und rückwärts schwang wie das Pendel einer Uhr. Sie sah sein rotes Haar nach vorne fallen und seine verzerrten Gesichtszüge bedecken.

Leise stöhnend glitt sie zu Boden. Sie hörte nicht einmal Evies Schreckensschrei.

Alexia durchmaß mit großen Schritten das Vorzimmer, die Füße in Jamies flatternden Stiefeln.

Wie kann er es wagen zu behaupten, er liebe sie, und sie dann so behandeln? Er wollte den Beweis ihrer Treue, nicht wahr? Gut, das hatte er gesehen – egal, ob es ihm jetzt etwas nützte oder nicht. Wenn sie an die Folter dachte, zu der er sie in diesen letzten Tagen verdammt hatte – oooh! Sie packte ein Kissen und warf es an die Wand. Wenn er dachte, sie würde weiterhin seine Frau sein, mit ihm in dem großen Bett liegen, als sei nichts geschehen...

Es klopfte leise an die Tür. »Wenn du...«, schrie Alexia, drehte sich um und stand der gebieterischen Gestalt und dem angemalten, blassen Gesicht Annor Maxwells gegenüber.

»Oh, Ihr seid es«, sagte Alexia etwas leiser.

Annor sah sie von oben bis unten an und nahm ihre Männerkleidung und ihr von dem Ritt verdrecktes Aussehen zur Kenntnis. »Ich sehe, daß Ihr es wieder einmal seid, der wir für diesen Verrat danken müssen.«

»Nein, du hast mich...«

Jamie betrat das Zimmer. Er war nackt von der Taille aufwärts bis auf einen weißen Verband um seine Mitte, der scharf gegen seine braune Haut abstand. Er machte den Eindruck, als litte er unter Schmerzen und Übermüdung.

»Du?« preßte Annor heraus. »Ich bin erstaunt, wie du überhaupt davon wissen konntest. Ganz davon abgesehen, daß du den Scharfsinn hattest, dich mit etwas anderem als deinen Malereien und deiner Laute zu befassen.«

Jamie lächelte sie hämisch an, sagte aber nichts. Alexia erinnerte sich an die Aussage, die er einmal ihr gegenüber hinsichtlich des Spionagesystems machte, das er überall in den Grenzländern errichtet hatte.

Annor sah ihren Sohn verächtlich an. »Und dann hätte ich wissen müssen, daß du zu dieser Sache fähig bist«, sagte sie. »Als Junge hast du ständig enttäuscht und als Mann wenig mehr getan. Du hast deinen Clan für einen pickelgesichtigen König und seine verweichlichten Konsorten in Stirling verraten. Oder ...« Sie warf den Kopf hochmütig in Alexias Richtung. »Oder hast du es getan, um dich bei deiner ausländischen Frau einzuschmeicheln? Was hat sie dir dafür versprochen? Thirlwall? Einen englischen Titel vielleicht?«

Die Muskeln auf Jamies Brust glänzten vor Schweiß, und als sich ihre Blicke kurz trafen, sah Alexia Fieberglanz in den seinen. Ein Gefühl der Schuld überkam sie, als sie daran dachte, daß sie ihn selbst verwundet hatte. Dann schob sie dieses Schuldgefühl beiseite. Alles war einzig und allein seine Schuld, denn wenn er ihr von Anfang an vertraut hätte, wäre nichts dergleichen geschehen.

»Eure Königin Mary warf ganz schön großzügig mit Titeln herum, die ihr zu verteilen überhaupt nicht anstand«, meinte Jamie leise. »Sag mir, Mutter, was sollte mit mir geschehen, wenn Robin Lord Maxwell geworden wäre?«

Unter dem weißen Reispuder war Annors Gesicht noch blasser geworden. Die rote Farbe auf ihren Lippen und Wangen stach jetzt als schreiender Kontrast ab, so daß sie aussah wie eine Schauspielerin mit einer Maske.

»Und was ist mit Robin? Willst du jetzt dabeistehen und jubeln, wenn er den Verrätertod stirbt?«

Er antwortete, und man merkte, wie schwer es ihm fiel. »Wenn Robin den Kampf überlebt, wird man ihn laufenlassen. Es hat mich eine Menge Geld gekostet, du glaubst gar nicht, wieviel, aber ich habe ihm eine Chance erkauft. Das ist mehr, als er verdient.«

Sie hob ihre gezupften Augenbrauen. »Wie rücksichtsvoll von dir. Und was ist mit mir? Was hast du für mich geplant?«

»Im Augenblick sind die Männer des Königs beschäftigt, aber zweifellos wird bald ein Trupp auf dem Weg hierher sein, um dich wegen Hochverrats festzunehmen. Ich habe dafür gesorgt, daß dich ein Schiff nach Frankreich bringt. Die Entscheidung liegt natürlich bei dir, aber wenn dir die Gefängniszelle nicht gefällt, dann würde ich vorschlagen, du nimmst sie wahr.« Er starrte sie mit strenger Miene an. »Wenn du bereit warst, nur wegen deiner Religion ein Land in Stücke zu reißen, dann muß sie dir teuer und wert sein. In Frankreich gibt es Klöster. Nimm den Schleier.«

Sie erschauerte. »Eine Zelle in einem Kloster oder eine Gefängniszelle. Ich habe wohl wenig Auswahl.« Sie hielt inne, aber er sagte nichts.

Annor wartete noch einen Augenblick in der Hoffnung, er würde einlenken, dann ging sie steif zur Tür. Aber als sie dort ankam, blieb sie stehen und hob stolz den Kopf. »Wie ich sehe, habe ich einen sehr schweren Fehler begangen. Ich habe dich unterschätzt.«

»Ja, das hast du immer. Auch Robin.« Er sah Alexia durchdringend an. »Und viele andere Leute auch.«

Die Tür schloß sich leise hinter Annor. Gegen ihren Willen schauten sie sich in die Augen. In dem gedämpften Licht der Öllampen sahen sie einander verletzt an. Er hatte gerade eine emotionale Niederlage erlitten, die einen schwächeren Mann vernichtet hätte. Und sie spürte den Drang, zu ihm zu gehen und seinen Schmerz zu lindern, den er jetzt fühlen mußte.

»Alexia...«

Sie holte tief Luft und nahm sich zusammen für den Kampf gegen ihn und gegen die Schwäche in ihr. »Ja, Mylord?«

»Ich dachte, wir könnten miteinander sprechen.«

»Es gibt nichts, was ich mit Euch zu besprechen hätte, Mylord.«

»Ich glaube doch.«

»Ich glaube nicht, Mylord.«

»In Gottes Namen, hör auf damit!«

»Aufhören mit was, Mylord?«

»Damit! ›Mylord‹ und so weiter, das verfluchte Papageiengeplapper. Verdammt, Alexia, willst du nicht mit diesem lächerlichen Spiel aufhören? Du hast mir deinen Standpunkt klargemacht. Ich habe eingestanden, daß ich einen Fehler gemacht haben könnte...«

»Haben könnte!«

»Nun gut, gemacht habe. Daß ich schrecklich dumm und arrogant und im Unrecht war. Was willst du noch mehr von mir? Meine Güte«, er zwang sich zu einem Lachen, »du hast sogar mein Blut bekommen. Ist das nicht genug?«

Der Ausdruck auf seinem Gesicht, zugleich reumütig und voller Hoffnung, ließ sie völlig verstummen. Sie konnte erst später wieder sprechen. Als es ihr schließlich gelang, schwand das letzte bißchen Farbe auf seinem Gesicht.

»Es gibt nichts, was du mir tun oder sagen könntest, um das auszulöschen, was du mir angetan hast.«

Sie ließ ihn mitten im Zimmer stehen und ging aus dem Schlafzimmer. Und dann, nicht zufrieden damit, daß sie ihre Liebe damit schon fast zerstört hatte, wandte sie sich um und gab ihr den Todesstoß:

»Ich bitte um Verzeihung, Mylord. Da ist doch noch etwas, was ich Euch sagen muß. Ich muß Euch sagen, daß ich in zwei Tagen nach Thirlwall Castle reisen werde.«

Er erschrak: »Alexia, das kannst du nicht wirklich wollen.«

»Ich will damit sagen, daß ich Euch verlasse, Mylord. Ich werde nicht zurückkommen.«

Noch ehe er etwas sagen oder tun konnte, um sie zurückzuhalten, schloß sie die Tür und ließ ihn völlig verblüfft allein.

Er starrte einen Augenblick auf die polierten Eichenpaneele der Tür. Er wollte sie einschlagen, damit er sie in seine Arme nehmen und küssen konnte, bis sie wieder zu Verstand käme. Aber er sah auch ein, daß es besser war, es so zu beenden. Was nutzte es, daß sie einander im Bett so viel Freude bereiteten, wenn sie sich außerhalb in Stücke rissen? Er hatte ihr weh getan, das sah er ein. Aber er hatte es doch zugegeben, nicht wahr? Wenn sie nicht verzeihen konnte, nun, dann eben nicht. Und obwohl er fast daran zugrunde gehen würde, sie gehen zu lassen, konnte er sie nicht gegen ihren Willen bei sich behalten.

Alexia hörte seine Schritte auf der Treppe und entfernte sich von der Tür. Sie hatte gehofft, er würde ihr nachkommen, obwohl sie noch immer vor sich selbst behauptete, daß sein Nachlaufen nichts ändern könnte. Manche Männer, ihr Vater zum Beispiel, hätten die

Tür eingerannt und sie dann verhauen, weil sie ihn so in Schwierigkeiten gebracht hatte. Aber sie kannte Jamie, kannte seinen Stolz. Er würde sie weder bitten noch verlassen und sie auch nicht zum Hierbleiben prügeln.

Nein, an dem Tag, an dem sie fortginge, würde er ihr wahrscheinlich sogar noch das Tor öffnen, damit sie hinausreiten konnte.

Die Frau nahm eine angeschlagene Tasse und füllte sie erneut mit ihrem scheußlichen Gebräu. Sie stellte sie auf den Tisch vor Alexia und nahm ihren gewohnten Platz auf der Bank gegenüber ein. Alexia trank einen Schluck, schauderte und zog Grimassen.

»Ich dachte, Ihr hättet wenigstens verstanden«, sagte sie.

»Ich verstehe, daß Ihr Lord Maxwell liebt, obwohl Ihr sagt, daß Ihr ihn verlaßt«, antwortete Katherine.

Alexia warf ihr einen störrischen Blick zu. »Er hat sich das Recht, mich zu lieben, verspielt.«

»Dann sollte es irgend jemand auch Eurem Herzen sagen. Sogar jetzt wird Euer Gesicht bei der Nennung seines Namens weich.«

Alexias Hand lag auf dem Tisch. Die Frau wollte danach greifen, dann zog sie die eigene Hand zurück. Sie stand wütend auf. »Närrisches Kind! Habt Ihr am Anfang nie daran gedacht, daß eine Zeit kommen könnte, da er Euch kränken oder enttäuschen würde? Immerhin ist er nur ein Mann, mit allen Fehlern eines Mannes. Stolz, überheblich, störrisch ...« Sie holte mit einer Hand weit aus, um die riesige Menge an Sünden zu zeigen, die ausschließlich männlicher Art waren.

»Wenn er mir vertraut hätte ...«

»Mir scheint, er hat Euch viel zu sehr vertraut«, sagte Katherine. »Die meisten Männer loben eine Frau nicht dafür, daß sie sich für mehr als sein Vergnügen interessiert. Und doch macht Ihr Lord Maxwell dafür verantwortlich, daß er zugegeben hat, Ihr hättet Loyalitäten und Überzeugungen, die über die Frage hinausgingen, welche Hutmacherin man mit seiner Kundschaft beehrte oder welche Anweisungen man dem Koch bezüglich des Abendessens geben müsse. Es mag unfair von ihm gewesen sein, Euch einer solchen Prüfung auszusetzen... war unfair«, fügte Katherine hinzu, als

Alexia protestierte. »Zumindest hat er Euch nicht für so unvernünftig gehalten, daß Ihr losgehen und Euch einem Aufstand anschließen würdet, weil Ihr ihn für närrisch genug hieltet, das getan zu haben.«

Alexia errötete. »Wenn Ihr das so seht...«

»Ich werde Euch noch etwas anderes vorhalten.« Katherine sprach mit ernster Stimme und drehte ihren Kopf etwas zur Seite, damit Alexia die Belustigung in ihren Augen nicht sehen konnte. »Was für eine Art Frau ist das, die in mädchenhaftem Trotz beim ersten Anzeichen von Schwierigkeiten in ihrer Ehe zu ihrem Vater zurückrennt?«

Alexia seufzte tief. »Oh, Katherine. Ich fürchte, Ihr habt recht, aber es ist schon zu spät. Die Worte kann man nicht mehr zurücknehmen. Sein Stolz würde ihm niemals erlauben, mich zurückzunehmen, und meiner nicht, ihn darum zu bitten.«

»Stolz, Stolz. Eines Tages könntet ihr beide an dem Wort erstikken. Aber wer bin ich, um von Stolz zu sprechen? Er hat mich genug gekostet.«

Alexia wandte sich zum Gehen. Sie sagte Katherine nicht Lebewohl, obwohl sie die Frau möglicherweise nie mehr wiedersehen würde. Ihre Unterhaltungen hatten immer auf einer Ebene stattgefunden, die so hoch lag, daß die Banalität trivialer Reden sie nicht erreichte. Wenn man jetzt Konventionen in ihre Beziehung aufnehmen würde, würde sie dadurch irgendwie verändert, würde alltäglich.

Aber als sie ihr Pferd wendete, um aufzusteigen, hielt die Frau sie zurück. »Da gibt es etwas, was ich vergessen habe, Euch zu sagen. Lady Elspeth bekommt ein Kind. Sie kam erst eine Stunde vor Euch hierher und bat mich um einen Trank, damit sie es los würde.«

»Ihr habt aber nicht...«

»Nein. Aber sie ist verzweifelt, glaube ich. Ich sage Euch dies, denn es könnte sein, daß sie sich etwas antut.«

Alexia nickte, und ihr Gesicht zeigte Besorgnis. Sie war so sehr mit dem Drama ihres eigenen Lebens beschäftigt gewesen, daß sie nicht daran gedacht hatte, was Robins Niederlage in dem Komplott für Elspeth bedeuten würde. Arme Elspeth. Der Vater ihres Kindes war entweder tot, gefangen oder vogelfrei. Der Stolz hatte sie auseinandergehalten. Sein Schicksal trennte sie nun endgültig.

Am ersten Tag jeder Woche traf sich Lord Maxwell mit den Verwaltern seiner Domänen, um die verschiedenen Angelegenheiten der Güter zu besprechen. Dann, obwohl das der Teil seiner Pflichten als höchster Lord war, die er am meisten haßte, mußte er sich in seinem privaten Arbeitszimmer einschließen und die Arbeiten machen, die entweder zu kompliziert oder zu wichtig waren, als daß einer der Haushofmeister sich darum kümmern konnte.

An diesem Morgen saß er an seinem Schreibtisch und kaute an einem Ende seines Federhalters, als er versuchte, eine Eintragung in den Aufzeichnungen für Lochmaben zu verstehen, bei der siebzehn kastrierte Kälber in der vorigen Woche eingetragen waren, obwohl er sicher wußte, daß . . .

Die Tür öffnete sich, so daß ein Luftzug die Papiere vor ihm hochblies. Er sah nicht auf, weil er dachte, es sei der Haushofmeister, der auf seine gebrüllte Anweisung hin gekommen war.

Ein Dolch schnitt durch die Luft, nur wenige Zoll vor seinem Gesicht. Seine Spitze fuhr tief in die Blätter des Kontobuchs zwischen seinen Händen, durch den Ledereinband und in das Holz. Jamie senkte seinen Federhalter, streckte seine Handfläche flach auf den Schreibtisch und hob langsam den Kopf – und sah das scharfe Ende eines Schwertes und ein Paar grüner Augen, ganz gleich seinen eigenen, vor sich.

Das Schwert zitterte und deutete auf den Dolch. »Heb ihn auf«, befahl Robin Maxwell.

Kapitel 20

Schon etwas früher am Morgen hatte Alexia zufällig gehört, wie Big Jock sagte, daß es einem der neugeborenen Fohlen schlechter ging. Also sah sie sich zuerst in den Ställen nach Jamie um.

Er war nicht da. Das Fohlen war wieder auf den Beinen, sah etwas mitgenommen aus, lebte aber wenigstens. Sie blieb, um es eine Weile zu beobachten. Als sie gerade am Gehen war, sah sie einen roten Haarschopf weiter hinten in den Ställen, die meist leer waren, aufblitzen.

Sie ging zurück und fand Diccon mit seinen Ellenbogen an einer Stalltür lehnend, eine Wange ruhte auf seiner geballten Faust, und er starrte finster auf den Stallboden. Seine Unterlippe stand vor, so wie sie es an Andy oft gesehen hatte, und sie mußte lächeln.

Sie fragte sich, ob er seine Mutter vermißte, die vor ein paar Tagen nach Frankreich abgereist war. Sie glaubte nicht, daß Diccon und Annor sich besonders nahegestanden hatten, aber immerhin hatte er schon seinen Vater verloren und versuchte immer, so heftig erwachsen zu erscheinen, obwohl er eigentlich noch ein Junge war.

»Hallo, Sir Diccon«, sagte sie und legte eine Fröhlichkeit an den Tag, die sie eigentlich nicht empfand.

»Hallo«, murmelte er.

Sie setzte sich rittlings auf einen Sattelbock und schwang die Beine. »Malcolm sagte, man hätte dich gestern zum Maiburschen gewählt. Ich wollte, ich wäre dort gewesen.«

Die Maifeier war für sie immer eines ihrer Lieblingsfeste gewesen. Da waren die Moriskentänzer und Spiele und der Tanz um den Maibaum. Vor Tagesanbruch pflegten die jungen Leute in den Wald zu gehen, »um den Mai hereinzuholen«. Sie schnitten wilde Blumen und brachen Weißdornzweige.

»Als ich ein Mädchen war, hatte ich immer gehofft, man würde mich einmal zur Maikönigin wählen, aber es ist nie geschehen. Hat dir dein Amt etwas eingebracht?«

Er zuckte mit den Schultern und wurde rot. »Es ging.«

Alexia dachte, vielleicht hatte sie ungewollt Diccons schwache Seite berührt. So mancher Junge und viele Mädchen hatten in einer Maifeier-Nacht ihre Unschuld verloren. Vielleicht war Diccons Erlebnis nicht so ausgefallen, wie er gehofft hatte.

»Ich wollte, ich müßte niemals älter werden!« platzte er heraus und schlug mit der Faust gegen die Stalltür.

»Du kannst nicht ewig jung bleiben«, entgegnete Alexia.

Diccon warf ihr den Blick zu, den ein solcher Ausspruch verdiente. »Du verstehst nicht. Jamie schickt mich auf die Universität nach Stirling, jetzt, wo ich vierzehn bin. Ich will aber nicht dorthin. Es soll zwei ganze Jahre dauern!«

Also das war der Grund. Alexia unterdrückte ein Lächeln. Im allgemeinen dauerte ein Studium an einer Universität sieben Jahre. Zwei Jahre waren ungefähr das Minimum, das der Sohn eines Gentleman hinzunehmen hatte.

»Ich glaube nicht, daß es allzu schlimm wird«, meinte sie. »Da gibt es eine Menge Jungen deines Alters, und es ist auch nicht immer nur Arbeit, habe ich gehört.« Sie boxte ihn leicht an den Arm. »Mehr Hahnenkämpfe und Würfelspiel als studieren. Das kann ich dir garantieren.«

»Ja?« Diccons Gesicht hellte auf. Dann fiel es wieder in sich zusammen. »Aber Malcolm sagte, unsere Hauslehrer, Gott möge sie alle verrotten lassen, schlagen dich mit Birkenruten, wenn du die Regeln brichst. Oder wenn du deine Aufgaben nicht machst. Schade, daß du nicht mitkommen kannst. Aber Mädchen sind nicht zugelassen.«

»Ich würde auch nicht gehen wollen«, sagte Alexia mitfühlend.

»Macht nichts.« Diccon klopfte ihr auf die Schulter. »Ich nehme an, ich werde öfters auf Besuch hier sein. Dann kannst du mich sehen.«

»Vielleicht bin ich nicht hier«, meinte Alexia und hatte Mitleid mit sich selbst.

»Um Gottes willen, Alexia! Sag das nicht. Das bringt Unglück.«

Er stellte sich gerade hin und streckte sich. »Schau her, Alexia, ich muß jetzt zu Malcolm gehen, nehme an, er wird mir sagen können, was ich dort alles brauchen werde.« Leichtfüßig entfernte er sich, seine unglückliche Stimmung von vorhin war verflogen.

Alexia sprang von dem Bock herunter und folgte ihm. »Diccon, weißt du, wo Jamie heute morgen ist?«

Er dachte einen Augenblick nach und schnalzte dann mit den Fingern. »Ja. Er ist in seinem Arbeitszimmer. Aber ich würde ihn nicht stören, wenn ich du wäre. Die Konten bringen ihn immer in schlechte Laune. Er wird dir den Kopf abbeißen und frühstücken.«

»Heb den Dolch auf«, sagte Robin noch einmal.

Sein Schwertarm fing an zu zittern, und seine Knöchel wurden weiß in dem Bemühen, den Arm festzuhalten. Ein Muskel zuckte in seinem Gesicht. Blut sickerte durch eine schmutzige Binde, die er sich um eine Lanzenwunde im Oberschenkel gebunden hatte.

»Und wenn ich es nicht tue?« fragte Jamie.

»Bist du denn ein Feigling?«

»Du weißt, daß ich kein Feigling bin. Genauer gesagt, ich weiß es. Du wirst mich nicht zu einem Kampf zwingen, Robin.«

Robin verzog den Mund zu einer häßlichen Grimasse. »Dann werde ich dich durchbohren, da wo du sitzt, da in deinem großen, fetten Lordsessel, hier in dieser gottverdammten Burg. Sie werden dich in der Krypta beerdigen, den achten Lord von Maxwell, und dann werde ich der neunte sein. Ich hörte, wie sie sagten, ehe ich fliehen konnte, daß du unsere Pläne dem König verraten hättest.«

Jamie sagte nichts. Er hatte seine Hände zu beiden Seiten des Dolches gespreizt auf den Tisch gelegt und achtete nicht auf die Spitze von Robins Schwert, sondern beobachtete dessen Augen.

»Sei verdammt!« schrie Robin. »Kann man dich mit nichts zum Kämpfen bringen?«

Hinter ihm öffnete sich die Tür.

Er drehte sich um, mehr instinktiv als in der Absicht anzugreifen. Als er sah, daß es Alexia war, zögerte er einen Augenblick und zog sie dann mit dem freien Arm ins Zimmer. Sie fing seine Stoßkraft auf, packte sein Handgelenk und seinen Ellenbogen und hakte mit ihrem Fuß hinter das Fußgelenk seines verletzten Beins. Sie drückte ihre Hüfte gegen seine und vollführte eine kurze Drehung. Da brach er auf dem Fußboden zusammen wie eine gefällte Eiche, und das Schwert fiel klirrend aus seiner Hand. Sie beugte sich nieder und hob es auf.

Jamie, der mit dem Dolch in der Hand hinter dem Schreibtisch hervorgeschossen war, stolperte und blieb stehen. Er schaute Alexia an, und in seinen Augen stand ein schelmisches Lachen. Dann erinnerte er sich, daß sie ihn verlassen wollte, und das Lachen erstarb.

»Zur Hölle, Jamie!« Robin stützte sich auf die Ellenbogen. »Das ist gegen die Gesetze der Natur, einer Frau solche Dinge beizubringen. Ich vermute, sie befördert dich abends auf diese Weise ins Bett.«

Jamie lachte.

Alexia funkelte ihn an. »Das ist nicht zum Lachen. Er wollte dich umbringen.«

»Nein, das wollte er nicht.«

»Doch, ich wollte es«, sagte Robin.

Alexia hob das Schwert und zielte auf seinen Hals. »So spricht ein feiger, räuberischer Maxwell-Schuft. Du würdest also den Mann umbringen, der dir zur Flucht verholfen hat?«

Robin sah Jamie fragend an. »Bei Gott, hast du das getan? Weichherzig und sentimental bis zum Ende, unser Jamie. Immerhin, ich nehme an, ich muß dankbar sein, denn sie haben angefangen, die Leute an Ort und Stelle aufzuhängen. Und da dachte ich, es sei reines verdammtes Glück gewesen, daß die Seile, mit denen ich gefesselt war, nicht so fest geknüpft waren, wie sich das gehörte.« Er setzte sich auf und legte seine Arme um die Knie. »Also, was passiert jetzt? Wird der König nicht zwei und zwei zusammenzählen und an deine Tür klopfen?«

»Man wird berichten, daß du mit den anderen zusammen aufgehängt worden bist.«

»Ah... du warst schon immer clever, Jamie. Weich, aber clever. Also soll ich verschwinden, was?«

»Wenn du leben willst.« Jamie warf den Dolch auf den Schreibtisch. »Mutter ist bereits auf dem Weg nach Frankreich. Ich empfehle dir, ihr zu folgen. Ihr werdet beide feststellen, daß das Klima dort euch besser bekommt. Du hast einen starken Arm und mehr Mut als Verstand. Wenn wir Alexia überreden können, dir dein Schwert zurückzugeben, müßtest du in der Lage sein, deinen Lebensunterhalt damit zu verdienen.«

Robin starrte seinen Bruder an. »Macht es dir gar nichts aus, was ich getan habe? Ich hätte alles, was du besitzt, von dir genommen, einschließlich deines Lebens, wenn nötig. Alles, was dir gehört, wollte ich haben. Caerlaverock, Threave, den Titel...« Er grinste kläglich und deutete mit der Hand auf Alexia. »Alles, bis auf die. Die kannst du behalten.«

Jamies Antwort war ein kaltes, grausames Lächeln. »Wenn du denkst, es macht mir nichts aus, dann bist du ein Narr. Ich würde niemals das Blut meines eigenen Bruders vergießen, wenn ich es irgendwie verhindern könnte. Aber wenn du noch einmal herkommst, Robin, dich noch einmal in meine Angelegenheiten mischst, werde ich dich töten.«

Die zwei Brüder starrten einander in die Augen, und Robin wußte, daß Jamie die Wahrheit sagte. Aus welchem Grund auch immer, Jamie hatte ihn einmal verschont. Noch einmal würde er das nicht tun.

Robin senkte den Kopf und war einen Augenblick still. Dann kam er ungeschickt auf die Füße und hielt sich das Bein. Er hielt Alexia die Hand hin, die etwas zitterte. Nach kurzem Zögern gab sie ihm das Schwert.

Er wandte sich zu seinem Bruder um. »Du siehst mich gehörig geläutert. Ich werde nach Frankreich gehen, weil, wie du sagst, mir das Klima dort besser bekommt.« Dann salutierte er vor seinem Bruder spöttisch zum Abschied.

»Nimm Elspeth mit«, sagte Alexia.

Beide Brüder drehten sich gleichzeitig nach ihr um, als würden sie an unsichtbaren Fäden gezogen. Einen Augenblick flackerte Hoffnung in Robins Augen. Dann schüttelte er den Kopf.

»Nein, das kann ich nicht.«

»Würdest du sie hierlassen, damit sie dein Kind in Schande austrägt?«

»Mein . . . ?« Er starrte sie wie betäubt an.

Alexia nickte. Sie bemerkte, daß er angestrengt nachdachte. Für eine Frau, die hinter einer Armee herfuhr, war das Leben sicher schwer, aber viele Söldner hatten ihr Glück auf den Schlachtfeldern Europas gemacht, und Elspeth hatte selbst genügend Geld. Wenn er seinen Stolz genügend unter Kontrolle bringen konnte und sie es benutzen durfte . . .

»Zumindest solltest du ihr die Chance geben, ihre eigene Wahl zu treffen«, sagte Alexia sanft. »Vielleicht wird sie dich überraschen.«

Robin schluckte heftig. Er öffnete den Mund und schloß ihn wieder. Dann sah er sie beide noch einmal verzweifelt an und floh humpelnd und mit einem steifen Bein durch die offene Tür. Aber Alexia bemerkte, daß er nicht die Treppe hinunterging, sondern hinauf in die Richtung von Elspeths Zimmern.

Sie sah Jamie an. Seine Miene war undurchdringlich. Nur das Zucken in seiner Wange verriet ihr, daß er irgendein starkes Gefühl niederkämpfte.

»Ich nehme an, es ist dir nie eingefallen, daß ich mitzubestimmen hätte, wenn es um mein Mündel geht«, sagte er mit kalter, kontrollierter Stimme.

»Mitbestimmen! Sie ist ein Mensch. Nicht irgendein Stück Vieh, bei dem du entscheiden kannst, ob es verkauft oder geschlachtet werden soll!«

Sie biß sich auf die Lippen. Eigentlich war sie gekommen, um einen Weg zu finden, die schreckliche Kluft zwischen ihnen zu überbrücken. Und schon nach wenigen Minuten keifte sie ihn an wie ein Fischweib.

Er setzte sich halb auf die Schreibtischkante, nahm den Dolch auf, der da lag, und warf ihn lässig von einer Hand in die andere. Als er seinen Kopf beugte, leuchtete sein Haar golden in der Sonne, die in Streifen durch das offene Fenster strömte.

Sie beobachtete seine Finger beim Spiel mit dem Messer. Sie waren feingliedrig und lang, und mit ihnen hatte er sie einst geliebt, war über ihren Körper gestrichen und hatte darauf gespielt wie auf seiner Laute, anmutig, liebevoll und leidenschaftlich.

O Gott, dachte sie, wie konnte ich jemals daran denken, ihn zu verlassen? Wie könnte ich ohne ihn leben?

»Ich war nicht darauf aus, mich in deine Angelegenheiten zu mischen, Mylord«, sagte sie steif. »Ich hörte von Robin und Elspeth durch reinen Zufall. Aber sie lieben sich wirklich, und ich glaube, wenn sie eine Chance hätten zusammenzubleiben, dann sollte man sie ihnen lassen.«

»Du überraschst mich, Alexia. Mir scheint, daß du deine Finger überall drin hast hier auf Caerlaverock. Deine Aufmerksamkeit wird uns fehlen, wenn du weg bist.« Mit gespielter Höflichkeit fragte er: »Übrigens, wann dürfen wir mit deiner Abreise rechnen?«

Sie wußte nicht, wie sie die Worte hervorbringen sollte. »Ich... oh, ich dachte, vielleicht am Freitag? Ich habe noch keine festen Pläne.«

Er legte das Messer sorgfältig zurück, ging dann um den Schreibtisch herum, setzte sich in seinen Sessel und zog das zerfledderte Kontenbuch an sich heran. »Laß es mich wissen, wenn du dich entschieden hast, ja?« sagte er und sah sie nicht einmal an. »Ich werde eine Eskorte zusammenstellen müssen.«

Als er wieder aufsah, war sie gegangen. Er raufte sich die Haare. Einen Augenblick versuchte er, ganz ruhig zu sein, dann griff er mit einem Fluch nach dem Dolch und warf ihn an die Wand.

Alexia ging quer durch den leeren Saal. Staubteilchen tanzten in den Säulen, die das Sonnenlicht malte, das durch die hohen Fenster fiel. Das Holz der Anrichten und Schränke glänzte von dem Bienenwachs, mit dem es eingerieben wurde. Der Läufer auf dem Tisch, mit seinem leuchtenden Muster in Indigo und Weinrot, verlieh dem Raum ein freundliches Aussehen. Der große Salzspender stand noch immer auf seinem Platz auf dem Tisch vor dem Sessel des Hausherrn. Die silberne Meerjungfrau trug ruhig und würdevoll die Last aus dem Meer.

Sie stieg auf das Podest und ging hinüber zu dem erhöhten Sitz. Mit den Fingern zeichnete sie die Flügel des Falken nach, der in die hohe Rückenlehne eingeschnitzt war. Sie dachte daran, wie sie einmal Annor gegenüber geprahlt hatte, daß ihr Sohn eines Tages hier als ihr Lord sitzen würde. Wie hochmütig und stolz war sie an dem Tag gewesen.

Sie würden jetzt keinen Sohn mehr haben, sie und Jamie. Es war ihm prophezeit worden, daß ihre Ehe zugrunde gehen würde, und so geschah es auch. Sie waren Todfeinde gewesen, Feinde durch ihre Clans, die trotzdem gemeint hatten, ihre Liebe könne dreihundert Jahre des Hasses und des Mißtrauens überwinden. Und die Liebe und das Leben hatten sie ins Unrecht gesetzt.

Sie hob die Ecke des Läufers an und betrachtete den Namen, der so tief in das feine Holz geschnitzt war. Annor hatte recht gehabt an dem Tag, als sie sagte, daß die Carletons schon früher nach Caerlaverock gekommen seien, aber nie geblieben waren. Du wirst nie hierher passen, hatte Annor gemeint. Aber nicht Annor hatte sie besiegt, sie hatte sich selbst geschlagen.

Das Kratzen von Stiefelsohlen auf Stein war zu hören, und sie erschrak. Jamie stand in der Tür, dann kam er auf sie zu. Seine Hacken schlugen auf dem Boden auf.

Vor dem Podest blieb er stehen und sah sie an. »Du wirst am Freitag nicht nach Thirlwall gehen«, sagte er.

Alexia hob den Kopf. »Warum nicht?«

Mit seinen starken Händen umfaßte er ihre Taille und zog sie herunter. Sie stand jetzt direkt vor ihm. Er wollte sie küssen, aber sie hob die Arme, um ihn wegzustoßen. Doch ihre Hände wollten ihr nicht gehorchen. Statt dessen legten sie sich um seinen Hals. In der Wildheit seines Kusses spürte sie, welchen Kampf er in seinem Inneren durchgefochten haben mußte, eine Schlacht zwischen Stolz und Verlangen. Als er sie losließ, mußte sie sich an der Tischkante festhalten, um nicht umzufallen.

Er atmete schwer, und seine Augen waren dunkel, beinahe schwarz.

»Warum?« flüsterte sie und wußte nicht einmal, was sie fragen wollte, noch viel weniger, welche Antwort sie erwartete.

Er wollte schon weggehen, und sie wollte ihm gerade nachlaufen, als er sich umwandte und auf dem gleichen Weg zurückkam.

Er packte sie bei den Schultern und schüttelte sie heftig. »Weil du meine Frau bist, verdammt noch mal, und eine Frau gehört zu ihrem Mann, in seine Burg und in sein Land!«

»Wirst du mir verbieten zu gehen?« fragte sie ihn ruhig.

»Ja!« Er holte tief Luft. »Ja, bei Gott, das werde ich.«

Alexia senkte demütig den Kopf. »Nun gut, Mylord, ich werde nicht gehen. Da du darauf bestehst.«

Er lockerte den Griff an ihren Schultern. Langsam legte er seine Hände um ihren Hals, zog ihren Kopf zu sich heran und küßte sie langsam und zärtlich.

Als der Kuß schließlich endete und er sie freigab, lehnte er sich zurück und betrachtete sie mißtrauisch. »Es sieht dir gar nicht ähnlich, dich so leicht zu ergeben. Normalerweise muß ich immer für die geringste Kleinigkeit einen großen Kampf mit dir durchfechten.«

»Du tust mir unrecht, Mylord Ehemann«, sagte sie. »Ich habe immer versucht, dir eine gehorsame Frau zu sein.« Bei den Worten schnaubte Jamie leise. Sie ignorierte ihn aber und fuhr fort. »Außerdem ist da die Sache mit den zwei Söhnen...«

»Und das ist auch so etwas«, unterbrach Jamie sie. »Ich will von dieser lächerlichen Idee von dir nichts mehr hören, daß ich mit zwei Söhnen zufrieden wäre.«

Ihre Hände, die seine Brust gestreichelt hatten, schoben ihn weg. »Meine Idee! Das Ganze war deine Idee, Jamie Maxwell.«

»Nein, das war es nicht.« Er lachte laut. »Ich wäre nie ein solcher Narr gewesen.« Er hielt sie an den Handgelenken, drehte sie ihr auf den Rücken und zog sie ganz dicht an sich. Sie tat, als wollte sie sich gegen ihn wehren.

»Es ist immerhin keine so schlechte Idee«, sagte sie, und ihr Atem berührte sanft seinen Hals. »Denk daran, wieviel Freude wir haben werden, wenn wir sie machen.«

»Ja.« Jamie zeigte sein schalkhaftes Lächeln. »Aber wir wollen nicht bei zwei aufhören.« Seine Hände glitten über ihren Körper, als müsse er sich vergewissern, daß sie da war, da in seinen Armen. »Oh, Alexia. Ich hatte so entsetzliche Sehnsucht nach dir in diesen vergangenen Tagen. Ich habe nicht geschlafen und konnte kaum essen.«

»Und gab es in Stirling nicht eine einzige Frau, die dich hätte heilen können?« neckte sie ihn.

»Nein, da gibt es nur eine einzige Frau, die diese Zaubermacht hat. Eine bernsteinäugige, englische Verführerin.«

Jamie fand, daß es entschieden etwas Wunderbares war, seine wunderschöne und leidenschaftliche Frau wieder in den Armen zu halten, aber wenn er sie nicht sofort losließe, würde das auf jeden Fall dazu führen, daß er sie am hellichten Tag auf dem Boden des großen Saals lieben müßte. Widerwillig ließ er sie los, hielt sie aber fest an der Hand.

Sie seufzte und lehnte sich zufrieden an ihn. »Ich war eine solche Närrin. Ich habe dir seit unserer Hochzeit so viel Schwierigkeiten gemacht, und du hättest allen Grund, mich zu hassen.«

Er lächelte und zog ihre Hand an die Lippen. »Ich muß also ein ganz unvernünftiger Mann sein, denn ich bin noch immer verrückt nach dir.«

Er trat einen Schritt zurück, damit er ihr Gesicht genau sehen konnte, und ließ alle seine Gefühle in seinem eigenen Gesicht leuchten. Ich werde sie fragen, dachte er. Ich werde sie einfach fragen, ob sie mich liebt. Ich werde sie zwingen, die Worte zu sprechen. Und dann, wenn sie sie ausspricht, werde ich mir erlauben, ihr zu glauben.

»Alexia...«, fing er an.

Da explodierte das Salzfaß auf dem Tisch in tausend Splitter.

Hätten sie auf dem Podest gestanden, hätte jede dieser Scherben ihren sicheren Tod bedeutet. Ein Stück von dem Salzfaß riß Jamies Oberschenkel auf. Es brannte wie Feuer. Sein verletztes Bein knickte ein, als ein anderes, größeres und schwereres Geschoß in seine Schulter schlug, so daß er sich um die eigene Achse drehte. Durch die Wucht des Schlages fiel er auf den harten Steinboden, mit seinem ganzen Gewicht auf die verwundete Schulter. Alexia war von ihm abgerückt, hielt die Hände vor den Mund, um nicht laut zu schreien. Und er sah, daß die Hände vor ihrem Gesicht voller Blut waren. Erst jetzt nahm er den Knall des Pistolenschusses wahr, der von der Gewölbedecke der Großen Halle und als Echo zurückgeworfen wurde. Dann herrschte Totenstille.

Und in diese Stille hinein hörte Jamie, wie sich die Tür des Vorratsraumes quietschend hinter ihm öffnete. Er sah, wie Alexias Augen sich vor Angst weiteten, und im Geiste blitzte das Bild von Malcolm auf, wie er ihm einen Holzkasten mit zwei in Samt geschmiegte Pistolen zeigte. Zwei Pistolen.

Er versuchte, sich trotz des brennenden Schmerzes aufzurappeln, aber er wußte auch, daß er nicht rechtzeitig zu Alexia gelangen konnte, denn der Mörder hob in diesem Augenblick die zweite Pistole und drückte gerade den Abzugsbügel durch.

»Bleibt liegen, Lord Maxwell.« Die Stimme klang eiskalt und war völlig ruhig. »Bleibt, wo Ihr seid, wenn Ihr nicht wollt, daß Eurer Frau noch Schlimmeres passiert.«

»Evie!« keuchte Alexia.

Man hörte ein Rascheln von Röcken, und dann stand das Mädchen vor ihnen – klein und schlank, ihr Gesicht hinter der weißen Maske verborgen. Aber obwohl die Waffe zu schwer für ihre schwachen Hände schien, hielt sie sie gerade und fest, die runde, furchterregende Öffnung des Laufes direkt auf Alexias Herz gerichtet. Obwohl Jamie wußte, daß man mit solchen Pistolen auf die Entfernung leicht sein Ziel verfehlte, hatte er Angst, daß sie auf diese kurze Distanz nicht danebenschießen könnte.

Evie lachte leise, und ihr ausgestoßener Atem ließ die Gaze um ihren Mund flattern. »Sieh dir deine Hände an, Alexia. Du mußt wirklich lernen, deine Hände besser zu pflegen.«

Alexia betrachtete ihre zerschnittenen und blutigen Hände, dann schauderte sie und schlang die Arme um sich selbst. »Evie, warum hast du ...«

»Frage Lord Maxwell. Er weiß, warum.« Ihre Augen blitzten Jamie an und dann Alexia. »Ihr habt angefangen, mißtrauisch zu werden, nicht wahr, Mylord? Ihr hattet einen Verdacht, also habt Ihr sie Tag und Nacht bewachen lassen. Ich hatte an vieles gedacht, an viele Unfälle, aber immer war jemand da, der aufpaßte.« Sie packte den Pistolengriff fester. »Sagt Ihr, warum.«

»Ich weiß nicht, warum«, antwortete Jamie.

Ein dünner Rauchfaden schlängelte sich aus der Zündpfanne. Er dachte, wenn er sich gegen ihre Beine werfen könnte, würde sie umfallen, noch ehe sie eine Chance hatte, den Abzug zu ziehen und das Pulver zu entzünden. Er entlastete sein schmerzendes Bein. Durch die Bewegung rieben die gebrochenen Knochenstücke in seiner Schulter aneinander. Der Schmerz fuhr ihm wie ein weißglühender Blitz durch den Körper, und er merkte, wie der Schweiß über sein Gesicht lief.

»Aber Ihr wißt es, Ihr müßt wissen, warum«, sagte Evie und ihre Stimme ging in einen trillernden Singsang über. »Wegen ihr, wenn sie mir das nicht angetan hätte, wäre ich eine schöne Frau gewesen.« Alexia stöhnte, und Evie lachte. »Und ich wäre eine perfekte Frau für Euch geworden. Ihr wißt das, ja, Ihr wißt das. Ihr hättet bei mir nie Grund gehabt, wütend zu werden. Ich würde Euch so viel Freude bereitet haben, in einer Weise, von der Ihr nur träumen könnt. Oh, Mylord Maxwell, wenn Ihr mich sehen könntet, wie ich geworden wäre, Ihr würdet sie sofort vergessen.«

»Evie«, fing Jamie an und zwang sie, ihn anzusehen, zwang sie, die Pistole von Alexia weg und auf ihn zu wenden.

Die Tür der Vorratskammer schlug gegen die Mauer. Evie erschrak und drehte sich schnell um.

Malcolm warf sich direkt auf sie.

Er hatte sie überrascht und einen Augenblick der Unentschlossenheit genutzt. Wenn er nicht durch die Deformation seiner Wirbelsäule behindert gewesen wäre, hätte er ihr die Waffe aus der Hand schlagen können, noch ehe sie abdrücken konnte. Aber mit seinem nachgezogenen Fuß strauchelte er über eine unebene Fußbodenkachel, so daß sie die Pistole heben, auf seine Brust zielen und abdrücken konnte.

Ein leuchtender Blitz zuckte auf, als der Zünder das Pulver in der Pfanne in Brand setzte, dann folgte eine markerschütternde Explosion. Malcolm sackte zusammen, einen Ausdruck der Überraschung auf dem Gesicht, dann glitt er langsam zu Boden.

Evie fauchte wie eine Wildkatze, die in die Falle geraten war. Sie warf die Pistole weg und wandte sich nach Alexia um, mit klauenartig gekrümmten Fingern.

Alexia schrie und trat einen Schritt zurück. Und schrie wieder, als Evie ihr folgte.

Jamies Hand schnellte vor, er packte Evie am Fußgelenk und zerrte an ihrem Bein, so daß sie auf ihn fiel – direkt auf seine gebrochene Schulter. Sein Atem entwich mit einem hohen, spitzen Ton. Ihre Wut richtete sich jetzt gegen ihn, und sie richtete ihre Fingernägel auf seine Augen. Rasend vor unsäglichen Schmerzen in seiner Schulter hieb er blind auf sie ein, und seine Finger verfingen sich in der Gaze der Maske und zogen sie ihr vom Kopf.

Er starrte wie gebannt auf das scheußliche, narbenentstellte und mit Blasen übersäte, zerfressene Gesicht, und vor Ekel verzerrte sich seine Miene zu einer Grimasse des Abscheus.

»Neiiin!« schrie sie und ging rückwärts von ihm weg, drehte sich um und rannte davon. Sie rannte weg vor dem Entsetzen, das sie in seinen Augen gelesen hatte.

Malcolm versuchte, sich aufzusetzen, überlegte es sich dann aber anders. Er legte seinen Kopf zurück in Alexias Schoß, der, so dachte er schläfrig, für ein so mageres Mädchen ziemlich weich war. Erst bei der kurzen Anstrengung, sich aufzusetzen, hatte er bemerkt, daß sich in seiner Brust ein häßliches, vielleicht auch lebensgefährliches Loch befand. Es tat nicht weh, und er hoffte, daß das kein schlechtes Zeichen sei.

Er streichelte Alexias Wange und wunderte sich dabei, wie schwer sein Arm war. »Du weinst«, sagte er. »Ich habe dich noch nie vorher weinen sehen.«

»Malcolm ...«

Er wandte den Kopf um. Sein Bruder kniete neben ihm und sah noch viel schlimmer aus, als er sich fühlte. »Du verdammter Narr«, sagte Jamie mit rauher Stimme.

Malcolm versuchte zu lächeln. »Ich dachte, sie würde danebenschießen. Das hätte ich besser wissen müssen ... verdammte Carleton.«

Auf den Treppen hörte man das dumpfe Stapfen von Schritten. Big Jock stürmte in die Halle, seine Kriegsaxt um sich schwingend, und ihm auf den Fersen folgten weitere Männer. Er blieb stolpernd stehen, als er die Szene vor sich erfaßt hatte.

»Dummkopf«, sagte er. »Was ist geschehen?«

»Jock, du mußt zu der Frau im Moor gehen.« Alexias Stimme war klar und beherrscht, trotz der Tränen, die weiter über ihr Gesicht flossen. »Sag ihr, sie muß Instrumente mitbringen, um eine Pistolenkugel aus der Brust eines Mannes herauszuoperieren.«

»Ja, Mylady«, und Big Jock gehorchte sofort.

»Instrumente?« Malcolm schluckte. Aus seinem Mundwinkel kam ein kleines Rinnsal Blut. »Jamie, laß nicht zu ...«

»Pscht«, sagte Jamie. »Das ist schon in Ordnung.« Er strich das Haar aus Malcolms Stirn. Der Junge atmete jetzt schwächer, dann fiel er in Ohnmacht.

Jamie blickte auf, und er und Alexia sahen sich an.

»Er wird nicht sterben«, meinte Alexia. »Er wird nicht sterben.«

Sie legten Malcolm in das bequemste Bett, das große Bett im Herrenschlafzimmer. Alexia setzte sich neben ihn, bis Katherine kam, groß und gespenstisch in ihren schwarzen Kleidern. Ihre kühle Ausstrahlung wirkte jetzt auf alle beruhigend.

»Geht«, sagte sie zu Alexia. »Ich kann besser hier arbeiten, ohne daß ihr um mich herumschwirrt.«

»Aber ...«

»Geht zu Eurem Herrn. Er braucht Euch auch.«

Jamie saß auf einem Stuhl im Vorzimmer, das eine Bein vor sich ausgestreckt, das andere gebogen. Seine Schulter war ungeschickt geschient worden, der Schnitt in seinem Schenkel verbunden. Die Flammen des flackernden Kaminfeuers warfen Schatten über sein Gesicht, und seine Augen waren abgeschirmt. Der Schmerz hatte eine weiße Furche um seinen Mund gezogen.

Alexia kniete neben ihm. Seine Hand lag an ihrem Hals.

»Warum hat sie es getan?« fragte sie. »Sie sagte, du hättest sie im Verdacht gehabt. Warum?«

Jamie schüttelte den Kopf. »Alles, was ich wußte, war, daß dir Dinge passierten, die wie Unfälle aussahen, aber keine waren. Ich habe Malcolm und Big Jock gebeten, auf dich aufzupassen, wenn ich nicht da bin. Malcolm hatte angefangen, deine Schwester zu verdächtigen. Ich glaube, er sah etwas von sich selbst in ihr. Oder etwas, das er auch hätte werden können, wenn er zugelassen hätte, in Selbstmitleid und Bitterkeit zu versinken.«

Alexia empfand tiefe, brennende Schuld, und ein bitterer Geschmack trat in ihren Mund. »Wie sehr sie mich hassen muß. So sehr meinen Tod zu wünschen.«

»Du darfst dir nicht die Schuld dafür geben. Es war auch erst zum Ende zu, glaube ich, als sie vollkommen den Verstand verlor und bewußt deinen Tod wollte. Die Unfälle waren eher dazu gedacht, dir Angst einzujagen und dich aus Caerlaverock zu vertreiben. Und vor allen Dingen von mir, glaube ich. Das Ganze war zu ausgefallen, zu sehr zum Mißerfolg verdammt. Sie hat einfach nur etwas arrangiert und dann zugesehen, was passieren würde.«

»Einer der Unfälle hat zum Tod unserer Tochter geführt.«

Jamie preßte die Lippen zusammen. »Dafür werde ich mir immer die Schuld geben. Wenn ich nur früher darauf gekommen wäre... Aber erst nach dem Vorfall mit der Bulldogge meiner Mutter fing ich an, auch andere Dinge zu hinterfragen, die dir passiert waren.«

»Der Wein... Ich hätte dir das erzählen sollen...«

»Was?«

Sie schauderte. »Vergiß es...«

Sie wandte das Gesicht ab und verfiel in grüblerisches Schweigen. Er streichelte ihr Haar und genoß das seidige Gefühl. Dann spürte er, wie sie erstarrte, und als sie sich umwandte, stieg in ihren Augen die bekannte Wut auf. Er wußte, welche Frage sie ihm jetzt stellen würde.

»Warum hast du nicht mit mir darüber gesprochen? Ich hätte sie zu Vater nach Hause schicken können. Er hätte sich um sie gekümmert und hätte dafür gesorgt, daß sie wieder gesund wird. Wenn du einen Verdacht hattest, warum hast du ihn mir gegenüber nie erwähnt?«

Er wartete einen Augenblick, ihr Gesicht durchforschend. »Mein Liebes... hättest du mir etwa geglaubt?«

Sie hatte keine Antwort. Als sie schließlich sprach, war dies in vollkommener Offenheit. »Nein, du hast recht. Sie ist meine Schwester. Ich hätte nie etwas so Übles von ihr geglaubt. Es hätte bedeutet, daß ich hätte zugeben müssen, daß wegen mir...« Sie brach ab und preßte ihre Hand auf den Mund.

»Ich weiß«, sagte Jamie sanft, und wünschte sich, daß er einen Teil der Schuld, die auf ihr lastete, von ihr nehmen könnte.

»Ich glaubte zuerst, es sei ein Maxwell, der hinter all diesen Unfällen steckte«, fuhr sie dann fort. »Später wollte ich das nicht mehr wahrhaben, denn allmählich betrachtete ich deine Familie als meine eigene. Malcolm und die zwei Jungen hatte ich lieben gelernt wie meine eigenen Brüder. Und Robin, obwohl wir uns nie leiden mochten – zumindest verstand ich ihn.« Sie lächelte Jamie sanft an. »Hätte Robin mir ein Leid zufügen wollen, hätte er es offen und gewissermaßen fair getan mit einem Schwert oder einem Dolch. Selbst deine Mutter ... Weißt du, daß sie es war, die mir geholfen hat, den Tod unserer Tochter zu akzeptieren? Sie ist nicht ganz egoistisch, Jamie. Sie hat doch etwas Fürsorgliches an sich gehabt, glaube ich.«

Bei der Erwähnung seiner Mutter verhärteten sich seine Gesichtszüge. »Ich bin froh, daß zumindest du so denkst. Was mich betrifft, so habe ich längst erkannt, daß ich ihr nie gefallen konnte, wenn ich mich nicht in etwas verwandeln würde, das mir selbst zuwider wäre – da hörte ich auf, mich überhaupt noch darum zu kümmern, was sie von mir dachte.«

Man hörte ein leises Kratzen an der Tür, und Big Jock trat ein.

»Keine Spur von ihr, Mylord. Wir sind jeden Zoll der Moore abgeritten. Aber die Flut ist heute da draußen besonders tückisch. Danach suchten wir die Flüsse bis Dumfries ab und noch weiter. Sie ist so schnell verschwunden wie eine Dose Bonbons zwischen einer Horde Kinder.«

»Dann nimm die Hunde.«

»Hunde!« Alexia sprang auf. Sie fuhr Jamie an. »Jamie, das kannst du nicht tun! Du kannst sie nicht jagen wie eine Verbrecherin oder wie ein Tier.«

Jamie warf Big Jock einen Blick zu. Er verschwand leise.

»Alexia, es wird ihr nichts geschehen. Du weißt das. Aber wir müssen sie finden, es geht ihr nicht gut. Sie sollte sich oder anderen nichts antun.«

Alexia schloß die Augen. »Versprichst du, daß ihr nicht weh getan wird?«

»Ich verspreche es. Komm her«, sagte er sanft.

Er zog sie auf seinen Schoß und hielt sie fest in seinen Armen. Er legte seinen Kopf gegen die hohe Stuhllehne. Wie er sie ansah – es lag kein Lächeln in seinem Blick, denn die Tragödie hing noch immer schwer über ihnen. Aber zwischen ihnen bestand eine seltsame, stille Freude. Die Freude zweier Menschen, die wissen, daß alles, was zu ertragen sein würde, von ihnen gemeinsam getragen wird.

Sie strich mit ihren Fingerspitzen zärtlich über seine Wange. »Ich liebe dich so sehr, Jamie Maxwell«, sagte sie und beantwortete endlich die Frage in seinen Augen.

Er zog sie fester an sich.

Sie protestierte: »Aber was ist mit deiner Schulter?«

»Nein«, sagte er und legte sich ein bißchen zurück, denn der gebrochene Knochen verursachte ihm einen reibenden, beständigen Schmerz.

Sie ruhte sich an seiner Brust aus. Als sie schließlich sprach, fühlte er ihren Atem wie ein Streicheln auf seiner Haut.

»Sie hat dich auch geliebt. Ich habe das schon am ersten Tag bemerkt, als sie nach Caerlaverock kam. Für sie war es genauso wie für mich – eine plötzliche, blendende Liebe, die einem den Atem nahm.«

Er errötete und wirkte ein wenig betreten. Aber er hörte die Worte auch gern. »War das wirklich so etwas Plötzliches, Blendendes? Du warst nicht älter als dreizehn, als wir uns das erste Mal trafen.«

»Vierzehn, und du hast mich geküßt, erinnerst du dich? Ich kann verstehen, warum Evie wegen dir zur Mörderin werden wollte.« Sie sah ihn drohend an. »Wenn ich dich jemals mit einer anderen Frau erwische, durchbohre ich euch beide mit meinem Schwert.«

Er lachte und preßte seine Lippen auf ihren Hinterkopf. »Also dann brauchst du keine Angst zu haben, daß ich dir untreu werde, denn ich bin im letzten Jahr so oft angebohrt worden, daß es für den Rest meines Lebens reicht.«

Sie lächelte und schmiegte sich eng in seine Arme. Nach einer Weile fühlte er ihren leisen, regelmäßigen Atem, und er wußte, daß sie schlief.

Es dauerte noch eine lange Zeit, bevor sich die Schlafzimmertür öffnete und Katherine heraustrat.

Jamie sah sie fragend an.

»Die Kugel ist an einer Rippe abgeprallt«, sagte sie ganz sachlich. »Sie ist nicht in die Lunge eingedrungen. Es besteht Hoffnung, daß er am Leben bleibt.«

Sie betrachteten beide Alexia.

»Weckt sie nicht auf«, meinte Jamie und legte schützend den Arm um sie.

»Aber sie wird sich um ihn ängstigen. Sie hat ihn so lieb.«

»Ich werde hier sein, wenn sie aufwacht, und ich werde es ihr sagen.«

Sie stand mitten im hohen Moorgras. Das glatte Wasser des Solway Firth erstreckte sich vor ihr in dem Grün eines flachen Gewässers, das auf dunklem Sand steht. Diese Farbe war auch die Farbe seiner Augen.

Sie zog ihre Kleider aus. Langsam, genießerisch, mit dem Gefühl der warmen Sonne auf ihrer Haut. Sie hatte ihren Körper noch nie so der Sonne ausgesetzt. Das seidige Streicheln gefiel ihr, wie die Berührung eines Geliebten, dachte sie – obwohl sie noch nie einen Geliebten gehabt hatte.

Sie schritt nackt ins Wasser. Der nasse Sand fühlte sich unter ihren nackten Füßen gut an. Sie spürte, wie ihre Zehen in den Sand drangen. Es kitzelte, aber auf eine fast schmerzhaft-erotische Art, so daß sie die Zähne zusammenbeißen mußte, nicht um ein Lachen zu unterdrücken, sondern einen Schrei.

Sie legte die Hände um ihre Brüste, drückte auf ihre Brustwarzen und fühlte, wie sie sich zwischen ihren Fingern verhärteten. Sie legte den Kopf zurück und schloß die Augen. Das Wasser klatschte sanft zwischen ihren Oberschenkeln und streichelte sie dort.

»Jamie«, seufzte sie.

Als das Wasser ihre Hüften erreicht hatte, legte sie sich nieder und ließ sich hinwegtragen. Ließ sich schaukeln. Ihr Haar schwamm hinter ihr her, zog ihren Kopf zurück, ihr Hals bog sich abwärts. Der Himmel über ihr war von einem verschwommenen, gelblichen Blau.

Das Wasser war kalt. Sie zitterte und drehte sich um, weil ihre

Füße keinen Boden mehr fanden. Dann ging sie unter, würgte, wurde wieder hochgehoben, Wasser lief ihr übers Gesicht, aus ihrem Haar in die Augen und machte sie blind. Die Küste war ein brauner Fleck, weit weg, zu weit. Das Wasser schloß sich wieder über ihrem Kopf. Es war kalt, so kalt.

Etwas zog an ihren Beinen, zog sie abwärts. Sie schlug aus, kämpfte dagegen, aber es war viel zu stark, viel zu kalt. Sie schrie, und Wasser füllte ihren Mund.

Ein Fischer fand sie kurz darauf. Er beugte sich über den Bootsrand, um sie in seinen Kahn zu ziehen, obwohl sie schon tot war und mit dem Gesicht nach unten im Wasser trieb. Als er ihren Arm berührte, drehte sich ihr Körper, und er sah ihr halbes Gesicht. In diesem Augenblick und ehe er den Rest von ihr sah, dachte er, er hätte nie etwas so Schönes gesehen.

Kapitel 21

»Tod und Teufel!« Alexia fluchte mit dem Finger im Mund. Sie starrte wütend auf das Stück Leinen in ihrem Schoß, aus dem ein Hemd für Jamie werden sollte. »Ich habe es schon zweimal blutig gemacht, und dabei bin ich noch nicht einmal mit dem ersten Ärmel fertig.« Sie warf das Ganze angewidert auf den Boden.

Jamie saß neben ihr auf einem hohen Hocker und spielte die Laute. Er stellte das Instrument beiseite und hob das Kleidungsstück auf. Er hielt es vor dem Fenster ans Licht und mußte über die schiefen Säume und die Zickzackstiche lachen.

»Ich habe dir doch gesagt, du brauchst nichts für mich zu nähen. In Dumfries ist eine Frau, die mir das ganz gut machen kann.«

»Ich bin deine Frau, und ich muß deine Hemden nähen, nicht irgendeine ... wer ist diese Frau in Dumfries überhaupt?«

Er grinste sie an, nahm wieder seine Laute und zupfte die ersten Takte einer zärtlichen Liebesballade. »Bist du eifersüchtig, meine Süße?«

»Sei nicht albern. Ist sie hübsch?«

Er lachte. »Sie hat sieben Enkel. Und wenn ich mich recht an die Umstände erinnere, habe ich dich nicht wegen deiner Nähkunst geheiratet, Alexia. Meine Aufmerksamkeit wurde geweckt durch deine Kunst, mit dem Schwert umzugehen.«

Sie stellte sich hinter ihn, die Handflächen auf seinen Schultern. Er lehnte den Kopf zurück und rieb sich an ihren Brüsten.

»Ich habe längst mit Schwertern und Bogen abgeschlossen, Mylord. Jetzt, wo der König dich zum Grafen gemacht hat, bist du so aufgeblasen geworden, daß ich mich um so mehr anstrengen muß, eine richtige Ehefrau zu werden.«

»Oho, das ist also der Grund für die ganze plötzliche Betriebsamkeit im Hause. Nein, du bist es, Mylady Alexia Maxwell, Gräfin von

Morton, die mit diesen Ehren herumstolziert wie ein Pfau auf der Balz. Als nächstes wirst du wollen, daß ich dich nach Stirling bringe, damit du deinen Titel vor dem ganzen Hof vorführen kannst.«

»Nun ja, es ist so... ich wollte dir das schon die ganze Zeit sagen...«

Er stöhnte und hob den Blick zum Himmel. »Ich wußte es.«

»Es ist nur so, wenn wir dieses Jahr nach Stirling gehen wollen, so sollte das besser bald geschehen. Solange ich noch ohne Gefahr reisen kann.«

Er hatte gerade nach oben gegriffen, um ihre Hand an seine Lippen zu ziehen, als er sich plötzlich streckte. Er zog sie vor sich und hielt sie mit den Knien fest. »Alexia, willst du mir sagen, daß...«

Sie spitzte den Mund zu einem Kuß, verfehlte aber seinen Mund. »So ist es. Und wir werden, mein Herr Graf, in acht Monaten... Es wird ein Junge werden, und er wird den Namen Thomas bekommen, nach seinem Großvater.«

Er lachte begeistert und zog sie auf den Schoß, damit er sie richtig küssen konnte. Sie kam seinen Lippen freudig entgegen, und sie legte ihre Hände um seinen Hals. Er strich an ihrem Körper herab, und dann hinauf zu dem losen Oberteil ihres Morgenrocks, um erfreut festzustellen, daß sie kein Mieder und kein Korsett trug, die seinen forschenden Fingern im Wege sein konnten. Er zog die seidigen Rüschen beiseite, und ihre Brust lag nun in seiner Hand. Er fing sich eine ihrer Brustwarzen, die er neckisch ganz hart werden ließ, um dann zu hören, wie ihr Atem stockte. Sie bog den Kopf zurück und gab ihren Hals seinen Lippen frei. Er fühlte wieder die bekannte Enge in seinem Hals.

Die Lippen an ihrem Ohr seufzte er: »Alexia, Alexia... ich liebe dich, ich liebe dich.«

In diesen letzten Wochen hatte er einen Frieden und eine Erfülltheit gefunden, die er nie für möglich gehalten hätte. Natürlich würde das nicht immer so sein, denn ihre Ehe würde höchstwahrscheinlich niemals leicht sein. Sie war stolz und willensstark. Und er war stolz und dickköpfig. Eine unbeständige Kombination, die nur die Liebe binden konnte. Aber der Vertrauensverlust, der sie fast zerstörte hätte, war jetzt verflogen. Und wenn Reste davon übrig wären, dann würde das Kind, das kommen sollte, diese für immer verscheuchen. Alexia pflegte ihn nicht ständig mit Liebesworten zu überschütten, aber jetzt zweifelte er nicht mehr an ihrer Liebe. Und jetzt verbrachte er seine Zeit damit, Pläne zu schmieden, wie er ihr seine Liebe zeigen konnte. Sie würden hier auf Caerlaverock Castle zusammen alt werden, und viele Kinder und Enkel würden den großen Saal füllen.

Zwischenzeitlich gab es das Hier und Jetzt, und jetzt wollte er sie haben, in diesem Augenblick, in heftigem Begehren, das sich als freudvoll-schmerzliches Ziehen in seinen Lenden manifestierte. Er begehrte sie hier, oder lieber dort drüben, auf dem großen Bett.

»Alexia...« Er hielt ihr Gesicht zwischen seinen Händen, und seine Augen suchten und hielten die ihren fest. Er sah, wie ihr Mund weich wurde, ihre Augen dunkel. Sie zitterte unter seinen Händen wie ein kleiner, wilder Vogel, den er einst als Junge in der hohlen Hand gehalten hatte. Und ihre Antwort war ein Seufzer, gemischt aus Versprechen und Ergebung.

»Ja...«

Er stand auf, hielt sie fest in den Armen und brachte sie hinüber, um sie auf das große Bett zu legen.

Mit sanften Händen zog er sie aus. Er breitete die dunkle Pracht ihrer Haare auf dem Kopfkissen aus, die golden in dem Sonnenlicht glänzten, das auf das Bett fiel. Ihre topasfarbenen Augen glänzten wie Juwelen, während sie zusah, wie er sich selbst auszog, und bewunderte ihn ihrerseits. Dabei ließ sie keinen Zweifel für ihn, daß auch sie ihn mit der gleichen heftigen Begierde haben wollte wie er sie. Als er zu ihr kam, streckte sie die Arme aus, als wolle sie ihn daheim willkommen heißen.

Er erforschte ihren Körper mit seinen Händen und bedeckte ihr Gesicht und ihren Hals mit seinen Küssen. Sie zu fühlen, das weiche, warme Gefühl dabei, erfüllte ihn mit dem Staunen, daß etwas so Zartes, Göttlich-Sanftes, einem einfachen Sterblichen geschenkt sein konnte.

Sie zog mit ihren Fingern zwischen seinen Oberschenkeln entlang, neckte ihn, bis er laut aufstöhnte. Er nahm ihr Handgelenk und führte ihre Hand dahin, wo sie seine aufsteigende Härte umspannen konnte. Ihr Atem war heiß und schlug keuchend an sein Ohr. Ihr Herzschlag klopfte gegen seine Lippen und paßte sich dem schnellen Schlag seines eigenen an. Mit der einen Hand schob er ihre Brust bis zu seinem Mund, so daß seine Lippen ihre Brustwarze fassen konnte, mit der anderen Hand streichelte er ihre Seite, folgte der Rundung ihrer Hüfte bis zu dem Spalt zwischen ihren Beinen. Ihre Oberschenkel fielen auseinander und lagen nun weit offen unter seinen suchenden, lockenden Fingern. Ihre Muskeln spannten sich, und ihr Mund öffnete sich. Es bedurfte nicht ihrer atemlosen Seufzer, um ihm zu sagen, daß sie bereit war.

Mit seinen Händen auf ihren Hüften zog er sie in die richtige Stellung, und sie legte ihre Oberschenkel um seine Taille und zog ihn in sich hinein. Einen Augenblick hielt er still, um das heiße, feuchte Gefühl zu genießen, dann stützte er sich auf seine Arme über sie, so daß sie beide zusehen konnten, wie er in sie hineinstieß.

Sie schwebten gemeinsam, Flügel an Flügel, stiegen auf bis auf jene Höhe, von der sie herabstürzten, gleichzeitig dem Tode nahe und einen flüchtigen Blick auf die Ewigkeit werfend.

Sie lehnte sich über ihn, ihr dichtes Haar fiel wie ein Zelt um ihn herum und schloß das helle Sonnenlicht aus. Mit ihren Fingern zog sie seine Lippen nach.

»Ist dir klar, daß wir heute vor einem Jahr verheiratet wurden?«

Er nahm einen Finger zwischen seine Zähne und beknabberte ihn zärtlich. Dann zog er sie neben sich, einen Arm um ihre Schultern gelegt, der andere besitzergreifend um ihre Hüfte.

»Sind wir denn verheiratet?« neckte er sie. »Seltsam, aber ich kann mich nicht erinnern, jemals etwas so Närrisches getan zu haben. Das Erlebnis muß so schrecklich gewesen sein, daß ich es verdrängt habe.«

Er lächelte still vor sich hin. Im Stall stand eine Stute, so fein, von so reiner Abstammung, allein ihr Anblick konnte einen Mann zum Weinen bringen. Er würde sie Alexia später schenken.

Alexia schlüpfte aus seinen Armen und hüpfte auf nackten Füßen hinüber zu der Truhe aus Zedernholz an der Wand unter dem Fenster. Jamie rollte sich auf eine Seite, stützte sich auf seinen Unterarm, so daß er die langen, schlanken Beine seiner Frau bewundern konnte und den verführerischen Schwung ihrer nackten Hüften.

Sie beugte sich hinab, und er war von dem Anblick völlig überwältigt, denn ihr Haar fiel über ihre Schulter, dieser zobelfellartige Vorhang mit Streifen aus Rot und Gold, der ihr Gesicht verhüllte. Sie warf es ungeduldig hinter sich, und als es wieder über ihre Schultern fiel, griff sie es mit einer Hand auf und hielt es von sich weg. Bei der Bewegung stand ihre Brust aufwärts, und die Warze zeigte zum Himmel. Wieder spürte Jamie, wie sich die Muskeln in seiner Lende bemerkbar machten.

Ich werde mich selbst zugrunde richten, dachte er und lachte innerlich, bevor ich damit fertig bin, sie zu lieben.

»Um Gottes willen, Alexia! Was tust du da?« Sie hatte die Truhe vorgezogen, um etwas rauszuangeln, das zwischen ihr und der Wand lag. »Verdammt noch mal, was bist du für ein unmögliches Weib...«

Sie warf ihm ein Lächeln über die Schulter zu. »Das ist nicht schwer. Reg dich nicht auf.«

»Komm her«, befahl er mit einer Stimme, in der die Drohung lag, daß sie es bereuen würde, wenn er sie holen müßte.

Sie kam und trug ein altes, zerbeultes Schwert, das einen verrosteten Griff hatte, dazu eine mit Schimmelflecken übersäte Scheide. Er kniete auf dem Bett, und sie stand vor ihm und hielt ihm das Schwert hin, das sie auf ihren beiden Händen balancierte.

»Was ist das?« fragte er und nahm es ihr ab.

»Es ist ein Schwert.«

»Das kann ich sehen, du Schelm. Ich meine, wessen Schwert?«

»Nach dem Erbrecht ist es dein Schwert, Mylord Maxwell.«

Er starrte sie an, die Finger fest um die Scheide gespannt. »Das ist meines Großvaters...?«

Sie nickte, und ihre Augen leuchteten voller Vergnügen. »Ich schrieb Vater vor Monaten und bat ihn, es mir zu schicken. Seine Antwort lautete, wenn du es zurückhaben wolltest, müßtest du nach Thirlwall Castle kommen, um es zu holen.« Sie grinste. »Er nannte dich einen räuberischen, diebischen Maxwell-Schuft. Also glaubte ich nicht, daß er dich zu einem freundlichen Besuch einladen wollte. Ich mußte ihm drohen, daß er sein erstes Enkelkind nicht sehen dürfte.«

»Hah. Das war aber geblufft. Ich bezweifle, daß er das nicht durchschaut hat.«

»Na ja... vielleicht hat er das.« Sie lächelte in seine Augen. »Vielleicht suchte er nach einer Entschuldigung, Frieden zu schließen.«

Er zog die Klinge aus der Scheide. Sie war schartig und halb verrostet.

»Als ich ein Junge war, hat mich mein Vater einmal zu der geheimen Kapelle gebracht. Er ließ mich niederknien und vor dem Altar schwören, daß ich ihm dieses Schwert nach Schottland zurückbringen werde.« Er lächelte sie schelmisch an. »Das ist Ironie, findest du nicht, daß dieser Schwur nur durch eine Carleton-Frau erfüllt werden konnte. Denn wenn der alte Lord gelebt hätte, um zu sehen, wie ich dich als Braut hierher brachte, hätte er mich dafür umgebracht. So groß war sein Haß auf alles Englische.«

Sie nahm seine Hand und drückte sie auf ihren Leib. »Vielleicht wird unser Sohn sich auch eine englische Frau nehmen, wenn er erwachsen ist. Du kannst ihm dieses Schwert dann vererben, als Erinnerung, daß Liebe wirklich stark genug ist, um dreihundert Jahre Haß zu besiegen.«

Er stand vom Bett auf und hielt das Schwert vor ihr in die Höhe. Er kniete nackt vor ihren Füßen. Sie lachte aber nicht, denn in dieser Geste lag so viel wilde Schönheit. Sie erinnerte sich an ein Zitat im Gebetbuch ihrer Mutter: »Nackt kam er aus seiner Mutter Leib...« Und sie spürte, wie ihre Augen sich mit bitteren Tränen füllten.

Als er sprach, waren dies die förmlichen Worte des Grenzeides; Worte, die über die Jahre weitergegeben worden waren; Worte, mächtig genug, um die Ehre eines Mannes zu binden und seine Seele zu verpfänden.

»Ich schwöre beim Himmel über mir, bei der Hölle unter mir, bei meinem Anteil am Paradies und bei allem, was Gott in sechs Tagen und sieben Nächten erschaffen hat, und bei Gott selbst, daß ich, James, Lord von Maxwell und Graf von Morton, wahr und fest zu der Frau Alexia halten werde, auf daß wir zusammen gedeihen mögen in Liebe und Treue und Lachen, damit aus diesem Land ein Hort des Friedens für unsere Kinder und unsere Kindeskinder werden möge.«

Sie legte ihre Hände fest um seine Hände, die das Schwert hielten, und Tränen liefen ungehemmt über ihr Gesicht.

»Weine nicht«, sagte er. »Ich fühle mich dann wie ein Narr.«

Sie wischte sich mit dem Handrücken über die Augen. »Ich weine nicht.«

Er lächelte sie sanft an, warf das Schwert beiseite, stand auf und zog sie in seine Arme. Er küßte die Tränen von ihren Wangen, er küßte ihre Augen, dann ihre Lippen. Er hielt sich so an ihr fest, wie ein Mann mit einem starken Glauben an seiner Hoffnung auf Erlösung festhalten würde.

Als er schließlich ihre Lippen freigab, seufzte sie glücklich und lehnte sich in seiner Umarmung zurück, um sein Gesicht zu erforschen, und lächelte dann schelmisch. »Jamie ... würde es dir wirklich nichts ausmachen, einen oder zwei Monate in Stirling zu verbringen?«

»Nein, wenn es dir gefällt, meine Liebste. Allerdings würde ich nur ungern während der Erntezeit von Caerlaverock weggehen.«

»Malcolm kann ohne weiteres über die Felder reiten, interessiert und wichtig aussehend. Dafür ist er begabt. Ich hörte, wie du ihm das einmal gesagt hast. Und wir müssen natürlich Andy mitnehmen. Er ist in einem Alter, wo man ihm das Stadtleben zeigen sollte. Du hast ihn ziemlich wild aufwachsen lassen. Etwas zivilisierte Verfeinerung wäre angebracht. Wir müssen auch Diccon in seiner Universität besuchen. Ich wollte mir gern den Lehrer ansehen, den du für ihn eingestellt hast. Ich habe Angst, daß er zu streng ist. Ich habe noch nie verstanden, warum man Wissen in einen Jungen hineinprügeln muß wie den Schmutz aus einem Teppich.«

Jamie sandte ihr diesen Märtyrerblick zu. »Jetzt tust du es mir schon wieder an. Warum der König sich die Mühe gemacht hat, mir eine Grafschaft zu geben, kann ich mir nicht vorstellen. Er hätte sie direkt dir überlassen sollen. Bald wirst du dir mein

Schwert umgürten, um den Nachtrab anzuführen, und ich werde hier mit Nadel und Garn umgehen müssen.«

Sie schnaubte und hob den Kopf. »Du beschwerst dich zu laut und zu oft, Jamie Maxwell. Du wärst niemals mit einer untertänigen und langweiligen Ehefrau zufrieden. Du wärst sie innerhalb einer Woche leid.«

»Meinst du?« Er küßte sie auf das Grübchen neben ihrem Mund, das immer dann erschien, wenn sie lächelte. »Das nächste Mal, wenn ich heirate, werde ich mir eine ruhige, selbstaufopfernde Frau nehmen, die ihren Platz kennt und ihn nicht verläßt.«

»Und was ist das für ein Platz?«

Er fiel zurück auf das Bett und zog sie mit sich hinab. Er rollte über sie, bis sein Gewicht sie festhielt.

»Ich weiß nicht, welches ihr Platz wäre, aber dein Platz ist hier. In meinen Armen.«

Penelope Williamson

Manchmal in all den Jahren

Roman

Aus dem Amerikanischen von Brigitte Gruss

Band 13038

Dieser Roman führt in die erste Hälfte des 19. Jahrhunderts. McCady Trelawny, der jüngste Sohn von Lord Caerhays, experimentiert mit einer Dampfmaschine, die eine Lokomotive werden soll, doch seine Versuchsanordnung explodiert. Jessalyn Letty kümmert sich um den leicht verletzten jungen Mann. Und von da an wird die Beschäftigung mit dieser neuen technischen Erfindung – und natürlich mit McCady selbst – zum Hauptinhalt ihres Lebens. Gegen unzählige Widerstände und zähe Widersacher versucht sie, dem von seiner Idee geradezu besessenen Ingenieur zum Durchbruch zu verhelfen.

Fischer Taschenbuch Verlag

fi 3051 / 3

Penelope Williamson

Aus ruhmreichen Tagen

Roman

Aus dem Amerikanischen von Helga Weigelt

Band 13037

Romantischer Liebesroman, der im Mittelalter in Wales spielt. Wales wird hier als düsteres, noch halbwegs heidnisches Gebiet geschildert, das die Normannen im 14. Jahrhundert zu unterwerfen versuchen. Die mit übersinnlichen Kräften begabte neunzehnjährige walisische Fürstentochter Arianna und ihre festungsartige Burg Rhuddlan sind quasi die Trophäe für den adligen normannischen Bastardsohn Raine. Schlachten und Turniere zu gewinnen ist für diesen kampferprobten, innerlich dennoch verletzlichen »Schwarzen Ritter« kein Problem, aber die Hochzeitsnacht mit der stolzen und widerspenstigen, dennoch durchaus verführbaren, Arianna, wird zum Fiasko.

Fischer Taschenbuch Verlag

fi 3052 / 3

Penelope Williamson

Westwärts

Roman

Aus dem Amerikanischen
von Manfred Ohl und Hans Sartorius

Band 13412

Neu-England 1879: Im Boston der besseren Kreise erzogen, kann Clementine Kennicutt es kaum erwarten, den Ketten der puritanischen Weltsicht ihres Vaters zu entkommen. Als sie auf den zwar wohlhabenden, aber gesellschaftlich geächteten Gus McQueen trifft, werden ihre Träume wahr. Und als der Rancher mit den lachenden Augen und den großen Zielen sie zur nächtlichen Flucht bittet, hat sie bereits gepackt. Montana 1883: Gus McQueens Ranch ist eine Bruchbude am Ende der Welt, das Leben außerhalb der Zivilisation birgt statt der großen Freiheit nur große Mühsal – und Clementine erfährt den Zwiespalt des Herzens durch Zach, den Bruder ihres Mannes, tollkühn, gutaussehnend und ein dorfbekannter Taugenichts: ihre wirkliche, aber unerfüllbare Liebe. Doch auch an der Grenze der zivilisierten Welt bleibt sie ihrer Erziehung treu.

Fischer Taschenbuch Verlag

fi 3050 / 4

Penelope Williamson

Über den Wolken

Roman

Aus dem Amerikanischen von Brigitte Gruss

Band 13120

Die zwanzigjährige Cassie Jones lebt mit ihrem Onkel, einem eigenbrötlerischen Flugzeugkonstrukteur, in einer Kleinstadt in Virginia, wo die beiden ihren Lebensunterhalt mit Flugvorführungen bestreiten. Als eine der ersten Pilotinnen in Amerika muß sich Cassie ständig gegen die Vorurteile in der Gesellschaft wehren. Außerdem engagiert sie sich für die Gleichberechtigung und das Wahlrecht der Frauen. Eingedenk der unglücklichen Ehe ihrer Mutter ist sie entschlossen, sich niemals einem Mann unterzuordnen. Auf einem Übungsflug lernt sie den attraktiven Piloten Linc Cameron kennen, ein Flieger-As des Ersten Weltkriegs. Er ist zu Besuch bei seinem ehemaligen Staffelkameraden Edward Farrell, einem Jugendfreund Cassies. In der Rolle als bejubelter Fliegerheld fühlt er sich in der Öffentlichkeit sichtlich unwohl. Vom ersten Augenblick an sind Linc und Cassie voneinander fasziniert.
Als Cassie und ihr Onkel an einem Flugwettbewerb teilnehmen, an dem auch Linc und Edward sich als Konkurrenten beteiligen, kommt es mit den Ein- und Doppeldeckern zu einem halsbrecherischen Wettflug quer über den amerikanischen Kontinent.

Fischer Taschenbuch Verlag

fi 3049 / 4

Penelope Williamson

Die Widerspenstige

Roman

Aus dem Amerikanischen von Manfred Ohl und Hans Sartorius

Band 13039

Boston, 1721: Als die junge Delia McQuaid eine Heiratsannonce beantwortet, um als »Braut auf Bestellung« in den noch unzivilisierten Norden zu gehen, trifft sie auf den rauhen und gutaussehenden Arzt Dr. Savitch. Er gesteht ihr, die Anzeige für einen Nachbarn in seiner Heimatgemeinde, einen Witwer mit zwei Kindern, aufgegeben zu haben. Der Arzt wird ihr Begleiter und Brautführer auf der langen und beschwerlichen Reise an die Grenze der Zivilisation.

Maine, 1724: Delia und Dr. Savitch erreichen die Gemeinde in der nördlichen Wildnis und sie steht ihrem Bräutigam zum ersten Mal gegenüber. Inzwischen kennt sie jedoch auch Ty Savitch näher, ausgebildet in England, aufgezogen von Indianern – ein Fremder in allen Welten, mit einer verwundeten Seele und gespaltenen Gefühlen gegenüber Delia und seinem einzigen Freund, dem zukünftigen Ehemann.

Fischer Taschenbuch Verlag

fi 3054 / 6

Rebecca Ryman

Wer Liebe verspricht

Roman

Aus dem Amerikanischen von Manfred Ohl und Hans Sartorius

Band 11186

1848 trifft die 22jährige Amerikanerin Olivia auf Einladung ihrer Tante in Indien ein. Lady Bridget sucht für ihre Nichte einen Ehemann, doch Olivia erstickt an der Steifheit der sogenannten guten Gesellschaft wohlsituierter englischer Kolonialherren und sehnt sich nach der Freiheit ihrer amerikanischen Heimat. Da begegnet sie Jai Raventhorne, dem illegitimen Sohn eines Engländers und einer Inderin aus ärmlichen Verhältnissen.
Er ist ein Fremder, ein Ausgestoßener in dieser vorurteilsvollen und selbstgerechten Welt der britischen Kolonie, er erobert Olivia im Sturm. Dem Gleichklang der Herzen folgen Qualen der Aussichtslosigkeit, denn Jai läßt es nicht zu, daß sie sich seiner Vergangenheit, seinem Wesen nähert. Eines Tages verläßt er sie, und aus ihrer hingebungsvollen Liebe wird unerbittlicher Haß. Ihr Wunsch nach Rache ist von derselben Intensität wie einst ihre Liebe für Jai.

Fischer Taschenbuch Verlag

fi 1044 / 7

Rebecca Ryman

Wer Dornen sät

Roman

Aus dem Amerikanischen von Manfred Ohl und Hans Sartorius

Band 13407

Kalkutta 1871. Olivia Raventhorne ist mit ihrer Tochter Maja und ihrem Sohn Amos von Hawaii nach Indien zurückgekehrt. Ihr Mann Jai, ein Eurasier, soll während einer Meuterei von der Kolonialmacht als Verräter gehängt worden sein. Olivias Lebensinhalt ist seitdem der verzweifelte, aber erfolglose Kampf um seine Rehabilitierung. Die Raventhornes sind Ausgestoßene in jener Welt der selbstgerechten britischen Kolonialherren. Amos leitet das Familienunternehmen Trident und wird zumindest in der Geschäftswelt akzeptiert, aber Maja leidet unter dem Stigma, ein Halbblut und die Tochter eines Verräters zu sein. Sie möchte einen weißen Ehemann und fort von Indien.

Christian Pendlebury, ein junger Beamter der Kolonialverwaltung, trifft in Kalkutta ein und verliebt sich in Maja. Aber da ist auch Kyle Hawkesworth, ebenfalls Halbblut, ein Intellektueller und unerbittlicher Gegner der verlogenen europäischen Gesellschaft. Maja lehnt ihn ab, weil er sie immer wieder an ihre Abstammung erinnert. Am Ende stehen Maja und Kyle ernüchtert, mit neuem Bewußtsein vor einem Anfang, vor der Verwirklichung eines Traumes.

Fischer Taschenbuch Verlag

fi 1906 / 5

Barbara Wood

Rote Sonne, schwarzes Land

Roman

Aus dem Amerikanischen von Manfred Ohl und Hans Sartorius

Band 10897

1917: Dr. Grace Treverton erreicht Kenia, das schwarze Land, entschlossen, den Eingeborenen die Segnungen der modernen Medizin zu bringen. Ihr Bruder, Lord Valentine, träumt seinen eigenen Traum von der Zukunft dieses britischen Protektorats: ein landwirtschaftliches Imperium, größer als jedes in der alten Heimat. *1944*: Die Träume der weißen Siedler zerplatzen unter der roten Sonne an jener afrikanischen Großfamilie, die das Land seit Generationen bewohnt. Wachera, die angesehene und gefürchtete Medizinfrau, ist zum Kampf um die Erhaltung eingeborener Traditionen bereit. Ihr alter Fluch scheint in Erfüllung zu gehen und bringt alles in Gefahr, was die weißen Siedler sich erträumten. Der Widerstand gegen die Trevertons wird revolutionär. *1963*: Deborah, die letzte Treverton, flieht aus einem brennenden Land. Jahre später wird sie nach Kenia zurückgerufen, sich ihrer Identität zu stellen. Erneut trifft sie auf die Gegenspieler aller Treverton-Generationen. Und sie muß eine Antwort finden auf die Frage: »Ist Afrika meine Heimat?«

Fischer Taschenbuch Verlag

fi 1035 / 6